岩場の上から

黒川 創

Sou Kurokawa

新潮社

岩場の上から　目次

カバー写真　米田知子
「スナイパー・ビュー（セルビア軍スナイパーの
ポジションからサラエボ市街を望む）」
装幀　新潮社装幀室

ヤドランカに

岩場の上から

序章　百年の終わり

その町の名は「院加《いんか》」という。アイヌ語の「インカルシ（いつも眺める所）」という言葉に由来するものだと、少年はどこかで読んだ覚えがあった。だが、関東平野の北端部にある町の名が、なぜ、アイヌ語なのか。それを説明する記述はなく、当てにできそうにない話のようにも、これを読んだときには思われた。

この町を実際に訪ねていくのは、今度の旅が初めてだ。各駅停車の二両編成の電車で、院加駅に近づきつつある午後三時過ぎ、鉄橋を渡りはじめたことに気づいて、右手の車窓の外を見た。上流の方角、遠望される山なみを背に、水量豊かな川が山峡を下ってくる。扇状地の広がりへ、それは一気に流れ出ようとしているところなのだが、右岸の山塊から赤茶色の巨岩が突き出て、ほとんど垂直に厳しく切り立ち、立ちはだかる。秋の初めの西陽がそこに当たって、崖のごつごつした陰影をいっそう険しく見せている。

岩場の頂上には、平らな場所があるようだ。目を凝らすと、東屋《あずまや》らしい八角形の小さな屋根が、黒い影になって見える。かつて「いつも眺める所」と呼ばれていたのは、あの場所のことなのか？川は、この巨岩の足もとを洗って、扇状地をなす平野部に流れ出てくる。

院加駅のさびれたホームに、電車は滑り込む。鉄路は、この関東平野の北端の駅を起点に、三方に分かれて、伸びていく。昔は機関区なども備えていたらしく、線路を隔てた向こう側に、錆びて赤茶けた転車台が、朽ちるに任せて放置してある。ホームに降りると、煤けた観光看板が立っていて、それを見上げた。

《ようこそ。伝説の奇岩「望見岩《ぼうけんいわ》」の町、院加へ》

大書された文字の下に、絵入り地図がある。

そこに、

「『望見岩』は、比高およそ八〇メートル、古代、ここは、アイヌ語で『インカルシ（いつも眺める所）』と呼ばれて、関東平野の広がりを一望する重要な見張り場所であったと伝えられています。『院加』という町名も、この『インカルシ』に由来するものです」

と、説明が述べてある。

だが、なぜこの地で「アイヌ語」が使われたのか、という肝心な点はわからないままである。

少年は、大きなリュックサックを背中に担ぎなおす。そして、小ぢんまりとした駅舎がある一番ホームの改札口から、表通りに面するらしい「南口」に出ていく。

駅前のロータリーは、新しい造りだが、人影は少ない。客待ちのタクシーが数台、路線バスが二台、時間を持て余したように、停まっている。

歩道で、植込みを備えたフェンスの前に男女数人が集まり、

《戦後100年、いまこそ平和の精神を未来の世代に受け継ごう！》

と、白い布地に、赤、青、黒の塗料で書いた横断幕を張っていく。その一人、長身で三〇代とおぼしき男が、拡声器を肩に掛け、まばらな人通りに向かって、落ちついた声で演説を始めた。つば付き帽子をかぶり、明るい緑色のスラックスをはいている。少年の耳に、彼の声は、ほとんど意味をなして響かない。《戦後》《100年》？　やっと一七年間を生きたばかりの人間に、これらは手がかりのないコトバだった。なのに、それについて何事かを語ろうと、街頭に出て、ここに立ち、拡声器を握る人もいる。この隔たりに、とまどった。

二〇代後半くらいか、手足のすらりと伸びたショートカットの女の人が、植込みの前にしゃがんで、チラシの束を小分けにする。そして、四〇代、五〇代くらいの仲間数人に、手早く渡していく。小さな鼻のあたまと、そばかすのある頰のあたりに、汗のしずくが浮いて見えた。スリムのジーンズにオレンジ色のタンクトップ、そして、とても軽そうな素材の薄いグレーのシャツを羽織っている。彼女が素早く動くたびに、シャツの背中あたりが空気をはらんで、ふわふわとついていく。けれども、通りがかりに彼らのチラシを受け取ろうとする人は、めったにいない。

見知らぬ町に降り立ち、最初に何をするか。旅をする身にとっては、これが運命を分かつ。たと

えば、公園の水道で顔を洗うか、見知らぬ人に道を尋ねるか。それにより、町の印象までが違ってくる。すぐにここを発ち、べつの町に移るか、それとも、しばらくこの町にとどまるか？　当夜のねぐらが、いったいどういう場所になるのかも、むろん、こうした決断によって違ってくる。

駅前でアピール活動を行なう人たちを目で追ううちに、自分のほかにも、彼らの様子をうかがう者が、広場のあちこちにいることに気づいた。いずれも地味なスーツ姿の男たちで、ロータリーの四隅に立ち、じっとアピール活動の様子に目を向けながら、絶えず微かに口もとを動かしている。どうやら、彼らの耳孔のなかには超小型のイヤホンがあって、メガネのフレームや襟元に取りつけられた超小型の無線マイクを介して、互いに連絡を取り合っているらしい。

少年は、「望見岩」への行き方を駅で尋ねて、ロータリーからバスに乗る。そして、巨岩のふもと、「郷土資料館」前の停留所で降りる。資料館の受付に座る肥ったおばさんに、「いまから『望見岩』に登ってきたいので、降りてくるまでリュックサックを預かってもらえませんか」と頼んだが、「もうじき閉館時間で、孫を保育園へ迎えに行かなきゃならないから、お気の毒だけど、それはだめ」と断わられた。

重いリュックサックを担ぎなおして、少年は、「望見岩」の頂きへと続く道を登りだす。山塊と「望見岩」をつなぐ鞍部へ、道はつづら折りに上がっていく。アスファルトで舗装されてはいるが、クルマ同士がどうにか行き違えるほどの道幅しかなく、路面はでこぼこで、ひび割れもある。鞍部まで登ると、二〇台分ほどの駐車スペースを兼ねた広場になっていて、クルマで来られるのはここまでである。あとは「望見岩」の頂きまで、赤土に角ばった石が混じる急傾斜の山道を歩いて登るほかはない。ふもとから見上げたとき、この岩場は、町の北方に、太い柱状に切り立っていた。けれども、こうやって鞍部に立つと、ここから先は虫歯の臼歯みたいに窪まったなかに道が続いており、岩場の頂点にあたる突端部をめざして上がっていく。

注意書きの黄色い標識が、山道の傍らに立てられ、

《転落注意！

望見岩の頂上に、転落防止用の柵などはありません。気をつけてください》

と警告を送ってくる。これを横目に、あと二百メートルほど急傾斜の道をたどると、頭上に空がどんどん広がり、岩場の頂きまで上がりきった。

突端に立つと、町全体の眺望が大きく展《ひら》ける。夕刻前のこがね色の光が空に満ち、平野を流れていく川が、天地のあわいに消えるまで見渡せた。市街地の中心部に見える駅から、鉄路が三方に弧を描いて伸びていく。家並みは、だんだん田畑に変わっていく。

赤みのある岩が風化して足もとで崩れ、崖は垂直に八〇メートル下まで落ちていく。岩場のへりに、柵など、何もない。断崖から五メートルほど内側に、八角形の屋根の下にベンチ四脚を備えた、小さな東屋が建っている。

この崖から身を投げて死んだ者は、過去に数多くいただろう。足もとの崖が崩れて転落し、心ならず命を失った者たちも。夜更けのドライブのあと、東屋のベンチで密かに愛し合った恋人たちだって、この田舎町に、これまでどれくらいいたものか？　何事にも岩場は沈黙を守る。

喉が乾き、水筒の水をあおる。それは口もとからこぼれ、Ｔシャツの首筋を流れる。脇や背中に

汗が噴きだし、風が渡っていく。

陽が川面を橙色に染め、暮れていく。暗くなる山道を下り、また院加駅前までバスで戻った。下校途中の中高生、勤め帰りらしい人びとが行き交いはじめて、先ほどより駅前は賑やかになっている。

《戦後100年》の平和アピールのグループも、いまは若手の男女二人だけが残って、長身の男の人は演説、ショートカットの女の人はチラシ配りを続けていた。演説する男の足もとを、小学二年生くらいの女の子と、五歳くらいの男の子が、まといつくように駆けまわる。

男の子のほうは、

「お父さん！」

と、歩道から父親に手を振り、マイクを持つ手ぶりで演説をまね、おどけて見せる。

女の子のほうは、チラシ配りをまねて、道行く人が受け取ると、飛び跳ねて喜ぶ。

男は、それらを見ながら、つい吹き出したりして、自分の演説を中断させられる。そして、子どもらの頭をくしゃくしゃと撫でたり、ペットボトルの水を飲ませたりして、また演説を再開する。

少年は、歩道上でリュックサックを足もとに置き、こうした様子を眺めつづけた。いま、目の前を行き交う人たちのなかに、自分のことを知る人は、一人もいない。だから、きょう、これからどうするべきかも、そろそろ自分で決めなければならないのだが。

日はほとんど暮れきって、《戦後100年》アピールの男女も、横断幕を下ろして畳み、植込みの陰に置いていたチラシの束などを紙袋に片づけはじめる。

演説した男の、下の子は「お腹へった」と、父親のベルトあたりをつかまえ、ぐずりだす。上の女の子は、「スイミングの水着、ちっちゃくなっちゃったから、きょう買って」と、父親に念を押す。

チラシ配り役だった女の人は、それを横目に、笑っている。ほがらかな声が、旅の少年の耳もとまで届いてくる。かえって、それは、異郷に一人でいる寂しさを彼の心に際立たせる。

思い切って、この人たちに声をかけてみようと、少年は決心する。そうでなければ、自分だけがここに取り残されてしまうと、強い焦りを感じたからだった。

薄闇のなか、駅前通りの床屋の店先で、縞模様のサインポールが、淡い光を内側から放って、果てのない上昇運動を続けているのが、遠くに見えていた。

――自分は旅行者なのだけれども、今夜、なるべく安く泊まれる適当なところを教えてもらえませんか。――

たったこれだけの用件でも、一人旅の少年が、町で見知らぬ人に声をかけるには、勇気を要する。やっとどうにか《戦後１００年》の男女に声をかけると、相手の二人はしばらく顔を見合わせた。

男の人が、少年に尋ねる。

「君は、いくつ？」

彼は答える。

「一七です」

「どこから来たの？」

「父が鎌倉の家にいます。ぼくは、この半年余り、そこには帰らず旅をしているけれど」

「お父さんは認めているんだね」

「ええ。話しあって。ただ、今度の旅に出てから、連絡はしていません。それだと意味ないから」

「たしかに」女の人が、横あいから、愉快そうに頷いて笑った。「そうじゃないと意味ない」

男の人は、決心したらしく、落ちついた声で言った。

「だったら、ぼくらの仲間で借りている事務所があるから、今夜はそこで泊まりなさい。狭くて散らかってるけど、風呂も使える」そして、汗まみれのＴシャツに汚れたジーンズという少年のいでたちに目をやり、くすっと笑って付け加える。「洗濯機もある」

女の人のほうに向きなおって、彼は念を押す。

「――いいよね？」

「いいでしょ、もちろん」

「一七歳を路頭に迷わせておくわけにもいかない」

「あとは、任せる」彼女はジーンズの尻ポケットを探って、事務所の合鍵らしきものを、男の人に託した。「わたし、店に戻らないといけないから」

鍵を手のひらに受け取ると、彼はまた少年のほうに向きなおり、紹介する。

「この人は、奥田アヤさん、服飾店の従業員。既婚者。仲間たちは、たいていアヤさんと呼んでいる。

ぼくは三宅。タローさんと呼ぶ人が多い。八百屋。二児の父。妻帯者。三五歳。

君は？」

「西崎シンです」

と、少年は答える。

こうして、今夜の宿となる事務所には、三宅さんが案内してくれることになったのだった。

ただし、まずはシンを路上に待たせて、彼は駅前のスポーツ用品店で娘にスイミングスクール用の水着を選ばなくてはならなかった。そのあと、和菓子屋の店先で今川焼を四つ買い、皆で一つずつ食べ、空腹を訴える子どもらを黙らせた。それから、弁当屋で幕の内弁当と缶ビールを買い、

「これは、ぼくからの差し入れだ」と、少年に渡してくれた。そして、道みち、娘の名はミチ、八歳、息子の名はリョウ、五歳――と、それぞれに手を引きながら教えた。

店先のシャッターをすでに下ろした自宅の八百屋に立ち寄り、勝手口から現われた奥さんらしい人に、子どもらを引き渡す。そこから、かなり大きな神社の裏手まで歩いて、古い五階建てアパートの二階、《戦後１００年》のグループが事務所にしている二間の部屋に、やっとたどり着く。町の限られた範囲をぐるりと歩きまわっただけなのだが、駅前を出発してから、所要およそ五〇分という道のりだった。

フローリングした室内で、三宅さんは風呂や洗濯機の使い方、電灯のスイッチの場所などをてきぱきと教え、

「明日の朝九時前ごろ、部屋にいられる？」

と訊く。います、と少年が答えると、

「――じゃあ、仕入れの帰りにちょっと寄るよ。きょうは、もう家に帰って、子どもたちにメシを食わせて、風呂に入れないと、女房はおかんむりだろうから」

そして、ふと思いだしたように付け加え、――今後、君はどうするつもりなの？　とも、彼はシ

ンに尋ねた。

「できればこの町で、しばらく働きながら暮らせないか、と思っています。だから、仕事を探したい」

とっさに少年は答えた。あらかじめ考えていたことではない。この日の午後、院加駅に降り立って、このアパートの部屋に到着するまでのあいだに、じわじわ、そうした思いが湧いてくるのを感じていた。

三宅さんは、とくに驚く様子も見せず、

「それなら、職が見つかるまで、ここに寝泊まりするのがいいんじゃないかな」

と、勧めてくれた。

「ありがとうございます。よく考えてみます」

少年は礼を言う。

「うん。考えてみるといい。いずれ、何か必要になるかと思って借りた部屋だから。もし、君の役に立つなら、それも悪くない」

「え？」

「この町は、北のほうの山のなかに、陸軍の基地と演習場がある。つまり、そこには若い兵士たちが大勢いる。訓練が休みの日には、彼らは酒を飲んだり、遊んだり、買い物したりで、町に出てくる。これくらいの小さな町じゃ、それだけでも、経済的な影響力を無視できない。サービス業や小売業では、基地なしにはやっていけないと考える人もいる。

だけど、それで済むものでもない。兵士たちは、ここから戦場に出ていくんだから」

「あ……、そうなんですか？」

「うん。

戦場に出れば、兵士は人を殺しもするし、自分が殺されることもある。そのために、彼らはこうして訓練を受けている。それを〝経済効果〟だけに換算して済ますわけにはいかないだろう？」

「そりゃそうですね」

「普通は誰だって、殺すのも、殺されるのも、ごめんだろう。でも、いざ軍隊に入ってしまうと、もう、そうは自由に言わせてもらえない。つまり、そうなりゃ、もう手遅れなんだ。だけど、この期に及んで逃げだしたくなる若者だっているかもしれない。いまごろ気づくなんていうのは、愚かなことに違いない。だけど、彼らを責めてる場合じゃない。そんなことより、せめて、身の置き場所くらいは提供できるんじゃないかなと」

「それって……、基地から脱走する人をここに匿おうってことですか？」

「まだ、わからない」少し硬い口調になって、三宅さんは答えた。「だけど、基地がある町で『平和』を呼びかけるっていうのは、結局、そういうことになるんじゃないかと、気がついた。そこを避けて通るわけにはいかないんだと」

「だけど……」と、さらにシンは訊く。「脱走って、法にそむくわけですよね。だったら、その人を匿ったりするのも、罰されるんじゃないですか？」

「そういうことになるんじゃないかと思う」三宅さんは答えた。「だけど、いまは、まだそこまでいかない。基地のなかが、いまどんな様子なのか、それさえわからない」

自分の考えてもみなかったことが、いま、ここで話されている、と少年は思う。

「――いずれにせよ、君がここの宿泊ゲスト第一号だ。しかも、喜ばしいことに、こっちの手が後ろに回りかねないお客じゃない」

明るい表情に戻って、にやっと、三宅さんは笑った。

わからないことだらけだ、と少年は感じる。ともあれ、日中、三宅さんたちの《戦後100年》アピールを見ていて受けた印象から、一つ、二つ、尋ねた。

「きょう、駅前で、わざわざ、紙に印刷したチラシを配ろうとしていましたね。受け取る人は、あまりいなかったようだけど。

あれ、何か利点はあるんですか？　ネットで知らせれば、費用も時間もかからないし、手間だって省けるのに」

「そこは、ぼくらにもよくわからないところなんだ」

ひと呼吸、何か考える様子で沈黙してから、顔を上げ、三宅さんは答えた。

「――ただ、なんとなく経験的には、いまは、高齢者も、若い人も、以前ほど電子的なメディアを当てにしてないように感じる。たとえば何か催しをやるような情報をネット上で流しても、以前のようには、反応らしい反応が返ってこない。用心してるってこともあるだろう。つねに監視され、罠とか不正も横行してる状態だから。

だから、かえって、自分たちの顔をさらして、責任の所在をはっきりさせておく運動にしたいと考えたということはある。それに、自分たちで街頭に立つほうが、世間の人たちの反応が直かに分かるし、たまには話しかけてくる人たちもいる。暗闇に石を投げこむような気分で電子空間に配信しているより、いざ、やってみると、こっちのほうが楽しかった、っていうのが実感だな。

ただし、たぶん、君も気づいたと思うけど、ぼくたちの行動には、なかなか厳しく見張り番が付く」

「《戦後100年、いまこそ平和の精神を未来の世代に受け継ごう！》って、呼びかけていましたよね。だけど、百年も昔のことって、いま生きている人は、ほとんど誰も実際に経験していない。それを〝受け継ごう〟っていうのは、無理な気がする。火山の噴火、地震、津波、それに原発事故だって、これだけ次つぎに起きてるときに、なんで百年も前の《平和》の話なの？　って、普通は思うんじゃないでしょうか」

「だよな……」

うなずいて、三宅さんは少年の目を見る。

「――ただね、ぼくらがこうすることで伝えようとしているのは、つづめて言えば、ただ一つのことだけだ。この国は、すでに戦争を始めていると」

「え、ほんとに？　実際、そうなんですか？」

「さっきも言ったろう？　ここで訓練を受けている兵士らだって、戦地に送られている。ただし、表立って、それを口にすることは許されていない。これは、戦争だ。でも、そう呼ぶことは禁じられている。君が生まれるよりも前の時代から。……いや、ぼくが物心ついたころには、すでにこんなふうなものだったんだが」

少年は、六畳ほどの部屋で突っ立ったまま、これを聞く。

「……そうなの？」

「宣戦布告していない戦闘行為は、『戦争』とは呼ばずに、『積極的平和維持活動』と呼ばなきゃいけないって、政令で決めたんだそうだ。まあ、これは百年余り前の戦争の時代にも、同じようなもんだった。そのときには、宣戦布告していない戦争は『事変』って呼ぶことになっていた。『満洲事変』とか、『支那事変』とかって。

思いだしてみれば、ぼくが物心ついて以来、テレビの国営放送のニュースなんかで、始終、『朝鮮半島における積極的平和維持活動』とか、『黒海周辺諸国における積極的平和維持活動』とか、言ってた。そういう機械的な言葉づかいって、こっちも慣れっこになっちゃって、習慣的に聞き流す。だから、やっと最近になって、あ、あれって戦争のことだったんだなって、気づいた。いい歳になってから。

でも、街頭に立って、それを人に知らせようとすると、いまだと、『積極的平和維持活動』を『戦争』と呼んだことを理由に、警察が演説を中止させることができる。そして、八百屋の主人を連行してブタ箱にぶち込んでおくぐらいのことは、いくらでもできるらしい。

それを避けるには、さしあたって『戦後１００年』の平和を守ろう、とでも言うしかないかな、と思ってね。ぎこちない言葉づかいだけど、かえって〝あれは何を言おうとしているんだろう？〟って、気づいてくれる人もいるんじゃないかなと。

きょうだって、あれだけ何人も、見張りの連中が来ていたろう？　つまり、おれたちが本当に言いたいことが、少なくとも彼らには、ちゃんと通じてるってことだよね」

三宅さんは笑った。

「そうなのか……」

さらに一つ、自分の知らないことが増えた思いで、この少年はつぶやく。

「そう。だけど、君が言うように、いまの若い世代には、たしかに、このままじゃあ通じない。もっと別のやりかたを見つけなくちゃいけないって、ぼくらも思っている」

西崎シンと名乗る一七歳の少年が院加駅に降り立って、市民団体「戦後100年、平和の会」事務所で寝泊まりさせてもらうことになったのは、二〇四五年九月なかばのことである。翌朝から、彼は、町で仕事を探しはじめる。どんなに古く小さなアパートでも、自分自身で部屋を借り、暮らしていけるだけの収入は得たかった。

セメント産業で知られる隣県の町で石灰岩採掘の現場仕事の募集があり、見学と面接試験に出むいてみた。広大な採掘場で、作業着にヘルメットをかぶった責任者の男が、露天の切羽から切羽へ飛ぶような身の軽さで移動しながら、熱心に説明してくれることに胸を揺さぶられた。この付近の石灰岩の形成は、古生代ペルム紀の海底で始まったとのことだった。

石灰の岩塊の上に立つ。少年の両足のあいだに亀裂が走っているのを彼が指さし、注意を促した。右足の下の岩にはフズリナの半透明を思わせる球形、左足の下の岩にはウミユリの幾何学的な体軀が、それぞれに化石となっている。

「ほら、君の両足のあいだで、岩に亀裂が入っているだろう。そこを境目に、右足の側と左足の側は、違った時代の石灰岩になっている。いま君は、何百万年という過去の時間をまたいで立ってるんだよ」

ヘルメットの男は、太い声で笑った。白と灰色、果てしなく単色で続く乾燥した岩場の世界を、百トン積みの巨大なダンプトラックが、ゆっくりと横切っていく。対比できるものもない空間なので、タイヤの直径が三メートル以上あるはずのトラックが、ミニチュア玩具のように見えていた。

来週からでも働きに来てよいと言われたが、院加の町から通うとなると、どうしても一時間半ほどかかってしまう。就労時間帯を考えると、現地の従業員宿舎に住み込むほかなさそうだった。院加で暮らしてみたいという動機が、それでは満たせず、惜しいとは思いながらも、結局、断わった。院加という平凡で小さな町に、彼が愛着じみたものを抱きはじめていたことは事実である。だが、それ以上に、奥田アヤさんという年長の女性の姿が脳裏にちらついていることを、内心、彼は自分に認めないわけにもいかなかった。

院加という土地について、もっと知りたい。そんな気持ちもつのりはじめて、地元の古い図書館で地誌や郷土史の本を開いた。夕刻、橙色の電灯が中庭や休憩室に灯ると、ガラス戸越しに、ニス塗りの書架や階段の手すりが飴色に光る。

《戦後100年》の平和活動には、その後も興味が湧かずに、加わらなかった。彼らからも、あえて誘おうとする様子はない。ただ好意でねぐらを与えられている野良猫のように、毎日、暗くなると少年はそこに戻って、備え付けの台所用品で何か簡単に調理して食い、蒲団にもぐり込んで眠る。風呂はあまり沸かさず、ほとんどシャワーで済ませて、週一度ほど、濃くなりだした顎や鼻の下のヒゲを、使い捨てのカミソリを捨てずに繰り返し使って剃っていた。

部屋にいると、ときどき、突然、外から合鍵ががちゃがちゃと回され、ドアが開く。そして、《戦後100年》の平和運動に加わる中年、初老の男女が、あ、どうも、という調子で入ってきて、チラシや横断幕などの物品を片づけたり、必要なものを探し出したりして、また、すぐに去る。こちらが居候なので、不満ではないのだが、もっと若いアヤさんや三宅さんが現われると、気楽に雑談なども交わせて、うれしかった。《戦後１００年》のアピール活動は、週に一、二度、駅前で行なわれる。人恋しくなると、そこに様子だけ覗きにいく。

隔週一度くらい、夕刻、この部屋に《戦後１００年》のメンバーたちが集まって、手短かなミーティングを持つ。そういうときには、部屋を追い出されることもなく、そのまま末席に置いてもらう。

三宅さんは、この運動の会計係も受け持っているらしく、セロハンテープ一本に至るまでの細かな収支報告書をＡ４用紙一枚に整理し、人数分だけプリントしてきて、ミーティングのたびに簡単な説明をした。

今後の計画の相談に入ると、ときおりアヤさんが挙手する。そして、

「基地のゲート前まで出向いて、兵士たちに直接呼びかけるチラシを配ってみたほうがいいかもしれない」

とか、

「戦場へ送られる前に部隊から抜け出してくるように促すチラシを、基地のなかに持ち込んでみませんか。基地の出入り業者のなかに、その程度の協力はしてくれそうな人たちがいるので」

――などと、ここの顔ぶれのなかでは突出して急進的に響く意見を述べたりした。声は冷静なのだが、美しい形の唇の一端を少し震わせるようにして、彼女は話した。中高年のメンバーたちは、その発言をたしなめることなく、軽くうなずいたり、何か手帳に書き留めたりしながら、静かに聞

いていた。
一時間余りでミーティングが終わると、皆、それぞれに家庭もあるので、足早に帰っていく。

そうした合間に、問われるまま、少年は職探しの経過をシンはアヤさんに知らせていた。それもあってのことだろう。あるとき彼女が、町役場で見つけたという求人チラシを「これはどう？」と手渡してくれた。県の埋蔵文化財調査事業団が、発掘補助員を募集している、という文面だった。対象年齢は「一五歳以上、六七歳以下」、雇用期間は一年間、週五日勤務の日給月給制だが、月一日の有給休暇もある。これなら、なんとか安アパートの家賃くらいは賄える。自分にできる仕事なのか自信がなかったが、募集人員も多いので、当たればラッキーというつもりで応募の申し込みをしてみると、運良く、採用通知が届いた。

職業の世界は、短期採用であっても、学校とはまったく違っている。最初の仕事現場となった院加町郊外の丘陵地は、近くの集落まで路線バスで行き、そこから二〇分余り歩いて通うほかなかった。町なかと違って、バスの便も一時間に一本ほどしかない。出勤三日目に、バスに乗り遅れて、早くも遅刻。どやされるかと思ったのだが、天引き額の算出方法について経理係の人から丁寧に説明を受けただけで用件は終わり、かえってそれが胸にこたえた。

同じ発掘補助員でも、すでに経験を重ねている人たちは、即戦力で、さっそく現場に出て作業に取りかかる。この仕事に初めて就く者たちには、調査主任補佐の人から、作業内容のあらましの講習と、使用する器具、道具類などについての説明を受ける。そのあと、発掘現場に出て、軍手をはめ、実作業の練習に入る。

長い柄の先に、土を掻き寄せる刃先が付く、鋤簾《じょれん》と呼ばれる農機具がある。遺構が現われてくる深さまで、これを使って地面の土を薄く均等に剝ぎとっていく。やがて、遺構面が土のなかから現われる。と言っても、最初のうちは、「はい、これが遺構面です」と告げられ、あ、そうなのか、と思って手を止める、といった程度である。

遺構面が確かめられると、ここからは、地面にしゃがみ込み、園芸用の移植ゴテを握って、遺構の土をさらに薄く除いていく。こつん、と移植ゴテの先端が何かに触れたら、小さな竹ベラに持ちかえる。いっそう、こまかな動きで、わずかずつ土をのけていく。

こうした手足の動きをなんとか円滑に続けられるように意識を集中することだけで、まずは精一杯。地面の下に広がる遺跡全体のことなど、ほとんど意識に浮かばない。

こうやってシンは、自分自身のアパートの部屋を、やっと借りられるところに漕ぎつけた。

賃貸借契約書で必要とされる保証人は、三宅さんが引き受けてもよいと言ってくれた。だが、そこまで頼るのは厚かましすぎる、とシンは感じ、自分で父に手紙を書き、頼んでみようと考えた。

――元気でいるのがわかって、安心した。健康を祈る。――

との返信の短い文面とともに、数日して、連帯保証人の承諾書など、必要な書類が父から送られてきた。

新しく入居するアパートは、朽ちかけた織物工場の裏手にある軽量鉄骨造二階建て、外階段を上がった南向きで、このところ珍しくなってきている畳敷きの部屋だった。

着替えや生活用具を詰めたリュックサックを背負うと、ほかに手提げの紙袋二つで、すべての

〝家財〟が収まった。これらを携え、一五分ほど一人で歩いて、引っ越した。そのあとリサイクルショップに出向いて、中古の座卓と寝具、台所用品などをいくらか買ってきた。

入居当日、この狭い部屋に三宅さんとアヤさんが鍋持参でやってきて、寄せ鍋をつくり、就職と独立を一度に祝ってくれた。

「いまどき畳の部屋なんて、お洒落な感じがするね」息を深く吸い、イグサの匂いをかぐような仕草でアヤさんが笑った。「それに、何か、とても懐しい」

「発掘は地べたに座り込んだりする仕事だから」と、三宅さんは言い、使い捨てカイロの徳用百個パックをレジ袋ごと差し出してくれた。「気をつけておかないと、これからの季節は、いくら若くても冷えて座骨神経痛になるよ」

八百屋稼業は冷えるので、寒い季節には太郎さんもカイロを愛用するとのことだった。アヤさんは、この日、Vネックでライトブルーのモヘヤのセーターを着ていて、少しかすれを帯びた声で、あははは、ははは、と楽しげに、よく笑っていた。

深夜、ふとんに一人でもぐり、マスターベーションをする。そのあいだも、アヤさんの姿が脳裏を占めたままだった。さらには、いまごろの時間、彼女は夫と、こんなふうに性交していたりするのだろうか、という思いがよぎる。いや、どんな姿勢や声でそれをするのだろうか、ということまでもが、押しつぶされそうになるほど胸に寂しく広がって、やがて、痛みのような痺れにつらぬかれながら射精する。

月が変わると、もう師走である。年の瀬が迫ってから、もう一度、三宅さんが声をかけてくれて、シンの部屋にアヤさんも含めて三人で集まり、忘年会と称して、骨付きの鶏肉で水炊きをつくった。三宅さんは丁寧にアクを取りながら、ゆっくりと鶏肉を茹で、八百屋だけに白菜、水菜、春菊を手早くさばいて、菜箸を器用にあやつり鍋料理を仕立てていった。そして、このときも夜八時を過ぎると、子ども二人をお風呂に入れて寝かさなきゃならない、と言いだして、軽くシンの肩を叩いてから、帰っていった。アヤさんだけが、後片づけを手伝うよと、もうしばらく部屋に残った。

二人で流し台に並んで立って食器を洗ったり、拭いていたりするのは、少年にとって、うれしいけれども、さらにいっそう胸苦しい。

彼女が持参した緑茶を淹れてくれて、座卓で向きあい、湯呑みを両手に包み、互いの仕事先の話などをした。それから、アヤさんは目を上げ、

「あのね」

と言った。そして、しばらく黙っていた。やがて、

「――シンは、三宅さんのこと、どう思う？」

そんなふうに尋ねた。

ふだん、アヤさんは、ほかの《戦後１００年》の仲間たちと同じく、三宅さんのことを「タローさん」と呼んでいた。だが、このときは「三宅さん」と呼んだのだった。

《戦後１００年》の運動のことで、何かトラブルがあったのかなと、とっさに思った。アヤさんは、そうした場での発言はそれほど多くはないけれど、いったん口を開くと、突きつめた考えを述べて、それに見合った行動を取ろうとするところがある。一方、三宅さんは、メンバー全体の調和を大事にして、率先して明るく振るまっている。そのぶん、自分自身の意見をはっきり言うことを、ずい

ぶん抑えているような印象を受けることもあった。

「うん……」ちゃんと答えなければと、少年は緊張し、身構える。「きちんとしていて、信頼の置ける人だと思うな。責任をほかの人に押しつけない」

「実はね……」

「え？」

「わたし、彼と失踪する」

失踪という言葉の意味がとっさにわからず、しばらく少年は黙っている。

「――太郎さんと付きあってる」アヤさんは、彼の目を見て、言葉に力を込め、意を決したように、はっきりと言った。「どうにもならないの。いまはね」

衝撃を受けているのを、少年は、なかば自覚する。だが、世の中のすべてがスローモーションに移ったかのように、そのことが実感に届かない。この世界は、自分が思っていたものと、まったく別物であるかのように。

「ミチとリョウは？」

自分でも、とんちんかんなことを口にしていると感じながらも、少年は、三宅太郎さんの子どもたちの名を出して訊く。

「これがいいことだとは、わたしも思っていない。でも、どうにもならない。ずいぶん、彼は奥さんとも話しているそうなんだけど」

微かに首を振り、アヤさんは目を閉じる。

「――彼とは、もう長いんだ。どうにかしないとって考えてるうちに、身動きが取れなくなってしまって」

「アヤさんにも、旦那さん、いるんだよね？」

なんてつまらないことしか言えないんだろうと、少年は自分で思う。

「いるよ」

アヤさんは、そのことに自分で驚いているような顔になる。

「――だけど、それは、もうほとんど関係ないようなことなの。済んでしまったというより、関係ないんだよ」

「……そうなのか」

かすれる声で、少年はうなずく。

「ごめんね」

何に対してなのか、アヤさんはひとこと謝った。ただ、彼女はそれを言っておきたかったのだろうと、シンは感じる。

あとには、どこか気の抜けたふうに、日ごろの雑談じみた話が続いた。そして、アヤさんはこう言う。

「三宅さんは、子どもたちに黙って家を出ることはしたくないって言っていた。あしたが、クリスマス・イブでしょう。だから、きょうか、あした、あさってくらいのうちに、なんとか、自分の気持ちをミチとリョウに伝えておきたいって。

つらい思いをさせるだろうけれども」

少年は、黙っている。

「――わたしたちも、これは緊急避難のつもりでいる。いつか、もっとちゃんと、みんなと話せるようになって戻ってくるから」

空気中の酸素濃度が薄れて、ぱくぱくと口だけが苦しげに開いているような表情で、アヤさんが話しているのが見えていた。

歳末は、八百屋という稼業が、一年でいちばん忙しい時期だという。三宅さんは、クリスマス・イブ、クリスマスを妻と二人の子どもといっしょに過ごして、さらにその週いっぱい、青果の仕入れと店頭売りに全力をふるって働き、大晦日の早朝、ついに、この町を離れたらしい。アヤさんも、そのとき町から消えたということである。

同じ日の夜、シンは、知る人も少ない町にとどまって、一人、アパートの自室で年を越す。遠く、どこかの寺で、除夜の鐘を撞きはじめたのが、聞こえてきた。冷え込む夜気のなか、ストーブに手をかざしながら背中を丸め、その時間をじっと過ごした。

彼の《戦後１００年》の最後の一日は、こうやって過ぎていく。


年が明けて二週目、新年最初の《戦後１００年》運動のミーティングが開かれた。シンは、仕事帰りの夕暮れの路上で、偶然、そのメンバーの一人の中年女性から声をかけられ、ほかに用事もないので、例の古いアパートの事務所で、しばらくぶりにこの席に加わった。新年会を兼ねるとのことで、めいめいが缶ビール一本を空けるほどの時間、ふだんよりいくらか長く、歓談が続いた。

三宅さんとアヤさんが大晦日の夜明け前の電車で町を離れたそうだという話を、シンがはっきりと耳にするのは、このときになってのことである。

中高年のメンバーたちは、静かな口調で、控えめに噂しあった。その人たちは、町から姿を消した二人の若い仲間について、とりたてて非難することもなかったし、特段に持ちあげようとすることなども、無論なかった。

第一章　地層

夕暮れどき、駅前通りの床屋の軒先で、赤、青、白の縞模様のサインポールがくるくる回って、果てのない上昇運動を続けている。店内には明かりが灯る。客と主人が、鏡ごしに互いの目を合わせ、髪を刈りながらだべっている。

原子力発電所で生じる使用済み核燃料の最終処分場が、この院加の地で、秘かに計画されているらしいという噂である。陸軍が、町の北方の山中に、広大な基地と演習場を切りひらいて拠点としている。それの拡張整備工事のどさくさに、各地の原発で生じた使用済み核燃料を地下深くに「最終処分」するための工事まで、こっそり行なっているらしいという話が、しきりと町では囁かれている。

「だけどよ、なんぼジエータイでも、地元に断わりもしねえで、そこまでやるかな？」

客は、モスグリーンのポロシャツのボタンがはじけ飛びそうに肥った、地元の土建業者である。

旧世代の癖で、つい、昔の軍の呼称が口をついて出る。

「やりかねないさ。〝国策〟ってやつだもの。親方日の丸のお通りだ」

髪切り鋏を右手の指で軽快にさばきつつ、主人はため息を軽くつく。

「――ほら。望見岩あたりの岩質は堅牢で、今後一〇万年間の安全基準に耐えられる、なんて、このごろ、また言いだしてるだろう。二〇年ほど前だったか、あのあたりの岩場は風化が進んでいて、――『処分場には不適当』だって、いっぺん答申が出てるのに。そのときどきの都合次第で、しらばっくれてケロッとしてやがる。ほかに候補地を見つけられないままだからね」

店主の声はバリトンで、話すにつれて、さらに大きく響きだす。雷鳴みたいな笑い声もたてる。白衣の袖口をまくり、大きな身振りで、カミソリの刃を革砥《かわと》で研ぐ。シャボンを泡立て、たっぷりと客の両頰に塗りつけ、ぐぐっと左の指先に力を込めて皮膚を伸ばし、刃を肌に充てがい、滑らせる。彼はさらに言い継ぐ。

「――政治家ってのは、厚かましさにかけちゃあ、まったくもって、ツラの皮が別あつらえだ。いいかい？　最終処分場の岩石層は、一〇万年間、地震や火山活動の影響を受けずに、じっとしてなきゃいけないって、さんざん言ってきたはずなんだぜ。とてつもない歳月だ。現生人類のホモ・サピエンスが地球上に登場したのは、せいぜい二〇万年ほど前のことだって、こないだテレビで言ってた。つまり、これからさらに一〇万年も経ったら、おれたちみたいなホモ・サピエンスは、とうに次の段階の生き物へと、進化しちまってるかもしれない。そんな時間幅の〝安全〟まで、誰がどうやって保証できるんだい？　百年に一回の大地震でも、それまでには千回起こるって勘定だよ」

「……だよなあ」

　お客は、泡だらけの顔のまま理容椅子に押さえつけられ、どうにかこうにか、相づちを打つ。

「地下何百メートルの深さまで坑道を掘り下げて、そこに野球場が百面くらい取れそうな空間をつくって、使用済み核燃料を埋めちまおうっていう話だよ。一〇万年間。それだけ経ったら、放射能のレベルが、自然な状態に近いところまで下がるんだそうだ。

『これからの一〇万年間、ここなら安全です』なんて言ったって、それが本当かどうか証明するには、いまから一〇万年かかるわけだ。

　それで、そのときにはもうホモ・サピエンスなんか存在してねえかもしれねえだろ？　政治ってのは、どうしてそんなことを言って通用するんだか、つい、感心しちまったりするんだけれど」

「はははは……」

　お客は、喉元近くにカミソリを当てられたまま、鏡ごしに主人と目線を合わせ、力なく笑っている。

「だけど、おめえんとこみたいな土建屋は、実際、こんな工事で声がかかりゃあ、さぞ儲かるんだろうよ？」親しい相手とはいえ、床屋の主人は、客にひどく横柄な口を利き、にやっと笑う。「払いは、国家。しかも、財源は未来の世代へのツケ回しだからね。一種のたかりだな」

「そりゃあ、でっけえ公共工事が入るとすりゃあ、こっちは大助かりだ。だがな、正直、まだこれっぽちも、こっちにゃ、お声掛かりがねえんだもの」

「まあ、いいから」

主人は、ぽんぽん、と客の肩を叩く。鏡のなかで、客は苦笑する。

「――けどよ、わかんねえことは、いろいろある。たとえばさ、使用済み核燃料を輸送するには、放射能が漏れないように特殊な容器で梱包する、と。それが、重さ百トンくらいになるっていうじゃねえか。そんなもんをトレーラーかなんかに乗っけて、道路で、こんな内陸まで運んできたりできるんだろうか？」

「できるさ。道さえ補強しときゃあ、技術的には、どうってことない。ただし、何事にせよカネ次第だから。どこの港からでも、このへんだと、距離は百キロ以上ある。道路造成ってのはな、一メートルなんぼで、予算を見積もる。百キロとして、その十万倍ってことなんだから、海に近い地方に造成するのに較べりゃ、これはこれで桁違いの予算額になるのは確かだ。けど、原発が絡みゃあ、それさえできるってことなんだろうな」

やっと顔剃りが終わり、蒸しタオルで拭ってもらって、客はさっぱりとした顔になる。

「だけど、道路ってのは、車両総重量の制限とか、法律があるだろ？」

「あるよ。だから、法律のほうを変えるのさ。国策なんだもの。そんなもんだろ？」

赤、青、白の縞模様のサインポールが、暮れなずむ店先で、ぼんやりした光を発して回りつづける。

――実際、すでに大量に作っちまってる。どっかで誰かが、なんとか始末するしかないじゃねえか。――

白いセダン車のハンドルを右折方向に切りながら、弁明がましく、男は思っている。とうに世の中は全自動運転が主流のクルマ社会に移っているのだが、彼の場合は未練がましく、いまだ、みずからハンドルにしがみついている。

現在でも、この列島で稼働している原子力発電所があるのかどうか、そういうことさえ、この男は知らない。いや、世間全体が、そうした情報からすっかり縁遠くなっている。

「もんじゅ」と呼ばれた高速増殖炉の原型炉が、国家予算をさんざん食い尽くしたあげくに、ほとんど動かすこともできないまま廃炉と決まってからでも、そろそろ三〇年が過ぎようとしている。ただし廃炉と決められても、汚染された原子炉は残る。これらをバラした放射性廃棄物や、使用済み核燃料は、さらに人目につかない場所に移され、そこに在りつづけるほかはない。

セシウム137なら、半減期三〇年。ウラン235は、半減期七億四〇〇〇万年。プルトニウム239は、半減期二万四千年だったっけ？

青森県六ヶ所村の核燃料再処理工場は何十回と操業開始「延期」が繰り返されて、政治、経済的な折衝、妥協、談合がまたえんえんと重なった。こうして日本政府が当初の「核燃料サイクル」構想を（政治責任を避けたまま）立ち消えにさせるまでにも、さらに長い歴史が流れた。

こんな次第で、各地の原発敷地内などに置かれたままの使用済み核燃料は、もうほとんど満杯の状態である。およそ二〇万本に及ぶと見られる使用済みの燃料体は、このままどこかに保管して、放射能の影響が自然な状態のレベル近くに下がると言われる一〇万年後まで、じっと守りつづけるほかなさそうだ。だが、どうやって？

人間は、ストレスに弱い生き物らしい。だから、この極度な危険物を眼前に置くことには耐えられず、地下深くに埋めてしまえ、と誰かが言いだす。そのさい、これはテロ攻撃にさらされることを避けるため、ミサイル攻撃から守るためだと、理屈をつける。世間も、それに従い、ついていく。だが、そんなところに膨大な放射性物質を埋める危険と、地上管理下でテロや戦争に伴う危険が、互いに比較考量されたことはない。このぶんでは、これからもないだろう。

——というようなことを、この五十年輩の男はくたびれたスーツ姿でガムをにちゃにちゃ嚙みながら考え、院加町役場に向かう交差点をクルマで曲がっていく。

この人物、真壁健造は、「神州赤城会」という政治団体の代表である。と言っても、自分一人で団体を作って、県に届けを出しただけのことで、活動の実績というべきものは何もない。ただ、必要に応じて、この名称を名乗れることが、彼の稼業にとっては大事なのである。正業は、宅地開発のコンサルタント。早い話が、大手不動産会社など開発業者《デベロッパー》の使い走りである。彼らの代理人として水面下で立ち働いて、行政の窓口や地権者などと話をつけ、なにがしかの「コミッション」を頂戴する。

目下の大きな案件《ヤマ》は、町の北方の山麓部から山間にわたる地区で、デベロッパーが何社か競って宅地開発や道路整備を急いでいることである。こうしたさいに、当のデベロッパーの立場から見て、厄介な障害となりがちなのは、文化財行政や環境保護の条文である。この地区の山麓部でも、つい最近、旧石器時代のまとまった石器群が出土して話題となった。すぐ近くには、縄文時代の住居址などが発見されている地区もある。人口低迷に悩まされている町としては、この機に乗じて、遺跡の公園化などを観光客誘致の目玉に位置づけたいとする気運も高まっている。けっこうな話なのかもしれないが、当のデベロッパーとしては、それで自分たちの事業にストップがかかるのは困る。

むろん、工事に先立ち遺跡の有無の事前調査が入る、といった程度のことなら、彼らとて当世流の「企業市民」として受け入れる覚悟でいる。だが、困ったことになるのは、万が一にも、その種の事前調査で〝とんでもない値打ちもの〟が実際に出土してしまった場合である。そうなると、本格的な学術調査の対象になりかねず、土地開発事業全体の見通しが立たなくなる。だから、やっぱり、どうにか、このリスクを事前に回避できないものか、というのが、彼らに共通する切実な望みなのである。

真壁みたいな男の出番が、ここでやって来る。

役場の担当課窓口では、造成予定地が、行政側で設定する「埋蔵文化財包蔵地」の候補地の範囲に含まれているかどうかが、まずは判断の分かれ目となる。窓口に立つ職員の判断に、ここでは多くがかかる。

だから、

「そこをなんとか」

と、真壁みたいな男は窓口にかじりつき、折衝を重ねる。

「無理ですよ、真壁さん。ほら、この地区は『埋蔵文化財包蔵地』の候補指定にかかってますから」

と、担当職員は遺跡地図を指で示して、突き放す。

「いや、そうじゃない。ほら、こっちの図面と合わせてみてください。新築予定の家屋の本体部分は、指定の外側でしょう？　そこを、評価してくださいよ。包蔵地の候補の区域にかかってるのは、庭の隅にあたる場所だけでしょう。そんなところ、重機を入れたりはしませんから」

「あ、そうですかね……」

担当職員は、メガネを外し、老眼気味の目を地図に近づける。


だが、実は、それだけではない。

今度の降って湧いたような院加町北部での開発競争には、もっと途方もない事情が隠されているに違いないと、真壁はにらんできた。業者たちの前では、素知らぬ態度で通している。だが、すでに情報の一端はつかんだ。このヤマでは、相場とされてきた額よりも、はるかに大きなカネが動く。だから、自分の立ちまわりかたを見きわめ、なるべく多くの業者から、ごっそり「コミッション」をせしめたいというのが、彼の魂胆なのである。

町の北方の山間部をずっと分け入ったところに、陸軍が広大な山林を確保して、そこを造成し、基地と演習場が置かれている。この敷地から、深さ五百メートル以上に及ぶ坑道を掘り下げ、そこからぐるぐると羊の腸のように長い長い坑道を広範囲に張り巡らせて、その床面に使用済み核燃料を埋設していく最終処分場が作られようとしている——との噂が、かねてからあった。町を見下ろす望見岩の地下深くのあたりが、おおよそ、その南端であろうという。どうやら、これは単なる噂話ではない。すでに軍の指揮下で、文科省が所轄する放射線研究開発機構、さらにスーパーゼネコン各社なども共同研究に加わって、試掘まで始まっているらしいのである。開発業者の各社は、いずれこの動きが表立つに伴い、大規模な用地買収に発展するのを見越して、土地の入手と造成を急いでいるのだろう。単に山林のまま転売するより、宅地、道路として買い上げに応じるほうが、利ざやは格段に大きくなる。

真壁の場合、商売柄、つねに役場の人事などには注意を払う。関係部局の担当者が異動になれば、新しく着任した担当者に、「ご挨拶に伺いたく……」と、すぐ電話を入れる。顔がつながってこその商売である。もともと彼自身の体は華奢で、声もどちらかというと甲高い。油断すると、さらに筋肉が落ちて痩せるので、週二、三度、スポーツジムに行くことを心がけている。ランニングマシーンに上がると、正面の鏡に自分の姿が映る。駈けながら、一重まぶたに薄い眉、尖った顎の形までが、晩年の父親に似てきたように自分で思う。自分も、もう五一である。父が肺癌で死んだ歳をすでに三年も過ぎている。

名刺には、

《住宅コンサルタント
神州赤城会
真壁健造》

とだけ刷っている。

「神州赤城会」という名称は、地元の俠客・国定忠治ゆかりの赤城山にちなみつつ、そこに右翼っぽく神州とかぶせただけである。とはいえ、折衝ごとのさい、自分のほうから、あえてこの名称に触れることはない。先方も、ちらっと名刺に視線を落とすだけで、これについて何か尋ねてくることは、まずなかった。だが、この団体名を目にした以上、今後、相手の念頭には、いつもこれが引っかかるのを彼は知っている。役場に電話を入れて担当者を呼び出すさいには、「赤城会の真壁でございます」と鄭重に名乗っておく。

　町の担当職員という立場にとって、町民から贈られる菓子折りを拒むことはできても、訪問先の民家で差し出されるほかほかの今川焼まで断わるのは難しい。この機微を教えてくれたのは、隣県選出の古株の国会議員だった。

「おれのところに取材に来た記者連中には、年の瀬ごとに、深谷ネギのいいのを送ってやることにしてるんだ」

　と、事務所のソファに深く腰を落とし、番茶をすすりながら、その男は言った。

「――尾頭付きの鯛だと、送り返してくるブン屋はいる。だけど、ネギまで返してきたのは、これまで一人もいなかった。地元名産の深谷ネギは、旨いよ。忙しい年の瀬に、そういうのがあると、母ちゃんだって助かる。亭主が帰ってくるまでに、もう使っちまってる。ドブ板の政治家には、そういう気働きが大事なんだ。よそ様の女房に気に入られるくらいじゃねえと、この商売はやっていけない。それに、食いもんの効果ってのは、鯛だろうがネギだろうが変わらない。口に入れて、旨いな、と思ってもらうのが先決だ」

　たしかに、そうだろう。

　だが、相手に食いつくチャンスは限られている。

「そこをなんとか……」

　と、また自分は低く声を抑えて、窓口職員の喉元にかじりつきそうな姿勢で懇願することになるだろう。

交渉ごとは、せいぜい三、四〇分ほどで、穏便に引き上げることにしている。そして、二、三日、間を置き、また訪ねていく。そして、そこをなんとか、そこをなんとか――と、薄い紙で相手の頬を軽くたたくように、言いつづける。これを重ねるうちに、相手は、なんらかの形で折れてくる。どこか、根気が尽きてくるのだろう。公務員には必ず異動がある。それまでの数年、ともかくも無事に過ごしたい。彼らがそう願うのは、当然だ。それを理解しながら、少しずつ押していく。澱のような疲れが、こちらの体の底にも溜っていく。

各地の火山の噴火が相次ぎ、原発の事故も重なった。電力供給は滞りがちだが、人口減少、省エネルギー商品の普及と品質向上などが、これを補って、たまに短時間の停電が生じる程度である。リニアモーターカーの建設工事も、長く中断が続いて、いまだ再開の兆しがない。工事が先行した区間の施設の老朽化が進んでいるので、このまま完工をあきらめ、用地転用をはかるほうが得策だという議論も、時を経るごとに強まってきた。

一〇年前、およそ一八〇年ぶりと言われる超大型の太陽嵐に地球が襲われた影響は、さらに広範に残っている。

あの夏の終わり、北半球の低緯度地方、ハワイやパナマ、香港、サウジアラビアなどで、夜空に赤や緑、紫色の光が揺らめく巨大なオーロラ現象が見られた。それに続いて、太陽から放出される荷電粒子の流れ（太陽風）が、爆発的な太陽嵐へと変わって、地球上に降りそそぎ、地球磁場を大きく乱した。この磁気嵐は、送電線に、すさまじい誘導電流を生じさせる。これは世界各地のありとあらゆる変圧器を破壊して、照明や飲料水、下水、空調、運輸、通信、冷蔵保存などをマヒ状態に陥れた。ＧＰＳ、さらに人工衛星にも故障が続出し、通信衛星の多くが機能を失った。この混乱は、全世界でおよそ九千万人の死者を生んだと言われていて、現在でもまだ完全には回復していない。

地球規模でのあのような大災害は、その後の社会風俗などにも、思いがけない変化を残したように、この男は感じている。たとえば、一時あれほど世間を風靡していた「スマホ」と呼ばれる小型通信装置が、若い世代から、いつのうちにか急速に忘れられつつあるらしいことである。停電と回線不足、電波障害などによる不便に耐えながら、こうした機器にかじりついていることのストレスが、彼らの「スマホ」離れを一気に促したのか。気づいてみると、若い世代のスマホ依存の生活習慣はすっかり薄れて、いまだこの装置にすがっているのは、ほとんどが、真壁より上の世代の老人たちである。かえって、若い連中は、近ごろ町のあちこちに復活してきたカード式の公衆電話に取りついて、だらだらと長話をしていたりする。真壁の目には、なんだか、それは自分が生まれるよりも前、古い写真のなかの風景のように映るのだが。

このごろの若い連中が、何を楽しみとして生きているのか、付き合いがないので、真壁はほとんど知らない。

だが、こうして町なかをクルマで走ると、日中、公園や神社の境内では、オーバーコート、マフラーなどで防寒に身をかためて、ビニールシートに手持ちの生活雑貨や衣料を並べて、売るなり交換するなりしているようで、気長に立ち話など続けている連中をよく見かける。スマホなどの機器の流行が続いた時代のあいだに、紙の本を読む習慣はすっかりすたれて、専門の出版社は大方消えてしまった。だから、手垢で黒ずんだ古い文庫本なども、シートの上に並べて売っている。本屋というものが、もう、この町にはないからである。通りがかりの人たちが、表紙の書名に目を落として足を止め、手袋をはめたまま、ページを開いて、読みはじめる。

　こんな午前中の光景を横目に、真壁健造のクルマは、きょうもまた折衝ごとを果たしておくため、町役場へと続く道を走っていく。

　いまになって思い返してみれば、自分が若いころには、まだしも〝歴史〟とでも呼べそうな時間の変遷に対する感覚が、この世間にはあった。そんな気もする。いまは、どうか？　たとえば「スマホ」が流行り、やがてすたれ、そして、いつしかそのことさえも忘れられていく。


　年が明けて戦後１０１年目、二〇四六年に入ると、西崎シンという満一七歳の少年は、院加駅前で《戦後１００年、いまこそ平和の精神を未来の世代に受け継ごう！》のアピール活動を続ける五〇代、六〇代のおじさん、おばさんたちとも、言葉を交わすことが少しずつ増えてきた。きっかけは、このスローガンを記した横断幕が、駅前の植込みのフェンスに張られているのを指差し、シンのほうから尋ねてみたことだった。

「この文句、最後が《受け継ごう！》になってますけど、これ、主語は何ですか？」

　メンバーの一人とおぼしきおじさんに近づき、そう訊いた。

「えっ？」

　黄色いニット帽をかぶった長身のおじさんは、目を見開いて、聞き返した。

「《受け継ごう！》だけ読めば、これを言ってるのは未来の世代なのかな、とも思えます。

だけど、ちゃんと全体を読んでみると、この文句は、いまの世代の人たちが《平和の精神》を未来へと〝伝えていこう〟って呼びかけてる、そういう文脈なのかな、と。すると、主語は、いまの世代、ということになりますよね？」

「あ……。そうそう、たしかに」

ニット帽のおじさんは、何度も小刻みにうなずいた。

「もしそうなら、《受け継ごう！》じゃなくて、たとえば《受け継がせよう！》か、《引き渡そう！》とか、そのあたりのほうが的確なんじゃないでしょうか？」

「えーと……、うん、そうなのかもしれないなあ」

理屈っぽい少年の主張を辛抱強く聞き終えてから、おじさんは、小首をかしげながら答えた。そして、

「――ちょっと待ってて」

少年をこの場に残し、彼は、ほかの仲間たちのところに歩み寄り、皆を手招きで集めて、しばらく立ち話の輪を作って協議していた。野球の審判団が、ゲーム中にフィールド上に集まり、判定をめぐる一方のチーム監督からのアピールの正否について、合議している姿をそれは思わせた。やがて、先ほどのニット帽のおじさんに伴われて、ベレー帽に白髪のよく肥った小柄なおばさんが、こちらに向かい早足で歩いてきた。

「たしかに、あなたの言う通り」

きびきびした早口で、彼女は言った。おじさんよりもいくらか年配で、パンツスーツの衿もとに長いマフラーを巻きつけ、丈の長いシルバーグレーのダウンコートを羽織っていた。

「――あのフレーズ、みんなで相談しながら作ったんだけど、ああしよう、こうしようって言ってるうちに、最後はなんとなく決めちゃったの。わたし、中学校で国語を教えてたのに、恥ずかしいわ。

それで、いま、相談しなおしたんだけれど、ほんとなら、《受け渡そう！》ってところかもしれないけど、ちょっと堅い。だから、《手渡そう！》にしようかってことになったの。どう？」

「あ、いいと思います」

少年はうなずく。

「――リズムもすっきりする」

夕刻、発掘補助員の仕事を終えると、このごろ彼は、こうやって、中古で買った五段変速機付きの実用自転車を駆り、院加駅前に立ち寄ることがある。週に一、二度、数人のおじさん、おばさんたちがチラシ配りと拡声器を用いての演説係を分担し、こんな調子でもたもたとアピール活動をやっているのが、わかっているからだ。次に彼がここに来たとき、例の横断幕のフレーズの末尾の部分には、ちゃんと当て布が施され、

《戦後100年、いまこそ平和の精神を未来の世代に手渡そう！》

と直っている。そのことに、ちょっと感動した。

演説は、誰がやっても、板につかない様子である。以前に八百屋の三宅さんが受け持ったころのような、手馴れたスタイルとはいかない。みな、手もとのメモに目を落としながら、ハンドマイク

に口を寄せ、しゃべる。

「あのー、わたくしどもは、平和が脅かされる、いまの時勢のもとでこそ、平和憲法の理念が暮しのなかに生かされていた時代の原点に立ち返り……」

と、おじさんが。

別のおばさんがマイクを受け取って、

「わが子、そして孫たちに、兵士となって人を殺してほしくないし、もちろん、殺されてもほしくない。わたくしは、そう思うんです。……いま、この国の軍隊は、積極的平和維持活動という名のもとに、中東と東南アジアで、どうやら戦争をやっております」

おっと、この言葉は、NGだ。ロータリーの四隅から、アピール活動を監視している地味なスーツ姿の男たちが、いっせいに小走りで寄ってくる。この国の軍による海外での武力行使は「積極的平和維持活動」であって、「戦争」などと呼んだらダメ。これは、法律ではなく、政令として、閣議決定で決められた。ちなみに、こうした作戦行動中の戦没者は、「戦死」でなくて、「活動死」！巻き込まれた民間人に死者が出た場合は、「事故死」と呼ぶべし、とされている。

この種の語法に、政府筋からの指図はこまかい。ここ二、三〇年、あまりに煩雑で、新聞の紙面などを読んでも、さっぱりわからない文面になってきた。それもあってか、家庭で新聞を定期購読する習慣は、近ごろ、すっかりすたれている。同様に、テレビの報道番組も、ほとんど姿を消している。

いま、この国の首相は誰か？　一般の人びとは、その種のことをあまり知らない。これは、知らされないからというより、興味が持てなくなっているからである。選挙も、どこかで営まれてはいるのだが、若い世代は、これを古くからの民俗行事のたぐいのようにみなしている。

　演説しているおばさんめがけて、ロータリーの四隅から、公安警察らしき男たちが寄ってくる。三〇代なかば、切れ長な目の男が、抑えた声で言う。

「わが国が『戦争』をしている、という演説は、風説流布にあたります。先日も注意したでしょう。逮捕の要件になりますよ」

「ごめんなさい……」キルティングのハーフコートの肩をすぼめ、白髪まじりのおかっぱ頭をおばさんは下げる。「でも、どう言ったらいいんだか、わからなくなってしまうの」

「たしかにね。どう言えばいいんだかな」大柄な中年の刑事が、苦笑いを浮かべて、なだめるように口をはさむ。「だがね、規則は規則だ。やっぱり、ここは『積極的平和維持活動』って、きちんと言ってもらわんと」

　冷静な口調をたもって、若いほうの男は続ける。

「きょうのところは逮捕はしません。ですが、もう、いい時間でもありますから、ここで解散してください。これは治安警察法にもとづく命令です」

《戦後100年》アピール運動のおじさん、おばさんたちは、ほとんど無言でそれに従い、横断幕をフェンスから外して、紙袋にチラシなどを片づけはじめる。公安警察官たちも、またロータリーの四隅、それぞれの持ち場に戻る。

「まあ、こんなものだろうな」

　さっきハンドマイクで演説していた、高山さんという六〇年輩のおじさんは、事務所に片づけものを運ぶ道みち、手袋をした手でダッフルコートの衿元を合わせて、意外に明るい声で言う。シンも自転車を押しながら、途中の交差点まで、一行といっしょについていく。

「――おれたちが若かったころは、首相ってのが、もっと強面《こわもて》だった。いま、総統って呼ばれてるのが、やつなんだろうと思うけれど。もし本当にまだ生きてるんなら、そろそろ九〇になるんじゃないか？」

「そうだね。いまが最悪というわけでもない。こっちも、ぼけ防止を兼ねるつもりで、気楽にやっていくしかないいか」

きょうも黄色いニット帽をかぶっている井出さんは、ストレートのジーンズに、太い毛糸で編まれた肘当てつきのセーターを着ている。

「――昔は、平和教育とか、自虐史観だとか、わーわー言いあったもんだけれども。だがね、こうやって義務教育で歴史の教科が全廃になってみると、なんだか、こっちまで、頭んなかが空っぽになったみたいに、すっきりする。これでいいはずはないんだけれども、うちの子どもらは、受験が楽になったと言って喜んでるよ」


発掘調査現場の仕事は、からっ風の冷たさが身にしみる。下着の腹と背中に使い捨てのカイロを貼りつけ、ジーンズの下にはタイツを重ね穿きしている。軍手をはめ、移植ゴテや竹ベラを動かして、じかに土の上にしゃがんだり、這いつくばったりしながら、毎日働く。最初のころより持ち場は少し広くなり、いまは畳二枚分ほどの地面が受け持ちとされて、少しずつ慎重に土を剝いでいく。遺物ではないかと思えるものが現われてくれれば、これはその位置に掘り残す。そして、周囲の地面は、均等を心がけつつ、さらに掘り下げていく。

調査主任補佐の古木さんが、一日に何度か巡回してきて、顔を見せる。ここで働きだした最初の日、この人から、現場での即席の講習、そして、器具や道具類の使い方の説明などを受けた。だから、彼を見かけると、いまでも不安が払われる。いつもグレーの作業着姿で、痩せた長身に黒ぶちのメガネをかけた三〇歳くらいの人である。

「どうだい？　慣れてきたかな？」

などと言いながら、すぐにしゃがんで、竹串などを手に取り、装飾付き土器片などのやっかいな部分の土をかきだして見せてくれたりする。

「――少しずつ、少しずつ。焦れないことだね。遅さが取り柄になる仕事だよ」

竹串をこちらに手渡しながら、にっと微笑し、かすかに顎をしゃくって見せる。やってみなさい、ということだろう。焦れる気持ちを見すかされているようで、耳たぶのあたりが少し熱くなる。

「古木さんは、ぼくくらいの歳のころから、ずっと考古学をやってたんですか？」

と訊いてみたことがある。

「古代史を勉強したかった。だから、大学に入って、最初は文献史学だった。古い文献をひたすら読み解いていくような歴史学だね」

日暮れが近づくと、現場をブルーシートで覆う。その作業に手を貸しながら、彼は言った。

「――ただし、文献の史学だと、どうしても政治的な権勢のある場所が中心になってくる。自分たちの文字を持ち、記録し、それを集積できるのは、勝者の立場の側だから。でも、ぼくとしては、この日本列島のそれぞれの土地で、ふつうの人たちがどんなふうに暮らしていたのかとか、そういうことに興味があった。そこから、だんだん、考古学のほうに近づいてきた。これなら、文字で記録された事柄だけではなくて、生身の人間のいとなみの痕跡を追うわけだから、負けて消えていった側の歴史も見つけだすことができる。ぼくがやりたいと思ったのは、そっちのほうだった」

少年は、黙って聞いている。そして、また尋ねた。

「もともと忍耐強かったんですか？　古木さんは」

「ぜんぜん」

笑顔になり、指で鼻梁にメガネを上げる。薬指に銀のリングをはめている。

「――焦れて、焦れて。だけど、本当にすごい人たちが残した仕事を実物で見ると、そんなことは言っていられなくなった。ぼくの考古学の指導教授はかなりのおじいさんだったけど、その人のさらに先生、つまり、ぼくにとっては師の師にあたる先生の仕事が、いろいろ残っていた。

たとえばね、昭和の戦争の直後、その先生もまだとても若かったころのことだけど、大阪南部の古墳で、畳一枚分ほどある副葬品の大きな盾を掘りだした。牛か馬の皮に、漆が塗ってあったものらしい。とても美しい文様が施されている。四世紀末か、五世紀初めくらいのものだったと思う」

「皮って、そんなに強いんですか？　千何百年も、土のなかで残っているほど」

「いや、もちろん残らない。その部分は、腐って、なくなっていた」

古木さんは言った。

「――ただし、この盾を土のなかに見つけたとき、とてもていねいに掘り下げていたから、そこにうっすら、漆の膜が残っていることに気づいたんだそうだ。だから、ここから先は、柔らかな毛の太い筆を使って作業を続けた。こうなると、もう〝掘る〟なんてものじゃない。土の粒をほんのちょっとずつ毛先で払いのける、といったところだろう。

残っていた漆だって、ちゃんとつながってるものではない。せいぜい三センチ四方ばかりで、うっかり風が当たると、それが重なったり、飛んでしまったりする。幸い、その下の土に、うっすらと文様が残っていた。これを美濃紙に写し取っていくと、鋸の歯みたいな文様で飾られた、畳一枚分ほどの楯の姿が現れてきたということなんだ」

「聞いてるだけで胃袋が痛くなりそう。すごい忍耐力ですね」

「自分が神経質な人間だったら、この作業に耐えられなかっただろうって、その先生は書いていた。あとは、張りつめすぎて、自分が壊れてしまう。だから、体力を備えた図太さと注意力、それが必要だ。あとは、視力だね。その先生がまだ二〇代前半のころだから、目がとても良かったんじゃないかな」

おりに触れ、こういった話を、古木さんはいろいろと聞かせてくれる。そして、こんなことも彼は言った。

——いま、こうしてわれわれが発掘しているのは、黒っぽい色をした縄文時代の地層である。さらにこれを掘り下げていくと、やがて「関東ローム層」と呼ばれる厚い火山灰質の赤土の層にぶつかる。かつては、この層が現われると、もう、そこで発掘はやめていた。火山活動がこれほどさかんな環境で、ヒトが生活できたわけがないと信じられていたからだ。だが、実際には、これは何万年、何十万年という長い時間をかけて、火山灰が風で運ばれ、少しずつ少しずつ、積もりつづけた層なのだ。地元火山の爆発的な噴火で短期間に降り注いだ軽石、火山礫などは、また別の層をなしており、こうした層と赤土の層とは性格が違っている。

浅間山や箱根山は現在も火山活動を続けている。だから、関東地方の火山灰質の地層は、いまだに少しずつ成長している。つまり、赤土の分厚い地層が火山灰質だからといって、当時、ここでヒトが活動していなかったと断ずる根拠はないのだった。

「火山灰は、積もり続けている。

もし、いまから一〇万年後、誰かが、地層のなかに、ぼくらが生きていた時代の痕跡を見つけたとしても、有機物でできた遺物は、もうそこにほとんど何も残っていない。だから、たぶん彼らは、ぼくらの時代のことも、石器時代の一部とみなすだろうね」

古木さんは、そのように言って微笑していた。


夕刻前の「高田理容院」。店先で、赤、青、白のサインポールが回っている。

「どうやら、核燃料の最終処分場ってのは、いよいよ本当に、ここの町のはずれあたりに造っちまおうってことのようだな」

店主はバリトンの声を響かせ、髪切り鋏を指先で軽く操り、痩せた中年男の客に向かって、鏡ごしに話しかけている。

「らしいね」

理容椅子にふんぞり返った格好で掛けている客は、真壁健造である。ここの店主は、子どものころから、彼にとって四つ年上の近所のガキ大将格だった。

「原発の電気をさんざん使ってきたんだから、そのカスも、ある程度は自分たちで引き受けろ、と。そう言われたら、あながち、無下には断われない気はするんだ。

だけど、まだこれから先も原発を動かすんなら、最終処分場だって、到底、これ一個じゃ済まねえわけだろ？　そこがまた問題だ。いつになっても、どんどん先送りにするだけで、最終的な解決がねえままだもの」

「そうだなあ」

「まあ、おまえにとっちゃあ、これもメシの種だから。おれだって、それをどうこう言うつもりはねえけれども」

鋏の手は休めず、上機嫌な調子で床屋の主人は続ける。

「――だけど、あれだよ。テロ対策を厳重にするだなんて、よく言ってるけれども、結局、そんなものは防ぎようがないもの。原発の運転員がヤケを起こせば、それで終いだよ。やぶれかぶれで放射能で自殺しちまおうとか、借金で弱味を握られて、警備上の機密事項を漏らしちゃうとか。運転員当人が本気で事を起こそうとすりゃあ、何だってできるんだもの」

「だよなあ。それはさ、おれだって、たしかに、そう思うよ」

上の空で答えながら、そうだ、うちの女房も言っていた――、と真壁は思い出している。

まだ女房も元気だった時分だから、もう一〇年近くも前になるだろう。あのころ、彼女は駅前の中央通りで店をやっていた。ボックス席が四つと、カウンターが五席ばかりで、アルバイトのホステスを二人置くだけの何の取り柄もないスナックだったが、夕飯後に手持ち無沙汰な地元の商店主たちが馴染みになって出入りしてくれていた。基地にメンテナンスや納品で出入りする業者らも、駅近くの安ホテルでの泊まり仕事になるときなどに流れてくる。くだけた接待に使うときには、尉官程度の連中も連れてきた。

「原発の燃料の最終処分場をこの町に持ってこようって話があるんだって」

……そうだ。たしかに女房は、そう言っていた。夜更けて店から帰って、風呂に入り、パジャマ姿でスツールに腰かけ、手指の爪のマニキュアを落としながら四方山話をするのが、彼女の長い一日の終わりだった。店から女房が持ち帰った残りものの鰻《う》ざくか何かで、おれは焼酎のお湯割りを舐めていた。

「――きょう、軍の人と、ゼネコンの人と、たぶん原子力関係の研究者なんだろうけど、仕事の顔合わせらしくて、店で飲んでたよ。いずれは、ケンちゃんの仕事にも絡んでくるのかもしれない。だけど、わたしは、やだ。ああいう男たちは信じられない」

顔を上げ、こちらに目を向け、真顔になって女房は言った。

「何のことだい？　酔っぱらい相手の稼業にしては、ずいぶん厳しいことを言うじゃないか」

冷やかし気味に、おれは聞き返した。

「まずは安全だと思っています、って、研究者みたいな男は言ってた。自分たちは、長年、地下五百メートルの坑道を備えた実験施設で検証を重ねてきた。もし赤城山や榛名山の大噴火を起こして、火砕流がここまで流れてきたって、使用済み核燃料は安全だと請けあえる、って。

それから、こんなことを言っていた」

女房は、研究者らしい男の口調を、さらに口まねして見せた。

「――九州あたりの原発についても、桜島、霧島山、阿蘇山なんかが巨大噴火したらどうするんだ、みたいなことが、よく言われたりしますよね。それだって、本当は問題ないんです。なぜならば、たとえば縄文時代に薩摩半島沖で起こった巨大噴火は、当時の南九州一帯の人間の暮らしを壊滅させてしまった。阿蘇山も、さらに遡れば、同じような破局噴火を起こしています。つまり、そうなってしまえば、もう原発の安全どころの話じゃないんですから。それを想定しようとしたって、しかたのないことなんです。——

あの男は、そう言って笑っていた。信じられない。冗談半分のつもりなのかもしれないけど」

「ふふん」

と、おれは鼻先で笑う程度の反応を返しただけだったろう。使用済み核燃料などというものに興味はなく、ぜんぜん、ぴんと来なかった。それよりも、早く女房とベッドにもぐり込むことを願っていたに違いない。

けれど、女房のほうは、さらに言いつのった。

「ああいうの、わたしは、いやだ。自分自身の自信のなさ、ちゃらんぽらんさを、しみったれたエリート意識みたいなものにすがって、ごまかしてしまってるんだ。そういう人って、多いよ。本当に馬鹿になっちゃうんだ。だから、ほかの人のことも馬鹿にできるんだよ。

火山の大噴火が起こったら、そこで暮らしてる人たちは、子どもであれ、母親であれ、きっと、みんな必死で逃げようとするでしょう。生きていたいんだから。それさえ想像できないような人に、何を言っても、気持ちが通じるとは思えない……」

いまでも、ときどき、あの夜の女房の表情やしぐさを思いだす——。

「……頭はどうする？　洗うかい？」

「ああ、洗ってもらうよ」

店主は理容椅子をぐるりと半回転させて、洗髪台へと客の頭をじょじょに下ろしていく。髪にシャンプーを泡立てたり、洗い流したり、店主がしているあいだも、真壁は理容椅子で仰向きの姿勢のまま話しつづける。

「——そういや、こないだ、役場へ折衝に行ったとき、お宅のめぐみちゃんと会ったよ。いま、保健課なんだね。窓口にいたのをめっけて、声をかけたんだ。ちょうど昼どきだったから、誘って、近くの中華屋で昼メシ食った」

めぐみちゃんというのは、この理容店主の娘である。二三歳になる。

「そうかい？　あいつは、あの通り口数が少なくて、家じゃあ、そういうこと、なんにも言わねぇから」

化粧気なく、安手のブラウスに紺のカーディガンという身なりで、小柄な彼女は役場の窓口に立っていた。真壁が昼食に誘うと、正午のチャイムが鳴るのを待って、グレーのオーバーコートを着込み、猫背ぎみの姿勢で、とことことスニーカー履きでついてきた。昼の中華定食に小籠包も付けるかい、と訊くと、両手で湯呑みをくるんだまま、黙ってうなずき、頰笑んだ。

——あ、おれって、右翼の政治団体員ってことで、役場じゃあ鼻つまみなんだ。めぐみちゃん、困った立場になんねえかな。——

と、気にかかりはじめて正直に話すと、ただ首を振り、にこにこと笑っていた。食後に出てきた胡麻団子も、小さいのに、両手の指でリスのように持ち、食べていた。

好きなのかい、こういうのが、と訊くと、うんうん、とうなずき、杏仁豆腐、月餅とかも、と言って、彼女はまた笑う……。

よっこらしょと、理容椅子を元の位置に戻して、店主は真壁の頭にヘアトニックを振りかけ、両手の指を立てて荒々しくマッサージしてから、ドライヤーで乾かしはじめる。

「めぐみちゃんは、相変わらず、いい子だな。だけど、ちょっと地味だなあ。もう少し、同じ年ごろの男たちの目に留まるように工夫もしなきゃあ、もったいねえんじゃないか？」

鏡ごしに真壁が言うと、店主はわざと素っ気なく首を振る。

「おれと女房がこさえた娘だから。ご面相は、まあ、あんなもんだし、しかたがねえんだよ」

「だって、ショーコちゃんは、あの通り陽気だし、社交家じゃないか」

真壁は、店主の女房のことを引き合いに出してみる。

「ありゃあ、ただの派手好きだろう。きょうだって、高校時代の仲間たちと同窓会やるなんて言って、店ほっぽらかして朝のうちから出ていっちまいやがった。いくつになったって、なんだかんだ理由を見つけちゃ、着飾って集まってしゃべってくる。

だから余計に、実の娘とはいえ、めぐみみたいにのろのろしてるの見ると、いらいらするらしいんだ。波長が合わねえんだよ。そうかと言って、おれが相手じゃ、めぐみにも話題がねえし」

顔をしかめる店主と、鏡ごしに目を合わせ、真壁は笑った。

「お兄ちゃんのほうは、どうなんだ？」

「光一かい。まだ東京で、世界チャンプの夢を追ってるよ。昼間はトンカツ屋で働いて、夕方からジムに出てるんだそうだ。自分は絶食して体重落としながら、お客にトンカツ揚げてるなんて、とんだ店だよ。行きたかねえよな？」

めぐみの二つ違いの兄、光一は、プロのボクサーをめざして東京に出て、もう何年かになる。

「――店は高田馬場で、ジムも近くなんだ。まだ、やっと八回戦か、そこらへんだよ。二五にもなって、いいかげんに観念して、もっと堅気な仕事口くらいは探してみたって良さそうなもんなんだが」

「まあ、いいじゃないか」

真壁は鏡のなかで微笑する。

「――好きなことに熱中して、どうにかなってるうちは、それが一番だ。手っ取り早く軍隊にでも入ろうか、なんて気を起こされるよりか、よっぽどいいよ。いまなんか、へたに志願して軍に入りゃあ、たちまち中東送りになりかねない。東南アジア、いや、アフリカってこともある。ボクサー上がりなんか、もう体もできあがってることだし、一発だぜ」

「ああ……。それもそうだよな」

「まあ、めぐみちゃんにしてみりゃあ、光一君がいなくなったままだと、寂しいか」

「それはそうなんだよ。歳も近かったもんだから、あれできょうだい、仲は良かったからね。光一は勉強がからきしダメだから、妹に教えてもらったりして。

やつは学校ってところに向いてないんだから仕方がないって、おれは言ったんだが、女房は大学に入れって、うるさかった。それもあって東京に逃げだそうとしたんじゃねえのかな」

髪にローションをつけ、櫛を入れていく。

「だからよ、無事が何よりなのさ。うちの女房だって、子どもが欲しかったんだ。前の亭主とのあいだに一人いたんだけども、小さいうちに喘息で亡くしちまってるからね。浅間山やなんかの大きな噴火で、こっちにもずいぶん灰が降ったころらしいから、それも良くなかったのかもしんねえな。

一緒になって、ちったあ努力もしたんだけども、もうお互いにいい歳でもあったし、子どもにゃあ縁がなかったってことなんだろう。それやこれやしてるうちに、あの通り、病気が出ちまった」

「何年になるんだっけね。フミエさん、亡くなって」

死んだ真壁の女房のことを、店主は訊く。

「そろそろ六年になるよ」


《戦後100年》運動のおばさん、おじさんたちによる院加駅前でのアピール活動の現場に、それからもシンという名の少年は、仕事帰りのおりおりに立ち寄った。失踪した八百屋の三宅さんの子どもたち——、小学校二年の女の子ミチと、保育園児の男の子リョウも、そこに遊びにきていることがたびたびあった。ミチは利発で、おじさん、おばさんたちの名前をすべて覚えていて、皆と対等な言葉づかいで話し、駅前の広場を跳びまわりながら、チラシ配りの手伝いのまねごとをする。弟のリョウのほうは、ときどきベソをかきながら、姉のミチの後ろをよたよたとついていく。

シンが遊び相手になると、彼らのほうでも「シン!」と呼び捨てで、遠くからでも姿を見つけると笑いながら駆け寄り、飛びついてくるようになった。そのうち、夕暮れが迫ると、二人を自宅の八百屋の店先まで送り届ける役回りとなってしまった。

彼らの母親、つまり、チエミさんという名の三宅さんの奥さんは、きびきびとアルバイトの若い女性に指図しながら、いつも忙しく立ち働いていた。シンが子どもたちを送り届けると、目尻を下げ、何度も愛想よく礼を言う人だった。

ミチとリョウは、姿を消した父親の三宅さんについて、自分たちから触れることはない。それでいて、父親の仲間だったおじさん、おばさんたちとは、変わらず打ち解けた様子でいる。

ときおり彼らに対して、シンには、後ろめたさがかすめる。三宅さんと密かに付き合っていたというアヤさんから、彼との失踪をあらかじめ聞かされていた立場だからである。こうした巡りあわせに、自分で戸惑う。しかも、これを話さずにいることで、妻のチエミさんや子どもたちをいまなお裏切っているように感じてならない。とはいえ、アヤさんも、何かしらシンを信じて、そんな秘密を話しもしたのだろう。三宅さんも、それについては知らされていたのではないか。シンは、彼らのことも責めたいと思わない。この世界では、自分で解決しきれない事情に誰もが取り囲まれる。そこから身をかわして生きることなどできるだろうか？

——おかあさん、何やってるの？

そう尋ねると、母親が、

「考えごと」

と、ぶっきらぼうに答えていたのをシンは覚えている。

母の古い机が、窓辺に置かれている。家は谷あいに建ち、午前のうち、陽はあまり射すことがない。彼女はそこで頬杖をつき、窓ガラスごしの荒れた庭のほうに、ぼんやりと目を向けているのだった。

その部屋に入ると、机に向かう母の背後から、自分はそう尋ねる。古びた椅子の背もたれ。頬にかかる髪。ブラウスの袖口と、手首、長い指が見えている。こちらを振り返ることもないまま、

「考えごと」――。いつも母は、そう答える。あれは、いくつくらいのときのことだったろう？

中学に入ってまもないころのことは、もっと鮮明に思い出す。台所のテーブルで、母が新聞を広げ、じっと目を落としている。そう、いまになって思いだしてみれば、あのころには、まだ、新聞がある家も、それほど珍しいわけではなかったかもしれない。

大きな写真が、紙面に載っていた。高い金網のフェンスを背に、機動隊員らしい重装備の人びとが、幾列もの横隊をなす。最前列の隊員たちは、抵抗する老人や若者を両腕で抱くようにつかまえ、排除しようとしている。男も女も激しく抵抗しているらしく、皆、泣いたり、わめいたりで、苦悶に満ち、歪んだ表情をしている。一方、若い機動隊員たちは無表情に近く、むしろ、ぽかんと呆気にとられたような顔つきのまま、抗う者たちの体を抱えて、運ぼうとしているのだった。

あれは、日本の機動隊が、米軍基地を日本の市民たちから守っている、という構図だったか？

いま思い起こすと、そういうものだったように少年は感じる。

「あなたのお父さんはね」

紙面から目を上げ、すでに始まっていた話の続きのように、静かな声で母は言った。

「――学生時代に、後ろから背中を誰かにナイフで刺されて、血まみれになったことがあった。国会議事堂の前で、何千人かが政府への抗議に集まったとき、マイクで話しはじめようとしてた。そのときに」

「誰に刺されたの？」

「わからない。国会議事堂を背に、機動隊員が横に何列も並んでいた。何百人と。その目の前でのことだった。私服の警官たちも、抗議の参加者のなかに大勢立っていたでしょう。でも、誰が刺したのかは、わからなかった。消えちゃったの」

それ以後、父は政治的な運動の一切から、距離を取るようになった、と母は言った。

「恐くなったのかな」

と、少年は訊く。

「それもあるでしょう。もちろん」

母は答えた。

「――だけど、怒りもあったと思う」

そのときの母の答え方を、いまも思いだすことがある。

恐怖を感じて、運動から遠ざかる。それは、わかる。だが、怒りを抱いて、そこから離脱するとは？

「お母さんは、もう、そのときお父さんと付き合っていた？」

「いいえ。まだお互いに知らなかった。その日、たまたま、わたしも同じ抗議行動に参加はしていたんだけど。でも、それは、何千人かの参加者のうちの一人というだけのことだった。

前のほうの仮設ステージあたりで、わっと喚声のような声が上がって、〝けが人が出ましたので、至急、道を開けてください〟って、マイクの声が流れたのは覚えている。でも、あれがお父さんがけがをしてのことだったんだと知ったのは、ずっとあとになって、知りあってからのことだった。

……いいえ、付き合って、さらに結婚し、それから何年も経ってからのことだった。

どこの恋人たちもそうであるように、わたしたちも、とてもたくさんのことを話した。だけど、その日のことが、二人のあいだで、たまたま話題になるまでには、何年もかかった。だって、そうでしょう。学生時代、その日、そこにいたのは、お互い、ただ自分だけだと思っていたんだから。人生には、きっといくつも、そんなことがある。夫婦になり、それからの一生を通して語りあっても、ついに話題にもならず、互いに知らないまま消えていく、二人の運命に関わっていた事柄も」

「お母さんと付き合いはじめたとき、お父さんは、もう、そういう運動に参加していなかったの？」

「そう」

「お母さんも？」

「わたしは、もともと、そんなに熱心に参加してはいなかったから。

それとはまったく関係のないことで、わたしは、あなたのお父さんに興味を持った。お父さんのほうも、そうだったんだと思う」

「どういうこと？」

「ふふ……、それはね、わが子にも言いたくないようなことよ。たとえて言うなら、この人はきれいな指をしているな、とか、なんて幸せそうにものを食べるんだろう、とか、そんなふうに誰かに驚くことって、いろいろあるでしょう？」

「ふつうのこと」

「うん。ふつうで、特別なこと。ほかの誰かが見ていても、わからないようなもの。

運動みたいなことについては、わたしは、お父さんと、たぶん意見が違っている。きっと、いまもね」

「どう違うの？」

「どう違ってたのか。それは、いまもよく考える」

あるとき、突然、母は少年の前から姿を消した。シンが一四歳のときだった。


スーパーマーケットでは、このところ、電子レンジに頼らず、停電中でも温められるよう、使い捨てカイロのような小型発熱装置が付けられた弁当が流行で、真壁が買った「肉じゃが弁当」もそうだった。

ここ数年は、酒もほとんどやめている。飲みたくなることも、あまりない。女房を捕えた子宮肉腫は進行が早く、診断が下って一年足らずで彼女は死んでしまった。当人も、こうした自分の不運に納得がいかない様子で、日を追うにつれ機嫌が悪くなった。

女房が死んでしまうと、自分はそれほど酒が好きではなかったのかと、初めて思った。歳のせいもあるだろうが、五勺も飲めば、もう一人きりの食卓でうつらうつらしてしまう。夜更けまで、そのまま居眠りしつづけ、風邪を引くことが幾度もあった。酒がなければないで、べつにどうということはない。汁物まで作るのは面倒なので、番茶だけ淹れ、できるだけ簡単に夕飯は済ませて、風呂を沸かして入り、あとは寝床で眠くなるまで枕元のラジオを小さな音で聴く。

毎晩、夜九時半ごろから、七〇代、八〇代くらいの素人の年寄りたちが日替わりで出てきて、子ども時代の思い出話をする一五分間ほどの番組がある。およそは、二〇世紀後半、高度経済成長期と言われたころからバブル時代ごろにかけて、この国の社会がいちばん景気もよく、活気に満ちていたころの話である。真壁自身も知らない時代の話ばかりなのだが、ふーん、そんな経験もあったんだなあと、少しうらやみながら、感心して聴いている。

ただし、きょうは、晩飯のあとにも面倒な仕事が残っている。デベロッパーの業者たちへの「報告書」を仕上げなければならないのだ。彼らの関心は、狙いをつけた土地が、長期に及ぶ学術的な発掘調査の対象とされずに済むかどうか、ということだけである。だから、役場の担当課との交渉が無事に済んだと電話一本で報告すれば、用件はそれでほとんど終わってしまう。だが、「コンサルタント」たる真壁に支払われる報酬は、そうした水面下の交渉ごとへの対価、とするわけにはいかない。あくまでも、調査とその結果についての「報告書」に対して、それは支払われるべきものなのである。だから当然、いちおうそれらしい「報告書」の文書を仕上げて提出することが求められる。小僧のころから、およそ文章を書くことなどとは無縁な暮らしだった。だが、これも稼ぎのタネとなれば、どうにかしないわけにはいかない。風呂場の浴槽への自動給湯のスイッチだけ入れておき、さっさと「報告書」をできるところまで片づけてしまおうと、二階の小さな仕事部屋へと、薄暗い階段を上っていく。

「報告書」の内容は、大略、こんなものになるはずである。

――当該地区の造成にさいして、ことに「埋蔵文化財包蔵地」の重要な候補とされている山麓部一帯などでは、一定数の場所を選んでトレンチ（試掘溝）あるいはテストピット（試掘坑）を掘り下げるといった事前調査が、町の教育委員会、ないしは、県が委嘱する埋蔵文化財調査事業団によって行なわれることになるだろう。だが、これに先んじて、開発業者側で必要な用地買収と工事計画の作成を済ませるならば、事前調査の実施は短期間にとどめて、本格的な学術調査を待つことなく、すみやかに造成工事を開始させるという見込みを、院加町役場の担当職員との交渉から得ることができた。なお、事前調査に関する発掘報告書は、後日、簡略なものが実施者（町の教育委員会、もしくは県の埋蔵文化財調査事業団）によってまとめられることになるが、これが工事の進行を中断させることはない——。

真壁には、考古学に関する知識などはない。また、自分の立場としては、それでいいのだと思っている。だが、これだけ開発事業のブローカーとしての場数を踏むと、どんな場所での発掘が〝大物〟の遺跡発見という事態につながりやすいかという、およその勘は働く。そこから見れば、今度の山麓部一帯の事前調査は、かなり危険なものだと感じている。要するに、とんでもない〝大物〟がうっかり掘り当てられて、工事の進行に全面ストップがかかりかねない。決定的な遺跡が現われてしまえば、役場の担当職員による「見込み」の効力など、ひとたまりもない。だからこそ、こうした事前調査はできるかぎり短期間で切り上げさせて、とっととトレンチやテストピットを埋め戻し、造成工事の開始に持ち込みたいものなのだ。

ただし、これは、あくまで自分の稼業上の立場に忠実であればの話である。正直に認めるなら、このごろ自分は、少々息切れがしている。人間は、どんどん新しくこの世に生まれて、稼いで食い、暮らしの場所を得なくてはならない。そうした場所を、順々に、次の世代に譲り渡すには、ある程度、過去の遺跡などが取り壊されるのは仕方がないと思っている。だが、その兼ね合いは、どのくらいが適当か。その見極めが、自分には、以前ほどはっきりとはつかないように感じている。

だが、いや待てよ。

今回の件では、背後に使用済み核燃料の最終処分場の造成という、隠された巨大事業への思惑が動いている。だから、見かけの事業規模より、ヒト桁は違ったカネが、やがては行き来する。自分は、わざといまのところは見て見ぬふりをしているが、とうからその動きをつかんでいる。彼らにも、そろそろ、これを少しは知らせたほうがいいのではないか？　そうすることで、彼らから払い込まれる「コミッション」も、ヒト桁違ってこないものとも限らない。

……というようなことをつらつらと思いもしながら、机の上で「報告書」を作っているうち、どうやらまた居眠りに落ち入ってしまっていたらしい。小さな石油ストーブを焚いてはいたが、体はすっかり冷えている。時計を見ると、もう夜中の一二時前である。きょうのところは、ひとまずここまでで諦め、風呂に入って、床に就こうと考えなおして、階段を下りていく。

風呂場へと続く廊下の手前で、ガラス扉ごしに光が漏れて、台所の蛍光色の電灯がともったままになっている。あ、消し忘れたのかと思って、そのガラス扉を押し開く——。

すると、四人掛けのテーブルの椅子に、女房が一人で座っている。

前からよく着ていた白いカシミアのセーターに、こげ茶のタイトスカート。ほぼ真横から、その姿が見えたのだが、彼女はこちら向きに上体をひねって、

「ケンちゃん……」

口のなかで言い、微笑している。少し老けかけてきたにせよ、やっぱり、いまだってべっぴんだな、と彼は思う。

彼女の向かい側、いつも自分が座る席には、小鉢に鰻ざくがある。脇に銚子が置かれて、猪口もある。

「フミエ……、おまえ、死んじまったよな」

真壁は、そう言う。

「そうなんだけどね、……ちょっと心配で」

ありがたいなあ、と思う。だから、

「もう、行かないでくれよ。ずっと、ここにいてくれ」

と、頼んでみる。

「うん。だから、ケンちゃん……」

そう言って、だんだん、彼女は薄れていく。

第二章　しずく

いいかい、コーイチ。君は、小さく柔らかな拳《こぶし》を持っている。淑女《レディー》のように。ボクサーの武器にも、これは悪くない。小さな拳は、パンチを針のように相手のなかに食い込ませ、深いダメージを与えることができるから。鍛えれば、君のいちばん頼れる味方となるだろう——。

褐色の肌をもつ老人、トレーナーのジョーさんは、ジムのリングの傍らで古い木製の丸椅子に腰を落とし、向かい合って座る高田光一という名の若者の拳にバンテージを巻きなおしてやっている。故国メキシコでスペイン語を話すときにも、彼はこんな調子の声なのだろうか。くせの強いなまりを帯びた、だみ声の日本語で低く語りかける。

強いボクサーになるには、横着はいけない。バンテージがよれたり、ずれたりしたままグローブをはめると、拳を傷めるかもしれない。もちろん、こんな競技で食っていこうなんて考えないほうがいいと、わたしは思っている。それでも、この競技でプロと呼ばれるに値するのは、こういったことに絶えず注意を保って、自分の体を守っていける少数の連中だけだ。

スキンヘッドの老人の頭部には、深い皺が幾重も刻まれ、小さな惑星上の地割れや海溝のようだと、若いボクサーは眺めながら感じる。一七五センチほどの体軀で、腹は締まっており、手、足、目、そして鼻まで、造りが大きい。両眼は鋭い光を宿し、だみ声のままで笑う。元はボクサーだが、現役暮らしは短かった。だから、鼻も、対戦相手のパンチをもらって潰れたりはしておらず、親からもらったアザラシみたいな形のままである。

——たとえ世界チャンプでも、バンテージは自分で巻く。ほら、日本のカブキ役者は、楽屋の鏡とにらめっこして、あの奇妙な化粧を自分でやっているんだろう？　彼らも、それは自分でやらないと落ちつかない。試合前、これからの殴り合いに震え上がりながらも、バンテージをゆっくりと巻きながら考えをめぐらせる。ここから目をそらしたら、もう終わりだ。気持ちが逃げたら、ボクサーに勝ち目なんかありはしない……。

老人の名は、ジョー・ゴンザレス。顔だちからは想像しにくいが、母親は日本人なのだそうだ。オアハカという町で八百屋を営む父親と、日本人女性の旅行者のあいだに、彼が生まれた。当時は、世界中にヒッピーが多かった時代だから、うちの母さんもそうだったんだろう、とジョーさんは言う。光一には、その〝ヒッピー〟というのが、よくわからない。ともあれ、当の日本人の女性旅行者は、彼を生み、そのままオアハカで八百屋のおかみさんになった。——息子のジョーさん自身は、やがて日本に来てから、もう四〇年近く、こうしてトレーナーをやっている。そして、不意に若いボクサーをつかまえ、こんなお説教を始めたりしながら過ごすのである。

だから、ワンツー。

老人が両手にはめたパンチングミットに、軽く左右の連打を浴びせる。にやっと彼は笑って、しばらくは余計なことを言わなくなる。

毎日のロードワークが、強いボクサーになるための第一の条件だというのが、ジョーさんの持論である。だから、日暮れどきジムに顔を出し、ひと通りのウォーミングアップを済ませたら、とっとと走っておいでと、寒い季節でも夕闇の東京の街に蹴り出される。もっとも、このコーイチと呼ばれる二五歳の若者は、北関東の院加というから風が吹きすさぶ町で育っただけに、生ぬるい東京の外気など、なんともない。高田馬場にあるジムから飛び出し、近くの公園、大学のキャンパスへと走って、ジョギング、ダッシュといったメニューをこなす。週に二回は「東京大回り」と自分で称して、一五キロ余りの長距離のロードを緩急つけながら走っている。早稲田通りから、北の丸公園を抜けると、皇居の外周を逆時計まわりに半周めぐって桜田門。そこから、国会正門、首相官邸前、溜池、神宮外苑とたどり、さらに四谷三丁目、戸山界隈を抜けて、ジムに戻ってくる。日中、トンカツ屋の厨房の暑く粘つく空気のなかで働いているので、夜の外気のなかを走り抜けると、体に澄んだ呼吸が甦る。

プルオーバーのランニングウェア、タイツという出で立ちで、小型リュックにスポーツ飲料のボトルとタオルを詰めて背に負う。ひと昔よりは照明の光量が落とされた、薄暗い街を彼は駆けていく。

郷里で理髪店を営む父親が想像するより、二五歳のプロボクサー高田光一はずっと健闘しており、八回戦での勝利をすでに遂げ、いよいよ一〇回戦で日本ランキング入りに挑もうとしているところである。この春には、バンタム級での試合予定もすでに組まれた。だから、その日に向けて、いっそうトレーニングには力が入る。ストライドを大きく伸ばし、すっすっ、はっはっ、と息を継ぎ、早稲田通りを神楽坂下から北の丸公園へ、緩い傾斜を上がっていく。

試合直前の控え室では、震えが止まらない。強烈なパンチをかいくぐって、なんとか相手の懐に飛び込み、敵を倒さなければ、こちらが倒される。それが恐い。シャドーボクシングをしたりして、体の震えをごまかす。周囲の目を気にしてだけではない。こうでもしていないと、体がこわばって痙攣を起こしそうだからである。

鏡に向かい、ステップを切り、左右のフック、そして、ブロッキングの動きを確かめる。シュシュ、シュシュ、シュシュッ、と、口で空気を切り、自分を励ます。

ジョーさんが言うには、恐怖を鎮めてくれるものは普段の練習と気構えだけだという。確かに、そうだ。通いなれた道なら、暗闇のなかでも、体は自然に動く。その反射がなければ、恐怖に押し潰されてしまうだろう。

宵闇を走っていく。国会正門前を通るころには、とうに空は漆黒になっている。

何かの抗議行動が、ときどき行われるらしく、投光器の光が白く照らす路面に、ぱらぱらと人影が集まっていることがある。機動隊の警備車が並んで、正門前を堅く守備している。数百人ほどの人影が歩道に立つときも、もっとずっと少ない人数のときもある。訴えを記したボードを掲げる人たちもいるけれど、ボクサーの若者には関心も知識もなく、まともに読んでみたこともない。拡声器の使用がここでは制限されているらしく、何かシュプレヒコールが叫ばれるときにも、ほとんど肉声だけである。数で上回る機動隊員たちが、国会議事堂を背に、強化プラスティックの盾を横一列に並べ、抗議参加者たちと対峙する。

　こうした動きがない日は、国会正門前も、三、四人の衛視の影が立つだけで、背後の巨大な議事堂建築を淡いライトが照らす。ボクサーの若者は、ここで左に折れ、柵沿いに議事堂の外周を駆けていく。右手の柵ごしに議事堂の衆議院側が見えている。やがて歩道の行く手は、柵に沿って右へと曲がりだす。曲がりきったところの右手に、国会南通用門がある。ここまで来れば、道の進行方向、ほぼ正面に首相官邸が見える。

　あれは、一月終わり近くの金曜日だったか――。


　その日も国会正門前に、幾百人かが集まり、政府に対する抗議のシュプレヒコールを不揃いな声で上げていた。走る速度を落とし、これらの人と人とのあいだをなんとか通り抜けようとしたときのことだった。

「何のトレーニングをなさっているのですか？」

　いまどき珍しいほど、きちんとした話し方で、若い女が声をかけてきた。ずっしりとした風合いのウールのコートに、クローシュハットをかぶり、マフラーはバーバリーチェックだった。細かな冬の雨が、さっと通り過ぎ、すぐに上がったが、機動隊の警備指揮車の投光器に照らされる歩道の路面は黒く濡れ、女のコートにも水滴が光りながら残っていた。

「ボクシングです」足を止め、質問の主を確かめてから、彼は答えた。「三月終わりに、次の試合の予定が入っていて」

「ボクシング、わたしも好きです。白井義男とか」

シライヨシオ？　知らない名前だな。

そう思って、彼は、古風な良家のお嬢さん風の出で立ちをした女の言葉をやりすごす。そして、そのまま彼女と並んで歩きはじめて、今度は自分から訊いてみた。

「ここに集まってきている人たち、何を訴えているんですか？」

「日米安全保障条約反対」と、女は答える。「もう八六、七年間、こうやって続いています。はやり廃りのようなものは、時代、時代で、あったけれど」
八六、七年？　うちの祖父母が生まれるより、さらに前から？
国会議事堂の外周部の小暗い道を並んで歩きながら、ボクサーの男は、彼女の両眼がひどい藪睨みになっていることに気づく。おまけに、扼痕《やくこん》みたいなアザが、マフラーで隠しきれない喉元に、ほとんど真一文字に見えている。けれど、彼女は、気にかけない様子で、こちらに向かって笑みを浮かべる。

「ふーん」男は、うなずく。「ずっと、長く参加してるんですか？」

「いいえ。久しぶり。わたし、大学が史学科なのですけど、まだ卒業論文が出せていなくて。でも、きょうは、それのためもあって来たんです」

「どんな論文？」

男は、学問とは何の縁もない。むしろ、大学、大学と、うるさく言う母親の小言から逃げだし、東京にやってきた。けれども、ただ、この良家のお嬢さん風の女の暮らしへの好奇心から訊いてみる。

「テーマはね、〝首相官邸における恐怖感の変遷〟っていうの」

そう答えてから、くすっと女は笑う。

「恐怖感の変遷？」

それこそ、自分が抱えている悩みと重なる、と彼は思う。ただし、ボクシングの恐怖感と、首相官邸というものの恐怖感とが、どこかでつながっているのかは、想像もつかないことだけれども。

彼女によると、卒業論文「首相官邸における恐怖感の変遷」の執筆計画のあらましは、およそこんなものらしい。

――この国の首相官邸をめぐる精神史は、四つの時期に区分できると考えています。

首相官邸がいまの場所にできるのは、一九二九年、昭和四年です。戦後、この敷地内の建物のうち、首相が公務にあたる部分を「官邸」、官舎として私生活を送る部分を「公邸」と呼ぶようになりますけれど、本来、両方は渡り廊下でつながった一体の施設と考えていいものです。

第Ⅰ期は、この施設の創設から、一九三二年の五・一五事件を経て、一九三六年の二・二六事件までです。

これは、当初の目的通りに、この施設が、日本国の統治を行なう上での拠点として使われていた時期にあたります。ところが、五・一五事件で、青年将校らがここに乱入し、犬養毅首相を殺害する。これが契機となって、今後同様の事態が起こったときに首相が逃げ延びられるようにと、邸内の庭の裏手から、玄関口とは反対側の溜池方面などに抜けるトンネル式の避難通路が、秘密裡に掘られたと言われています。

不安は現実のものとなり、まもなく二・二六事件が起こる。けれど、このときも、すでに襲撃側の手が回っていて、トンネル式の通路を使って岡田啓介首相を逃がすことはできなかった。ただ、結果としては、岡田首相当人は女中部屋に匿われて、なんとか脱出できたのですが。

第Ⅱ期は、二・二六事件後から、戦後の六〇年安保のあとまでです。

二・二六事件ののち、首相たちがここに入居することはなくなります。襲撃で官舎の部分が荒れてしまったのと、物騒な時代状況も続いたことから、こういった状態になるのですが、結局、これは敗戦をまたいで三〇年余りという長きに及びます。つまり、この期間の首相たちは、就任後も普段は私邸などに暮らして、そこから出勤してくる形で、執務だけをここでしたのです。つまり、戦時下のクーデター未遂の傷跡が、えんえんと首相官邸の機能の上に残った時期だと言えるでしょう。

ただし、例外的な事態も生じた。それは、六〇年安保闘争のさい、安保条約改定の強行採決に踏み切った首相が、官邸をデモ隊に取り囲まれて、私邸に帰るに帰れなくなり、ここで夜を明かさざるを得なくなったときです。秘書官は、このときにも秘密のトンネル式通路を使って首相を脱出させられないかと考えたそうなんですが、彼自身が試しに出口まで行ってカンヌキを外して表に出てみたところ、そこにもデモ隊が溢れていたので、あきらめて引き返したという話が残っています。

第Ⅲ期は、ベトナム戦争のさなか、公邸部分の修復工事が五年がかりで完了して、一九六八年、現役の首相が三二年ぶりでここに暮らしはじめます。以後、公邸で暮らす首相がだんだんに増えていき、一九九〇年代なかばから二〇一一年の東日本大震災の直後までは、すべての首相がここで暮らしました。つまり、首相官邸が名実とも統治拠点としての機能を回復していた時期だと言えると思います。

第Ⅳ期は、東日本大震災と福島第一原発での大事故のあと、当時の保守政党が政権奪回を果たして以来、いまに至る時代です。

この転換当時に首相となった人物は、国家の危機管理の必要を強調する人物でしたが、自身が率先して首相公邸に入居して暮らそうとはしませんでした。東日本大震災のさいに、原子力災害対策本部が首相官邸に設置されていたことなどを考えても、大災害や戦争勃発などへの迅速な対応を念頭に置くなら、こうした首相の動向には矛盾があります。ですから、首相は公邸に幽霊が出るとの噂におびえて入居をためらっているのではないか、と国会で追及されたりもしました。五・一五事件や二・二六事件でここを舞台に死者が出たことから、そんな噂がずっと囁かれていたそうなのです。こうした国会での質問に対し、この内閣は、幽霊の噂は「承知していない」との答弁書を閣議決定しています。

この種の怪談めいた噂話は、首相公邸に限らず、いろんなところにあるものです。そして、従来なら、これは、あくまで関係者たちのあいだで、私的な雑談や冗談話の領域にとどまるものだったでしょう。

ところが、ここにいたると、「幽霊」は閣議決定の対象にされるなどして、一気に政治の表舞台に出てきます。つまり、パブリックな政治と私的な噂話の峻別が一挙に取り払われて、公私混同、というより、公私渾然一体、そういう政治のありかたに変わったと言えるかもしれません。それが、第Ⅳ期を通して、現在まで続いている。

これは、国家の統治という行為が、「首相官邸」という具体的な拠点から遊離して、どこでどうやって行なわれているものなのかが、いよいよ見えにくくなった時代の表われであるとも言えます。

「総統」っていう地位にあるらしい人のこと、日ごろ、なんとなく耳にはしますよね。首相を退任してから、その地位に就き、まだ生きているらしい。けれども、その人がいまどこにいて、「総統」の職務としてどんなことをしているのかさえ、考えてみると、ぜんぜんわからない。誰が、どういう経緯で、この人物を「総統」としたのかも。

「総統府」っていう政府機関があることになっている。だけれど、これ、実際にはどこにあるのか、明らかにされてもいない。どこにもないのかもしれない。それなのに、こういうことも、わたしたちは気にかけなくなっているようです。むしろ、こうして、政治という行為が、いまは幽霊の領域に置かれている。——


国会議事堂の外周の柵沿いの道は、だんだん右側へと曲がりはじめる。曲がりきったところに、国会議事堂の南通用門があり、衛視らの影が立っている。

女の影はもう消えている。

道の行く手のほぼ正面に、四〇年余り前に建て替えられた首相官邸の五階建ての建物が、ぼんやりとした照明を浴びている。二五歳のボクサーは、ここから、また走りはじめる。


発掘調査は、あらかじめ決められた期間で完了しなければならない。だから、ひとつの現場の調査期間が終わると、シンという一七歳の発掘補助員にとっての勤務地も、べつの現場に移る。彼の次の勤務地となったのは、院加町北部の山麓にあたる地区だった。山沿いの道をそこから東へ一キロばかりたどると、望見岩のふもとに出る。

凍えつくほど気温だけが下がって、雪の少ない冬だった。三月に入ると、日はじょじょに長くなったが、まだ寒い。そろそろ、アヤさん、三宅さんから、何か便りがあってもいいはずなのだが、いまだ消息不明のままである。駅前広場で続く《戦後１００年》アピール活動の現場で、三宅さんの幼い子ども二人、ミチとリョウが元気よく跳びまわっている姿を目にするたびに、かえってシンにとっては胸が塞がるところがあった。新学期には、ミチが小学三年生で、リョウは保育園の年長組となるはずだ。

風向きにもよるのだが、たまに遠くから、深い地響きのような音が空気を震わせて聞こえてくる。どうやら、北の山塊に広がる陸軍演習場からのものらしい。迷彩に塗装された大型ヘリコプターも、低い高度で頭上を越えて、そちらへ次つぎ飛んでいく。同僚たちと言葉を交わしている最中でも、こういうときは、つんざくようなプロペラの回転音が遠ざかっていくまで、口をつぐんで、しばらく待っているほかない。

発掘に向けた作業は、最初の数日、パワーショベル、ブルドーザーなどの重機も入り、表土部分を一挙に取り除くことから始まった。畑地の耕作や道路造成ですでに土壌が攪乱されていて、発掘調査の対象からは外れる土砂である。そこから先は、シンたち発掘補助員も加わり、シャベル、ノコギリ、カマ、ナタなどをふるっての「荒掘り」の作業となる。しばらくこれを進めると、いよいよ、遺跡を含むとおぼしき地層面に達する。ここからは、鋤簾《じょれん》などを使って土を少しずつ薄く均等に削ぎながら、本格的な発掘作業の日々へと入っていく。

そんなある日。プレハブ造りの休憩室での昼休み、同僚の一人が駅売りの地方新聞を買ってきて、トップ記事を指で示した。望見岩の全景写真とともに、そこには、大見出しが躍っている。——《湧水から高濃度の放射性物質／六千ベクレルのセシウム／院加町の望見岩付近で》。

月ぎめ定期購読はすっかり衰退したが、地元紙は駅売店やコンビニでの小売りと電子版で、どうにか経営をしのいでいる。

このトップ記事は述べていた——。

奇観の巨岩として知られる院加町の望見岩のふもと付近で、湧水1リットルあたり六千ベクレル超という高濃度の放射性セシウムが含まれていることが明らかになった。これが何に由来するものかは、まだわからない。ただし、検出された放射性セシウムは、ほぼ全量、半減期が約三〇年のセシウム137であり、半減期が約二年のセシウム134はほとんど検出されないことから、これが原発事故などに由来するものだとすれば、当初の放出から相当な歳月が経過していると推測でき、三五年前の福島第一原発事故によるものではないか、と指摘する専門家もいる。その事故当時、北からの風に運ばれた放射性の気団（プルーム）は、北関東の山や谷あいにも、多くの高線量地帯（ホットスポット）を残したことがわかっているからである。以後の歳月のなかで、これらの放射性物質が、雨や川、地下水などによって運ばれ、限られた範囲に集中したものが高濃度となって、その一部が、水流に巻き上げられるなどして、湧き水に混入した可能性も考えられるという。なお、この湧き水に含まれる放射線量は、じょじょに増加する傾向も示しており、早急な原因究明が求められる。一方、院加町当局は、町の上水道の水源は、今回問題とされている湧水地点から離れた場所にあるので、「ただちに健康への影響が及ぶ心配はない」としている……。

「なんだか、恐いねえ」

新聞を持ってきた同僚の中年男は、土ぼこりに汚れた顎の無精髭を手のひらでこすりながら、こう言った。

「――とうの昔のことだと思って、こっちが忘れていても、むこうはついてくる。怪談だね、こりゃあ。〝累《かさね》〟みたいな」

相手はおどけた調子で言ったが、〝累〟というのがわからず、少年は笑えない。コンビニで買ってきた塩ザケ弁当を開きながら、彼は訊く。

「あの……、福島第一原発の事故のときって、たいへんでしたか？」

「たいへんだった。大地震と同時だったしね。このあたりでさえ、家のなかがむちゃくちゃに崩れたり、停電が続いたり。まだ寒い時期だったから」

ストーブにかけてある大きなヤカンから、二つの湯呑みに番茶を注ぎ分けながら、彼は答えた。

「――それでも、初めのうちは、だいじょうぶ、がんばろうって、世間全体が、まずそういうことを言わなきゃならない雰囲気だった。だから、ほんとうに大変なことが起こっちまったんだなって、はっきりしてくるのは、事故から一〇年ほど過ぎて、東京オリンピックも終わってからだ。国全体がどんどん傾いていく。これほど致命的な大事故だったんだってことが、誰の目にも見えてきたから。今度のこれなんかも、まあ、そうだけれども。どれだけ時間が過ぎても、絶対に、うやむやにはさせてもらえないんだなと」

一日中、この日はよく晴れていた。

だから、仕事帰りにシンは一人歩いて、望見岩のふもとまで出むいてみた。汚染された地下水がどんな場所から湧き出ているのか、確かめてみたかった。

煉瓦造り二階建ての郷土資料館の背後に、望見岩はほとんど垂直に岩肌をさらし、切り立っている。その岩場の足もとから三メートルほどの高さにある割れ目から、ちょろちょろと水が滲み出て、夕方の淡い光を受けながら、でこぼこした岩をつたって落ちてくる。ブルーシートで急ごしらえの衝立てを作り、周囲をかこって、ロープを巡らせてあるのだが、それをまたぎ越えさえすれば、こうやって湧水の現場を見ることができる。あたりに人影はなく、濡れた岩肌に手を触れようとすれば、そのようにできる状態のままだった。

見上げると、この巨岩は、およそ八〇メートルの高さがあるとのことで、ところどころ、岩肌から痩せた灌木が生え出ている。岩質は、火山礫凝灰岩というらしく、ふだんから赤茶けた色なのだが、いまは、上に行くにつれ強く西陽を受けて、いっそう赤く燃えるような色に染まっている。雨風を受け、少しずつ風化が進んでいく様子で、ここの足もとにも、岩のかけらが散らしたように落ちている。

半年前、この町に初めて降り立った日の夕刻、望見岩に登ろうと思いたち、荷物を預かってもらえないかと郷土資料館の受付の肥ったおばさんに頼んで、断わられた。あのときの彼女は、「もうじき閉館時間で、孫を保育所へ迎えに行かなきゃならないから、お気の毒だけど、それはだめ」と言ったのだった。木立ごしに、資料館の入り口のほうに目を凝らすと、きょうも同じおばさんが受付に座っているのが見える。

ガラス扉を押し開き、声をかけると、そのおばさんは言った。

「困ったものよね」

「――三五年前の春先、このあたりを放射性の気団が通ったとき、何カ所もホットスポットを残していった。ここから奥の山や谷、それから、すぐそこを流れる院加川上流の渓谷づたいにも。

わたしは一七歳で、駅の近くの高校に通っていた。地震が三月一一日でしょう。二年生の学年末試験が終わったところで、学校は試験休暇で家にいたの。それは覚えている。

だけど、気団が通ったとき、それが三月何日だったかは覚えていない。そんなこと、誰からも聞かされていなかったから。そういうものが通ったらしいとテレビで知ったのは、それから何カ月もあとだった。たぶん、その日もごく普通の一日として、家でご飯をたべたり、登校して部室で地震の後片付けをしたりしていたんでしょう。この町の誰一人として、そんなものが自分たちの頭の上を通っているとは想像さえしていなかったと思う。

いまは、ここの収蔵品のなかにも、当時の防災地図があります。ホットスポットの場所に、たぶん消防団員たちが、情報が入ってくるにつれて、印を付けていったものが。きっと、その人たちは、そこに印を付けるたびに、胸を締めつけられるような重苦しい悲しみを味わったことでしょう。自分たちだけでなく、町中の子ども、妊婦たちも、誰もそんなことは知らないで、その気団が町を通っていた時間に、外を出歩いていたんだから。砂場で遊んだり、家族との食事のための買い物をしたり、そういう、いつも通りの暮らしを守っていくために。

そうやって、このあたりに落ちてきた放射性のセシウムが、また何十年もかけて動いて、地下のどこかに集まり、また湧き出してきている。これを誰も止められない。そのことについて、はっきりとした感想をわたしたちが持つには、まだ長い時間がかかるんじゃないかと思う」

「この施設に、学芸員って、おられるんでしょうか？」少年は尋ねる。「地質学とかのことで、教えてもらいたいことがあるので」

「わたしよ」

と、おばさんは答えた。

「――貧乏な自治体の施設だから、一人で全部やるしかない。地質学の方面も」

この学芸員のおばさんは、山田由梨菜さんという名前なのだそうである。

由梨菜さんによると、地中深くでの地下水の移動については、まだ、わからないことだらけなのだということだった。このあたりでは、地中数百メートルの深さまで、雨水に由来する地下水がたっぷりある。しかも、そういう深層での水の滞留時間は、数千年から一万数千年。つまり、一万年前後も遡る大昔に降った雨水が、じっと溜っているらしい。もちろん、厚く広範囲な岩盤があれば、水はその上に溜る。だが、岩盤にひび割れが生じれば、水はまたそこにも滲みていく。また、断層が生じていれば、これを越えて水が浸潤していくことはほとんどない。つまり、そのあたりの地下水の多くは、断層面周辺の破砕帯のなかを動くことになるからだ。

「最近は、よく、このあたりに深い坑道をめぐらせて、使用済み核燃料の最終処分場を造ろうとしているっていう噂を聞くようになった。単に噂というより、むしろ、既成事実にする思惑で、そういう話をわざと流している人たちがいるようだけど。でも、ここに本当にそういう施設を造るとなると、わたしには、ほとんどどうなることやらわからない」

由梨菜さんは、そう言う。

「――最終処分場を造るんだとしたら、地下五百メートルとかいう深さに網の目のように坑道を掘るってことになるわけでしょう。硬い花崗岩の岩盤に坑道を掘るとしましょう。地層が動かない場所で、そういう岩盤のなかに使用済み核燃料を埋設するのが、こうした処分方法での一つの理想的な条件だと考えられているようだから。だけど、日本には、どこの地域の地中でも、たいてい大量の地下水がある。これは、そうではない国とは違った、大きな難関になると思う。

こんなに地下深くだと、ものすごい圧力がかかる地中に、トンネルという空間を開けることになる。そんなことをすれば、きっと地下水は、それまでの安定した状態とは違った動き方を始めるでしょう。どんな動きになるかは、わたしには見当もつかないけれど。ただ、坑道内のいろんな場所から地下水が湧きはじめるのは確かだと思う。すると、この水を汲み出しつづけなければならない。とても深い井戸をそこに掘っているのと同じなのだから。このあたりなら、試験的な坑道をその深さまで開けただけでも、少なくとも一日に七、八百トン、汲み出しつづけなければならないのは確実です。そんなにたくさんの地下水を汲み上げることが、この地層にどんな影響を及ぼすのかもわからない。

ただ、言えるのは、使用済み核燃料の地下への埋設、つまり、よく〝地層処分〟って言われている処分のしかたは、わたしたちが思い描いてしまいがちな、地下トンネルにドラム缶を並べていくような景色とは、ぜんぜん違ったものだということです。地下には、ものすごい量の水がある。それもまた海みたいなものと言ったほうがいいのかもしれない。深さ五百メートルを過ぎて、もっと深く掘ったら、あるところから、雨水由来じゃなくて、海水由来の地下水に変わるだろうとも言われている。

もし本当に、この土地の地下深くに使用済み核燃料の最終処分場を造るのだとしたら、きっと、慎重に試掘を進めるのと並行して、いろんな実験を重ねていくことになる。そして、いろんなことがわかってくるでしょう。

だけど、問題は、その先にあるんじゃないかと思う。最終処分場では、使用済み核燃料を坑道の床下か壁面にどんどん埋めていく。そして、これ全体が満杯になってからも、きっと百年くらいのあいだは坑道を完全には埋めなおさずに、必要があればもう一度取り出せるようにしておくことになるでしょう。埋設した使用済み核燃料に何か具合の悪いことが起こったり、あるいは、もっと優れた処分方法が確立されたとき、やり直しがきくように。

いずれにしても、一〇万年先に、使用済み核燃料があまり危険ではないレベルに放射能を低下させるまで、わたしたちがこれを見届けることはできない。つまり、シミュレーションはできるとしても、本当の意味での実験は一度もできないまま、この〝処分〟に踏み切っていくことになるわけでしょう。わたしたちの誰一人として、これに関する最終的な責任を取れず、ことによると人類の滅亡に結びついてしまう行為なのにもかかわらず。

そういうことをやってもいいのか、ということなんです。でも、いまとなっては、それをやらないで済ませられる手だてが、何かほかに残っているだろうか？

この二つの問いに、わたしたちは、いっぺんに答えなくちゃならなくなってるわけよね」

黒い水が、岩の表面を濡らして、滴り落ちていく――。

深夜、アパートのふとんに潜り込んでからも、まぶたの裏に、この目で見てきたものが焼きついたまま、薄れない。

暗がりのなかで、石積みの壁を黒く濡らして水が垂れる。

母は、幾度も幾度も同じ話をするところがあり、まだ幼かったころ、そういう場面が出てくる話を何度も聞かせられたことを思い出す。それが甦ってきて、まぶたの裏に重なるように焦点を結び、よけいに眠りを妨げるようだった。

たとえば、母は、彼女自身の「ひいおじいさん」にあたるという男の話を、繰り返し、息子のシンに語り聞かせた。――彼女の部屋でシンを膝に乗せ、軽く上体を揺らしながら。近所の高台の公園で、木立が風にゆさゆさ揺れるのをともに眺めながら。揺れるブランコに二人並んで乗りながら、語っていたこともあった気がする。

そうやって繰り返し語るのは、なにより彼女自身が少しずつ語りほぐして、より得心のいく解釈に近づこうと試みていたからでもあったろう。

――その男の人は、若いうちから、ずいぶん多くの旅を続けていた。

郷里を飛びだし、海軍の造船所で働きはじめる。そして、造船所を転々と。やがて、職工の仕事のかたわら、小説なども書きはじめた。

遅い結婚を二度。二度目の結婚で、上に息子、下に娘と、二人の子が生まれるが、このときも離婚。そして、男手ひとつで子ども二人を育てはじめる。一時はいくらか作家としても知られたが、このころにはすっかり忘れ去られて、昭和の戦争末期には、文学者たちの国策団体「文学報国会」事務局に勤め、機関紙の編集などを手伝っていた。敗戦間際には、この事務局も空襲で焼失する。その所在地は、首相官邸裏の崖下だった。

終戦後すぐ、男は、この官邸裏の崖下、かつての文学報国会の焼け跡に、木切れや焼けトタンを拾い集めて、三畳たらずの掘っ建て小屋をつくり、単身で暮らしはじめた。子ども二人は、すでに成長して独立の暮らしを立てるようになっていた。このとき、男はすでに六〇を過ぎていた。

小屋のまん中に炉を切って、あたりに転がる焼けぼっくいなどを焚き続け、自在鉤から空き缶を吊るし、湯をたぎらせていた。夜は、その火が、明かりを兼ねた。電気も水道もなく、太古からの暮らしのようであったが、場所だけは永田町という日本の一等地である。裏手にある首相官邸の石垣をつたって、漏水がちょろちょろした流れとなって垂れてきていた。生活に必要な水は、これを溜めてまかなった。うらなりの南瓜がところどころに残っていたので、これをむしり取って食糧難を補った。

もともと版画の制作もしたことから、ハンコ彫りの余技があり、敗戦後のさまざまな手続きのために認め印の需要がありそうなことに目をつけて、官庁街の道端に小箱を置いて、露店を出した。霞が関の米軍ゲート近くの路傍で露店を構えて座ると、若い米兵たちが簡単な数字を並べたスタンプを注文してくるようになり、よく売れた。これでいくらか現金収入を得て、発表のあてのない小説や随筆の原稿も、その掘っ建て小屋のなかで書いていた。

ここから眺めて、崖の上の首相官邸がある場所は、もとを言うと、この男の故郷でもある佐賀の旧藩主邸の洋館が建っていた場所だった。その屋敷が関東大震災で渋谷に移って、この跡に建てられることになったのが、首相官邸なのだった。まだ旧藩主邸があった時代、いま男が小屋を掛けている土地のあたりは、その家来長屋になっていた。母方の親類が旧藩主の側近をつとめていたというわずかな縁で、若いころ、男は、この長屋の一棟に寄宿して、しばらく仕事をやめて神田の学校などに通った時期があった。ずっと昔に、同じ場所で暮らしていたという偶然も、勝手な愛着を彼に強めさせていたのかもしれない。

空襲で文学報国会の事務局が焼失したさい、裏の官邸の崖の斜面に生えていた老松の立木も炎にあぶられて枯死した。それらの太い幹を切り倒して、ぶつ切りの丸木にしたものを何本か貰い受け、小屋の背後に転がしたままにしていた。近くの餅屋が、それを薪にしたいので譲ってもらえないかと訪ねてきて、応じてやると、配給のウイスキーとのし餅を置いていったことなどもあった。

ともかく男は、ここを立ち退こうとはしなかった。戦後まもないうちこそ、こうした掘っ建て小屋は、あちこちに見受けられたが、東京の街がだんだん復興するにつれ、赤錆びたトタン小屋は、官庁街の中心部で、草むらにボロ布でも投げてあるかのように異様な光景に映るようになった。それでも彼は、台風のあとなど、吹き飛ばされた屋根を根気よく修理したりしながら、住みつづけた。そうやって戦後一〇年近くが過ぎ、彼自身は七〇歳を越えた。

母から聞いたところでは、この男の人が育てた下の子、つまり長女が、母の祖母にあたる。そして、この人のひとり娘が、母を生む。シンに物心がついたとき、その人たちは皆、もう死んでいた。なぜ、母は、彼女の曾祖父にあたるらしい男のことを、そんなに繰り返し、自分の息子に語って聞かせたのだろう。

母は、実はこのころから、その人について調べはじめていたらしい。いや、さらに言えば、その人物を手がかりに、かつて首相官邸からこの掘っ建て小屋が建つあたりに抜けていたという、秘密の地下通路について調べようとしていたのではないか。

「総統府」っていうコトバが、ニュースなんかで出てくることが、ときどきあるでしょう。――と、母が言いだしたことがある。

《……する方針を内閣が決定しました。総統府もこれに同意しています。》

とか、

《政府は議会の解散、総選挙を来春に行ないたい意向で、総統府もこれに同意する見通しです。》

とかって、ほら、アナウンサーが言うでしょう、と。

気にかけたこともなかったので、少年は黙っていた。

すると、母は、――「ずっと気になっていたんだけど、わたしが知らないだけかな、と思っていた。でも、どうしてもまた気になってきて、総統府ってどういうところか、調べてみようとしたけど、わからないの。どこにも出ていない」と、言った。「……そもそも、〝総統〟がいるところだから、総統府って言うんでしょう。でも、それが何をやっている役所なのか、こういうことが、わからない。〝総統〟についても」

父が、母に答えて、――「ほら、政府の最高権力を首相が担う制度の国でも、それとは別に、名誉職みたいに大統領を置いたりするところがあるだろう。ドイツみたいに」と、言った。

「でも、それなら、日本は、天皇があるじゃない、国の〝象徴〟として」と母。

「〝総統〟っていうのは、きっと政府の諮問先みたいなものなんだろう」と父。「そういうのなら、過去にも、なかったわけではない。第二次世界大戦前なら〝元老〟とか。元老っていうのは、明治政府の樹立当時のことを身をもって知る首相経験者らを、そう呼んだ」

「だったら、〝元老〟は複数いたのね」と母。

「うん。伊藤博文から西園寺公望まで」

「〝総統〟は一人なんだと思う」と、母。

「いまのところは、たぶんね。〝元老〟の場合は、日本的な政治の知恵というのか、法律では取り決めのない役職だった。つまり、あくまでも天皇のプライベートな相談相手だということだろう。こういう役職は、古代から〝令外官《りょうげのかん》〟と呼ばれて、ずっとある。摂政とか、関白というのも、そうだった。〝総統〟っていうのも、それと似たようなところがあるんじゃないかな」――法律家らしく、父は、そんなふうに言っていた。

「法律で決めないようにしておくと、どういう点で、都合がよいの？」と、母。

「責任を問われずに済む、ということだろうね。〝元老〟で言うなら、彼らの役回りは、次の首相を決めることだった。つまり、天皇からの〝御下問〟に対して、元老は次の内閣首班を〝奏請〟する。内々にお勧めする、といったところだろう。そうしておくことで、首相を決めたことに対する政治責任は、天皇についても、元老たちについても、あいまいなままになる。それが明治期以来の日本の政治の基本形だったということだろう。〝総統〟っていうのは、そういうありかたを引き継いでいるところがあるんじゃないのか」――父は、弁護士だった。いまもそうだが。だから、あんなふうに答えていたのだろう。

それでも、母による「総統」へのこだわりは続いた。

総統府はどこにあり、「総統」はそこで何をやっているのか？

政府は、なぜ、また、いつから、意思決定にあたって「総統府」への諮問をするようになったのか？

もし、現役首相と総統のあいだで意見の違いが生じたさいには、どうやって、これを解決しているのだろう？

どうやら、世間がぼんやりと認識するところでは、目下「総統」と呼ばれているのは、ひと世代ほど前に首相をつとめていた人物のことであるらしい。どういう経緯から、彼は「総統」と呼ばれるに至っているのか？　なぜ彼は、このところ、ずっと人前に出ないのか？

　ほんとうに生きているのだろうか？　いや、「総統」というのは暗喩めいた言葉づかいに過ぎず、実情としては米国政府の意向などを忖度《そんたく》するにあたって、このように称しているだけなのでは？

　三〇年くらい前、学生だった父は、国会議事堂の正門前で政府への抗議行動に参加し、何か演説しようとしたところで、背後から何者かに、ざっくりと背中を刃物で割られた。刺した人物は誰なのかわかっておらず、そのまま姿を消してしまった。

　学生の父は、この事件を契機に、政治というものから離れる。そうすることには恐怖感とともに、強い憤りがあった。いま思えば、それは政治というものに対する、激しい侮蔑の感情だったのではないか。こんなものに、これまで希望をかけてきた自分までもが、ひどく愚かしく思われたのだろう。

　一方、母は、のちに彼と知りあって、やがて結婚し、さらにそれよりずっと遅れて、このことを知る。だが、それについて彼女が考えるに至ったことは、父とはまた違ったものだった。

　子どもを身ごもって出産する機会に、彼女は勤めていた都内の出版社を辞めた。二〇二〇年代の終わり近くになってのことで、すでに出版業界は危機的な低調で、これ以上、職場にすがりついても、自分が望むような本を作って刊行することは到底許されそうになかった。むしろ、三〇代前半という自分の年齢で、幼い子どもの成長を間近に見ながら、あらためて物事をよく考えてみる転機を得られたことは、思わぬ幸運とも感じていた。

夫とのふとした会話で、もう十数年も前、彼が政府への抗議行動中に何者かに襲われ、以来、その種の事柄から遠ざかったということを知るのも、この時期になってのことだった。彼女自身も、十数年前のその日の大規模な抗議行動には、ほかの大学の学生としてたまたま参加していたので、よく覚えていた。それは、この国が戦争に踏み切ることに反対する、という意思表示のための集まりだった。だから、参加者にも、兵士となる当事者の世代の若者が、目立って多かった。

こうした過去の偶然を知って以来、彼女は、子育ての日々のなかで、公正さ、というものについて考えるようになった。

いまは政府の政策決定ひとつで、何万人、何十万人という日本の若者たちが、兵士として戦地に送り出されて、命を危険にさらしている。さらには現地の戦闘で、何万人、何十万人という他国の兵士、そして女子どもら民間人の命も彼らが奪う。戦争を「積極的平和維持活動」と呼び換えたとしても、その事実に変りはない。

人を殺すのは重い罪で、これを犯せば、法によって裁かれる。そう教えられながら、子どもは育つ。また、互いにそれを守って、社会は安定したものとして分かち持たれる。

ところが、ひとたび国家を背負って戦地に出れば、敵の兵士を殺すという行為が、強いられ、免罪され、賞讃される。祖国の家族を愛しているなら、敵を多く倒すべし。そんな戦場で生き残り、故国に帰れば、ふたたび穏やかで安全な社会をわが手で作るということが、はたしてできるものだろうか？　わが子にそれを求めるのが、公正なことだと言えるだろうか？

政府要人と称される人は、テレビ画面のなかから、そのつど平気な顔で、こうあるようにと呼びかける。選挙を通して選ばれているのだから、この自分に従え、それが民主主義だ、と彼らは言う。だが、これは、たぶん嘘である。

なぜなら、隣人たちを愛し、殺すなかれ、という価値を信じ、これを支える制度として、かつてのわたしたちは選挙に参加した。それだけのことである。これを裏切られれば、むしろ、それに抵抗するのが選挙民としてのつとめでもあったのではないか？

ただし、さらに思い返せば、夫の背中にかなり大きな刀傷のようなものがあることは、彼女自身、もっとずっと早くから知っていた。若い恋人たちというのは、互いの裸身に傷痕など見つけようものなら、かならず指先で触れてみて、これ、どうした？　と訊くものだからである。彼のほうは、ただ、うん、とか、何針だか縫ったんだよな、とかいうくらいに、言葉少なく答えたものだ。億劫だったからだろうか……。それらは、もっと甘く無分別だった時代の記憶の向こうに消えている。


シンという名の少年が小学校高学年にさしかかるころ、母は、編集者時代によく使った国会図書館に、また頻繁に通いはじめた。鎌倉の浄明寺にある自宅近くの停留所からバスに乗り、鎌倉駅から東京駅まで電車で一時間、そこから国会議事堂前まで地下鉄に乗っていく、片道二時間近い道のりとなる。行き帰りの電車やバスのなかでは、きっと、古びかけた表紙の本を開いていただろう。

「総統」とは、どこで、何をしている存在か？

母が最初につかんだ手がかりは、着眼の仕方からして、へんてこなものだった。

いまの「総統」になったと言われているのは、二一世紀に入って二人目の長期政権を担った元首相で、それまでおよそ二〇年間にわたって続いた歴代首相たちの公邸入居という慣例を破り、自身の首相在任中、頑なに渋谷区内の私邸から官邸への出勤を維持しつづけた人物だった。彼は、さらに、所属する保守政党の総裁連続三選禁止という党内規則を変更させて、東京オリンピック開催を現役首相として迎えるという超長期政権を狙っていた。だが、無理な経済政策を取りつづけたツケが回って、国内経済が悪性インフレの錐もみ状態に陥り、オリンピック開催の前年秋、ついに在任期間七年弱で、体調不良を理由に退陣する。その終幕は、アリ地獄に引きずり込まれていくような、あっという間の出来事だった。

当時の首相官邸は、報道陣に毎日の「首相の動静」をこまめに伝達し、新聞各紙は日々これを報じていた。

《午前九時一八分、私邸発。九時三五分、官邸着。……》

と始まり、当日の閣議、内外の要人との会合やパーティへの出席などが分刻みで記され、

《……午後七時三九分、私邸着。》

このように、公人たる彼の日々の「動静」は終わっていく。

ところが、退陣を表明する二〇一九年九月一九日の「動静」はと言うと、

《午前九時二三分、私邸発。九時四一分、官邸着。……》

と、いつものように始まるが、

《午後一時三五分、官邸で記者会見、総辞職表明。》

ここまでで終わっている。そして、翌日から、新聞の各紙紙面に「首相の動静」欄は、もうない。

だが、首相の在任期間というものは、たとえ総辞職や衆議院解散を表明しても、公式には次期内閣の組閣がなされるまで続いていく。

だから、これは、おかしいんじゃないの？　――と、母はにらんだ。

つまり、この元首相は、その日、私邸に帰宅していない。いや、それだけではなく、彼はこのときからもう二度と私邸には帰宅しておらず、そのまま首相公邸内のどこかにとどまって、「総統」となっているのではないか、と母は推測したわけである。

たしかに、そう言われてみれば、これ以後、この元首相の具体的な行動はまったく報じられておらず、私邸周辺で彼ら夫妻（二人のあいだに子はなかった）の姿を見かけたという話もないらしい。

とはいえ、もちろん、ここから別の推測を引き出すこともできるはずだ。

それは、首相たる地位にある者の孤独についてである。彼は、この官邸という日中の根城で、ときに凄まじい不安が襲いかかるのに耐えながら、さまざまな決断を下してきたに違いない。だが、ひとたび「退陣」を表明すれば、彼はいきなり、ただの人である。いや、もはや猛烈な速度で忘れ去られる、過去の人だ。新聞などに載る元政治家の訃報が、たとえ首相経験者のものであっても、いかに小さいことか。七年近い長期政権を担った彼にしたって、そうだろう。首相官邸の会見場のマイクの前で「退陣……」と口に出した途端、もう記者たちは携帯電話を握って外に駆け出していき、二度と戻ってはこなかった。肩書を失った政治家とは、カフカの「断食芸人」なのである。誰からも思い出されず、人知れず縮みつづけて、やがて、この世界から音もなく消え去っていく。

だが、母が推測した元首相のその後の足跡は、これとは違っている。

彼女は、現役編集者時代の旺盛な調査能力をみるみる回復し、首相官邸および公邸の細部にわたる間取りを調べ上げた。それは、過去一世紀余りの幾度かの建て替えや改修の経緯をも押さえた念入りなものだった。その結果、退陣した元首相が、次期の現役首相を差し置いて、官邸や公邸の通常の部屋にそのまま居座りつづけるのは難しそうだ、という見方に彼女は達する。

するとどういうことが考えられるのか？

結論から言えば、彼女はさらに考証を重ね、戦前の五・一五事件後まもなく造られて、現在も首相官邸の敷地内に一部が残存するらしい秘密の地下通路、並びに、日米戦争下に官邸の庭に掘られた防空壕などが、あやしい、と睨んだのだった。秘密の地下通路については、高度経済成長期の地下鉄や各種インフラの地下工事などにより、敷地外まで延び出た部分は大方が失われたと推測されている。だが、官邸敷地内にあたる部分については、二〇世紀末にも、当時の官房長官、官房副長官が確認のため内部に入った、という証言が残っている。また、防空壕のほうは、二〇坪ばかりの広さの部屋が計六つ、どれもカマボコ型に掘られており、それぞれが、首相執務室、閣議室、書記官長室、秘書官室、書記官室、機械室兼事務室に割り振られて、室内照明のほか、除湿装置なども施されていたという。――これらをよく整備しなおしさえすれば、わりに安楽な地下生活を送っていくことはできそうで、ここが「総統府」なのではないか、と母は推測したわけである。

と、ここまで来て、母は、自分自身の先祖のことをまた思いだす。

首相官邸の裏手には、いまでも、母の曾祖父が住みついていたころと地形はさほど変わっていないと思える崖下の道がある。当時の地番で言えば、その人が暮らしていたのは、麴町区永田町二丁目一番地である。

崖の石垣を濡らして、首相官邸のほうから漏水がつたって落ちてくる。残された証言に照らせば、首相官邸から溜池側に抜ける秘密の通路の出口は、ちょうど、このあたりだったはずなのである。

国会図書館は、国会議事堂から道路をはさんで、その北側に位置している。資料調べをそこで終えると、母は国会議事堂の外周部を逆時計まわりにほぼ半周ぐるりと歩き、そこから、さらにまっすぐ坂道を下って、この首相官邸の南の崖下まで回りこんでくる。周辺警備の警官たちの目を引かないように、さりげなく、かつての秘密の出入り口がいまもなんらかの痕跡をとどめていないか、界隈のありさまに目を凝らす。彼女はすでに四〇代だったが、息子の目から見ても年齢相応に美しく思えた。だから、むしろ、そのせいで、いくらかは若い警官たちの目を引くこともあったかもしれない。

とはいえ、思い起こせば、当時の彼女には、すでに変調の兆しもあった。いつも、誰かにつきまとわれている、追われている、というようなことをしきりと口にした。家に帰ると、窓のカーテンを薄く開け、外の様子をこわばった表情でうかがった。

家を出れば、ぴたっと見知らぬ人がついてくる。公園のベンチに座ると、また別の知らない人たちが、自分をはさんで左右両側に腰かける。こっちが立ち上がろうとすると、その人たちはさっと立ち上がって去る。そして、代わりの人が入れ替わって、つけてくる。友人を誘ってコーヒーショップに入ると、それまで空っぽだった店内に、そういう人たちが次つぎに入ってきて、あちこちのテーブルに着き、店はたちまち満席になる。そして、素知らぬふりで語り合ったり、携帯電話のレンズをこちらに向けて撮ったりする。店を出ると、エンジンをかけっぱなしで前の駐車場に待機しているクルマがあり、こちらが運転席の人影に目を向けると、すぐに発車して、そこを出ていく。

無数の亡霊たちが、そうやって彼女にまつわりついているかのようだった。繰り返し、そんなことを母は訴えるようになっていた。

なぜ、その人たちは、お母さんにつきまとうの？　と訊いてみる。

「それがわからないの」

と、不安げな目を彼女はこちらに向けてくる。

「郷土資料館」の学芸員、山田由梨菜さんは、どうやら、この日、孫の保育所へのお迎えは免除されていたようだ。だから、使用済み核燃料の最終処分場建設をめぐる噂と、それに関する地質学的解説は、閉館時刻が過ぎても、さらにしばらく続いた。

資料館を出ると、日没の気配が迫っていた。それでも、望見岩のてっぺんへと続く、つづら折りの小暗い坂道を、少年は足早に登っていく。去年の秋、この町の駅に初めて降り立ち、その日のうちに、ここへ登った。そして、町の広がりを遠くまで見渡した。

こうして半年ぶりに眺める早春の町も、やはり川が平野をつらぬいて、はるか彼方まで夕陽に染まっている。

岩場の先端、ほとんど断崖ぎりぎりのところに、グレーのオーバーコートを着た小柄な女が、同じく町を遠望する様子で、背をこちらに向けて立っている。猫背気味に、両手をポケットに突っ込み、眺めているようだった。

強い風でも吹いたら、空の高みにさらわれてしまいそうで恐かった。けれど、この少年も、その女とのあいだに数メートルほど置いて、じりじりと岩場の先端近くまで進んでいく。

女は、少年よりいくらか年長のようで、声をかけると、こちらに気づいて、化粧気のない顔に控えめな笑みを浮かべた。そして、言う。

「ちょっと、願いごと、してみてた。

東京でボクシングやってる兄が、もうすぐ試合なので。無事に勝って、そろそろ、この町にも帰ってきてくれないかなと。でも、どうかな？」


ロードワークから戻ると、水分を補給しつつ、しばらく休憩。そのあと、ひと通りのジムワークをこなしていく。

縄跳び、シャドー、サンドバッグ、ミット打ち。試合が迫ると、そこにスパーリングも加わった。

縄跳びしながら、ジョーさんに言われていたことを思いだす。

――いいかい、コーイチ。プロボクシングというのは、もし本当に、この世界が少しずつでも良くなっていくなら、やがては消えてしまうはずのスポーツだ。貧乏人同士を賞金目当てに殴り合わせて、金持ち連中は笑いながら見物している、なんていう競技は、やはり根っこのところが間違っているよ、わたしは思う。

二〇世紀なかばあたりで、イタリア人やアイルランド人の世界チャンピオンは姿を消した。けれど、その空席も、米国の黒人、メキシコ人、プエルトリコ人らが埋めつづけた。おまけに君みたいな、それほど貧しいわけでもない社会の若者たちまで、ときどき勘違いして紛れ込んでくる。強くはないが。

頭を左右に振って相手のふところ深くもぐり込み、鋭い連打で試合を決めていたボクサーも、三

○にもなれば、ある日、棒立ちで連打を浴びつづけねばならないときがやってくる。きっと彼は首をかしげて、油断してラッキーパンチをもらってしまったと言い訳する。あるいは、練習がオーバーワークだったとか、減量のペースに無理があったとか。とにかく彼らは、無惨に打ち砕かれてリングに這いつくばるまで、自分の衰えをまっすぐには見たがらない。

わたしはね、こうやって打たれすぎて頭のどこかがおかしくなるまで、人間がボクシングをすることには賛成できない。健康でいられるうちに、自分のための新しい仕事を見つけて、ボクサー稼業とおさらばしてもらいたい。それが難しいことであるのはわかっているが。

そのためには、自分一人で過ごす時間を大事にして、本でも読む習慣を持っておくのは悪いことではないと思う。お勧めするよ。――

また、ミット打ちの相手をつとめてくれながら、上がる息で、なおジョーさんは、こんなことも言う。

――いいかい、コーイチ。

相手をいい線まで追いつめているのに、とどめを刺せないボクサーがいる。わたしもそうだった。そして、ぐずぐずするうちに、よれよれだった相手は回復してしまって、形勢が逆転する。

それとは反対に、狙った獲物を確実に仕留めるボクサーたちもいる。彼らには二つのタイプがある。一つは、深い憎しみを抱えているボクサーたちだ。彼らは強い。憎しみの対象のことを思って、敵を叩きのめすことができるから。そして、もう一つは、もっと冷静な殺し屋の心で、相手を仕留められるボクサーたちだ。彼らは、さらに強い。

『バガヴァド・ギータ』というインドの古い教典に、「憎しみなしに敵を殺せるか。それができれば、おまえは勝利するだろう」と語られるくだりがある。確かに、そうだ。だからといって、そうするべきだと、この教典が呼びかけているわけではないけれども。――

スパーリングを終えたら、クールダウンし、シャワーを浴び、ジムを出る。終夜営業のスーパーマーケットに寄り、遅い夕食用の買い物を済ませる。

納豆、豆腐、鶏のささみ、ほうれん草、といったところ。高タンパク、低脂肪、という条件に合いさえすれば、それでよい。

故郷の院加の高校では、身長は一六五センチで止まって、痩せっぽちのままだった。部活の仲間たちから、からかわれたことはある。だが、彼ら自身のほうでは、それをいじめと感じることさえなかっただろう。

もっと強くなりたい。相手を殴り倒してリングに叩きつけ、セコンドに肩車されてチャンピオンベルトを腹に巻き、ファイトマネーをがっぽり稼いで、テレビに映って有名になりたい。そんなふうに思うようになったが、この時代、もうボクシングの軽量クラスのタイトルマッチなど放映しているテレビのチャンネルはどこもなかった。

ともかく、こうして、なんとか二五歳でA級ライセンスの試合をするところまできたのだから、これはまずまずと考えておくことにしよう。バンタム級の体重リミットは、五三・五二kg。試合が迫って減量に苦しまないよう、いまから、これを大きく越えない程度に、米飯の量を控えるくらいのことはやっている。

レジカウンターの前には、何列か、客の行列ができている。レジ係の絵美がどこにいるかを目で捜す。その列に並んで、支払いの順番を待つ。やがて、順番がめぐってくる。茶色の髪を後ろで縛り、紺色の制服の彼女は、ちらりと目を上げ、ぶすっとした表情のまま、「お帰り、お疲れ」と小声で言い、カゴの商品にバーコードリーダーを当てはじめる。合計金額がレジに表示されると、紙幣を受け取り、釣り銭を出しながら、

「あしたの朝、行く。ユウヤを保育園に送って、ちょっと買い物すませて、それから。九時四五分ごろ」

早口で低くそれだけ言うと、もう次の客に視線を向けている。

まったく、絵美という女は忙しい。元の亭主のチンピラとのあいだに生まれた三歳になる息子との暮らしを、日中は新宿駅ビルの菓子店の売り子、夕方から百人町のスーパーマーケットのレジ係と、掛け持ちすることで立てている。一日の勤めが終わると延長保育終了の時間ぎりぎりで、なんとか間に合うように自転車を立ち漕ぎして、息子を迎えに駆けつける。

菓子店勤務のローテーションが昼前からの遅番になるとき、息子を保育園に預けた足で、また自転車を立ち漕ぎして、午前のうち光一のアパートにやってくる。

スニーカーを玄関口に脱ぎ、ぱぱっとコートとセーターを脱ぎ捨て、ジーンズを左右の足で交互に踏みつけるようにして、これも脱ぎ、狭いベッドに飛び込んでくる。上にまたがり、漲った乳房を揺ませ、飛び跳ねるように、白く張った腰を上下に振りつづける。こらえきれなくなって射精すると、ぐったり上体ごと覆いかぶさってきて、しばらくじっとしている。やがて、またむくむくと動いて、ベッドから転げ出て、衣服を着けなおすと、ぼさぼさの髪をあわてて両手で撫ぜつけ、縛りなおして、また自転車で新宿へと走っていく。こちらも、高田馬場のトンカツ屋まで駆けていく。

早く絵美といっしょに暮らしたい。だが、トンカツ屋の勤務はジムの日程優先で、これで、まともなファイトマネーも稼げないままでは、いつになっても埒《らち》があかない。もし、次の試合で負けてしまえば、日本チャンピオン挑戦のチャンスはしばらく遠ざかる。そのときはボクシングに見切りをつけて、田舎に帰り、自分たちで弁当屋でも始めれば、どうにか親子三人、食ってはいけるのではないだろうか。そしたら、いつか、おれがユウヤにボクシングを教えてやる。

いやいや、運命を賭ける一戦を前に、こんな弱気を出してはいけない。日本チャンピオン、それも、もう目前だ。チャンピオンベルトを締め、絵美とユウヤといっしょにリング上で写真を撮ろう。田舎の両親にも送ってやれば、床屋の店先に飾るだろう。

やれるだけの努力をしよう。だめなら、しばらく軍に入って、ひと稼ぎしてみる手もないではない。陸軍なら、たしか二年で除隊できる。戦場での任地手当は、かなりの額になるはずだ。親父は、軍だけはやめろと言っていたが。まあ、いま、これについては考えないでおこう。日本チャンプになれば、次には世界戦だってあるのだから。

第三章　からだ

「神州赤城会」という、いわくありげな政治団体名をちらつかせ、不動産ブローカーを稼業としている真壁健造は、役場などにはマメに顔出しするのが身上だった。とはいえ、近ごろは歳のせいか、個人的な頼まれごとについては、まあこれは明日でいいやと、ついつい、先延ばしにしてしまう。高田理容院の娘、めぐみちゃんから請け合ってしまった用件については、いっそうに。

たしか、一月なかばのことだった。

役場の用地整備の担当課へ交渉に出向いたおりに、保健課の窓口で働くめぐみちゃんと偶然に顔を合わせた。化粧気のない地味な身なりで、おまけに無口な子なのだが、午どきなので昼メシに誘うと、笑顔を見せて、黙ってうなずき、ついてきた。そして、近くの中華料理屋の昼定食をうまそうに食っていた。

食事が終わると、真壁は役場の駐車場に自分のクルマを駐めたままだったので、勤務に戻るめぐみちゃんと肩を並べ、凍てついた歩道を歩いた。真冬にしては、からっ風が止み、寒さも緩んで、よく晴れていた。小柄な彼女は、泥まじりに凍った雪をショートブーツで踏み、手袋した両手をグレーのオーバーコートのポケットに突っ込んで、うつ向きかげんに微笑を浮かべて歩いていた。そして、こちらに顔を上げ、

「真壁さん、あのね」

と、声量不足気味の声で言ったのだった。

「ん？」

と応じる。すると彼女は、

「ラブホテルって、知ってますか？」

と続けた。

「そりゃ、知ってるさ。おとなだもの」

子ども時代から知る娘っ子である。やぶからぼうな質問にたじろぎながらも、茶化したつもりで、それだけ答えた。

「今度、わたしを連れてってもらえませんか？」

「おいおい。ジジイをからかうんじゃないよ。親父さんに言いつけるぞ」

彼女自身の父親が、小学校時分、真壁の四つ年上にあたるガキ大将であったことは、よくわかっているはずだ。なのに、めぐみちゃんは、微笑したまま、首を振る。

「そうじゃなくて、わたし、ずっと考えてたの。この歳になっても、そういうところ、何も知らないままだから。自分で、こんな状態は邪魔っけだな、って。

あ、真壁さんに頼もうというのは、さっき、ご飯食べてるあいだに、思いついたんだけど」

「願い下げだよ」

「そこをなんとか」

低い声のまま、ちょっとおどけて、彼女は手を合わせるしぐさをした。

「ラブホテルったってねえ、こんな田舎町じゃあ、ご近所のおかみさん連中が、清掃係のパートタイムで働いていたりするわけだよ。役場勤めの若い娘を連れて、ばったり顔でも合わせたら、こっちだって信用をなくしちまう」

混ぜっ返して逃げを打っても、めぐみちゃんは、

「じゃあ、どっか、よその町でも」

と、容赦なく追ってくる。

結局、そこまで話したところで町役場の入り口に行きついて、じゃあなと手を振り、それぞれの方向に別れてきた。だが、それから一〇日ほどして、また昼前に役場で顔を合わせ、行きがかり上、同じ店で昼の中華定食を食べた。帰りがけの道で、めぐみちゃんから、例の声量不足の声で「真壁さん、ホテル、見つけてくれました？」と念を押される。

もう、とにかく行くには行くしかないかな。と思いはじめて、空想の翼が伸びると、まんざらでもない気持ちが兆す。だが、この齢《とし》でいきなり若い娘を相手にまわし、互いに満足いく結果が得られるものかと思うと、不安も募ってくるのである。ともあれ、やはり億劫だったり、たじろいだりで、ころあいのホテルを物色するというところまでは食指が動かず、ついつい明日にまわすことにして、台所で一合徳利に燗酒をつけはじめる。そして、テーブルの前にひとり座って、小ぶりな土

鍋で湯豆腐をつついたりして、杯を舐めている。五勺も呑むと、もう、うつらうつらとしはじめる。

夜更けに、低い飛行音が聞こえてきて、窓ガラスがビリビリと音を立てて震える。町の北方にある陸軍基地へと向かうらしい軍用ヘリコプターの飛行音が、最近は、夜間も天空から響いてくることが、たびたびある。


じっさい、長いあいだ、自分の体が窮屈に感じて、それが彼女を苛んだ。

北関東の院加の町で生まれて、二三年間、ずっと暮らしてきた。床屋を営む両親、二つ年上の兄といっしょに。ありきたりな四人家族のなかでも、自分という存在は、とりわけ地味。ただし、これは、悪くはない居場所でもあり、二二歳で町役場に就職。いずれ、友人からの紹介といったような形で、地元育ちの青年に結婚相手を見つけることになるだろう。両親は、これについて、とくに不安は感じていないに違いない。そうしたことで彼らを煩わせることはなかったはずだ。結婚すれば、たぶん一人か二人は子どもを産む。そうやって、自分の一生は、すべて予測可能な範囲で終わっていく。けれど、生きる感触って、ほんとうに、ただこれだけのことなのか？

たとえば、好きな男が裸で自分のなかに入ってくるときの感覚を、まだ知らない。それは、やっぱり、いまのうち存分に知っておきたい。けれども、わたしは、この硬くぎこちない自分の態度に慣れてしまっていて、いきなり、この体でそれをするのは、やはり恐い。態度と体が連動してしまっているのをいつも自分に感じる。まず、これを打ち破っておかないと、自由自在というわけにはいかないだろう。

ついに真壁が、院加の町からクルマで三〇分ばかり、県境をまたいだ隣町のラブホテルに目ぼしをつけて、めぐみちゃんを乗せた白いセダン車でしけ込んだのは、二月二週目の土曜日午後のこと。人目につきにくい玄関を入ると、無人の広いエントランスホールである。そこの壁面に、各室の写真入りの電光パネルが掲げてある。選んだ部屋のボタンを押すと、ルームキーがことんと排出口から出てきて、そこの写真を映す光は消える、という仕掛けらしい。

「このごろは、こういうホテル、すっかり減っちまってるらしいね。いざ探そうとすると、意外と苦労したんだ」

真壁が言うと、めぐみちゃんは彼の顔を見上げて、硬い表情のまま、うなずく。

「――好きな部屋、選びなよ。せっかくだから」

めぐみちゃんは、しばらく迷って、

《アンティーク調！　お姫様のお城の部屋》

と名づけられた部屋のボタンを押す。

部屋に入ると、中央に、円形の巨大なベッドが場所を占めている。掛け布団もまん円《まる》で、レース編みのカバーでくるんである。

「シャワー、浴びるかい？」

真壁が訊くと、彼女は首を振る。

「――じゃあ、おれが、ちょっくら浴びるか」

と言い置き、立ち上がる。備え付けのガウン状の部屋着でベッドに戻ると、めぐみちゃんはフリル付きの白いネグリジェに着替えている。これも「お姫様のお城」の趣向らしい。

六年前に妻を亡くして以来、女というものと縁遠くなっている。いや、妻の看病中も、その没後にも、むしょうに女っ気が恋しくなって、盛り場でソープランドやエスコートサービスのたぐいの世話になることはあった。だが、そのたび砂を嚙むような侘しさが残って、やがておのずと足が遠のいた。歳のせいか、それで不自由も感じない。かえって、気持ちの安定を覚えたつもりでいた。だから、行きがかりとは言え、こんな若い娘を相手に、やれやれ、どうしたことやら。

「まあ、とにかく、ここにいっしょに寝ようや」

決まり悪さを抑えて、よっこらせ、と、わざと声に出し、ベッドのなかへ身を横たえる。めぐみちゃんも、それに従う。

「──こうしてみたら、どうかな？」

腕まくらして、空いているほうの手の指で、若い女の額にかかる髪を上げてみる。彼女は、鼻先をぎこちなく男の胸に近づける。

「年寄りの匂いがするんじゃないかい？　加齢臭っていうんだったか」

「何それ？」

彼女は、そのまま、声だけで問い返す。

「……まあ、それはいいや。じゃあ、こうしよう」

ネグリジェの片袖を指先で肩から外して下ろすと、乳房がひとつ現われる。みずみずしい生気を放っていて、突然、愛おしさが自分の内から湧きあがってくることに、男は自分で驚いた。桃色の乳首の上から手のひらで包む。彼女はショーツを着けていなかった。

「だいじょうぶかい？」

「うん。……ちょっと、気持ちいい」

ネグリジェを脱がせようとすると、めぐみちゃんは肩を浮かせて手伝った。

「入るよ」

そう言って、彼は入っていく。いくらか、そこに抵抗を感じる。彼女は歯を食いしばるように顎を上げ、男の肩を両手でつかみ、小さく声を出す。

「痛いかい？」

あご先だけで、女は幾度かうなずく。

「……大丈夫。……気持ちも、少しいい」

「あ、これは、やっとこう」

そう言って、男は、女のなかから出て、枕元のコンドームの包みをもどかしそうに破って、付けはじめる。そして、また入っていく。

「もう、おれの精子なんて、生殖能力は落ちてるはずだけど。けど、もしもってことがあるから」

なにかに弁明するように耳元で彼は言う。二度、三度と、彼女はうなずき、目をきつく閉じたまま、両手の指にさらに力をこめ、男の肩をつかんでいる。彼は射精する。


翌週の週末にも、彼らはまた同じラブホテルに出向いた。このときの部屋は《びっくり！　サファリパーク楽園》。男女どちらの部屋着もヒョウ柄で、女物はビキニ、男物はワンショルダーのターザン風だった。このとき彼女は、さらにはっきり、性交による心地良さを感じ取れた。

丸木舟仕立ての浴槽でじゃれ合って、そのあと、チーター皮のイミテーションを敷きつめたベッドに戻って、さらに、いろいろ、互いの恥ずかしそうなこと、気持ち良さそうなことを試してみながら交わった。

その晩、めぐみちゃんが自宅に戻ると夜九時近く、両親は夕食を終えていた。母親がちょうど風呂から上がったところで、バスタオルで髪を叩きながら、「鍋にカレイの煮付け、ジャーにご飯があるよ」と教えた。

父親は、居間のソファに寝転び、テレビのお笑い番組を大きな音量でつけ、眺めていた。そして、頭を少しもたげて、「さっき光一から電話あったぞ」と、東京で暮らしている兄のことを伝えた。「――来月のボクシングの試合、詳しいことが決まったって。もし、めぐみが来るなら、チケットを送るってよ。たぶんノルマで、ジムから何枚も押しつけられてるんだろう」

うん、わかった――と、廊下の暗がりから小さく声に出し、それだけ答えておく。

その翌週は、めぐみちゃんに生理が始まり、一週とばした。だから、二人が会うのは、三月第一週の日曜日のこととなった。このときも同じホテルで、部屋は《侘び寂び！　奥の細道の間》。障子に囲まれた畳敷きの部屋だった。三階建ての最上階の角部屋で、ベランダにあたるところに、いささか強引に檜の露天風呂が造りつけてあった。

いぐさが匂うふとんの上で、体位を確かめあいながら性交するうち、めぐみちゃんのいちばん奥深い芯のところまで、痺れるような心地よさが届いて、ちりぢりに砕けていった。そのとき、じつは真壁健造も同じ強烈な感覚のなかにいて、わなないていた。

帰りがけ、二人は、それぞれに衣服を身に着けていく。その途中、「めぐみちゃん」と、彼は言った。

「——おれたち、こうやって会うのは、これで最後にしておこう。これ以上、続けてしまうと、おれにも無理が出てくるから。

うちの死んだかあちゃんの夢を、このごろ、よく見る。そいつが言うわけ。〝最初は人助けのつもりでも、行きすぎると、べつのものになってしまう。未練も残るだろうけど、いいかげんにしとけ〟って」

彼女は、オーバーコートの片袖に腕を通したところで、動きを止め、黙って、じっと男に目を合わせた。そして、「ありがとう」とだけ、小さな声で言い、もう片方の腕も通しはじめる。

院加町の北のはずれにある望見岩のてっぺんで、彼女が偶然、シンという名の一七歳の少年と出会うのは、こうしたことがあった翌々日、三月はじめの晴れた火曜日夕刻のことだった。


望見岩のふもと付近の湧水から検出される放射能は、一時、一リットルあたり六千ベクレルという高濃度を記録し、さらに上昇を続ける傾向を示していたが、数日が過ぎると、じょじょに低下傾向に転じはじめたと報じられるようになった。この騒ぎの直前、季節外れな大雨が続いていた。その事実から推察すると、これまで河川の水底の泥などに付着して沈殿していた放射性セシウムが、急激な雨水の流入によって水中に巻き上げられ、なんらかの理由でそれが地下水にも混入したことで、高濃度の湧水となるに至ったのではないかとの見方が示されたりもした。けれど、はっきりした原因究明までは突き詰められることのないまま、やがてこれについての報道も沙汰やみとなっていった。

　その望見岩から西方一キロほどの山麓部に位置する、南に大きく開けた土地で、シンたちによる遺跡発掘作業も続いていた。

　最初は、隣接する区画で行なわれた前年度の調査で、まず古墳時代の地層面から、竪穴住居趾などを掘りぬくことが試みられた。すると、これらの住居の掘りくぼめられた床面が、思いのほか深く、ローム層にまで達している。そうやって作業に取り組むうちに、このローム層中にも、大量の石器が見つかりはじめた。つまり、旧石器時代の遺跡である。

　各自の担当する範囲の地面を、指示された通り、ひたすら掘ることだけがシンたち発掘補助員の役目である。だから、作業中に、遺跡全体の状況はつかめない。研究者ではなく、単純な労働力として雇われた立場だから、発掘成果についての詳細を知らされることもない。とはいえ、前年度の調査で発掘済みの区画も合わせて、後期旧石器時代の特徴を示す出土品の一つひとつが見つかった位置をプロットする分布図が、休憩室の壁に貼り出されると、驚きの声は彼らにも広がった。同じ層からの出土を示す黒い点は、ぼんやりとしたドーナツ型をなすように、直径六〇メートルほどの大きな円弧を描いていた。さらに仔細に見れば、そのドーナツ型の部分における出土品の分布も均一でなく、二〇数個ほどのブロックに分割できそうな斑《まだら》状の濃淡をなしており、これら全体で一つの大きな円弧を浮かび上がらせている。そして、この円の中心近くには、繰り返し大きな焚き火でもしたのではないかと思わせる焼土が見つかったとのことだった。

　調査主任補佐の古木さんは、ここの現場でも、日に何度か巡回してきては、時間があればしばらく立ち話をしていく。シンたちは、古木さんから聞くことを頼りに、太古、この場所で生きて動いていた人びとを思い描いてみる。

出土品の分布のしかたは、何万年か前のあるとき、ここに二〇数戸のイエが、直径六〇メートルほどの広場を取り巻くようにあったことを示すのではないか、と古木さんは言った。一つのイエに、たぶん住人は数名ほど。ちなみに、この地層は、およそ三万五千年から二万八千年前あたりのものだという。つまり、ここに旧石器人のムラがあったのは、前後七千年間ほどの時間幅のなかの、ある時点、ということになる。でも、七千年というのは、いま現在から縄文時代前期までが、すっぽりと収まるほど長大な時間である。かたや、そこに生きた人の寿命は、せいぜい数十年。これら二つの時間幅のありかたの両方を、いっぺんに思い描くことなどできるのか?

「石器は、こんなふうに作った」

古木さんは、その場にしゃがみ、ひと抱えほどの石の塊が前にあるかのように構え、右手に握った石をそこに力いっぱい打ち下ろす(という動作をする)。石の塊の目を読み、うまく打ち欠くと、意図通りの形に剝片が取れる。打製石器である。刃の部分などを磨き上げる技術が伴えば、磨製石器。これらを作る原石のほうは「石核」と呼んでいる。

ごく少数の人びとが、同じ場所で次つぎと何百年にもわたって暮らしたとする。そうした場合も、新旧のイエの跡がいくつも残って、まるで「集落」があったかのように見えることがある。だが、今度、ここの調査地に現われた石器のドーナツ型の分布は、おそらく正真正銘の集落の跡を示すものので、見せかけだけのものではないだろうと古木さんは言うのだった。

なぜなら、ここでは、互いに二、三〇メートルも離れているブロック、つまり、異なるイエの跡で、同じ石核から生産された石器が見つかる。こういう石器同士をくっつけると、ぴたりとつながる。つまり、同じ石核から取られた石器は、同時期に作られたと見ることができる。そして、同じ石核から作られた石器が、複数のイエの跡から見つかることは、互いの成員が行き来しあって、いわば、ひとつの社会を形成していたことを示すだろう。

かつて、旧石器時代は、狩猟採集をしながら、遊動する暮らしだったと見られてきた。だが、こうした発掘成果は、すでに定住する暮らしの萌芽があったことを思わせる。

当時は、この一帯にもナウマン象がいた。体重はおよそ四トン。その一頭を倒せば、二千四百キロくらいの食用肉が得られたのではないかという試算がある。もし、人口百人のムラで住民が協力してナウマン象一頭を倒せば、一人一日平均一・五キロの分け前で一六日間をしのげる。とはいえ、当時、ナウマン象が絶えず捕獲できたとも思えない。つまり、ある時代にどれだけの規模の集落が成り立ちうるかは、その時代の食料調達力にもかかっていたはずだと、古木さんは言った。

イエは、どんな材質のものだったか。直接にそれを示す遺物は、残っていない。葦や茅を束ねた〝拝み小屋〟のようなものだったかもしれないし、獣の皮などを用いたかもしれない。ここの遺跡から多数見つかるナイフ型の石器は、狩りのさい、槍の先端部に用いたものと推測されている。皮なめしの搔器《そうき》に用いたらしい石器もある。

さらに分からないことも残る。

たとえば――、彼らは、どんな〝言葉〟で意思疎通していたか？

イエで暮らす〝家族〟とは何だったか？

古木さんは、言った。

「よく考古学の教科書のようなものでも、掘建て小屋の内部の図解があって〝縄文時代の家族の暮らし〟なんていう説明文が付いていたりするけどね。だけど、当時の〝家族〟が、そんなふうに、お父さん一人、お母さん一人、子どもたち、という、一夫一婦制で営まれていた証拠はない。そして、たぶん、そうではなかっただろう。

同じヒト科でも、チンパンジーの社会では、男女ともに、複数の相手と交尾する。だから、生まれてくる子の父親が誰かは、わからない。というより、ぼくらが言っているような意味での〝父親〟という役割自体がない。このシステムを〝乱婚〟と呼ぶ人もあるけれど、それよりも、〝婚〟という概念とは違ったもので社会ができてるということなんじゃないか。でも、彼らの母と子の結びつきは、とても強い。だから、そこにも〝家族〟は、やっぱりある」

「だけど、人間の社会だって、実際には、チンパンジーとそんなに大きな変わりはないですよね」

と、シンが答える。

「――一夫一婦制というのは、法律的な制度上のタテマエが、そうなってるというだけで。恋人同士も付き合ったり別れたりするし、実際には、相手が何人もいることだって、よくあるから。〝一人の相手としか交尾しない〟っていう生態は、人間の歴史にもなかった気がする」

「たしかに。もし、一夫一婦制に忠実な生態だったら、とうに人間は免疫的に弱くなって、滅亡してたんじゃないかな。きっと、お互いの抜け駆けが、種としての自分たちを救ったんだ」

そう言って、古木さんは笑っていた。

今回の発掘調査地は、やがては町立スポーツ公園の造成が予定されている土地である。だから、もし重要度の高い遺跡の存在が明らかになれば、敷地の一部を史跡公園に転用して観光客誘致にも貢献させられないかとの考えが、役場の文化行政担当者などにはあるようだ。だが、同じ役場内でも、これとは反対に、開発を優先させたい部署もある。

「古木さん……」シンは、彼に尋ねる。「使用済み核燃料の最終処分場をこのあたりに造るっていう噂を、このごろ聞きますよね。そういうのも、遺跡保存の行方に影響がありそうですか？」

「ないとは言えないだろうと思う。もしも、この遺跡が、国の史跡に指定されでもしたら、そういう造成には手がつけられない。それを喜ばない人たちはいるだろう。その種の綱引きは、お役所のなかでもあるんじゃないか。ともかく、ぼくらとしては、発掘調査の報告書をしっかり作って、自分にできることはやっておくしかない」


四月、新年度に入ると、院加駅前での《戦後１００年》アピール運動のメンバーのあいだでも、そろそろ横断幕は正確に「戦後１０１年」と直そうや、という声が起こった。そこで横断幕には、再度、継ぎ当てが施され、

《戦後１０１年、いまこそ平和の精神を未来の世代に手渡そう！》

となったのだった。

運動の青年リーダーだった八百屋の三宅太郎さんは、前年暮れに、服飾店勤務の仲間、奥田アヤさんと姿をくらまし、いまだに戻らない。二人とも既婚者で、「男女関係のもつれ」というものがあったらしい。サル学なら〝乱婚〟と呼んだりもするかもしれないが、人間様の世間では〝不倫〟と呼ぶことが多い。

シンとしては、年上の女性として惹かれていたアヤさんの行方が、やはり気になる。とはいえ、

院加駅前で続く《戦後101年》のアピール活動をのぞきに立ち寄るたびに、三宅さんの子ども二人、ミチとリョウにも顔を合わせる。元気に振る舞ってはいるが、今度の進級でミチはもう小学校三年、リョウとて保育園の年長組である。長びく父親の不在には、子どもなりに、きっと感じているところがあるだろう。

ミチは、この半年ばかりで、手足が、ずいぶん、すらりと伸びた。髪をポニーテールに垂らして、デニムのショートパンツ。キックボードで地面を勢いよく蹴り、舗道を滑ってくる。弟リョウの手を引くときには、ボードを脇に抱える。

新学年の授業が始まった途端に、ミチは、新しい級友の男の子たちから、「おまえの父ちゃん、非国民なんだって？」、「不倫で駆け落ちしたんだよな」と、からまれた。

ふて腐れているので、「脛でも、がつんと、蹴ってやれ」と、シンはけしかける。

「もう、やった」

にやっとミチは笑って、また勢いよくキックボードで滑っていく。リョウは、きゃっきゃと騒いで、そのあとを追いかける。

日暮れまでにシンが彼らを自宅の八百屋へと送りとどけるのが、不文律のようになってしまった。三宅さんの妻チエミさんは、いつも店先で慌ただしく働いている。たまたま、買い物客がふいに途切れて、アルバイトの若い女性も野菜の補充で裏手の倉庫へまわっているあいだに、あるとき、ぽつんとチエミさんは言った。

「どうして、こんなことになったか、わたしはわたしで理解はしているつもりなの。アヤさんという人も、きっと、まっすぐな人なんでしょう。

もちろん、わたしは怒っている。気がおかしくなりそうなくらいに。タローにも、アヤさんにも。けれど、憎しみに自分が押しつぶされてしまわないように努力している。ただ、わたしがこれを許すことは、ぜったいにないんじゃないかな」

話は、前後する。

ひと月あまり先立つ三月はじめの火曜日の日暮れどき、望見岩のてっぺんで、シンとめぐみちゃんは初めて行きあう。ただ、このときは、ほんの二、三言を交わしたに過ぎなかった。

偶然はさらに重なった。その二日後の夕方、町役場での勤務を終えためぐみちゃんは、近くの図書館に立ち寄って、貸出カウンター前の短い列のなかで、ふたたび、この若者に出会ったのだった。

もしも、これが、あと数日経ってのことだったら、もう彼らは互いの顔さえ、とっさに思い出さなかったかもしれない。そうでなくても、再会に驚いて見せるには躊躇が働き、わざと知らんふりして、すませてしまったに違いない。

自分でも意外なほど、大仰なしぐさで相手の若者に声をかけながら、めぐみちゃんは心の隅でそのように感じる。名前さえ知らず、いくつも年下らしい、この若者との再会が、それほど嬉しかったからである。

どちらからともなくぎこちなく誘いあい、駅前のコーヒーショップで彼らはお茶を飲む。図書館で若者が借り出してきた本は、『考古学の見方と解釈』と『発掘と整理の方法』。めぐみちゃんが借りてきたのは、古い時代の外国小説『テレーズ・ラカン』と『ボヴァリー夫人』だった。

名前と連絡先を彼らは互いに教えあい、この月のうちに、さらに二度、同じコーヒーショップでお茶を飲んだ。三度目のとき、めぐみちゃんは、東京のボクシング会場で開かれる自分の兄の一〇回戦デビュー戦に一緒に行ってみる気はないかと、この若者を誘ってみた。シンは、週末なら仕事も休みだからと、それに応じる。院加駅発の四両編成の特急電車に彼らが乗るのは、三月最後の土曜日の午後二時過ぎ。東京でのボクシングの試合開始予定時刻は、午後六時だった。

めぐみの兄、高田光一にとって、バンタム級一〇回戦での初戦となる対戦相手は、過去の成績では同程度だが、一〇回戦での第三戦となる点でやや格上だった。選手控え室は、リングが設けられたホールの階下にあって、すでに彼らはそれぞれの部屋に入っているはずだった。せっかくだから兄さんに顔を見せてくれればどうかとシンは彼女に勧めたが、「恐いから、いい」と、首を振ってめぐみちゃんは断わった。そして、試合まではまだかなり時間があるうちから、ホール内の座席に腰を落とし、目をつぶった。試合開始時刻が迫っても、観客はまばらなままだった。

第四ラウンドの開始早々、相手の大振りな右フックが、カウンター気味に光一の左こめかみをとらえた。彼の膝はがくんと崩れて、どうにか、そこでこらえた。だが、ガードは低く下がったままで、相手の左右のフックが、ふたたび顔面をとらえる。続けてボディへの連打。右のアッパーが、とどめに光一の顎先を突き上げると、彼の両足は宙に浮き、背中からリングへゆっくりと落ちていく。レフェリーがカウント・テンを数えるまで、ほとんど身動きせず、その体はリング中央でのびていた。

この日最後の院加に戻る特急電車のシートで、暗い窓ガラスに顔を向け、声を漏らさずにめぐみちゃんは涙を流した。

院加から一度都会に出た若者が、この町にまた戻ってきて暮らすことは少ない。みずから進んでそうしたがる者など、ほとんどないだろう。

両親が床屋を営む故郷に、兄は妹を残し、その家を出た。兄だけが、この家で彼女のことを忘れずにいる人だった。学校から兄が戻ると、彼女の部屋の扉が、とんとん、と叩かれる。その音を聴くことで、この世に自分が存在していることをかろうじて意識していた。

ボクシングの試合で勝ちつづけている限り、兄が院加の町に戻ってくることはない。だが、たとえ負けても、それはないのだ、と彼女は感じる。

彼女の膝の上の両手に、シンは、自分の手を置く。まだ一七歳だが、痩せて頬骨はとがって、しょぼしょぼと無精ひげが生えている。その横顔をはじめて遠慮せずに、彼女は眺める。

「兄さんは、どうしてボクシングを始めたの？」

シンから訊かれて、彼女は、え？　と口ごもる。

「……なぜなんだろう？　そんなふうに考えたこと、なかった」

「強い男になりたかった。虚弱だから、体を鍛えたかった。あるいは、妹を守りたかった、とか」

……そうか、そうかもしれない、そうなんだな。と順々に思いながら、彼女は黙って、それを聞いている。

院加駅の閑散としたホームに最終の特急電車が滑り込んだのは、冷え込む午前零時前。その夜、めぐみちゃんは、初めてシンのアパートに立ち寄り、そのまま泊まっていく。東京の友だちのところで泊まってくるかもしれない、と、あらかじめ母には伝えていた。

狭いふとんから暗い電灯を見上げ、性交のあと、ねえ、シンと、めぐみちゃんは訊く。ご両親とは、あんまり連絡してないの？

「親父とは、たまに」

「お母さんとは？」

「そこにはいない」

「……離婚とかで？」

「いや。……いま、刑務所」

「なんで？」

「それは、また明日にでも。いまほど眠くないときに」

それだけ答え、二人は、深い眠りに落ちていく。


若いうち、必要がなければ、男はあまり考えない。女も、また、そうである。

あれから、おりおり、めぐみちゃんはシンのアパートを訪ねていく。シンは、なんとなく人恋しく、あるいは肌恋しくなれば、めぐみちゃんを部屋に呼び寄せる。

失踪以来初めて、アヤさんからの長い手紙が、不意にシンのもとに郵便で届いた。四月下旬の土曜日午後のことだった。封筒は階下の集合ポストからはみ出していたので、部屋を訪ねてきためぐみちゃんが抜き取って、外階段を踏み鳴らして二階のシンの部屋へと上がり、玄関口で彼に渡した。封書の差出人の名前だけを彼は確かめ、テーブルの上に放り出す。あとでゆっくり読みたかったからである。溜まっていた洗濯をめぐみちゃんに手伝ってもらいながら片づけて、この日も三度性交し、軽い夕食をともに済ますと、彼女は帰っていく。帰りがけ、テーブルの上に置かれたままの封筒に、彼女はちらりと目をやる。けれど、それについて何かを尋ねることはない。

手紙は、青の水性ボールペンで便箋に二一枚、びっしり書いてある。

《シンくんへ
長く連絡もせず、ごめんなさい。》

と始まり、シンにとっては意外なことが次つぎに続いていた。

去年の年の瀬、八百屋の三宅太郎さんと彼女は失踪した。手紙によると、あのとき、唐突な行動に出るに至った発端は、ある突発事だったという。

――院加町北方の山あいに、陸軍の基地と、広大な演習場がある。この時期は、中東への追加派兵が迫る連隊が、新兵への教育訓練を演習場で行なっていた。廠舎《しょうしゃ》で寝起きし、ときに野営も重ね、厳しい訓練日程が続いていた。

音《ね》を上げて、落伍する兵士が出てくる。また、これから戦場に出るという現実に怖じ気づき、部隊からの脱走を考えはじめる者もいる。なんとかしないと手遅れになると、彼らは焦る。

こんな若い兵士の一人が、院加駅前で、偶然に《戦後１００年》アピールの演説を聞き、チラシを受け取った。彼はそれを読み、基地から逃亡することをいよいよ本気で考えた。つまり、脱走兵になるということである。二、三人、隊内の仲間にも声をかけたが、誰もが躊躇し、はっきりしない。こらえ切れずに、ついに自分一人で脱け出すことにしたのだった。

一二月なかばを過ぎかけた日曜日の午前、彼は週末休暇の兵士として、ジーンズにセーターとブルゾンという格好で、演習場からバスで院加の町に出て、チラシに問い合わせ先として記された事務所に電話する。それは転送されて、三宅太郎さんの携帯電話を鳴らした。自分は院加の演習場で訓練を受けている陸軍兵士だと名乗ると、相手はすぐに駅前広場まで出てきてくれて、顔を合わせた。立ち聞きされることを警戒し、院加の町なかを、二人は肩を並べてひたすらに歩き回りながら話をした。そして、三宅さんは、二一歳になったばかりという相手の青年の話を聞くにつれ、いまさら追い返すわけにはいかないと、意を決した。

「戦後１００年、平和の会」の事務所は、一時、シンが寄宿していた。けれども、いまはもう空いている。いずれこういうこともあろうかと考えて、借りておいた部屋である。だが、いざ、国軍兵士による脱走の幇助、隠匿となると、罪にも問われる覚悟が要る。そんな行為に、自分の一存で踏み切ってよいものか、ためらいが働いた。

すでに夕刻近かった。三宅さんは、いったん自宅に、脱走志望の兵士を連れて戻る。そして、妻におおよその事情を話して、いまから、彼をここに残し、自分は運動仲間の奥田アヤさんの勤務先近くまで出向いて、この件について彼女と相談してきたいのだと告げたのだった。妻は、緊張した表情になったが、それを請け合った。

三宅さんは、アヤさんを呼びだし、勤務先の周囲の道をまた歩き回りながら、短時間のうちに小声で相談をまとめた。要は――軍から逃げた若者は守らなければいけないが、警察に目をつけられている「戦後１００年、平和の会」の事務所で、彼を匿うのは危険だろう。だから、今夜は彼を三宅さんの自宅に泊め、事情もよく聞いた上で、明日、「平和の会」のメンバーたちにも緊急に集まってもらって、打開策をはかろう、ということである。アヤさん自身も、今晩、店を閉めたら、三宅さん宅に駆けつけるとのことだった。

ところが、ひと足先に三宅さんが自宅に戻ってみると、様子が変わっていた。軍から逃げてきた若者が、激しく動揺している。――このまま、いつまで潜伏生活が続くかと思うと自分は耐えられない、それに、もし発覚して捕まれば、軍事法廷で何年もの懲役刑が下るだろう、汚名は田舎の親兄弟にも及ぶし、それも恐い――ということである。加えて、こうして逃げてくれば、もっと自由と安全が保証されると思っていたのに、と、あべこべな苦情も口にした。

いまから隊に戻りたい、と彼は言いだした。深夜の帰隊点呼にも、まだ間にあうかもしれない、と。たとえ、それには遅れても、反省文を書かせられる程度で終わる。だから、タクシーを呼んで、隊に帰らせてもらいたい――というのだった。遅れてアヤさんが駆けつけはしたが、彼の心変わりに、それ以上の変化はなかった。電話でタクシーを呼び、そそくさと乗り込み、彼は、この一日の大騒動に詫びも礼も言いのこさずに、陸軍の演習場へと戻っていった。

子どもたち二人は、すでに眠っている。

夜更けの台所のテーブルに、三宅さん、アヤさん、三宅さんの妻チエミさんの三人が、残っていた。チエミさんが急須を傾け、……とぽとぽとぽ……と、三つの湯呑みに煎茶を注ぎ分けていく。そして、硬い表情のまま、意を決したように、彼女は強い語調で切りだした。

「もう、いいかげんにしてほしい。

タローとアヤさんは、男女の付き合いをしてるんでしょう？　わたし、わざと知らんふりをしていてあげることに、くたびれてしまったんだ。

普段から、タローが考えていることには敬意を抱いてきたし、やりたいと言うことは、できるだけ応援してきたつもりなの。アヤさんが、タローにとって、とても大事な協力者であることもわかってるつもり。けれども、二人が好きなように会うために、その運動を利用してるようにも感じるときがあって、なんだか自分までが愚弄されてるようで、みじめになる。あなたたちの運動仲間には、もっと地道に、暮らしの範囲のなかで、たんたんと自分にできる活動を選んで、それについては妥協をせずに続けている年輩者たちがいるでしょう。でも、あなたたちは、そういう人たちに対して、どこか傲慢で、独善的。わたしは、それが気持ち悪い」

アヤさんは、黙って、両手で包んだ湯呑みに目を落としている。

三宅さんは、尖った目で宙を見つめていたが、やがて視線をチエミさんのほうに戻して、

「わかった。おれが悪かった。本当に、そう思っている。

おれはね、こうしてチエミを欺いているのが、自分でずっと苦しかった。子どもたちに対しても。だから、もう、この家を出ることにする。年が明けないうちに」

思いあまって、その場の勢いということもあっただろう。とにかく、三宅さんはそう言い、三人は、しばらくまた黙っていた。

やがて、

「アヤさんは、どうするの？」

と、チエミさんが、顔を上げて言った。

「わたしも、この機会に、家を出ます」

アヤさんの夫は、税理士として事務所を構えている。子どもはいない。その家を出て、自分も三

宅さんと行動をともにしたい、という意味のことだった。

「そう……、わたしには、それについてどうこう言える資格はないわ。残念だけど。きょうはここまでにしましょう。もう遅いし」

――チエミさんが気丈にそう言い、三人は椅子から立ち上がる。

三宅さんとアヤさんが院加の町を離れるのは、このあと、大晦日のまだ夜が明けきらない時刻である。三宅さんとしては、家業の八百屋の年末の忙しさに区切りをつけた上で、子どもたちが朝に目を覚ます前に、その家を離れようとしてのことだった。

電車の車内はすいていた。五、六人、地味な身なりの中年過ぎの女性たちが、思い思いの座席に腰かけ、脇にそれぞれの手提げ袋も置いて、中国語らしい言葉で話していた。深夜営業の店の下働きか、ビル清掃などの仕事上がりか。正月というものは、東アジアの社会の大半が、旧暦で祝う。だから彼女らも、新暦での大晦日ということについては、特段の意識など持ち合わせていないのかもしれなかった。自分が子どものころと較べてさえ、そういった年中行事への世間の意識はずいぶん薄れているのを、ふと、ぼんやりした頭の隅でアヤさんは思っていた。

《……とりあえず東京に向かって、台東区のはずれのビジネスホテルで正月三が日をやりすごしてから、住まいと仕事を探しはじめた。住まいは、江東区の南砂町にある築四〇年あまりの小さなアパートの部屋にした。

わたしは美容師資格も持っていたから、選り好みをしなければ、働き口を見つけるのは、それほど難しくはなかった。この仕事は、人の出入りが多い職種で、ある程度以上の規模の店なら、いつでも求人をしているようなものだから。太郎さんは、しばらく職探しに苦労していたけれど、やがて青果市場に就職が決まった。

苦しさがつのるのは、それからだった。戦争反対とか、脱走兵援助とか言っても、わたしたち二人にできることは、具体的に何もない。せいぜい、この都会で活動している市民運動のグループと連絡を取ってみるくらいのことだった。いい大人になったはずの自分が、いまになって、なぜこんなママゴトじみたことをやっている？

いまから八〇年くらい前のことになるけれど、ベトナム戦争の時代があった。その小国の共産勢力をつぶそうと、米国が爆撃を始めて、次第次第、泥沼のようにそれが拡大した。米軍に基地を提供する日本も、この戦争に協力した。そのとき日本の市民運動でも、在日米軍基地の米兵たちに脱走を呼びかけて、彼らを匿い、国外に逃したりしようとする運動があったらしい。けれど、いまは、こうやっていくらか自分で動いてみると、軍や警察、というか、社会全体の監視の目の厳しさが、当時と格段に違っている。わたしたちが、脱走兵を自宅で匿おうという普通の市民のネットワークを、これから自分らで組織していくのは難しいと思う。

まして、わたしたちが匿わなければならないのは、米軍の兵士ではなくて、自国日本の兵士になる。つまり、外国に彼らを逃がすことでは、問題は解決しない。むしろ反対に、戦争というものが終わるまで、たぶん脱走兵の身柄は日本国内のどこかで、えんえんと匿いつづけなければならない。そういう出口のない重圧に、脱走兵も、支援者も、いったいどうやって耐えられるのか、ということもある。物理的にも、精神的にも。

たしかに、いまの日本に、徴兵制という制度はない。それでも、若者たちは、自発的に軍へと引き寄せられて、入っていく。ほかにいい働き口がないから。この状態が、ずっと続いてきている。たぶん、これからもそうでしょう。景気が悪いかぎり、所得の低い階層の若者たちは、除隊後の大学進学優遇措置とか、各種資格取得の便宜を軍がうたえば、いっそう、そこに集まる。彼らには、ほかに道がないのだから。

つまり、この軍隊の兵士たちを支えているのは、もう「愛国心」とは違っている。むしろ、彼らは、傭兵に近い存在として、組織されるようになってきている。本当に、それでしっかりとした強い組織になれるのかは、また別の話だけれども。

「戦争は最重要な産業である」とかって、以前、この国の総統が唱えていたことがあった。いや、「戦争」ではなく、「積極的平和維持活動」と、彼は言ったのでしょうけれども。いずれにしても、たしかに、そうなんでしょう。軍需という大産業は、国庫と国債発行という天井知らずの財布を当てにして成長できる。さらに、外国でも戦争がさかんであればあるほど、よけいに輸出もできる。これが市場の好況感を底上げする。総統って、株価が社会の幸福度の反映だと堅く信じてきた人みたいだから、その人の目で見れば、これは本当のことなんだろうと思う。

アフリカ、アラブ、東南アジアへと、いまは、戦場がずっとつながっている。そして、世界の政治指導者たちは、この状態が続くことこそが彼らの権力の安定した基盤をなすことを、心得ている。つまり、彼らにとっての平和は、つまるところ、世界の戦争だということになる。

いつでも、つい、腹の底の本音を彼らは口にしそうな様子でいる。

「人間は余っている。世界中に百億人も溢れ返っているのだから。明らかに定員オーバー。ほんとうは、もっと、急激に減らさなければならないのだ。だから、貧乏人の命の数を使って、それが景気向上に貢献してくれるものなら、これほど願ったり叶ったりなことはない。いやいや、お安いものです。どんどん、消尽していただきたい」と。

二一世紀に入って、米国に、初の黒人の大統領が生まれた。彼は、シカゴの市民運動出身の若い政治家で、核兵器の廃絶、多文化の共存、貧富の格差の解消といった、積年の理想を抱いていた。ところが、二期八年間、彼は大統領をつとめながらも、その理想をまったく実現させることができなかった。社会に溢れる銃の規制も、貧富による差別のない医療保険制度の創設も。むしろ現実には、世界各地での戦闘と暗殺の拡大へ、みずから何度も作戦を命じなければならなかった。議会からの反対で？　たしかに、それはそう。ともかく、世界最大の権力者、米国大統領といえども、すでに全世界に張りめぐらされている権益のありようには逆らえない。そういう時代に入っていた。

二期目の大統領任期も終わりに近づいたころ、南部の黒人教会で、白人の差別主義者がまたも銃乱射事件を起こして、おおぜいの命を奪った。犠牲となった牧師の葬儀に参列し、大統領は、とても力強く心のこもった追悼の演説を始めた。けれど、とうとう終わり近くで、それを中断してしまった。しばらく、壇上で彼は黙っていた。少し、もじもじしながら。そして、一人で、賛美歌の「アメイジング・グレイス」を歌いはじめた。この歌は、アフリカからの奴隷船を運航して富を築いた男が、あとで自分の所行を悔い、牧師になって作ったものなの。とても美しい歌だけど。

これはね、わたしが生まれるより、もう少し前の時代のことよ。わたしは偶然、一〇代のあるとき、ネット上に当時の映像が残っていることに気づいて、この演説を見たの。彼が「アメイジング・グレイス」を歌いだすところも。

そして、なぜ、彼は、この歌をうたっているのか――そのことを考えた。それは、どうしようもできない、彼の深い無力感の表現だった。自分は、誰か一人の命も守ることができない。こうして、世界最大の権力を持つ米国大統領なのに。彼は、たぶん歌うことで泣いていたんでしょう。

ただ、それは、居合わせた人に、いくらか慰めをもたらした。なぜなら、弱さを認めるのは、勇気の要ることだから。現職の米国大統領が、それをした。わたしが、ここには「世界」というものが確かに存在するんだと感じたのは、たしか、あのときが初めてだったと思う。

大統領に就任したとき、彼は四〇代で、黒い縮れ髪を短く刈っていた。でも、そのころには、彼の髪はなかば以上が白くなり、顔にも深い皺が影のようにあった。白髪を染めないんですか、と記者に訊かれて、「多くの国々の指導者たちが髪を染めていることは知っている、でも、自分は絶対に染めない」と答えていた。「アメイジング・グレイス」を歌ったのも、そういう彼だった。

太郎さんとわたしは、この数カ月間、互いにひどく傷つけ、苦しい時間を過ごしてきた。出口を見つけられないことで、罵りあって、相手に責めを押しつけた。人を傷めた記憶は、自分を灼く。うしろめたさは、自分自身を壊してしまう。いま共にいる人へのいたわりさえも。苦しむ人を故郷に残して、そのままで、うまくいくことはない。自己嫌悪、そのあと、悔いの時間がやってきた。これの繰り返し。

そして、わたしたちは、自分たちなりに結論を出しなおした。それはね、男と女の関係としてはここで別れて、それぞれに、自分のいま必要だと思う生き方をしてみようということです。

具体的には、太郎さんは、そう遠くないうちに、院加の町に戻ることになるだろうと思う。それについては、彼自身からチエミさんにも連絡を取りはじめている様子です。

ただ、わたしたちが取った行動について、チエミさんがそうやすやすと彼を許せるはずはない。

けれど、いま彼は、もう一度、家庭を修復したいと願っている。だとしたら、ともかくも謝りつづけるしかない。いずれにせよ、当面、彼は院加の町のどこかで、一人暮らしを始めることになるだろうと思う。

　それから彼は、院加の町で持ち上がってきているという使用済み核燃料の最終処分場の計画について、何か自分にできることがあるんじゃないかと考えているようです。すっかり地元での人望を失って、これもまた一人きりで始めてみるほかないだろうけれど。それでも、これはとても厄介な問題で、また誰も避けて通れない事柄でもあるのだから、太郎さんの持ち前だった生活本位のものの見方から、何か深い考えを引き出せるんじゃないかと、わたしとしても期待しているんです。

　一方、わたし自身は、このまま院加の町には戻らずに、自分のやれることを考えたい。ほっぽり出したままの離婚手続きなどについては、相手にも連絡をとり、済ませないといけないけれど。自分としては、若い人たちが戦場に送られていることに対して、どのように有効な対抗手段を取れるのか。これを考えていきたいと思っている。

　いま政府は、権力維持に都合が悪いことはすべてサボタージュする、というやりかたです。いったい何人の兵士が戦死しているか、といったことさえ、実数を明かさない。不利を招きそうなことについては、統計さえ取らない。いまは、こういうのが常態化しすぎて、たぶん、シンたちくらいの若い世代の人たちには、当たり前のようになってしまっているんじゃないかと思う。だけど、そうではない。これは、国家権力が国民に負っている責任の不履行であって、不正なことだと、はっきりさせていくことが、わたしくらいの世代の者のつとめだと思う。

　シン。

こうやって書くと、自分でも、まるで冗談みたいに思えてくるけれど、わたしは本気なの。だから、この手紙も、こうやって手書きの文字で書いている。そして、この便箋の束を封筒に入れ、切手を貼り、外出して、本物の郵便ポストに投函します。だから、やがて院加の郵便屋さんが、あなたの住まいの郵便受けまで、これを配達してくれるでしょう。

なぜ、こういうまだるっこしいことをするかというと、電子メールのたぐいは、すべて検閲されているからです。この現実は、すでに三十数年前には、はっきり暴露されている。にもかかわらず、わたしたちは、つい、それをできるだけ深刻には受け取らないように、自分を仕向ける。この奴隷根性には、自分で用心しておかないと。もちろん、携帯電話の通話も、盗聴は覚悟したほうがいい。

部屋で、人に聞かれたくない会話をするときにも、最低限、携帯電話やノートパソコンは遠ざけておく必要があります。携帯電話は、バッテリーを抜くほうが確実です。それが難しければ、冷蔵庫に入れてしまう。単に電源をオフにするだけでは、いけない。遠隔操作でこれを起動して、盗聴用のマイクとして作動させるのは、難しいことではないのだから。

それを思うと、この種の通信は昔ながらの郵便制度に託すほうが、まだしもマシということになる。もちろん、これだって、開封による検閲を受けてきた歴史がある。でも、電子的な検索と記録装置で一網打尽に検閲される電子メディアに較べれば、一通一通の手紙を検閲官が開封して、盗み読みして記録し、また封をしなおして配達するという郵便のほうが、まだしも奥ゆかしくはない？　おかげで、わたしは最近、テクノストレスからいくらか解放されて、シンプルな暮らしに戻れている。

わたしのほうの当面の住所も、ここに書いておきます。

元気でね。
また、君に宛てて、こうやって水性ボールペンなんか使って、手書きの手紙を書くようにするよ。
２０４６年４月26日

奥田アヤ》

めぐみちゃんに対する愛情が、どんなふうに自分のなかに息づいているのかとか、若い男は、あまりそういうことを意識しない。とりあえず、自分にやさしくしてくれる女だから、めぐみちゃんのことは好きだという程度である。めぐみちゃんの側からしても、それは同じようなことだろうと思っている。

部屋で会うときには、お互い熱心に、いろんな体位を試して、もっと気持ちのいい性交のしかたに取り組む。図書館の古くあやしげな本にも、図解がなされていたように、「松葉崩し」とか、「茶臼」とか、「撞木反り」とか、いろいろ。そのあいだも、シンの瞼の裏には、アヤさんがさまざまな姿態で明滅している。

めぐみちゃんには、このごろ部屋のカギを預けている。留守のあいだに、彼女が部屋に立ち寄り、ざっと、片付けなどしてくれたらしいと気づくこともある。アヤさんからの手紙を置いていた位置などが、いくらか変わっていて、読んでみたのかもしれないな、と感じたこともあった。だが、特に気にかかるわけでもなく、相変わらず、部屋はすべて放りっぱなしなままでいる。

暖かな季節となり、よく晴れた日中には汗さえにじむ気候に移っていった。発掘調査の現場に隣接する土地は、麦畑の広がりだった。あるとき目を上げると、少し前まで青々としていた麦の穂が一面の黄金色に変わって、風がそれらを大きく波打たせ、渡っていく。その景色のうつろいに、シンは驚いた。

「〝麦秋〟だよ。このあたりのは、たいがいビール麦だ。もう、すぐに夏になる」

同僚の中年の男が、腰を伸ばし、軍手で額の汗をぬぐって言った。

休日の午後、めぐみちゃんが部屋に来て、窓を少し開け、風が入ってくるようにしたまま、長い時間にわたり性交をした。西陽を受けて、ふとんの上で並んでタオルケットにくるまっているとき、彼女が言った。

「きのう、兄から手紙が来た。陸軍の入隊試験に、合格したって。志願しておいたから、教育訓練期間が終われば、派兵になると思うって書いてた。どうせ軍にいるなら、そのほうが加俸があるし、昇進も早いから、とか。だから、ボクシングの日本チャンピオンは、二年後の除隊まではお預けだよって、それだけ」

ふーん、とシンはうなずく。目尻を指の先でぬぐう彼女を、横目で見る。

手のひらでめぐみちゃんの乳房を包み、その体にかぶさっていく。二人は、小動物が激しく痙攣するように動きつづけて、いよいよ、痺れる感覚の向こうに落ちていく。

第四章　見えるように

八百屋の三宅太郎さんは、半年足らずの失踪生活の末に、結局、自分の町である院加に戻ってきた。

「戦後101年、平和の会」の仲間たちには、平身低頭、何度も頭を下げて詫びた。この人たちは、五〇代、六〇代という年長者が大半で、「いやいや、タローさん、べつにおれたちゃ、なにか迷惑を受けたわけでもねえんだから」と、水に流す態度で迎えてくれた。いまさら妻子のもとにあっさり戻れる身ではないので、当面、この会が事務所として借りているアパートの部屋に居候させてもらえることになり、そこに一人で暮らしている。かつては西崎シンが、一時期、彼のはからいで居候させてもらっていた部屋である。

陸軍基地の地元の町で戦争反対を呼びかけている以上、いずれ基地から脱走してくる兵士が出現すれば、彼らを匿う必要も生じる。もとはと言えば、そのことを念頭に、仲間内で費用を出しあい、借りておくことにした部屋なのである。まさか、自分が居候で世話になろうとは考えてもいなかった。

恥じる思いや悔恨が、じわじわと胸に湧きあがり、わっと声を上げ、消え入りたくなることがある。だが、なんとか、もういっぺん、ここから出直すのだと決心したつもりでいる。

自宅の八百屋は、目下、妻のチエミさんが実質では店主となって、切り盛りしている。院加の町に戻るのに先立ち、失踪先の東京から、思い切って、ともかく彼女に連絡を取ってみた。

「いま、子どもたちを動揺させたくない。やっと落ち着いてきたところだから」

電話口で、低く抑えた声でチエミさんは答えた。

「――もし用事があるなら、日曜の午前中、隣町の駅前のコーヒーショップあたりで会うことにしましょう」

八百屋を太郎さん自身が切り盛りしていたころは、水曜が定休日だった。だが、母子三人の暮らしとなって、せめて休日にはまだ幼い子どもたちの面倒も見られるようにと、定休日を日曜に変更したのだろうと、彼は受け取った。

その日、チエミさんは、青果の仕入れなどに使う幌付き軽トラックで、隣町のコーヒーショップまで出向いてきた。かぼちゃのイラストが大きくプリントされたオリーブ色のトレーナーに、ジーンズとショートブーツ。髪を後ろで縛り、肌荒れした手指にいくつかバンドエイドが巻かれていた。キーホルダーをじゃらっとテーブルに投げだし、向かいのソファに腰を落とし、

「どう、元気だった？」

と、彼女は尋ねて微笑した。

「まあ、なんとか」太郎さんは、気圧されて答え、さらに居住まいを正して付け加える。「ご苦労かけます。店のことも、リョウやミチのことも」

「おかげさまで、やりくりは、なかなか、たいへん。増えたのは、腕の筋肉と腰痛、手足のすり傷、切り傷だけ」

このときの相談と彼女の決断によって、太郎さんは、もとの自宅である八百屋に、これからは通いの〝店員〟という立場で受け入れてもらうことになった。つまり、いまは、とうてい家族の一員だと考える気にはなれない、ということでもある。ただし、なじみ客の前で恥を承知で働く気があるなら、男手はほしいので、日中に働きに来てもらうのはかまわないと、妥結策が持ち出された。「売り上げがよくないから、お給料も、いくら渡せることになるか、心もとないけど」とのことだった。

毎朝六時すぎ、太郎さんは、八百屋の店先に出勤する。軽く掃除を済ませて、軽トラックを裏の倉庫から出し、近くの町の青果市場まで仕入れに向かう。帰りがけに、生産者契約を直接結んでいる農家に、二、三、立ち寄り、それらの野菜も積んでくる。

八百屋の仕事は、重いし、痛いし、寒い。そして、夏は暑い。いつもせわしく動いていないと、売り物の青果はどんどん傷みだす。

仕入れを済ませて、店の裏に戻ると、軽トラックの荷台から野菜、果物が詰まった段ボールやプラスティックケースを下ろして、倉庫と店頭に振り分ける。葉もの野菜は、売り台に並べる前に、一つずつ、外葉を剝がし、傷みのある芯などを刃物で取り除く。しおれやすい野菜は、水気を補い、蘇生させておく。売値を決めて一覧にし、段ボールの切れ端に、品名、価格、産地をマジックインキで書き取って、売り台に差していく。

もとは、太郎さんが好きで始めた商売である。スーパーマーケットの仕入れ部門で働くうちに、青物なら、品質、品揃えに心がければ、たとえ割高になっても、個人店舗で経営が成り立つ余地があるように思いはじめた。軽トラック一台での移動販売から始めて、数年でなんとか小さな店を構え、やっと、それから五年。青果を扱う仕事は、水、土、大気、生物、たべもの……と、地続きなことを実感させられ、知識と経験を得るにつれ、さらにおもしろい。農家、同業の商店、料理店などにも、思いのほか関心の重なる人たちがいて、知り合いが増えるごとに、商売の幅も広がっていくのを感じた。

生産者契約を直接結んだ農家は、自然農法、循環農法など、それぞれの考えにもとづき、百姓仕事のありかたを工夫している。けれど、店の売り物をそんな野菜だけに限ると、単価が全般に高くなりすぎる。だから、季節ごとの旬の野菜や果物の取り揃えに重点を置くように、青果市場からも仕入れる。このバランスをうまく取り、得意先との信頼関係も深めていければ、きっと商売は成り立つ。いつかは自分でも小さな畑を耕し、自家製の野菜も店頭に置きたい、という夢もあった。

だが、若いカップルとして身軽に語らいながら働いたころとは違って、子ども二人が生まれ、子育ての多くを妻に託しているうち、互いの身の置きどころや考え方にも隙間が生じていったということか。と、いまになって思い至りはじめる。

「平和の会」での仲間としてアヤさんと知り合い、話し込むことが重なるにつれ、彼女となら、もっと本当に必要なことを理解しあえるという思いがつのった。ついに、いったん躊躇を踏み越えてしまうと、さらに気持ちは急き立ち、ともに生きることを願った。あとから思えば、それは、積み重なる家族との暮らしの重みに耐えかねて、そこから目をそらし、心の熾き火を無理にも掻き起こそうとするところがあった。戻り道が利かなくなる場所まで、相手を引き込もうとすることにおいても。

ともあれ、いまは、こうして店頭に立つと、

「あれ、タローさん、いつ帰ってきたの？」

と、近所のおかみさんたちから、面白半分、声がかかる。こっちも気力を奮い立たせて、

「はいよ！　おかげさまで、恥ずかしながら」

と、さらに明るい声を発して切り抜ける。チエミさんは、かたわらで、すました顔をして立ち働いている。店が終わると、彼女はレジを締め、一日の売上金を算《かぞ》えはじめる。その数字をパソコン上で帳簿につける作業は太郎さんが手伝い、終われば、店を去る。ミチとリョウ、子ども二人は、こもごもに、

「おとうさん、どこに行っちゃうの？」

「ごはん、いっしょに食べようよ」

と、せがんでくれるが、これはチエミさんが許さない。だから、「戦後101年、平和の会」の安アパートの部屋までとぼとぼ歩いて帰ってくる。

収入は？

月末、チエミさんから「給料」を現金で受け取る。ただし、太郎さんが失踪していたあいだの経営不振がたたって、雀の涙、お小遣い程度である。

「このところ、苦しくて……」

というチエミさんの弁明を、身から出た錆として聞くほかはない。日々の自炊の費用、事務所家賃の分担分（以前から払っていたのと同額のまま）などを差し引けば、ほとんど手もとにカネは残らない。

にもかかわらず、この町に戻ってきてから、太郎さんは意外と元気な様子だと、周囲の人びとに印象を残している。今度こそ、ここで踏ん張らないと、後がない。誰より当人が、そのことを肝に銘じているらしい。

高田めぐみちゃんは、町役場の保健課勤務が続く。

先月から、年金課などと合同で、「公務災害等のバックアップ制度に関する検討学習会」という会議が、毎週火曜日午前に入っている。増加する海外派兵（公的用語では「積極的平和維持活動」）中の将兵の死者および負傷者について、「地方行政として、さらに手厚い制度設計に寄与するため」（会議レジュメより）の検討会だとされている。本来、任務中の将兵の死傷者に対しては、国の「公務災害補償」が充てられてきた。だが、現状に照らせば、これでは補償額として不十分で、このままだと、海外現地の将兵らにも士気低下を招きかねない。そこで、地方の財源から追加補償策を絞り出すよう、政府から、ここの町役場にも通達が来たのだという。

「要するに、軍人恩給を復活させろってことだろう」年金課長が言った。「財源は地方に押し付けて」

「それで済むかな？」メガネを両手の指先で外し、保健課長が答える。「兵事係まで、また自治体に設けさせようって魂胆じゃないのかな」

めぐみちゃんは、このとき、まだ〝兵事係〟というものを知らなかった。その日の「検討学習会」での説明では、徴兵事務全般を受け持つ係として、かつては市町村の役所・役場に置かれていたものだという。つまり、「赤紙」と呼ばれた召集令状や、将兵の戦死の「公報」を、それぞれの家まで配達するのも兵事係の役割だった。日本の敗戦で、いまから一〇一年前、当時の戦争が終わるころまでの話である。

「厚生省という官庁だって、中国との戦争のときに、内務省から分かれた役所なんだそうだ。戦時下での体位向上、結核その他の伝染病の防止、傷痍軍人や戦死者遺族に関する事務……。つまり、戦争っていうのは、こういう保健関連の事務量を格段に増やすってことでもあるらしい」保健課長がまた言った。「だからね、〝兵事係〟が復活するとなると、うちの課で引き受けざるをえないだろうなと」

いきなり、こんな話で、めぐみちゃんは驚いた。

「え？　あの……赤紙とか、戦死公報とかを、わたしが配達するかもしれないってことですか？」

たしかに、保健課の窓口は、日ごろから、実に雑多な用件が持ち込まれる。

肥満と生活習慣病を抱えて、なおかつタバコをやめられずに悩む人たち。

初めての妊娠をしたとたん、生活苦、育児、そして核と戦争などへの不安が、いっぺんに押し寄せてきて、心理カウンセリングを申し込む人たち。

老人家庭のデイサービスをめぐる相談。ターミナルケアについての不満や苦情。子どもが虫歯を痛がるとか、花粉症で目が痒いとか、どれもがここに持ち込まれて、積み上がっていく。

いや、そう言えば、いまだって、町の主催で年一度開かれる戦没者追悼式というものの準備は、保健課が受け持つことになっている。これは、日清・日露戦争以後、およそ一世紀半のすべての戦没者を対象としているのだという。それから、二〇年ほど前までは、昭和期の戦没者遺族への特別弔慰金請求というものも、ここの窓口で受けていたのだそうだ。こちらについては、遺族たちにも世代交代が進んで、町内の有資格者がゼロとなり、制度自体が休眠状態に至っている。

そこから考えれば、これらの業務が、いままた新たに〝兵事係〟の仕事として束ねられ、あすから保健課が担当するのだと言われても、別段、たいした変わりはないのではないかとも思えてくる。


この日は、昼休みが終わると、午後一番で、三〇代前半くらい、ジーンズとトレーナーにウィンドブレーカーをひっかけた母親が、保健課窓口に飛び込んできた。

「上の子が、夜中、急に喘息を出すんです。もう小学校三年なのに。小児喘息って、ふつう、学齢くらいにはおさまるんですよね？」

――個人差もあるようですから……。

と、答えかけると、もう早口で次の話に移っている。

「下の子は、アトピーがひどくて。保育園の年長組なんですけど、眠っているあいだも腕とか、瞼とか、どんどん掻きこわしてしまって、かさぶたが何度も剝がれて、また血が出て」

――皮膚科では……。

と、言おうとすると、すでに彼女は、

「家庭環境も悪いのかもしれません」

と言っている。

「――夫が不在がちで。でも、いればいるで、わたしも、つい、喧嘩口調になってしまうし。これじゃあ、子どもたちだって、ストレスがたまりますよね」

――あの、……週二回、「幼児健康相談」というのをこちらでやっています。保健師さんらに来ていただいて。学童のことでも、けっこうです。申し込まれますか？

やっと、そこまで言えた。

「お願いします。ごめんなさい。わたし、また午後から仕事が忙しくなっちゃうんで、つい、あせってしまって」

申込書を差しだすと、彼女はボールペンを握り、保護者名の欄に「三宅チエミ」、幼児名の欄に「ミチ、リョウ」ともどかしそうに書き込み、あわただしく頭を下げ、また小走りに去っていく。


「戦後101年、平和の会」のメンバーは、隔週一度の夕刻、事務所に集まり、活動方針などについて相談するミーティングを開く。五、六〇代の男女を中心に、およそ一〇人、さらに高齢な人もいる。この部屋で居候している三宅太郎さんも、むろん熱心に、ここに復帰した。二〇代だった奥田アヤさんが欠けたので、いまでは、もうじき三六歳になる太郎さんがもっとも若い。

彼にとって、ここの顔ぶれには、八百屋稼業の取引先や、なじみのお客さんだった人もいる。半白の長髪を七三に分けた田中キヨシさんも、生産者契約を交わしてきた農家の一人である。町の北西郊外、谷から平野部へと開けた土地で、田中さんは奥さんと二人で、循環型の農業を営んでいる。こうしてミーティングがある日は、野球帽を深くかぶって業務用自転車のペダルを踏み、いくつかの丘を越えつつ、一〇キロ余りの道のりをやってくる。すでに六〇代前半のはずだが、一八〇センチ余りの瘦軀《そうく》は肩幅があり、手は厚く、指がごつい。唇は薄く、口は大きく、顎が張り、声は低くてよく響く。たとえ雨が降っても、カッパを着込み、前屈みな姿勢で自転車を漕いでくる。

田中さんの農作業は、融通無碍というのか、門外漢の太郎さんにはわかりづらい。気が向くまま、ずぼらにやっているようにも見える。

たとえば、母屋のすぐ南側に畑がある。去年見たとき、ここでは等間隔にカボチャが育てられ、ウリバエや風を除けるためのネットが整然と掛かっていた。

だが今年は、同じ畑が、草ぼうぼうである。尋ねると、

「やりかたをがらっと変えてみた」

と、田中さんは答える。

今年は、カボチャに先駆けて、その列と列のあいだになるべき場所に、まず麦類をまいたのだという。それらが伸びはじめると、次はネギを一本ずつ等間隔に植えた。このあと、それぞれのネギの脇に、やっとカボチャの種をまいた。そして、その隣にラディッシュの種を数粒ずつ、まいていった。

これらが育って、いまは草ぼうぼうの観を呈している。とはいえ、田中さんに聞くと、そこにも、

さらに互いが絡むプロセスがある。――カボチャが伸びはじめたら、麦は青刈りして、そこに敷く。カボチャのつるは、この土の上を這い、麦につかまって、ネットなしでも強い風に飛ばされない。さらに、ネギの根は、カボチャのつる割れ病を防ぐ成分を分泌する。そしてラディッシュは、ウリバエが嫌う成分を発散する。

「――四〇年、百姓やっているけど、ちょっとずつ上手くはなってるから」

と、田中さんは言った。

露地物の野菜を作るには、畑の地温を高めて成長を促すために、ポリエチレン製の「ポリマルチ」で畝を覆うことが多い。田中さんは、それもやめた。代わりに、冬は、葉をたくさん付けたままの篠竹を一メートル半ほどの長さに切って、束ねて運び、五〇センチほどの間隔で畑に深く差していった。畑は、篠竹の林みたいな景色に変わっていく。こうすることで、冬の強風を遮って、畑に霜が降りるのを抑える。

「昔は、ここらじゃあ、これがあたりまえの冬のムラの景色だったんだ。おれがガキのころにゃあ、まだ、かろうじて」

田中さんはそう言うけれども、これはこれで、わずかな人手でやるには大変な作業である。

寒い朝、太郎さんが野菜の集荷に訪ねると、こうした篠竹の林みたいになった場所を背にして、真っ白に霜が降りた畑のただなかで、田中さんがのしのしと歩いたり、急にしゃがみ込んだりするのが見えたことがある。近づいていくと、篠竹で囲った区画のなかだけは霜が降りておらず、レタスの列が寒さに少し黒ずみながらも、しぶとく生き抜いている。田中さんは、そうした様子を確かめて、にやにやしながら、動きまわっているのだった。

今度のミーティングでは、田中さんが、「あのさ……」と最初に声を発して、こんなことを話した。

「駅前通りの中央町の交差点は、ロータリーになっていて、真ん中に、でっかい地球儀みたいなオブジェが建ってるでしょう。

もう、ひと昔前だけれど、あれができた当時、あんまりでかいんで〝キリンの籠〟って呼んだんだよ。覚えてるかい？」

ああ、そうだった……。

いや、知らねえな。そんなことがあった？

――などと、車座のあちらこちらで、ささやき交わす声が漏れた。

田中さんは続ける。

「あれを建てたいって話が出たときに、町議会なんかでも、いくらか議論はしたんだよ。

〝キリンの籠〟ってのは、ただの馬鹿でかいオブジェじゃなくて、あそこに組み込まれているシステムで、各種通信を傍受する。とくにソーシャル・ネットワーキング・サービスの犯罪使用を監視するんだ、っていう触れ込みだった。テロも、国際マフィアも、これで抑え込めるんだと。大陸間弾道ミサイルの飛行ルートのデータ補正にも供する、なんてことも言った。要するに、あそこで捕えたデータをイージス艦やなんかに瞬時で送って、迎撃システムに連動させるってことだったんだろう。日米両軍で共用するとか、なんかかんか、そういったことをごにょごにょと言ったもんだよ。

平ったく言うと、万能の監視塔を建てるんだ、ってことだった。まあ監視しといてくれるなら、それでいいんじゃないの、っていう論調のほうが、なんとなく、議会でも優勢だった。それに、いったん建っちまったら、人間ってのは不思議なもんで、もうそれについては気にしなくなる。ほら、望見岩のてっぺんにも、似た施設があるだろう？　あそこの崖っぷちの東屋《あずまや》、あれの八角形の屋根に、けっこうでっかいアンテナが付いてるよ。それから、役場の屋上にもある。

おまえを監視するぞ、って、いきなり言われたら、ぎょっとする。だけど、テロを抑える、国際謀略を監視する、ってことなら、まあ、そういうもんかなと聞き流す。ましてや、施設が完成して、〝キリンの籠〟なんて呼ばれて、かわいらしい外装を施されてしまうと、もう、そういう風景として見えるだけだ。

いや、もう、見えてさえいないかな。最初っから、なかったようなもんだろう。いまとなっちゃね」

まあ、そうかなあ……。

つい、そうなっちゃうってことはあるよね……。

さらに、田中さんは言った。

「やっぱり、おれたちの脳ミソってのは、その時その時で、自分に都合よく考えるようにできちまってると思うんだ。

監視カメラだ、って言われたら、ぎょっとする。だけど、『防犯カメラ』って呼び変えたら、同じ代物でも、今度は安心するんだね。これは、もう、しかたがねえ。人間の心が、そんなふうにできちまってるんだもの」

だけどさ、やっぱり、「しかたがねえ」じゃなくて、そこをなんとかしないと……。

――いつもニット帽をかぶっている井出さんが、そう言って抗弁した。

「たしかにね。おれもそう思うよ」

田中さんは、それだけ言って、口をつぐむ。


続いて、三宅太郎さんが発言する。

今後の「戦後１０１年、平和の会」の運動方針についての提案なので、なるべく正確に話せるようにと、あらかじめＡ４判で表ウラ一枚のペーパーを用意してきた。皆に配って、これに沿いながら、やや改まった口調で、彼は話しだす。

「ご存知のように、この院加町の北の山あいの地中深くに、原発で生じた使用済み核燃料の最終処分場を作ろうという動きが、現実のものとなってきたようです。いったん着手されれば、工事は非常なハイピッチで進むでしょう。だから、これに対するわれわれの態度も、いまのうちにはっきりさせておく必要があります。

国と電力会社は、いま、どれだけの原発が全国で稼働中なのかも、正確なところを明らかにしていません。国内の商用原発の操業初期からの、比較的出力が小さな原子炉は、すでにあらかた廃炉の工程に入ったものと見られますが、最近は、それさえ具体的な情報を出していない。テロ防止、軍事的機密であるという理由づけを盾に取って、すっぽりと『国家秘密法』で覆い隠しています。

それでも、過去に公開されたデータを積算してみると、各地の原発敷地内などで保管されている使用済み核燃料の量は、すでにほぼ限界に達しているはずだとわかります。つまり、なんとか最終処分場を造って、すでに生成後五〇年以上が経過して発熱量が下がっている状態の使用済み核燃料などから、順次そこに移して空きスペースを確保しないと、もはや、現存する原発も満足に稼働できない。国や電力会社が最終処分場の造成を急ぐ理由が、ここにあります。

計画されている最終処分場は、おそらく数平方キロメートルという、広大な地下施設になるはずです。ただし、その施設にどれほどの使用済み核燃料が埋設できるかというと、どんなに多く見込んでも五千トンを超えることはない。なぜなら、核燃料サイクル構想はすでに実質的に破綻しているので、使用済みの核燃料は再処理ぬきで、直接処分として、そのまま地下深くに埋設する。この場合、再処理を経たガラス固化体の状態で埋設する場合に較べると、処分場の面積は、同量の使用済み燃料に対して数倍を要することになるからです。

では、五千トンというのは、どれほどの量だと言うべきか？　参考に挙げると、最盛期、日本各地に現存する原発をすべて稼働させれば、一年間で生じる使用済み核燃料は、およそ一千トンに達していました。つまり、たとえ院加にこの施設が造成されても、過去の五年分の使用済み核燃料をここに移せば、それだけで、たちまち満杯になって、溢れる。つまり、最終処分場とは、院加一カ所に作れば、もう当面だいじょうぶ、というものではない。原発を稼働させるかぎり、日本各地に次つぎと造成しつづけなければならない。にもかかわらず、まだ公式には、それの立地候補となる地域さえ決められない。なぜなら、どこを候補地とするにしても、発表した途端、地元では建設反対の声が圧倒的多数を占めるのが自明だからです。

ここに、使用済み核燃料というものをめぐる難しさがあります。つまり、原発で作られた電気は、この国の大半の人びとが享受した。にもかかわらず、それによって生じた核のゴミについては、すべての日本人が均等に少しずつ引き取る、というわけにはいかない。なぜなら、現実問題として、これはあまりに危険な物質だからです。どこかに、まとまった量を集中させて、それ全体を厳重に管理していくほかはない。

では、どうすればいいのか？

この点が、きょう、われわれの運動の方針として、ぼくから提案したいことなんです」

太郎さんは、ペーパーから目を上げ、少し息を継ぐ。

……それで？

という表情を浮かべ、こちらに向けられている、いくつかの視線にぶつかった。そのことに励まされ、彼はふたたびペーパーのほうに目を落とし、いくらか落ち着きを取り戻して、話を続ける。

「使用済み核燃料の処分方法としては、昔はいくつかの方法が考えられていたそうです。海底への投棄とか、南極の厚い氷床の底のほうへ埋めるとか、あるいは、宇宙空間に投棄するとか。けれども、どれもが危険な処分方法だとはっきりしてきた。

それで最後に、より現実的な処分方法として残ったのが、この〝地層処分〟と呼ばれる、地下数百メートルから千メートルほどの深部に埋設する方法です。この方法によって、使用済み燃料を直接処分するには、地上で五〇年以上冷却してから、地下深くに張りめぐらされた坑道に移し、埋設する。それでも、まだ発熱は続くので、これ以降も百年以上は坑道を閉じず、それらを取り出し可能な状態に保ったまま、管理を続けなくてはならないでしょう。そうした時期を経て、坑道をすべて埋め戻すことになる。

直接処分の場合、使用済みの燃料集合体をキャニスタという高さ五メートルほどある金属容器に密封した上で、埋設する。これ自体が重さ数十トンの代物です。この容器も、使用済み燃料が発する崩壊熱や、地下水などの影響にさらされますから、埋設後は少しずつ劣化が進んでいく。そして、施設閉鎖から千年が経過したあとは、そこから放射性核種が地中に漏れはじめるものと想定されています。この線量が最大値に達するのは、処分後五千年から八千年のあいだ。そして、同じく一万年後には汚染が地上に達することになるけれども、そのときまでに放射線量自体が低レベルまで下がっているので、これによる影響は心配する必要がない――というのが現段階での経済産業省などの立論のしかたです。

ただし、このような超深層での地下水の動きなどについては、未解明なことが多い。地殻変動などの影響も、シミュレーションの範囲に実際に収まるかは、確証がない。

ここに立ち戻って考えると、使用済み核燃料への対処として、本当に、地層深くへの〝地層処分〟がもっとも安全な方法なのかということには、疑いの余地が残ります。むしろ、現在行なわれているように、地上にこれらを保管したまま、厳重に長期管理体制を敷いているほうが、まだしも安全ではないのか？

地下深くへの〝地層処分〟か、取り出し可能な場所での〝長期管理〟か。少なくとも、この選択肢については、差し迫ったものとして、いま真剣に検討する必要があります。

〝地層処分〟のほうがよいという理由としては、よく、戦争やテロ攻撃による危険から、使用済み核燃料という破滅的災害をもたらす物質を遠ざけておくため、と言われてきました。また、この物質を厳重に管理しつづけるという重い負担を、未来の世代に残すべきではない、という説明もなされます。

一方、そんなに危険な物質を地中に埋め去ってしまって、未来の世代の安全を本当に守れるのか？　という反問がある。むしろ、目の届くところで管理して、これを怠らずにいることを心がけるしか、いまや未来の安全を守る手だてはないのではないか、と。はっきりしているのは、直接処分という方法で使用済み核燃料を〝地層処分〟すれば、一〇万年後でさえ、それ自体の放射線量はまだ安全なレベルまで下がりきってはいない、ということです。

核というものへの対処には、こうした、不分明な説明のしかたが付いてまわります。ある一つの事実についてでさえ、それをめぐる政治的、あるいは社会的な利害関係によって、いかようにも理由づけがなされて、まっさかさまの結論が導きだされる。

なぜ、大量のプルトニウムを含む使用済み核燃料を地中深くに埋め去ってしまうことが、より安全だとされるのか？　この問いに対して、一方では、『使用済み燃料自体が強い放射能を持つことと、それらを地中深くに隔離することで、人間の接近を二重に難しくするからだ』という説明が、大真面目になされる。そうかと思うと、もう一方では、これを裏返すようなかたちで、『この発熱は三百年後には兵器級プルトニウム並みのレベルまで低下するので、そのときには接近が容易になり、核兵器原料としての魅力が格段に増してしまう』とも語られる。とはいえ、こうした議論でさえ、一つの厳しい共通認識に立っていることは否めない。つまり、直接処分によって使用済み核燃料を地下という環境中に放出するのは、そこに『プルトニウム鉱山』を作っているのと同じだ、ということです。

いずれにせよ、これでは、こうした施設が地元の受け入れ同意を得られることはありそうにない。だから、近年では、内陸部での〝地層処分〟は諦めて、トンネルを海辺から沖に向かって掘り下げることで、海底部の地下深くに最終処分場を造成しようという案が浮上したりもしました。これならば、地元の地権者や自治体との交渉に向き合わずに済むだろうと、一種の法的な抜け穴が、そこに求められたわけです。けれど、そんな姑息な了見で、これから一〇万年以上にわたるべき安全を確保できるわけがありません。内陸部の地底でさえ、地下水の挙動は未解明なままなんです。まして、海底の地中深くの環境など、実際には、対処のしかたが見いだせなかった」

どうしたって、手抜きを考えちまうんだな……。

カネが動きすぎて、いろんなものを腐らせてしまうのか……。

――参会者たちのつぶやきを聞きながら、ペットボトルの水を口に含むと、太郎さんは、いよいよ結論へと差しかかる。

「ぼくからの提案の前提は、二つの部分から成っています。

一つ目は、使用済み核燃料への対処について〝地層処分〟を急ぐべきではなく、当面、やはり人間の手による〝長期管理〟の体制を整えるべきだということです。これが数百年のことか、数千年、あるいはそれ以上のことになるかは、わからない。とにかく、ぼくたちは、できるだけこれを安全に管理できるすべを積み上げて、次の世代に受け渡していくほかない。このお荷物をさらに生みだしつづけた世代として、あとに続く世代には負担をかけて済まないけれど、せめて、いまから自分たちにできるのは、それくらいだと思うんです。

ただし、こうした長期管理の場所については、地表よりも、地下数十メートルほどのところに堅牢な施設を設けるという、いわゆる〝浅層貯蔵〟とするのがいいだろうと思います。大量のプルトニウムを含む放射性物質を守らねばならないのですから、ミサイル攻撃やテロ行為にも耐える施設にする必要がある。

二つ目は、こうした施設をどこが引き受けるべきか、という問題です。さっきも言ったように、これについては、あまりに負担の片寄りが大きすぎるという現実の問題がある。だからこそ、これは倫理的な問題でもある。

ですから、ぼくはね、最初の本格的な〝長期管理〟のための巨大施設は、国会議事堂や首相官邸がある東京・永田町を中心とする数平方キロメートルの地下に造るほかないと思う。たとえば、西は永田町、東は霞が関と日比谷公園、これらを結んでいる外堀通りを南限にして、北は皇居と北の丸公園にわたる土地です。この範囲だと、ほとんど民間所有の土地を含まずに、官庁街と皇居および公園だけで、およそ四平方キロメートル。つまり、多少は小ぶりだけれども、まずは標準的な規模の長期管理施設を確保できるだけの広さがある。地下数十メートルの深さに造る施設だから、上下水道や各種ケーブル、地下鉄といった都市インフラを避けながら工事を進めることは、技術的にも十分可能でしょう」

あ、なるほどね……。

たしかに、そこだと、住民は少ないんだな……。

だけど、皇居の下っていうのは、どうなのかしら……。

――などと、声が起こる。

「――ぼくは、これを倫理的な象徴性を帯びる施設として考えています。

国の指導者たちは、使用済み核燃料の最終処分場を健康面でも安全な施設だとして、建設を進めようとしてきた。にもかかわらず、電力の主要消費地である大都市がこれを引き受けることなく、政治的、経済的な力で、地方の過疎地にこうした施設を押しつける。この不公平への不満、不信感が溜まりに溜まって、いまは過疎地にも、これを引き受けるところが現われない。院加でさえ、そうでしょう。水面下の動きはいろいろあるようですが、仮に、いま、この町で住民投票によって賛否を問えば、反対票が圧倒的でしょう。だから、そうした正面突破を選ばずに、推進勢力は水面下で工作を重ねている、というのが現状のようです。でも、日本全国で、これはもう行き詰まっています。

むしろ、国の指導者たち自身が、率先垂範して、みずからこの施設を引き受ける姿勢を示すしかない。施設の安全を立証して見せるには、これがいちばん優れたやりかたです。首相官邸、国会、官庁が、先頭に立ってこれを引き取れば、後続の施設を受け持とうという地方も、必ず出てくると思います。

皇居の地下の使用については、もちろん、当事者である皇室と相談する必要があります。ただ皇室は、平成天皇の時代から、国の平和を願って、国民と苦難を共にするのだという姿勢をずっと一貫して示してきました。おそらく、それが〝日本国民統合の象徴〟たる皇室の役割なのだという意思の表れなんでしょう。だから、国の指導者が安全かつ必要不可欠だと判断する施設をまずここに造らせてくださいと提案するのは、なんらおかしなことではないし、おそらくそれは受け入れてもらえるのではないかと、ぼくは思います。

そうであってこそ、この施設を絶対に安全なものとして実現させるのだという責任が、政治、行政の全般にわたって鮮明にもなる。その気運が社会全体に行きわたることが、必要です。それなしに、こんな地球規模の危険と背中合わせの巨大施設を造るつもりならば、人類は自滅に向かうほかない。

きょうのぼくからの提案は、このことです。

つまり、『戦後101年、平和の会』としては、まず、院加への最終処分場建設の動きを拒否する声明を出し、それとともに、使用済み核燃料の〝長期管理〟施設の立地として、東京・永田町を提案する。そうした運動を、ここから始めたい、ということなんです」

三宅太郎さんは、そのように述べ、ここで言葉を切った。

彼の熱意が、皆に届いたのは確かなようだった。しばらく、皆が黙っていた。

「……いやはや、ちょっと、おれには立派すぎて……」

小さく低い声を発した人があり、皆の視線がそちらに集まった。田中キヨシさんが、前屈みにあぐらを掻き、そこに座っていた。

ひと息ついた三宅太郎さんも、はっとしたように、そちらへ目を向ける。

「あのね」

半白の髪を骨太な指で掻き上げ、田中さんは続ける。

「――タローさんの話、感心して聞いたんだけれども。ただ、おれたちが具体的にはどうすんだということは、よくわからねえままなんだ。東京へ出向いて、議員たちに陳情でもすんのかな？　院加に最終処分場は造ってもらいたくねえって、声明出すとか、それはわかるよ。これには賛成だ。だけど、永田町に使用済み燃料の置き場を造ろうって、そういうチラシを院加駅前でまいたって、しかたがねえんじゃないかなと」

「なるほど……。ゆくゆく、永田町なんかに出向いたりしてみるのも、いいのかな」少したじろぎを覚えて、太郎さんは答える。「でも、いま、ぼくから、そこまで決めておくつもりはなくて」

「うん」

田中さんはうなずく。

「──あんたらが、そういうことをやってみるのは、いいかもしれないと思うんだ。ただ、おれは、東京に行くとか、そういうのはやめときたい。畑もあるから。ここでやれることがいい。なんていうのかな、おれにとっちゃ、それが基本みたいなところだね。自分がやろうとすることは、結果を自分でたしかめてみられるものに限って、その範囲で生きてく程度でいいんじゃねえかなと。それからすると、永田町にどうこうっていうのは、おれにはデカすぎて」

たしかに、それもそうかもしれない、と、このとき、いくらか太郎さんは感じる。

一つひとつのものごとの中身を、手に取って確かめられるようでなければ、いま自分が語っていることも何かあやふやなものに変わっていく。かつて、たしかに見えたはずのものが、いつのうちにか見えなくなっている。そのように感じた覚えが、これまでにもたびたびある。

あれはトマト、これはソラマメ、それはカボチャ、あっちはレンコン、ここにあるのがアスパラガスと、手渡していけるものには互いの安心が伴う。けれども、この世界は、絶えず、もっと抽象的な何かに置き換えられていく。ニューヨークでの今日の株価や、日本列島での地震の発生確率、一〇万年後の安全、といったものに。ある程度、これにも対処していかなければ、押し寄せ、うつろっていく現実に、向きあえない。ここに飛んでいるのはミツバチ、そこに這うのはミミズ、水面を滑っているのはミズスマシ、泳ぐのはトノサマガエル、あそこに顔を出すのはモグラ、これからも、そうやって世界を語っていくことができれば、本当はもっとよいけれども。

「原発っていうことじゃ、こんなことがあった」

と、田中さんは言った。

「――おれがまだ十代のころのことだよ。朝メシのとき、食卓で新聞をめくってた親父がふと手を止めて、『この人はな、偉い人だったんだ』って、小さな死亡記事を指して、言ったことがあった。

親父が言うには、その人は腕のある水道工だったそうだ。あるとき、下請けの仕事で原発に呼び出された。やっかいな水道工事なんだろうと思って行くんだけど、いざ着いてみると、じつは停止中の原子炉建屋に入ってパイプに穴をあける工事をしてほしいんだ、と頼まれる。彼は、自分には放射能の知識がないし、恐いから、と言って断わる。けれども、強引に頼み込まれて、逃げ切れず、結局その工事をさせられる。そして、被曝する。体の調子が次つぎに悪くなって、どうしてだろうと。そして、ついに、自分が被曝したんだとわかった。そのことに、彼は猛烈に怒りを感じて、裁判にするんだ。いろんな揉み消しの圧力がかかるけれども、屈しなかった。それで、最高裁まで争うんだが、結局、彼は負けるんだ。

その当時、原発の下請け労働者で、ひどい被曝をさせられた人は多かったらしい。そのように言われている。でも、彼みたいに裁判で闘った人は、ほかに一人もいない。だから、そうした実情は、世間にほとんど知られなかった。電力会社は、そういう労働現場の写真さえ、ぜったいに撮らせなかったんだから。でも、彼は原発の下請け労働者ではない。水道屋さんの従業員だから。それもあって、だまし討ちみたいにして被曝させられたことに怒りつづけて、最後まで屈しなかった。

だけど、被曝で体を壊して、働けなくなる。そして、支えてくれていた奥さんも、癌を患って死んでしまう。それでも、裁判で闘うのをやめなかった。一人きりで、ものすごく貧しい暮らしだったらしい。いまにも崩れそうな小屋に住んでいたって。

どうして彼は、そんなふうに闘ったのか。それは、本人じゃないとわからないよね。そういう意味じゃ、変わった人ではあったんだろう。ひとりで最後まで怒りつづけて、たぶん、それについては悔いなかったわけだ。彼には、自分が何に対して怒っているかが、いつでも、はっきりと見えていたから。うちの親父は電気工だったんだけど、たまたま何かの報道で彼のことを知って、似たような立場の職人同士として、ずっと気になっていたんだろう。

たしか、イワサさんって名前だったと思う。もう、ずっと昔のことだよ。日本でいちばん早い時期の原発でのことだったそうだから」


梅雨の合間の晴れた日曜日、西崎シンは一八歳の誕生日を迎える。

めぐみちゃんは、赤ワインのハーフボトルとチーズ、そして、あらかじめ当人に確かめたサイズのバスケットボールシューズをプレゼントに携え、いつものように昼前、彼のアパートを訪ねてきた。

「ほんとうは、着るものを何かあげたいな、と思ったんだけど。でも、わたし、そういうの、ちゃんと選べる自信がなくて。スポーツシューズなら、うちの兄が、こういうのが好きだったなって。それだけ」

テーブルの上で包みを開かせながら、なかば弁解するような調子で、彼女は言っている。

「ありがと」

とシンは礼を言い、そのまま畳の上でシューズを片方履いてみて、指でかかとや爪先の具合を確かめる。

「――うん、ちょうどいい」

彼は頬笑む。

こうやって会えば、簡単な料理を何かつくって、二人で食べ、また性交する。

自分たちが恋人同士だとかいうふうに、彼は考えていないだろう。ただ、たいていの家族や友だち同士が、どこでもそうやっているように、ありきたりな会話を交わす。それでわたしに不満はない。けれども、彼は、こうやって日々を重ねていくことだけでは満足しきれず、いつか、もっと広い世界へ出ていきたがるようになることだろう。

ペペロンチーノ、そして、トマトとレタスのサラダ。これを食べていく彼の喉元を、そう思いながら彼女は眺めている。

「ねえ、シン。この先、あなたは、どうやっていくの？」

頬杖をついたまま、訊いてみた。

「発掘補助の仕事は、秋いっぱいまで契約がある。希望すれば、更新もできるみたい」

「そうする？」

「ちょっと考えてる。古木さんっていう主任補佐のこと、前に話したことがあったよね？」

「うん」

「古木さんから言われたことがある。もし考古学とかに興味があるなら、こういうアルバイトは、あまり長くやりすぎないほうがいいんじゃないか、って」

「どういうことなんだろう。大学とかで勉強したほうがいいっていうこと？」

「それとも違うみたい。ああいう現場で、ただ耳年増みたいになっていくのはよくないとか、そんなことじゃないかな。

大学教育を受けずに、考古学で立派な業績を残した人はいっぱいいるって、古木さんは言っていた。自分で物事を考えて判断できる訓練、それが大事だと思うって」

「シンはまだ若くて、何でもできるんだし、きっと、いろいろやってみたらいいよ。いつか大学に行きたくなったら、そのときにはそうしたって、べつにいいわけなんだし」

古木さんという人に、かすかに嫉妬のような気持ちを覚えて、そう言った。

「うん。だよね……」

空返事みたいな声だけを返して、しばらく彼は黙っていた。

数日前、軍で教育訓練中の兄から、手紙が届いた。レンジャーの候補生に割り振られて、北海道東部の演習場にいるとのことだった。たぶん、訓練が休みの日に外に出て、コーヒーショップかどこかで書き、こっそり投函したものなのだろう。

――ここでの毎日は、なかなか厳しい。ボクシングで鍛えてきた体なので、なんとかなるだろうと思っていたが。ボクシングと違って、おれはおれだという個性は、戦闘の訓練では邪魔なだけだと叩き込まれる。敵についても、そうなのだ。照準器を覗いたとき、……あれは敵だけど、一人の人間だ……なんてことを考えてしまうと、銃は撃てない。だから、敵だと見れば、余計なことを考えず、引き金を引く。いや、そこに動くものがあれば、即座に。そうでないと、自分が死ぬ。これが、なかなか難しい。ここに来てから、おれは、もう幾度死んだことかわからないよ——。

いずれわたしも保健課の業務で、兵事書類いっさいを管理することになるだろう。誰のものであれ、固有名詞などは気にかけずに。ただ一二桁の「個人番号」を画面に打ち込む。すると、モニター上には、戸籍謄本、住民票に始まり、動員実施業務書、現役兵身上明細書、在隊間成績調書、戦死公報、遺族年金交付書……と、滞りなく流れ出てくる。


ガラスのコップ二つに、まだ赤ワインは残っている。食べ残したパスタの皿を脇に寄せ、めぐみちゃんはまた尋ねてみる。

「あのね、シン。あなたのお母さんは？　今度、話してくれるって言ってたよね。ほんとうに、いま刑務所なの？」

「うん」

彼は、サラダの最後のトマトを平らげ、ワインを飲む。

「——面会にも行った。おととしの初めごろだったな、それが最後だった」

「どうしてなの？」

「捕まった理由のこと？」

「そう」

「テロみたいなことを考えてたのかもしれない」

「え？」

むろん、彼自身は覚えている。

一四歳だったある日、鎌倉の自分たちの家から、突然、母は消えた。そして、父と二人での暮らしが始まった。彼が学校に行くより、毎朝、ひと足早く、父は家を出て、東京・八重洲の事務所に通っていく。そして、夜七時ごろには、おおむね家に帰って、父子で交互に簡単な食事を作って食べた。母が姿を消した理由を、父はもっと具体的に何か知っていたのではないか。けれど、父は日ごろそのことにほとんど触れなかった。彼からも尋ねなかった。なぜなら、これについては、いつか父のほうから自分に話してくれるべきだと思っていたというのが、ひとつ。そして、もうひとつには、なんとなく、こちらから触れていくべきではない不穏な匂いが、そこに含まれているのを感じていたからでもあったろう。

何カ月かが過ぎて、母が警察に捕まったとの連絡が、父の事務所に入るのは、彼が一五歳になったばかりのころだった。梅雨どきで、細かな雨が降りつづいていた。母は、首相官邸敷地内に無断で侵入しているところを現行犯逮捕されたとのことだった。

父は弁護士だった。だから、自分で母の弁護人も務めるつもりで、ただちに八重洲の事務所から警視庁に出向いて、立会人なしで彼女に接見した。以後、弁護人たる父からの要請で、母に対する検察官、警察官による取り調べは、すべて録画・録音がなされた。

後日、首相官邸への「住居侵入罪」によって母は起訴された。検察側からの証拠物開示によって、逮捕の当日、官邸内外の計七台の「防犯カメラ」が、官邸中庭への侵入前後の母の姿をとらえていたことがわかっている。

第一のカメラには、官邸南側、石垣下の六本木通りを、東から西に向かって歩いている母。第二のカメラには、そこから右に折れ、官邸中庭の植込みのほうを見上げながら、高い石垣づたいの道を、北西のほうへと歩き去っていく母。

これに続く五台のカメラは、いずれも官邸敷地内に設置されたもので、どれも官邸中庭に侵入してからの母の姿をとらえている。

つまり、第三のカメラは、白っぽいパンツスーツ姿の母が、肩に革製のトートバッグらしいものを提げ、官邸中庭南側の植込みの木立のあいだから現われてくるところを、ほぼ真正面からとらえていた。第四のカメラは、これとほぼ同じ場面だが、母の姿を右横側からとらえている。第五のカメラは、やはりこれと同じ場面を、植込みの側から後追いの角度でとらえている。第六のカメラは、これらに続く場面で、中庭の飛び石づたいに南から北へ、つまり官邸の建物へと近づいていく母を後追いぎみにとらえている。第七のカメラは、これと同じ場面を、西側からとらえている。そして、この直後、母は官邸警備隊の警察官から声をかけられて捕捉され、そのまま住居侵入による現行犯逮捕に至ったらしい。

それぞれの映像に記録されている撮影時刻を照合すると、第二のカメラの映像と、第三、第四、第五のカメラの映像のあいだには、およそ八分間の空白がある。つまり、母が、首相官邸の南西側の公道を歩いているときから、官邸中庭に現われて逮捕に至るまでのあいだの経緯が、これらの映像にはとらえられていないのだ。その八分間のあいだに、母はなんらかの手だてによって、官邸内に侵入しているわけだが。それの前後、彼女がどんな行動をとっていたのか、もっとも重要と思える時間帯の映像が、ここには欠けている。

弁護活動への準備として、父は、第一、第二のカメラがとらえている道沿いを歩いてみた。すると、六本木通りから官邸の高い石垣下を右に折れるところに一カ所、その先をさらに角度にして右に二〇度ばかり曲がっていくところにもう一カ所、堅牢な金属扉が、いずれも石垣の最下部に設けられているのがわかった。ちょうど、第二のカメラが母の姿をとらえているあたりである。証拠として開示された映像では、母が、このうち最初の金属扉の前を素通りし、二番目の金属扉の前に差しかかろうとするところで、その姿は電柱の陰に隠れてしまうような位置となり、消えている。

これら二カ所の金属扉の前には、いずれも、警察が警備に使う赤色コーンや携帯式車止めが置かれていた。おそらく、これらの金属扉がある場所が、かつて官邸内から通じていた秘密の抜け道の出入り口にあたるところを改修したものなのだろうと、父は考えた。現にこのようにして警備されているのだから、おそらくここから官邸敷地内に入る通路は、いまも存続しているのだろう。そして、残された「防犯カメラ」の映像から判断すると、逮捕時、母が官邸中庭への侵入に使ったのは、このうち二番目の金属扉だったはずだと、父は見当をつけたのだった。母が、それまで、すでに幾度も重ねて現地を踏査していることは、かねて彼女自身の口から聞いたことがあった。だから、警備の警官が金属扉を解錠したまま、そこから離れる時間帯を、あらかじめ彼女は把握していたのかもしれない。

いずれにせよ、この空白の八分間のうちに、警備隊にとっての何がしかの失態があったことは、ほぼ明らかなことだった。なぜなら、事実として、母はそこまで侵入してしまっていたのだから。だとしたら、検察側は、表沙汰としたくない何かがあるからこそ、この八分間の経緯をとらえる映像を証拠から外したのではないか？　厳重に設置されているはずの官邸の「防犯カメラ」が、侵入者の行動時間にして八分間にも及ぶことになる死角を、そのままにしていたとは考えにくい。

だが、父は、わざと知らんふりを決め込むことにした。官邸内に設置された「防犯カメラ」の映像をすべて手中にしているのは、警察、検察の側である。こちらが何か嗅ぎつけた素振りを示せば、彼らがそれを隠すのはたやすい。だから、むしろ、それについては知らんふりでいるほうが、おのずと彼らは自分たちの意図を明らかにすることになるだろうと、これまでの法廷活動での経験から、父は判断したのだった。

ともあれ、公判への準備が進むにしたがい、父は「どうやら、これは奇妙な裁判になるようだ」と漏らすようになった。

父が言うには、検察はあえて〝空白の八分間〟の経緯を公訴事実から外すことで、この裁判が厄介な性質を帯びるのを避けようとしているのではないか、とのことだった。たとえば、母が、このとき現首相へのテロ目的などを有して首相官邸に侵入したとすれば、検察としては、凶器にあたるものを特定して銃刀法違反か何かを公訴事実に加えるなり、暴行罪あるいは脅迫罪などに問うことになる。すると、この事件は、やにわに強い政治性や社会性を帯びて、メディアの注目なども呼び起こす。そうすると、弁護側が〝被害当事者〟たる首相らを証人に召喚せよと要求するのではないか、ということなども、検察としては警戒せざるを得なくなる。

この種の未然の公安事件などで、一国の最高権力者がいちいち法廷に引き出されることなど、許されるわけがない。そのような事態は、国家指導者たちの権威、体面を傷つける。ひいては、国家の威信を失墜させかねない。――国家という機構に参画する人びとは、そのように、むろん反射的に考える。

検察は、ある案件が必要な条件を満たしていると判断すれば、起訴に踏みきる。だが、世の中の現実は、それればかりではない。字義通り解釈すればご大層なことになりかねないが、それをやっては無駄が増すばかり、という事柄が世の中には無数にある。こうした雑多な面倒は、適宜判断し、ふるい落としていかねばならない。それが大人の社会というもので、検察制度は、この役割も帯びている。

実際、「テロ」をめぐる未然の事件は、多くが、こうしたふるいにかかってきた。

たとえば、二〇世紀初めに、田中正造という人物が「天皇直訴」の行動に出る。足尾銅山の鉱毒が渡良瀬川流域に引き起こしている惨状を明治天皇に訴えようと、彼は衆議院議員を辞職した上で、直訴状を携え、天皇が乗る馬車の前に身を投げだした。むろん、その場で彼は拘束される。しかし、政府もさるもの。頭が少しおかしくなった老人が、馬車の前でよろめいただけだとみなして、その日のうちに彼を釈放してしまう。不敬事件として真面目にこれに取り合えば、鉱毒事件に世間の耳目を集めたい田中正造の意図にまんまとはまってしまうことを、当局者たちはただちに見抜いたからだった。

ずっと時代が下ると、昭和の高度経済成長のあと、沖縄国際海洋博覧会の開会式出席のために沖縄を訪れた皇太子夫妻に向かって、ひめゆりの塔近くで、火炎瓶と爆竹が投げつけられる事件があった。火炎瓶は夫妻のわずか二メートル横で炎上、実行犯の男二人が捕えられた。この事件は、検察庁を悩ませたと言われている。なぜなら、これを殺人未遂や暴行罪などで起訴すれば、被告たちが〝被害者〟たる皇太子夫妻の証人召喚を求めることは、自明のことだった。重い犯罪事実に問えば、裁判所にとっても、こうした被告側からの要求を無下に斥けることは難しくなる。そこで、結局、検察がこのとき公訴事実に選んだのは、ほとんど忘れ去られていた条文、刑法第一八八条第一項の「礼拝所不敬罪」だった。神祠、仏堂、墓所などに「不敬ノ行為アリタル者」は、六月以下の懲役・禁錮または五〇円以下の罰金に処す――。これに加えて、「火炎びんの使用等の処罰に関する法律違反」を罪状とすることで、どうにか被告二人に対する二年六月の実刑判決を得たのだった。世間に知られることなく、このような知恵をもちいてふるい落とされていった〝公安〟案件は、無数にあったろう。

結局、母に下った一審判決は、懲役三年の実刑だった。テロ事件として表立たせることは避けつつ、量刑では「住居侵入罪」の上限いっぱいの刑期を採ったところにも、司法の意思のようなものが込められているようだった。彼女はこれを受け入れ、控訴せずに下獄する。

北関東の女子刑務所を、母への面会に彼が一人で訪ねたのは、おととしの正月が明け、中学最後の冬休みが終わろうとしているころだった。

ローカル線の電車を幾度も乗り継ぎ、しかも、地元のどこの駅からもずいぶん離れたところにある土地だった。ようやく、川べりの広漠とした冬枯れの景色のなかに、平べったく大きな建物が見えてきた。

がらんとした待合所でしばらく待たされ、奥のほうから、小肥りした中年女性の看守部長が現われた。彼女は、

――あなたのお母さんには、いま、抗うつ剤が処方されている。本来なら面会は謝絶だけれど、こうして遠くから息子さんが一人で来たのだから、許可することにした。ただし、薬の影響もあって、言動にはつじつまの合わないことなどがあるかもしれないから、そのつもりで。――

という意味のことを言った。

やがて、母はベージュ色の上下の受刑服姿で、若い女の刑務官に導かれ、狭い面会室に入ってき

た。髪を肩の上あたりまで、ずいぶん短く切っていた。透明なアクリル板を隔てて、化粧気のない、少し黒ずんで映る顔で、

「シン……」

と彼女は言い、少し頬笑んでから、パイプ椅子に腰を下ろした。脇では、刑務官もパイプ椅子に座って、小さな机の上にノートを開いてボールペンを構え、つまらなそうな顔で会話が始まるのを待っていた。面会時の話の内容を、こうして彼女が記録する決まりになっているらしかった。母は、その様子を横目にうかがい、くすっと笑うような仕草をして見せた。そして、話しはじめる。

「――わたし、会えたよ、総統に。おサルさんみたいな姿だった」

と、彼女は話しはじめた。

ガラスのコップに残ったワインを飲みほしてから、うなずいて、

「シン」

と、めぐみちゃんは言った。

「――じゃあ、お母さん、そろそろ刑期が終わるのかな?」

「そうだと思う」

シンが答える。

「――たぶん、この夏のあいだに」

八百屋の三宅太郎さんの家庭復帰への道のりは、まだ遥か遠い。とにかく、いまは、もとの自宅の八百屋で、実質上の店主となった妻チエミさんに従って、懸命に働いていくしかない。日没後、帳簿をつけ終えると、ミチとリョウに向かって元気よく手を振り、その店先を後にする。子どもたちは、

「お父さんも晩ごはん食べていきなよー」

と、背中に声をかけてくれるが、すでに台所で夕食の支度を始めているチエミさんは、それを完全に黙殺する。こんな次第で、太郎さんは、きょうも暗い道をとぼとぼたどって、居候住まいのアパートの部屋へと戻ってくる。しかたがない。すべては身から出た錆である。彼に本気で同情を示してくれる人は、まだこの町に一人もいないだろう。

店が休みの毎週日曜日の午後、晴れさえすれば三時間ばかり、子どもたちを外に連れだしてよいという許しが、やっとチエミさんから出た。「わたしも、そのあいだに家の掃除や洗濯を済ませられるから」とのことだった。

まだ梅雨が明けていないので、週の後半、太郎さんはアパートの物干し台にてるてる坊主をつるして、好天に恵まれることを祈っている。梅雨さえ終われば、もう真夏となって、もっと高い確率で子どもたちと週末を外で過ごせるようになるだろう。町営プールに行こう、それから動物園にも帽子と日傘を携えて、と、いまから太郎さんは思案をめぐらせている。

先週の日曜日は、幸い、よく晴れて、郷土資料館の脇にある広い芝地まで、父子三人で出かけた。リョウは、チエミさんに買ってもらったばかりの子ども用の小ぶりなサッカーボールを抱えている。

オレンジ色のビニール地に、黒の五角形模様が入っている。

太郎さんがボールを高く空に向かって蹴り上げると、子どもらは、きゃっきゃと声を上げ、その軌跡を追っていく。さらに蹴ると、ふたたび追いかける。背後の望見岩の上のほうへと、風は岩場にぶつかり、昇っていく。ボールも、それに乗るかのように、ぐんぐん舞い上がってから、落ちてくる。けれど、ついに蹴りそこなって、芝地の広場のへりのほうへと流れて、高いシイの木の豊かな枝ぶりの上へと落ちていく。

ボールは、木のてっぺん近い枝葉のあいだに引っかかる。そして、もう落ちてこなかった。太い幹の真下から、まっすぐ見上げると、緑の葉と梢のあいだに陽の光がちらちら射し入り、漏れてくる。それらの枝葉の群れのずっと上のほうに、オレンジ色のサッカーボールが引っかかっているのが、わずかに見えた。

「こりゃ、だめだなあ。葉っぱも、こんなに繁ってしまっているから。強い風でも吹いてくれれば、そのうち落ちてくるかもしれないけれど」

太郎さんは、言った。そして、父子三人で、芝生に坐って、風が吹いてくるのを待っていた。やがて夕風がそよぎだした。それでも、ボールが落ちるほどの強さではなく、そのうち、日はいよいよ傾いた。

「あしたの朝、お父さんが、また、ボールが落ちていないか見に来てみるよ。だから、きょうは、もう帰ろう」

そう言って、子ども二人を八百屋の家に送りとどけて、太郎さんは居候するアパートの部屋へと戻ったのだった。

実際、太郎さんは、翌朝早く、青果市場へ仕入れに行く前の時間に、シイの木の下に立ち寄った。だが、だめだった。太い幹の下に立ち、見上げると、よく繁った青葉の上にオレンジ色のサッカーボールが引っかかったまま、漏れ入る朝日を受けていた。

だから、観念して、そのサッカーボールを買った玩具店をチエミさんから教えてもらい、同じものを買いなおしておいた。やがて、リョウは保育園から帰ってくる。そして、すぐにそれを見つけたらしく、八百屋の店先で働いている太郎さんのところにやってきて、

「お父さん、ありがとう。風が落としてくれたんだね」

と言った。とっさのことで、太郎さんには、それを否定するのがためらわれた。ミチも、にこにこと笑って、そばで彼らのやりとりを眺めていた。

というわけで、その日、太郎さんは、子どもたちに本当のことを言いそびれたまま、居候のアパートの部屋に帰ってきた。だが、それからも、小さな温もりみたいなものが体のなかに残っていた。

とはいえ、ミチは、ほんとうのことを知っている。

なぜなら、この日の放課後、彼女は弟のためを思って、芝生の広場のシイの木の下に寄り道してから、家に帰ってきたからだ。木の幹の下に立ち、彼女も、そこを見上げる。すると、ずっとずっと上のほうに、オレンジ色のサッカーボールが引っかかっているのが見えていた。

次の日も、さらにその次の日も、彼女は学校帰りにシイの木の葉っぱの繁みを真下から見上げて、そこにオレンジ色のボールがあるのを確かめた。まだそれを誰にも言わずにいる。そうすることで、彼女は、この時間のなかを、いま自分が生きているのを感じていた。

第五章　振り返ると

めぐみちゃんは、無口なまま平気で過ごすたちなので、シンと二人で会っているときは、おのずと彼がしゃべっている。そうしていると、シンには、さらに思い出されてくることなどもあり、いっそうおしゃべりに拍車がかかる。

ああ、そうだった――と、さらに彼は思い出す。

中学三年の冬枯れの時期、北関東の女子刑務所まで、母との面会に出向いたときのことだった。面会後、自分では平静を保っているつもりだったが、内心の深い場所では動転が続いていたのだろう。駅まで二キロばかりの帰路で幾度も道をまちがえ、吹きさらしの畑地の道をずいぶん歩いて、駅舎が見えてくるまで一時間以上かかった。ようやくローカル線の短い編成の電車に乗って、しばらくすると、向かいのシートに掛けていたおばさんが、

「あんちゃん、だいじょうぶかい？　顔が真っ赤だよ。そんなに汗かいて」

と、声をかけてくれた。手の甲で額をぬぐうと、窓からの日射しに汗が光った。このとき初めて、自分が発熱しているらしいと気づいて、それからしばらく悪寒のようなものが続いた。

鎌倉の自宅に戻ると、日はとうに暮れきっていた。ひと足早く帰宅していた父は、夕食は後まわしにして、まあちょっと座れとテーブルに着かせて、もらいもののパウンドケーキを皿に置き、コーヒーを淹れてくれた。その気づかいが意外だったのを覚えている。


ステンレス製のコーヒーポットに湯が沸く。カウンターのなかのキッチンで、父はコンロの火を止める。セーターの袖口を少したくし上げ、手回しのコーヒーミルで、彼はがりがりと豆を挽きはじめる。ドリップ用のネル袋にそれを移し、サーバーの上で、コーヒーポットの細い注ぎ口から少量の湯を落とす。香ばしい匂いが部屋に漂いはじめて、シンは自分の嗅覚が甦るのを感じる。コーヒーの粉が膨れ、ネル袋の底から湧きあがる。父は、そこを覗き込むような姿勢で、じっと待っている。しばらくすると、ふたたびコーヒーポットを持ち上げて、注ぎ口から細く湯を落としだす。濃いコーヒーのしずくが、ガラスのサーバーに落ちはじめる。

「どうだった？」

静かな声で、父は訊く。ポットの湯気を受け、黒ぶちのメガネのレンズが少し曇る。

「会えたよ。お母さんは、髪を肩の上くらいまで切って、ベージュの上下の受刑服を着ていた。痩せても肥ってもいなかった」

――若い女の刑務官も、傍らのパイプ椅子に座って、つまらなそうな顔でボールペンをノートの上に構えている。そうやって、これから受刑者たる母と面会人たる息子のあいだで話されることを職務として記録するために待っていた。

首相官邸への住居侵入の現行犯として母が逮捕された際、検察が公訴事実として陳述し、被告人たる母の側でも大筋で認めていたのは、およそこんな経緯だった。

――梅雨空の本件当日、午後二時過ぎ。官邸南西側の崖下に位置する、石垣下部に設置された金属扉（現在、官邸警備隊はこれを「非常口」としている）付近を警備する当番の警察官二人は、定時の巡回警備のために、およそ一〇分間、この持ち場を離れた。こうした日中の定時巡回の際、「非常口」に施錠せよとの規定はない。ただ、むやみに人が近づくことがないように、赤色コーンを扉の前に三個並べ、ロープを張って、「立入禁止」と大書されたアクリル板を下げておく。母は、すでに重ねて現地を下見していたことから、あらかじめこれについては把握しており、この隙をつき、警備不在の時間帯のうちに金属扉を開いて、官邸内へと続く通路に侵入したのだった。

この通路は、昭和の戦前期に官邸内からの秘密の脱出経路として築造されたものの一部を改修したらしく、現在では、幅一・五メートル、高さ一・八メートルほどのコンクリート張りで、左右の壁面にはおよそ五メートルおきに白色ＬＥＤの照明具が設置されている。ここを進むにつれて、通路は緩い右カーブをなしながら、およそ百メートルで官邸中庭の地下に達し、そこからは階段で、植込みの一隅にある出入り口へと上がっていく。

母は、この階段から官邸中庭内へと侵入し、飛び石づたいに歩いて官邸建物へと接近していくところを官邸警備隊によって発見され、身柄を捕捉される。――

「最後は、そうだった」——シンが面会したおりにも、母はそう言って、これを認めた。ただし、中庭に出てしまう前に、わたしには行くべきところがあったけれども、と。

「……地下通路を進んでいくと、階段に突き当たって、これを上がれば、官邸の中庭に出る。だけど、それを上がらずに、通路の左手の暗がりになった壁面をよく見ると、ちょっと頭を屈めて入らなければならないくらいの、木製の小さなドアがあるはずだった。すでに調べて、そのこともわかっていたから。そちらこそが、わたしの主な用件先だった。総統がそのあたりにいるんじゃないかと睨んでいたから。

木製の小さなドアは、昭和の戦時中の地下壕への入り口だった。空襲なんかで待避したさいに使うことになっている首相執務室とか、六つほどの部屋が、ここから奥へと続いている。総統は、きっと、そこのどこかにいるに違いないと思っていた」

古びた扉の真鍮製の把っ手を、彼女は、思い切って引いてみる。かちっと、手応えのある音を響かせ、少しきしみながら、それは手前に開いた。体をすぐに滑り込ませて、扉は後ろ手に閉めておく。

なかに入ると、そこは、二〇坪ばかりのがらんとした部屋だった。かまぼこ型の天井は、普通の住居の天井よりずっと高い。ボイラーの配管なのか、太いパイプが一本、かまぼこ型の天井の一番高いところに、剝き出しで走っている。床には、いちおう絨毯が敷かれている。だが、部屋のなかを照らしているのは、奥の隣室との境の扉がわずかに開いて、そこから漏れ入る光だけなので、その絨毯の色さえほとんど見わけられない。いや、もとの色がわからないほど、埃っぽく擦り切れているようでもあった。彼女は、肩から提げたトートバッグを反対の手のひらで確かめる。そして、息を飲みながら、光が漏れ入ってくる奥の扉を開いて、次の部屋へと進んでいく。

今度の部屋の天井には、装飾入り磨りガラスのシェードを備えた、立派な照明が灯っている。部屋自体は、ここも二〇坪ばかりの同じ規格のものらしい。だが、壁には蔦模様の落ちついた壁紙が施され、これを背に、時代がかった木製のクローゼットや書架がいくつか並んでいる。臙脂のビロード張り、三人掛けのソファが二脚、部屋のなかほどに向き合って置かれ、それにはさまれて、低くて広いマホガニーのテーブルがある。部屋の隅に事務机が二つあり、それぞれにパソコンや大型のディスプレイが載っている。片方のディスプレイの画面には、戦場のような画像が映っていて、無音のまま、次つぎに切り替わっていく。部屋のどこかにオーディオ装置があるのか、小さな音量でモーツァルトの《ドン・ジョヴァンニ》の序曲らしいものが流れていた。

母は、入ってきた扉から、部屋のなかほど近くまで進み出てきて、目の前の二脚のソファの上に、それぞれ、人間らしい生き物が腰かけていることに、やっと気づいた。二つの生き物は、それほど小柄で、この侵入者を無視したまま、旋律を刻むかのように、手の指を微かに細かく動かしていた。

片方の生き物は、ややくたびれた三つ揃いのスーツを着ている。もう片方の生き物は、紺のプリーツ入りのスカート、そして、ブラウスを身に着けている。だから、きっと人間には違いないのだが、皺だらけの容貌は、むしろサルに近いものを思わせる。どちらの生き物も、髪はもう薄かった。老女らしい生き物は、ゾウをかたどる動物クッションを膝の上に抱きかかえている。ほかにも、キリン、カバ、ハリネズミなどのクッションがあって、なかばそれらに埋もれたような体勢で、かろうじて顔だけはそこから覗かせていた。

「失礼ですが、総統でいらっしゃいますか？」

三つ揃いの生き物のほうに向かって、母は訊く。

相手はひどく黒目がちで、その両眼の焦点がどこに結んでいるのか、確信が持てなかった。こうした目の表情が、サルに近い印象をいっそう強めていることに、母は気づかされる。相手は、何か答えたようだった。だが、うまく聞きとれない。きゃきゃっ、と耳に響いただけである。老女のほうも、やはり過度に黒目がちな両眼をこちらに向けている。

老人は、もういっぺん、今度はかなり聞きとりやすい発音で、

「さようです」

と言いなおした。

「――この通り、すっかり世離れした状態で暮らしておりまして、いや失礼、なかなか、とっさに舌がまわらんのです」

西崎サクラと申します、と母は名乗る。そして、

「少々うかがってみたいことがあって、お邪魔しました」

「ふむ。ええ、ええ」

と、老人のほうはうなずく。

「録音してよろしいでしょうか？」

トートバッグからICレコーダーを取り出しながら、彼女は訊く。

「それはお断りだな」総統と呼ばれる老人は、やや尖った語調でそれを拒んだ。だが、すぐに思い直したらしく、手を左右に振り、かすれを帯びた声で言いなおした。「いや。まあ、よろしい。ひさしぶりの客人だ。せっかく不便なところをお越しなんだから、録るだけは、それで気が済むのな

ら、お録りなさい」

「ありがとうございます」

母は礼を言い、スイッチを入れ、低く広いテーブルの上にそれを置く。

空気の漏れるような音を唇の端から発して、老人は笑った。

「ただしね、あんたは、わたしの声を世間に公表したりはできませんよ。それが決まりなんだ。いずれは、その録音も、わたしのところに戻ってきます。いや、機材はね、きれいに元通りの状態に戻して、あんたのところにお返しするつもりだ。だけどね、声はわたしのもんだから」

「え？」

「ここは首相官邸の地下だからね、あんたが好き勝手にできるような所じゃない。すべては、いまだって、監督されていることをお忘れなく。

帰り道、あんたはここの中庭に出るつもりかね？　まあ、ここの通路を引き返して、まっすぐ外に出るつもりでいるにせよ、警備隊のほうでは、おそらく、いったんはあんたの身柄をお預かりするつもりでいると思う。そのときには、この録音機も提出を願うことになる。

ともあれまあ、せっかく来たんだから、時間さえ許すのなら中庭を見ていきなさい。めったに見られるもんじゃないから。それに、急いで引き返そうとしたって、どっちみち今日中に家に帰ったりはできそうにない」

母は、総統の冗舌を無視する。そして言う。

「時間がないので、うかがえることから、お言葉に甘えて、お尋ねいたします」

父は、二つのコーヒーカップに、サーバーからコーヒーを注ぎ分けていく。

「驚いたな。それは初めて聞いたよ」

顔を上げて、彼は笑った。とはいえ、これも平静に受け入れているように、少年の目には映る。いつも、この父親には、そんな態度がついてまわった。

公判で検察側は、七台の監視カメラが捉えていたビデオ画像を証拠として開示した。そこには、首相官邸侵入前後の母の姿が映っていた。だが、これら一連の映像には、途中で八分間、どのカメラでも捉えられていない、空白の時間帯がある。そのことに気づいて、ここに何事か秘密が隠されているのではないかと睨んだのは、母の弁護人をつとめていた父である。

それなのに、父は、この「空白の八分間」に母が取った実際の行動について、直接本人に確かめはしなかったのだろうか？　どうやら、そうらしい。でも、だとしたら、それはなぜ？

公判が進行する最中のころから、こうした父の態度をいぶかしく感じることが、少年にはしばしばあった。

「さあ、コーヒー、淹れたよ。どうぞ」

テーブルに二人分のコーヒーを運んできて、片方のカップを受け皿ごと少年の前に滑らせ、父は頰笑む。

母によれば、「総統」と彼女が呼ぶ老人に訊こうとしたのは、たとえばこんなことだった。

――日本軍が実質的に参戦している戦争が、中東、東アフリカから、東南アジアにまで拡大してきて、兵士たちの犠牲がさらに増えています。その一方、日本軍も加わる多国籍軍の戦術は、空爆に重点を置いています。空爆という手段は、メディアに報じられる上ではインパクトがある。しかも、地上戦のような自軍兵士らの大量死のリスクを伴わない。けれど、相手国の一般住民を巻き込みつづけて、子どもらを含む犠牲者をどんどん増やしてしまうやりかたです。

そして実際には、空爆という手段では、相手国の地上兵力などを戦闘停止に至らせるまで決定的に抑え込むことはできないでしょう。ですから、このままでは無用な犠牲者を増やしながら、かえって交戦状態を引きのばすことにもなると思います。こんな状態に終止符を打とうと、お考えになりませんか？

「たしかにね」

と、総統は、母からの質問を引き取って、ふぉっふぉっふぉっ、と笑った。

「――さよう。国家が戦争を続けるには、どうしたって、国民に評判のいい作戦、というものに縛られます。わたしも現役政治家時代、これには苦労させられた。世間の風向き、風当たりというのは、たった一日のうちに、ころっと変わることがあるからね。戦争の実効面ばかりを重視するあまり、うっかり地上部隊なんか投入して犠牲者をむやみに増やすと、政権そのものが吹っ飛びかねない。いや、相手国の民間人の犠牲者とか、そういう数については、たいして問題になりません。ふつうの人間というのは、自分から遠く隔たった話というのは、ぴんと来ないものなんです。だからこそ、テレビなんかは、自国軍の死者について〝悲しみにくれる遺族〟とか、誰にでもわかりやすいニュースを流したがる。だけど、これは、馬鹿にはできません。政治を作っているのは、こういうものなんですから。

だが、わたしは、とっくに引退した人間だ。自分から政府に指図したりすることは、もうありません。いま、わたしが考えているのは、概念についてだけなんです」

「概念、ですか？」

「そう。たとえば、戦争は、主要な産業の一つと見ることもできる。また、地球全体の数量調整を果たす機能だとも」

「人間の数の、ですか？」

「しかり。あなたは、察しが早いね。大事なことだよ。優秀だ。たしかに、いまは人間が多すぎる。地球という環境を直視するなら、これは、もっと効率的に減らさないといけない。

その一方、戦争、兵器産業が下火になると、たいへんな消費活動、経済が停滞してしまう。つまり、戦争というのは、生産の競争であるとともに、たいへんな消費活動、蕩尽なんです。鉄道であれ、都市全体であれ、じゃんじゃん壊す。壊せば、次には復興がある。それから、軍需産業ほど売り手相場の産業はありません。艦艇にせよ、飛行機にせよ、いくら高くても性能のよいものに人気が集まる。性能は劣るけどお買い得、なんていう武器を揃えたって、それで戦争に負けりゃあ、元も子もないわけですから。

そこで、政治指導者としてはサジ加減が大事になる。人口は効率的に戦争で減らす。でも、戦争そのものは、ちゃんと継続していけることが必要だ。これが経済力へと転化する。このバランスですね。概念としては、ここが要諦だ」

「本気でそのようにおっしゃってるのだとすれば、あなたはただの権力欲に駆られた殺人鬼です。誰かの息子や娘である人たちが、戦場に送られて、死んでいく。誰かの親でもあるかもしれない兵士らが、優秀な兵器によって体を吹き飛ばされて。そんな命令を彼らに下す権利が、いったい誰にあるだろうかと、あなたが自問しないまま、このお歳に達してしまったのだとすれば」

「そうかな？

ならば、この機会に、わたしからも一つ質問をさせてもらおう。それはね、あんたがたが、わたしのことを少々買いかぶりすぎておるんじゃないか、ということなんだ。

わたしは、戦後百年になんなんとする日本の憲法体制を打破することに、自分の生涯を捧げてきた。おかげさまで、あんたも言うように長寿を保って、あらかたこれを成し遂げられたことにも、いささかの満足を感じている。ただね、これは、わたし一代の力でできたことじゃない。たしかに、わたしは集団的自衛権の合憲化に筋道をつけた上で、わが国の軍隊をきちんと一人前のものとして法制化することにも漕ぎつけた。だが、それに向けては、すでに前身である自衛隊という戦力が実際に海外の戦場の土を踏んでいた、この実績があるのが大きかった。これを実現させた手柄は、わたしのものじゃないよ。

効いたのは、二一世紀に入ったとたんの米国同時多発テロ。これを受けてテロ特措法を成立させられたことだった。あれで、インド洋まで自衛艦を持っていった。言っちゃ悪いが、ビン・ラディン様さまだったと言えなくもない。ただし、あのときのテロ攻撃の目標施設には、当初、米国内の複数の原発も含まれていたという話があるね。それが不発に終わってくれたのは幸いだった。もしも現実となっていたなら、もう二一世紀の世界はめちゃめちゃだ。わたしが首相になる目もなかったかもしれない。

次がイラク特措法で、二〇〇三年。地上部隊をこれでイラクまで送れたわけだ。そこに至る功労者は、わたしじゃない。前任者の先輩だ。あの人は、あとになって原発廃絶とか、妙におめでたいことを言いだしたもんで、いまじゃあ、それ以前についての印象は薄れている。だがね、現役首相時代の気迫はすごいものだった。その当時、若造ながら取りたててもらったわたしとしては、おそろしくて、近寄りがたいような気持ちさえ、しばらく続いた。いまでもわたしは、あの人のおかげで、一人前の政治指導者に育ててもらえたという恩義は感じているよ。だから、そうした功績まで、いまになって、わたしが横取りするわけにはいかないんだ。あんた、こういった日本の歴史については、どんなふうに思っている？」

「わかりません」母は言下に答える。「政治に興味を持ったことがないので」

部屋の隅の事務机のパソコンの画面上では、さまざまな戦場や、訓練中の日本陸軍のものらしい映像が、次つぎに無音のまま切り替わっていく。母は、この部屋に入ってきた当初から、そこに映されているものが気になってしかたない。とうとう、

「あれはなんですか？」

と、指さして、総統に尋ねてみる。

「ああ、これかね」

画面のほうをちらっと見やって、ほとんど感情のありかがうかがえない顔つきのまま、老人は答える。

「――陸軍の教育訓練の資料映像が、こうやって送られてきているんだ。レンジャー候補生やら、そういう連中の訓練だ。ちょっと、こっちまで胸くそが悪くなるような場面も、ところどころには出てきてしまうが。さっき言ったように、わたしにはもう何の権限もないんだが、まあ、これでもいちおう建軍の功績者ではあるわけだからね、現状報告のつもりで届けてくれているんだろう。な

かなか、興味深い。だから、暇にあかせて、つい、こうやって繰り返し眺めたりしているんだ。

四〇年前のイラク派兵では、本格的な戦闘を経験したわけでもないのに、帰還後、かなりの数の隊員たちにＰＴＳＤが残った。心のほうが、だめになっちゃったんだな。自殺者も何十人か、あった。われわれには、これも一つの教訓になった。だから、ほやほやの新兵諸君には少々刺激が強すぎるかもしれないけれども、ここに挿入されているような、イラク戦争以来のさまざまな戦場で起こってきた出来事なんかも、あらかじめ映像で新兵教育のプログラムに織り込むようにしている。

人間の体というのは、ひどく脆弱にできてしまっている。だから、たとえ迫撃砲一発でも、すぐ近くに着弾してしまうと、ほら、この通り、いろんなものが飛び散る。こういうのは、日本のお茶の間のテレビでは、到底見せられない。いまのように日本のテレビ局がおとなしくしてくれているのは、たしかに、われわれに都合がよいところもあるんだが、逆の面もある。なぜかというと、ほんとうに何も知らないまま軍に入ってくる若者たちが多くてね。わが手で敵を殺す。そのこと自体が、まったく想像できなくなっているんだ。何の見返りとして、諸君は給料を得られると思っているのか？　と、訊いてみたくなるくらいだよ。そういう若者気質への対処まで、いまの軍は迫られているというのが現状なんだ。

ほら……、この動画は、軍医ならびに衛生兵候補らの実習風景。まず、こうやって豚を自分たちの銃器で撃つ。いろんな部位を、さまざまな狙い方で。その傷をさっそく自分の手で修復する。縫合したり、回復が望めそうにない足とか、臓器の一部は諦めることにして、切除したりする。こうした判断を、即座に下さねばならない。これが、彼らに課される実習の一つ。野戦に適応する必要があってのことだから、このあたりは民間の医科大学や看護学校とは違っている。豚と人間は、皮膚や臓器の状態が似ている。だから、移植手術などにも使えるんだそうだ。こうやって撃たれ、足なんか次つぎに失って、目や顎、やがて顔面全体も潰され、そしてまた縫いなおされて、生きて呼吸はしているけど、ただの皮袋みたいになってしまっているのもいる。だが、そうすることで生命を取り留めて、傷口が回復すれば、また撃つ。兵士らにも、戦場で同じような熾烈さが待っている。だから、医療班には、せめてこれくらいは、精神的にも対処の準備が必要だ。慣れてきた連中は、笑いながらガムでも噛みながら縫合をやっているよ。もっとも、そういう連中が、戦争が終わってから、もとの社会にどうやって溶け込んでいくものなのか、それを考えると、こっちもいくらか恐くなるけれども。

さっき、あんたは、地上部隊の投入も現実問題としては考えなければ、というようなことを言ったね。たしかに、そうに違いない。ただし、そこでわが軍の兵士諸君が直面するのは、この豚たちと同じような巡り合わせだ。悲惨な運命というのは、誰もが平等に分ち持つわけではない。運と不運がある。ともあれ、こういうものを見たあとも、あんたの持論は変わらないかも聞いておきたい。

ほーら、苦しんでるよ。北海道の演習場の新兵たちが。豚を撃っただけでも、この通りの大騒ぎだ。射撃訓練のターゲットを人間の形にするような工夫だけで、戦場で躊躇なく人間を撃てるようになるわけではない。やっぱり実際のところは、現地の実戦で慣れてもらうしかない。

こっちの映像は、零下二〇度での雪中行軍。一方、雨中の泥のなかを這いまわって、その装備のまま野営もする。これは、サバイバルの訓練。マムシの腹も割いて食うし、ニワトリの首くらいは手で引きちぎる。だが、まあ、実際の戦場に較べりゃ、キャンプファイアーの余興みたいなもんだ」

「これ、そんなにおもしろいですか?」

母が訊く。

「そうだな。この歳になると、ある程度、こうして日常を送る上でも、刺激してくれるものが必要になるからね」

総統は、そう言って、老妻のほうへ向かって、にやけた笑いを送る。彼女は、恥じらいを示しているのか、動物クッションのあいだから黒目がちな視線を返して、きーっ、ききーきー、と声を立てた。

《ドン・ジョヴァンニ》の調べは、無体に打ち捨てられたエルヴィーラが、なおドン・ジョヴァンニへの愛と恨み言を歌い上げるアリアへと、差し掛かっていくところだった。

「総統」のおしゃべりを断ち切る語気で、母は言った。

「わたしは、あなたを殺してしまおうと思って、ここに来たんです」

老女が、動物クッションのあいだから、ソファの上にやおら立ち上がり、そのまま凍りついたかのように、黒目をじっと彼女に向けた。

「結局は、そういうことなんだろうな。わざわざ、こんなところまで来るんだからさ」平然と、むしろ沈んだ声で、老人はソファに背中をもたせて言い捨てる。「とはいえ、さて、殺しの道具は何にするかね?」

「丸腰で来たんです。金属探知機なんかに引っかけられたら、元も子もないから」

母は言う。

「——わたし、拳法ができます。長く習っていたので、これを使おうと思って。本来の精神から外れるところがあるかもしれないけど、このさい、しかたないかと」

彼女は構えの動きに入っていく。そして、続ける。

「――でも、迷っている。いまさらあなたみたいな人を殺したって、どうなるものかとも」

父は、自分のコーヒーカップにミルクピッチャーから生クリームを垂らし、スプーンでゆっくりと混ぜる。そして、カップを口元に運んでいく。

「だがね、母さんが、きょう、おまえに面会で言ってたことを、そのまますべて真に受けるわけにもいかんだろう」

そして、少し笑った。

「――そもそも、検察の証拠から出てきた空白の時間は、たった八分間だ。総統も母さんもこんなにしゃべってたら、とっくに時間をオーバーしてるよ。

おまけに、相手は九〇歳になるはずの老人なんだぜ」

「たしかに、そうなんだけれど……」

もちろんシンも、そうしたことは気になっていた。とはいえ、こんな父の態度のなかにも、むしろ反発を覚えそうになるものがある。

父の声は低くなる。

「おまえも、わかってるだろう。母さんには、ここ数年、被害妄想が昂じていた。抗不安薬を処方してもらっていたが、当人がいちばん苦しかったに違いない。何かのはずみで自殺してしまうんじゃないかと、おれも不安でしかたなかった。いまも刑務所で抗うつ剤を処方されているなら、まだ、とても快調だとは言えそうにないな」

少年は、うなずいて、コーヒーをブラックのまま口に運ぶ。

普段、母は、あまり言葉数が多くないたちである。そのぶん、切実に話したいことだけを口にしているようなおもむきがあった。この日、刑務所での面会のおりに受けた印象も、やはりそうだった。「総統」という人物が、ほんとうに、そうやって実在しているのかは、たしかに疑わしい。だが、やはり彼女は自身にとって確かなことだけを話そうとしていたのではなかったか。

首相官邸の外から、そこの中庭に侵入して逮捕されるまでの八分間に、母が「総統」という人物に会っていたとする。もし、それを息子に説明しようとするならば、彼女は、この〝事実〟そのものだけでなく、相手から受けた印象なども語るだろう。また、相手が話したことだけでなく、話そうとしていたのではないかと推測することについても、述べずにいられない。「総統」に連れ添っていた妻らしい人物についての心証も語る。「総統」が戦争について語れば、それに対する彼女自身の批評も、そこに入り込む。

加えて、母の口からこれを聞くのは、シンである。家に帰って、それを父に伝えようとするとき、自分なりの見方なども交えて語っている。誤解、誇張、勘違いなどの余地も、ここに加わる。

たった八分間の時間は、このようにして、一六分、三二分、六四分にもあたる厚みに語り重ねられていく。母は、ことさら事実に反することを述べていたのでもないだろう。シンは、そう感じている。

父との二人暮らしが始まったのが、一四歳のとき。このころになって、初めて尋ねてみたこともある。ミートスパゲッティをシンが作って、食卓で向き合って食べている最中だった。

「お父さんは、むかし学生運動みたいなこと、やっていたことがあるんだってね。お母さんが言ってた。何千人だかが国会の前に集まったとき、何か演説しかけたとたん、ざっくり、ナイフで刺されたんだって」

うつむきかげんな姿勢で、父はスパゲッティを頬張っているところだった。片手で制するしぐさをしてから、まず、ゆっくり飲み下す。そして、ナプキンで口をぬぐうと、少したしなめるような口調で、こう言った。

「誇張がすぎるな。そんなドラマティックなものじゃない。ただ、後ろから刃物で引っ掻かれてね」少し目を細め、七、八センチほどの幅を父は指で示した。「一〇針ほど縫いはしたけど、傷口なんて、これくらいのものだよ」

「なんでだったの？」

「わからない。ただ、あとから思えば、若い学生がいい気で演説なんかしてると、カチンと来る人間もいるものなんじゃないの？」

ああいう傷は、やられてすぐには、案外、気づかない――とも父は言った。ただ「熱い！」と感じて、たばこの火でも押し付けられたんじゃないかと背中をてのひらで触ると、ぬるっと、血が付いた。その程度のことだった。おかげで、こっちは人前であまり動転せずに済んだけれども、と。

救急車がサイレンを鳴らして、やってきた。担架に寝かされ、人垣をかきわけて運ばれて、車内の寝台にうつむきに横たえられると、応急処置が始まった。

「――救急車がサイレンを鳴らして走りはじめて、なぜだかこっちは、『これで助かった』って、ほっとしてたのは覚えているよ。内心、どこかで、そろそろ運動から身を引きたいとは思っていたから。『これのおかげで、もう、おれが抜けても、あまり文句は出ないだろう』ってね」

「なんで運動を抜けたかったの？」

「〝独善性〟ってことかな。それが気になっていた。自分のなかのね」

まるで用意していたかのように、ひと息で、父はそう答えた。

「――当時は、平和運動とか、その種の政府批判の運動をやってるのは、ずっと年長の退職後の世代が多かったんだ。いまと似ているね。だから、おれたちみたいな若い世代の連中が、そうした動きを始めたことは世間の目についた。

だけど、注目を集めて、集会なんかにも同世代の参加者が増えるにつれて、内心、だんだんおれの場合は苦しくなった。同世代の周りの連中は、世の中の動きなんかには、ほとんど無関心だった。それに反発して、おれはおれだろ、ってつもりで始めたことと、いつのまにか〝正しい〟若者たちのリーダー役みたいになってる自分の立場が、どうにも、つじつまが合わないように感じるんだな。そうかといって、集会なんかで壇上に立つと、やっぱり〝正しい〟立場で話してしまう。もちろん、それは楽しいことでもあったよ。だんだん、そうやって仲間が増えていく。ひょっとしたら、ほんとうに、こうやって社会を変えられるんじゃないかと。

でも、夜中に一人きりになって考えると、また、だんだん不安になる。やっぱり、おれは偽善者だ、とか。

世の中で〝正しい〟とされていることに不審を感じて、おれはこういうことを始めたはずだ。なのにいまは、まるで自分が正義を独り占めしてるみたいな言い草じゃないか、ってね。

これは、なにか運動みたいなことを起こすと、どうしたって避けられない。それはわかっている。この矛盾をちゃんと自覚しながら、運動を続けていく仲間たちもいた。そういうことは、もちろんおれも知っているよ。

つまりね、これを運動のせいにするわけにはいかない。要するに、おれ自身が向いてなかったってことだろう」

「それだけ?」

シンは訊く。

「それだけだ」と、父は笑った。「要するに、根性の不足だな」


今夜、さらにシンは父に訊く。

「お母さんとは、どうやって出会ったの?」

「訪ねてきたんだ。誰かからの紹介で、おれが勤めていた弁護士事務所に。まだ、おれは駆け出しで、先輩の事務所に置いてもらって、当番弁護士なんかをやりながら、早く仕事を身につけて一人前になりたいと、見習い稼業の最中だった。母さんのほうは、出版社に勤めていたから、編集部の部署名を記した名刺を持っていた。用件はね、たしか、無国籍状態で日本に密入国したブルネイ出身の青年に、日本での在留許可を得させられないかということだった。

つまり、彼女は、先輩の弁護士事務所を訪ねてきて、この件について相談をした。それだけなんだ。そのとき、たまたまおれは、難民認定をサポートする若手弁護士のグループに、下っ端として加わっていた。だから、『このブルネイの青年の件は、おまえが対応しろ』と、事務所から押しつけられたわけ。どうせカネにもならない厄介な相談だからね。おれは彼女から〝編集部〟なんて書かれた名刺を初めてもらって、すっかり気圧されたのを覚えているよ」

当時は、北朝鮮に政変が起こって、初めて国政選挙による政治指導体制が誕生した時期だったと、シンの父親は思いだす。その分、旧体制の支配層も含めて、日本にも亡命志願者がどっと増えていた。一方、急成長を続けるインドネシアの地域支配力に対して、日本軍が牽制を強め、ボルネオ島南半部への「保障占領」に入っていた。これのあおりで、東南アジア各地からの難民、亡命志願者の流出にも拍車がかかり、東アジア一帯の政治地図が大きく組み替えられていく時期だった。

「ブルネイ出身の青年も、それに関係して日本に来たの?」

「うん。当時は、とにかくいろんな国から、ありとあらゆる事情で人が押し寄せてくるから、入国係官も混乱をきわめていた。法的整備も間に合わない。〝国〟というものも、新しくできたり、崩壊したりしているから、いったいどこが旅券を発給するべきなのかもあいまいなケースが次つぎに出てくる。結果として〝無国籍〟のような立場に置かれる人も多かった。

母さんが持ち込んだ件の青年の場合、たしか、ブルネイの華人だった。中国系の住民。東南アジアは、どこにも華人社会がある。ブルネイでも、そうらしい。もとは産油施設やなんかの労働者が多かったようだけど、彼の一家は、ある程度の財産も作った。そこで、彼はタイのタマサート大学に留学させてもらっていた。ところが、日本軍がボルネオ島に侵攻して、島の南半部のインドネシア領を押さえたあおりで、島の北西部にあったブルネイという小国は崩壊する。〝国家〟として消滅してしまったんだ。同時に、世界中のほとんどで、その国の在外公館も消える。だから、ブルネイの在外公民は、突然、無国籍者に近い状態に陥った。パスポートの期限が切れ、彼もやむなく緊急避難みたいなつもりで、タイ現地で偽造パスポートを調達して、日本に入ってきたらしい」

　この青年には、日本の華人社会とのつながりがなかった。というより、つながりが開ける前に入国管理局の手が伸び、身柄が収監される危険も迫ってきた。無国籍の人間は、身元を証明できる国も、送還先の国もない。そのぶん、いったん収容されるとたらい回しみたいな状態に陥って、収監が長期化する恐れが強かった。にもかかわらず、相談相手もない。そういった状態のまま、インドネシア料理店の厨房で働くなかで、たまたま、まだ独身時代のシンの母によって拾われた。都心の私鉄駅のコンコースの軽食店でカネが足りずに無銭飲食を疑われ、悶着になりかけているところを通りがかった母に助けられたらしいという。

「拾った、って言っても……」

「要するに、結局、自分のアパートに彼を引き取って、匿ってやっていたようだ」

「恋人だったってこと？」

「どうだかね。友だちと恋人のあいだくらいになるのかな。こういうのは、本人たちにしか、わかりようもないことだから。

　ただ言えるのは、あの時期、男も女も、とてもおおぜいの人びとが、なかば非合法に日本へやってきた。そのうち、どうにか日本で暮らしていけるようになった連中は、かなりの部分が、こうやって助けてくれる日本人にたまたま出会えたというケースだったろう」

　もし、母とブルネイの青年の間に子どもが生まれていたら、それは、この自分ではない、ほかの誰かだったということになるのだろうか――という疑問が、ふとシンの脳裏をかすめる。

「――結局ね、こういった事案で、弁護士にできることは多くない。入管の職員に手っ取り早く在留許可のスタンプを押させるのは、要するに結婚するか、子どもを作るかだ。あとは、いくらか非合法な手段を使って、第三国に移ってしまうとか。この三つの手段のどれも、弁護士にできることじゃないからな」

「ブルネイのその人は？」

「詳しいことは、おれも知らない。でも、たぶん、また偽造パスポートでも使って、第三国に出たんだと思う」

「気にならないの？　その人がそれからどうしたのか、とか、そういうことが」

「あえて知ろうとしないほうが、かえってよいことだってあるだろう？　弁護士っていうのは、そういう仕事だと思っている」

「だけどさ、お母さんとのことだよ。結婚してからも、気にならなかった？　その人とは、どうだったのか、とか」

「うーん。あまり考えなかったな。もちろん、母さんとおれがそんなことになったのは、これより、さらにずっとあとのことだからね」

そうなのかな、と少年は思う。好きな相手が、なんらかの関係を過去に持った人のことなら、それについて知りたいというのは、自然なことではないだろうか。

「お父さん……」

シンは訊く。

「――公判のとき、なんでお母さんに『〝空白の八分間〟に何をやってましたか？』って、被告人質問しなかったの？　そうするほうが、検察側が証拠として出してきた監視カメラ画像の不自然さを、裁判官に印象づけられたんじゃないかと思うけど」

「そうかな？」

疑問符をつけ、父は答える。

「――公判中にも、おまえには言ったと思うが、ひとつには、ほうっておけば検察が勝手に何かボロを出してくるんじゃないかと思ったんだ。だけど、あっちは無理をせずに、安全運転で切り上げてしまった。

まあ、そういうときもある」

「じゃあ、面会のときとかに、なんでお母さんに確かめなかったの？　お父さんは弁護人の資格で、拘置所でも刑務官の立会なしに、二人きりで面会できたはずでしょう」

父は、しばらく黙っていた。そして、口を開いた。

「……確かに、そうだ」

「どうしてだったの？」

「いま思えば、彼女がやろうとしていたことに、だいたい想像がついた、ってこともあるだろうね」

「テロのようなことをしようとしていると？」

「そう。そして、どうして彼女がそこまで思いつめたか、ということがあるだろう。あの〝総統〟が、現役首相時代に推し進めた戦争政策が、これに関わっている。また、それによって、ブルネイの青年みたいなおおぜいの世界の人びとが、人生の多くを犠牲にさせられた、ということもあるだろう。母さんは、きっと、そのことを生身で知ってきたわけだから。

もちろん、そのことは、総統ひとりのせいじゃない。だけど、彼らは、自分だけのせいじゃない、という弁明のしかたをあまりに多く繰り返してきた。そうであるにせよ、その責任の一部が彼らそれぞれにあるのは、明らかなのに」

「お母さんの精神状態は、あのとき正常だったんだろうか?」

「だろうと思うね。まあ、いつものお母さん程度には。

少なくとも、彼女は誰も殺さなかった。テロリストになって見せたところまでで、自制して、そこでやめた。それが彼女の意志だ。そう思っているよ。

おれは、学生時代、暴漢にナイフで背中を突つかれて、それで社会運動からも手を引いてしまった人間だ。そして、弁護士になった。ところが、女房は、テロリスト志願者。その巡り合わせで、自分は結局、こうやってテロリストを弁護している。これは、なかなかの喜劇でもあるなと、ようやく、いまになって気づいてきた」

高校には進学した。けれども、自分が探したいものはここにはないと、すぐに、はっきりシンは感じるようになった。

せっかく進学させてくれたのに申し訳ないけど、もう高校はやめたいと、父に告げた。

それでどうするつもりだ、と父は尋ねる。

旅に出たいと思っている、と少年は答える。

一年か、二、三年にわたるかもわからない。まず、日本のあちこちを自分ひとりで回ってみたい。どこもかしこも、自分の知らない場所ばかりだから。行った先でアルバイトなど見つかれば、カネも稼ぎながら旅を続けられればいいと思っている。けれども、当面、カネはいくらか要る。だから、それを頼みたいんだ、と彼は父にせがんだ。

わかった、と父は答えた。ただし、一度に多額はいけない、せっかくの貧乏旅なんだからな。長旅と貧乏旅は、若いうちしか、やりにくい。もし追加のカネが必要になったら、そのとき、またいくらか郵便局の口座に振り込んでやる。たとえコンビニがない田舎でも、郵便局ならある。電話をかけてくるのがいやなら、はがき一枚に×印でも書いて送ってくれれば、それを合図に振り込むことにしよう。こっちも、せいぜいやもめ暮らしの質的向上を心がけるようにしておくよ。


「それが、一六になった夏の初め」

めぐみちゃんを相手に、シンは話している。

「そうか」アパートの窓から、夕風がそよぎはじめた夏空を見ながら、めぐみちゃんは答える。

「もう二年も、それから、ほっつき歩いてきたんだね」

「うん。……途中で一度、息切れがして、鎌倉の家に帰って、ひと冬過ごしはしたんだけれども」

——最初に向かったのは、北海道だった。バスやヒッチハイクで、行けども行けども、さらに先へと道は続いて、この地の広さが思いやられた。峠から見下ろすと、クマザサの覆う丘が次つぎに連なり、色が次第に移り変わる様子によって、風が渡っていくのがわかる。海原のうねりのように、それが空のきわまで続いていた。夏の終わり近く、苫小牧から青森の八戸港へと向かうフェリーに乗って、深夜に埠頭を離れた。海路のなかばあたりで、海面が微かに銀色を帯び、少しずつ夜明けがやってきた。

固太りしたニッカーボッカー姿の中年男と甲板上で言葉を交わし、「あんちゃん、仲仕の仕事ならあるぞ、しばらくやってくか？　寮の部屋も空きがあるから」と誘われ、船を降りると、そのまひと月ほど埠頭近辺で働いた。そこを出て、三陸海岸づたいに南へ向かって旅を再開したとき、もう、九月下旬になっていた。

小さな漁村ながら、活気に満ちた港がある。また、くすんだように人の気配が涸れた町もあった。海辺の崖、高台の集落、湾曲しながら聳えるように続いていく防潮堤など、それぞれの場所を秋草が埋めていた。

仙台駅から常磐線直通の電車に乗り、福島県下に入って、双葉駅で降りたのは、一〇月なかばの夕刻近い時刻だった。

駅前の小さな広場に出ると、白い防護服を着てマスクをした小柄な男が、足もとにダンボール箱を二つ置き、傾きはじめた陽射しのなかに立っていた。

「歩きかね？」

シンに向かって、男はマスク越しのくぐもった声で言った。うなずくと、彼は段ボール箱から使い捨ての防護服と防塵マスクを取りだした。それらを差し出しながら、

「――なら、これ着て、マスクも付けて、屋外だったら原則二時間までだ。きょうは風向きが悪くて、昼からまた線量が上がっている。中間貯蔵施設のなかは、どうしたって土埃が風に舞うから。べつに誰かが見張るわけじゃねえけれども、健康の自己管理だって理解していただいて。用が済ん

だら、防護服もマスクも、必ず専用のゴミ箱に捨てて、忘れずにきちんと蓋だけは閉めておくれよ、頼むよ。

駅なら、専用のゴミ箱は、ここにも、浪江、大野、夜ノ森、富岡にも置いてあるから」

言い終えると、男は、もうシンへの関心は失い、駅の改札口のほうへと向きなおる。

駅から国道に出るまで、三百メートルほどの駅前通りの両側には、コンビニ、スーパーマーケット、郵便局、病院、パチンコ屋、食堂やコーヒーショップなどが並ぶ。店の多くは、出入り口にエアシャッターを設けて、外部空間からの気密性を高めてある。それがない店舗では、店員たちも防護服とマスクを付けている。国道に出ると、この道の向こう側は、金属製の古びたフェンスで封鎖されている。ここで右に折れ、国道づたいに南へ、旧大熊町のほうに向かって歩きだす。

国道ぞいの右側には、ここにもいろんな店舗が続いている。やや脇道へ入ったほうには、近くの旧福島第一原発でいまも続く廃炉作業、汚染水への対処、海洋除染などの作業員の宿舎棟などが並んでいる。

国道の向こう側には、高いフェンスが続く。木立越しに、クレーンなどの大型重機、廃棄物貯蔵施設の建屋らしきものなども垣間見え、除染土壌などの「中間貯蔵施設」の区域に差しかかっているのだとわかる。ということは、はるか左手前方の海ぞいに旧福島第一原発の広い敷地があり、それをさらに周囲から取り巻くように、一六平方キロに及ぶ、この「中間貯蔵施設」の土地が続いているわけである。一袋におよそ一トンの土や廃棄物が詰め込まれるフレコンバッグ。これに換算して、およそ三千万袋がすでに一〇トントラックなどで持ちこまれたというのだが、搬入作業はほとんど完了していて、いまは静かで、フェンスの向こうに人影もほとんど見当たらない。ただ、この施設や旧第一原発の敷地内に生活物資などを運び込んでいるのか、いろんな宅配業者のロゴマークを機体につけたドローンが、夕陽を受け、あちらこちらの中空をしきりに飛んでいる。無人運行のＥＶバスが、仕事上がりの作業員らをほぼ満員に乗せ、国道を次つぎ走ってきて、宿舎棟の区画のほうへ入っていく。

「中間貯蔵施設」を国道と隔てる高いフェンスには錆が浮き、敷地内のシイやクヌギの立木は伸びて、枯れ葉を舞わせている。三〇年前、この「中間貯蔵施設」が立案され、やがて行政代執行まで発動して強引に造成されていったとき、「中間」という名称の通りに貯蔵開始から三〇年以内にすべての土壌と廃棄物は県外に移送することが約束されていた。その期限まで、あと半年たらずである。けれど、そうした動きを示すものは、この景観のなかに、何もない。

さらにシンは、めぐみちゃんを相手に、とりとめなく話しつづける。

「双葉駅を降りてからの風景は、ぼくには不思議だった。けれど、何がよそと違っているのか、すぐには自分でも言い当てられない感じだった。

店の数や人通りは、三陸海岸の村や町より、むしろ多い。マスクと防護服を着けてはいるけれど。でも、そのうち、だんだんに気づかされた。子どもたちがいない。そして、老人もいない。つまり、ここには、もう〝自分たちの町〟がないっていうことだろう。働きにきている人たちだけがいて、その人たちにとっても、ここは〝よそ〟の場所だ。ただ、それぞれの用事で、ここにいる」

強い放射線を浴びてしまうと、遺伝子が破壊され、皮膚が再生できなくなるという。ただれて、肉が崩れ、血やリンパ液が滲みつづける。あの場所もそうなのだ、とシンは思う。大地の上で、その町が、傷口のまま癒えずに、あの状態のままで続いている。

「――震災で大津波が東北地方の海べりを襲うのは、ぼくが生まれるより一七年も前のことだった。だから、三陸海岸づたいの町や村を歩くあいだも、かつて大津波がここを呑み込んだんだということをほとんど忘れていた。そのくらい、もう、津波そのものの痕跡は消えている。巨大な堤防も、高台に建つ家も、生え伸びた樹木や草花に覆われ、それ自体もまた自然の一部として、ぼくの目には見えていた。でも、双葉駅で降りて目にした景色は、それらの場所とは違っていた。

……ここ、院加で造られようとしている使用済み核燃料の最終処分場も、きっと似たようなものになるんだろう。それを地上に造るか、地下深くに造るか、という違いはあるけれども。

あのとき双葉駅から歩いて、ぼくが見たものは、錆が浮いて、過去のような形をしていた。けれども、あれは、きっと未来の景色だったんだだな」


シンは思いだす。

あの夜、鎌倉の家で、父は時間をかけて、濃いコーヒーを淹れてくれた。ネル袋から、黒いしずくが、やがて細い流れとなって、コーヒーサーバーに落ちていった。暖房の効きはじめたキッチンと食卓の空間に、その匂いが満ちていた。

話は、母のことから、いくらか移り、大震災、原発事故から三〇年余りの時間について、父が自分なりの見方を語ったりもした。

――震災での原発事故のあとも、日本にはまだ五〇基ばかり原発が残っていた。だが、あれ以来、ともかくも原発は減りつづけて、いまは全部で二〇基余りというところだろう。もちろん、これだって、とてもじゃないが全基一斉に稼働させられるような状況じゃない。いままでのところ、幸い、福島での大事故ほどの規模には至っていないが、あれからも事故やトラブルはあちこちの原発で続いてきた。そのたび原因究明の調査が入り、今後の事業主体をどうするべきかといった議論が国会でもなされたりしているみたいだけれども、危機一髪の「事象」ってやつはいっこうになくならない。その合間を縫うようにして、だましだまし幾つかの原発が動いて、どうにか現状を保っている。いちどきに動いているのは、平均して数基程度じゃないかと、おれは見ているけれども。

福島の原発事故のしばらくあと、保守党が政権を奪い返して、二〇三〇年の原発による電源構成比を二〇パーセントか二二パーセントに持っていくと言った。これはとても高い数字だよ。老朽原発をさらに極力使うとしても限度があるから、たぶん実際には新設もしないと、こんなに高い比率に達することはできなかった。結局、福島での事故以来、これは一度も実現できることなく、いまに至っている。そして、おそらく、これから先も、もう原発が電力の主軸に返り咲くことはない。もちろん、核兵器については、またべつの話になるけれども。

ただし、原発が動こうが動くまいが、すでに溜まりに溜まった何万トンという日本国内の使用済み核燃料は、残りつづける。つまり、これを一〇万年先まで、なんとか無事に守り通さなければならない、という課題からは逃げられない。

ここ三〇年ばかり、どうしてこれほど政府の思惑から大きく外れて、原発が下火になったのか。それを考えると、一つは、手前味噌のようだけれども、裁判所の判決が、福島での事故以前のような原発の動かしかたに戻ることを許さなかったということもあるだろう。あの原発事故のあと、おびただしい数の原発をめぐる訴訟が起こされるようになった。もちろん、すべての裁判で、稼働差し止めの判決が出たわけじゃない。むしろ、稼働に反対する住民側の敗訴も、さらに多かった。にもかかわらず、なぜ、これが原発の稼働を抑える効果をもったかというと、電力会社にとっては、原発を動かすかぎり、裁判で稼働停止が命じられるリスクをつねに考えに入れておかなければならなくなったからだ。これ以前は、上級審にさえ持ち込めば必ず国と電力会社の側が勝つと、高をくくっていられたわけだから。

このあいだに、太陽光、風力、バイオマスといった再生可能エネルギーによる発電事業がどんどん伸びた。CO_2による環境負荷をわりに少なく済ませる火力発電設備の技術開発も進んだ。クルマや家電でも、格段に省エネルギー化の技術革新がなされてきた。こうした動きの傍らで、原発は時代遅れな融通の利かない巨大技術として取り残された。とはいえ、もとの利権の構造は生き残っていて、いまだこれにしがみつく勢力が根強いことには変わりがないけれども。

二〇一〇年代後半に入っても、内閣の支持率は、依然として、やたらと高かった。現役時代の「総統」は、なぜだか人気者でもあったわけだ。それが彼の自信を支えていた。どれだけ学者や左派メディアが批判しても、自分には〝日本人〟総体が付いている、ということだ。たしかにそうだった。だけど、政権にとっては、これもまた諸刃の剣みたいなところがある。高支持率は、どうしても、当の権力者たちを慢心させてしまうものだから。

あの政権も、国の主導で使用済み核燃料の最終処分場の候補地を、あと一年のうちに具体的に絞り込んでみせる、と啖呵を切ったりした。すでに核燃料サイクル構想も行き詰まってしまっていたから。だけど、そんな調子のいいこと、できるわけがないじゃないか。

沖縄に対しても、そうだった。大浦湾の突っ先の海を埋めて飛行場を造り、米軍海兵隊をそこに移すんだと、力ずくで押し切ろうとした。でも、これだって無理な話だ。

もうちょっと支持率が低ければ、彼らも、冷静に思慮を巡らせて、判断できたかもしれない。だが、高支持率にのぼせているから、そう面倒な手順は踏まずに叩き伏せようとして、結局、どれもこれも地元住民側の頑強な抵抗に出会って、息切れし、実現まで漕ぎ着けられない。そういった一つひとつが、ボディーブローみたいに政権の基礎体力を少しずつ奪っていった。そのあいだに、頼みの経済政策の賞味期限が切れる。結局、最終的には、これが政権の瓦解につながった。

こうした経緯が残した教訓は、「成功は失敗のもと」だということだ。あべこべに〝失敗は成功のもと〟だと言われがちだけれども、それはまだ道なかばの見え方のように思える。人間の歴史としては、「成功は失敗のもと」、こちらにこそ普遍的な妥当性はあるように思うよ。——

——人間は、未来予測を好む生き物だ。とくに文字というものを持って以来、いつの時代も、未来の世界のありかたを予測しながら生きてきた。にもかかわらず、見事にそれを的中させられたことはない。だから、未来とは何か、これを考えるには、むしろ、「なぜ未来予測は当たらないのか？」、そちらから考えるほうが近道かとも思える。

母さんやおれみたいに、一九九〇年代なかばに生まれた者には、物心がついたときから、携帯電話やインターネットがあった。この世界は、そうしたものによってできているのだと思って生きはじめた。

だけど、さらに半世紀前に、これを予言できた者はいなかったようだ。ＳＦ作家のアーサー・Ｃ・クラークは、静止衛星の実現を予見した。けれども、いつ、どんなところからでも接続可能な双方向の通信手段というものの普及を空想するほうが、彼には難しかった。というより、誰もがそれなしには不安でしかたなくなる時代が来ることを――と言ったほうが正確なのかもしれないけれども。

おれの親父、つまり、おまえのじいさんはね、一九六〇年代前半の生まれだった。彼は一九八〇年代後半、つまり二〇歳代のころ、この世の中に、携帯電話というものがあることを知ってはいたと言っていたよ。ただし、それは、肩から担いで運ばなければならない、とてもでっかくて重い機材だったって。

親類に、一人だけ、それを持っているフリーのカメラマンの男がいて、彼は地方をまわる仕事が多かったもんだから、いつもそれを自分のクルマに積んで旅をしていたそうだ。フリーランスの仕事というのは、雑誌やなんかの編集部から、いつ、電話一本で仕事の話が入るかわからない。それを取り逃がしたくなかったんだね。本人は必死だったんだ。

でも、周囲の親戚たちは、みんな、それを見て笑ってたって。「あいつは、なんであんなでっかい電話機をいつも運びながら旅してるんだ」と。そういうことをやってるのは、よっぽどの変わり者だったんだ。

たった一〇年、それから経つか経たないかのあいだに、日本人みんなが携帯電話を持って暮らしている時代になった。インターネットもみんなが使っている。そして、ほんの少し前の時代のことが、もうすっかり薄れて、遠いむかしのことのような感覚になっていた。どこの時点で、何についてそういうことが急に起こるのか、「未来予測」は、これに見当をつけるのがとても難しいということなんだろう。

ところで、おれは、「総統」と母さんたちが呼ぶ存在の正体について、自分なりの推測は持っている。これが人工知能、つまりＡＩ、――artificial intelligenceだったとしても、ちっともおかしくはないんじゃないかということなんだ。それを個体識別して、彼女らはいくばくかの愛憎を込め、「総統」と称してはいるけれども。

おれが学生だったころに、〝ディープラーニング〟と言ってね、何度目かのＡＩの研究熱が盛り上がった。要するに、これはＡＩの自己学習機能の新しいアイデアだった。また一方、やがて二〇四五年には〝シンギュラリティー〟に到達するんだとか、これも「未来予測」で、言っている人たちがいた。シンギュラリティーっていうのは、たしか「技術的特異点」とか訳されていた。そこから先では、もう、人間の暮らしが後戻りがきかないほど変容してしまう限界点、とかいうことだったろう。人工知能が、ここで人間の能力を追い抜き、あとはそれが加速を重ねて、人類は破滅に向かう。というより、シンギュラリティーに達してしまえば、あとはＡＩと人間の知能はあっという間に引き離されてしまうわけだから、人類はきっと破滅の瞬間を意識することもないだろう。まあ、何をもって「破滅」と呼ぶかにもよる。そこから先も、それがずっと当たり前のことだったかのように、何物かに従属しながら生きていくことは確かだろうから。その点から考えると、このＡＩを「総統」と呼んでおくのは、なかなか的確なネーミングだと、おれは思っているんだよ。

こうしたことをあれこれ言い合った二一世紀序盤の一〇年ばかりのあいだに、巨大ＩＴ企業などが手がけるＡＩ産業は、検索エンジン機能の飛躍的な拡大、ビッグデータの蓄積と運用、といったところから、爆発的に成果を上げていった。ＩＴとは、情報技術――information technologyなのだから、まさにそれはこういう志向を意味していた。おれたちの時代に高い支持率を誇って、やりたい放題をやっていた首相が、最後はあっという間に失脚して、姿を隠してしまったのも、そんな時代のなかでのことだった。

　これらの産業が猛烈な勢いで集めていたのは、前世紀までの常識で言えば、個人の「プライバシー」と呼ばれる領域のものだった。けれども、人間の意識というものは、すでに知っているものの形にとらわれてしまう。一方、AIは、猛烈な速度での情報の組織化と拡大によってできているので、そうした「形」がない。だから、それは、あっという間に「プライバシー」の領域も呑み込んでしまって、人間の知能の側には、これを防御しようという意識が働く暇さえなかったということだ。いまじゃあ、「プライバシー」という概念自体がすっかり溶け去ってしまって、いったいそれが何のことだったかも、わからなくなっているね。

　つまりシンギュラリティーというものがあったとすれば、それは二〇四五年に到来したものではない。むしろ、こういうことが言われはじめた二一世紀の序盤こそが、すでにシンギュラリティーだったんだろう。人間の知能は、そのころすでにAIによって追い抜かれていた。おれは、あの首相の突然の失脚こそが、ちょうど、それにあたっていたように思えてしかたがない。そこからあとは、AIが「彼」に入れ替わって、べつの次元を生きてきているんじゃないかと思っている。

　これは、何をAIだと見るかによるんだ。あのころの人間の大半は、すっかり目くらましされて、チェスや囲碁を上手にやるのがAIなのだろうと思わされていたけどね。実際には、日々、誰もが何気なく使っている検索エンジンなんかのほうに、この神は移りかわっていたわけだろう。「形」にとらわれすぎて、こうした汎神論の側から世界を見られなかったことから、それに対する人類の「従属」は始まったんじゃないかという気がしている。

もちろん、それからあとでさえ、人工知能研究を推進している専門家たちは、おおむね楽観的な態度を取ってきた。ＡＩが人間の知能を追い抜いたとしても、ＳＦ映画みたいに、それが人間に襲いかかったりするわけではありません、というように。もっとも、彼らは巨額の予算や設備の助成を国とか企業から受けることで、研究生活を続ける以上、こういう姿勢を取りつづける以外に道はないわけだ。そういうところは、少し前の原発推進の研究者たちと同じだったよ。

彼らは、科学技術の発展はいまに始まったことではありません、という言い方もした。つまり、ＡＩの発展で製造業やサービス業の無人化が進んで、失業問題が広がるんじゃないかという懸念を先取りして、こういうことを言ったんだ。――たしかに、産業革命の時代にも、機械化にともなって、手工業時代のいろんな職業が消えていった。けれど、それによって新たに生まれた職業が、さらにたくさんあった。だから、心配する必要はありませんよ――と。

また、戦地でドローンを飛ばせて偵察やミサイル攻撃などを行なうことは、過去にもずっとなされてきた。米本国内のＣＩＡが統括するコントロールルームに通勤しながら、操作画面上から、地球の反対側のパキスタンやアフガニスタンの上空にいるドローンにミサイル発射の指令を送り、相手勢力の殺害を行なう、というように。これだと、相手側の人命を奪いながらも、自軍の兵力を損傷するリスクはない。圧倒的な貧富の差だ。加えて、ドローンに高性能のＡＩを装着できれば、これらの戦闘能力、つまり確実性は、さらに飛躍的に高まる。また、昆虫なみの小型兵器にＡＩを埋め込めば、それらはどんなところにも潜入していき、想像するだけでもおぞましいような戦果をもたらしてくれるだろう。もちろん、これを危惧する声もある。それに対して、研究者たちは、はい、そうした危険はあります、ですから、最先端技術と軍事との関係については、技術面だけで解決できる事柄ではありません、と言う。現に国際的な議論がなされているし、さらには、国際条約を制定するなりして危険を回避するのが望ましい、と。こうした他人事めいた言いぐさは、核兵器などをめぐっても、過去からずっと語られてきたことだよね。

でも、彼らはさらに言うだろう。

「……たとえば、いまだに取り出せるに至っていない旧福島第一原発でメルトダウンした核燃料のデブリ、これらに対処していくにもＡＩが欠かせないのは確かでしょう」とも。

たしかに、ＡＩが、いきなり大挙して人類全体を襲撃することはなさそうだ。だが、たとえば、これが労務管理の効率を極端に高めていくなら、その下で働いて生きることを宿命づけられた人間にとっては「破滅」を意味するかもしれない。やがてＡＩは、比較的低賃金の肉体労働や職人仕事より、むしろ中間層の事務職を無人化していくことになるだろう。経営者にとって、投資効果は、そのほうがずっと大きい。けれど、これによって生じる富の極端な偏在化は、結局、社会全体の経済活動を停滞させて、「破滅」に導くかもしれない。そうした想像に目をつむって、これはＳＦ映画ではないのでだいじょうぶです、という言い方は、むかしの原発の広告文の空疎さを思わせる。

つまり、こうした権益に立つ者たちの厚かましさは、人間が「破滅」に瀕しているなかでも、まだ続いている。

現役首相だったころ、あの人物は、未成熟な印象ばかりが強かった。答弁なんか聞いても、ひたすら機械的、表層的で、相手がどう出てきても、結局、「断固やります」か「いいえ、やるつもりはありません」か、切り口上で終わってしまう。まちがっても、互いの発言がかみあって、やりとりが成り立つということがない。あれは、たぶん、子どものときからのものだったんだろう。お互いが、ある程度は気を許して影響しあうっていうところがない。その点では、彼は孤独で気の毒な人だった。

それと較べれば、おまえからの伝聞にせよ、母さんが会ってきたっていう「総統」は、すっかり別人で、なかなか愉快なところがあるじゃないか。齢九十に至って、愛妻と睦まじく《ドン・ジョヴァンニ》を聴いているっていうのも、うらやましい。もし、それが彼の影武者みたいなＡＩだとしても、選曲のすばらしさには敬意を表したいところだ。

シン。

母さんとおれのあいだに、おまえが生まれてきたとき、われわれ両親はともに三〇代前半だった。まだ二歳の時分から、おまえは「なんで？」「なんで？」と、とにかく訊いてばかりいる子どもだった。そうやって、こっちにいろんな言葉をしゃべらせておいて、耳を澄ませて自分のなかにいろんな言葉づかいを溜め込もうとしていたんじゃないのかな。こっちは、ありとあらゆる質問に答えつづけて、くたくたになってしまうんだけどね。

シンギュラリティー？

そういうものについては、おれは、いまになってもよくわからない。すでに通り過ぎてしまったもののように思えるけれど、これからもさらに何か来るのかもしれない。いずれにしても、おれたちは現にこうして生きている。ここから考えていくしかないだろうと思っているよ。

愛とは何か？

これはいっそう、おれにはまだわからない。いまからだって、たとえ少しずつでも、わかっていきたいものだと思ってはいるけれども。

「未来予測」にはね、楽観論よりも、悲観論のほうがさらに大きく外れるという経験則があるんだそうだ。だが、だからといって、悲観論には意味がないとも言えないだろうと思うね。誰かが悲観論を述べたからこそ、のちの時代には、違った心がけが生じて、おかげでかろうじて「未来予測」が外れたってこともありそうな気がする。福島の原発事故なんかも、ひとつ間違えば、さらにずっとひどいことになっていても、おかしくなかった。あれを見てきた世代のおれには、やっぱり、そんなふうにも思われる。

　ともあれ、シン。おまえはおまえで、何かを自分で見つけるように、こんな時代のなかでも生きてほしい。――

第六章　川

駅前通りを院加駅から南に五百メートルほど進んでいくと、中央町の交差点。信号機のないラウンドアバウトになっていて、町でいちばん交通量の多い場所である。ロータリーの中央部には、〝キリンの籠〟と呼ばれる巨大な地球儀型のオブジェが、そびえるように建っている。

真壁健造は、愛車の白いＥＶセダンで駅前通りを南行してきてラウンドアバウトに進入、時計回りに四分の三周してから、西に向かう県道へと外れていく。フロントガラス越しに周囲のクルマに目をやれば、すっかり全自動運転の車種が主流で、いまだに運転席でハンドルにしがみついているのは、自分くらいのものである。若いころは父親譲りでマニュアル車が好みで、最後の最後までオートマティック車を避けて、そうした車種にばかり乗っていた。ところが、いまではマニュアル車どころか、オートマティック車も廃絶寸前、再来年には「危険運転防止」のためとのことで、普通車では手動運転が全面禁止となるらしい。それを思うと、また腹立たしさが甦り、西に向かう県道上で、ついつい、アクセルを踏み込んでいく。

へたに車線を変えると、後続の全自動運転のクルマが激しくクラクションを鳴らす。ひと昔前なら、間髪入れず、運転席の窓ガラスを下ろして「てめえ、なんだ！」と怒鳴っていた。ところが、いまは相手のクルマに運転者はおらず、ぐっと、ストレスを溜めるほかない。

――全自動運転のクルマってのは、ＧＰＳを頼りに、ニンゲンさまが荷物になって運ばれるだけだろう？　みんな、ぼけーっと、ただクルマに乗っている。あれだけは、御免こうむりたいものなんだが。――

彼は思いを噛みしめる。

町の北方に広がる山地の地下深くに使用済み核燃料の最終処分場を造成する計画は、着々と進められてはいるようだ。けれど、春には望見岩のふもと付近の湧水から、高濃度の放射性セシウムが検出される騒ぎもあった。直接の原因としては、近くの川底の泥などに付着して沈殿していたセシウムが、大雨による増水で巻き上げられて、地下水中に混入したらしい。だが、遠因までたどれば、山中の軍用地から、使用済み核燃料の最終処分場造成に向けたボーリング調査がひそかに行なわれたことで、地下水脈に異状が生じたのではないかという疑惑も地元紙は報じた。これなんかも、地元住民のあいだで、最終処分場への反発が強まっていることとの反映なのだろう。

こうなると、もはや、地権者たちとの交渉にも、開発業者自身が矢面に立つことはない。なぜなら、彼らは、地域社会で批判の鉾先を向けられることによる不利益を、よく心得ているからだ。おかげで、彼らの意を受け、使い走りに動きまわる真壁のようなヤカラの用事がいっそう増える。たとえば、地権者たちのもとを一軒一軒訪ね、相手側の意向の感触を探ってくるのも、彼のような男の役割なのである。

　こうなると、相手の地権者の側にも、だんだん欲がつのる。山林地主たちなら、こんなふうに言いはじめる。

「先祖代々、大事に守ってきた林なんだから、宅地並みの補償がねえと、やすやすとは譲れねえ」

　農家の親父も、畑地を手離すにあたっては、「宅地並みに評価してもらわなけりゃ、話になんねえ」と同じである。一方、開発業者の側にも、むろん、それなりの言い分はあって、あとは互いの腹の探り合いである。

　真壁みたいな三下が相手となると、地権者たちには、いよいよ身も蓋もない。

「こっちも老い先の短い身だから、のちのち相続税なんかが軽く済むように、息子名義の取り引きにできねえかな」

　あるいは、もっとはっきり、

「土地を売っても、ごっそり所得税でもっていかれるんじゃ、甲斐がねえから。これを逃れる手だてを教えてほしいな」

　と、露骨さが増してくる。

　とはいえ、ここで突っぱねては元も子もない。だから、

「そうですね……。一度こっちでも調べてみましょう」

　と、愛想良く引き取り、戻ってくる。そうなると、次には、税理士や司法書士といった馴染みの先生方のところに、また相談ごとを携えて、出向く次第となるわけである。

　こんな次第で、いま、彼がクルマで向かっているのは、「奥田会計事務所」。かねて付きあいのあ

る、若手税理士先生の自宅兼仕事場である。

県道に入って、三つ目の信号。総合病院の角を左に曲がると、すぐ先に、白い二階建て軽量鉄骨造りのめざす建物が見えてくる。


美容院での勤務が退《ひ》けるのは、毎日、午後五時半ごろである。北海道東部の田舎町では、日が暮れてから、美容院に出かけようとする人などいない。だいたい午後四時前後に最後の客があり、パーマやカラーリングを求められれば少し長引くが、カットやセットだけなら、五時過ぎにはすべてが終わる。そのあと、鋏《シザーズ》を一本ずつ、セーム革で拭って手入れする。店内の掃除や器具類の片づけなどもひと通り済ませて、帰途に就く。

女主人のハル子さんは、地元で生まれ育って、この美容院を開き、もうじき六〇歳になる、よく肥え、気さくな人である。地元の高校に通う少女と、六つ年上にあたるバイク乗りの旅人の青年が恋に落ち、三年後に結婚し、彼女が生まれた。その娘は育って、やがて中年を越え、途中で離婚を一度経験し、いまはこの店で、よく笑い声をたてる女主人となっている。

今度、奥田アヤさんがぶらっと店を覗いて、

「求人、ありませんか？　美容師免許は持っています」

と尋ねたときにも、ハル子さんは、とくに驚く様子も見せずに、

「あ、そう？　ちょうど、ひとり雇いたいなとは思ってたの。いまは、わたしだけでやっているか

ら、お客さんが重なるときにはどうしても手が足りなくて」

と、ほがらかに言い、提案した。

「――だから、二、三日、試しにここで働いてもらって、お互いが満足できるかどうか、それで決めましょうよ」

退勤後、国道沿いのスーパーマーケットで食材や日用品の買い物を済ませて、横断歩道のところで、この通りをむこうに渡る。2DKの小さな一戸建ての借家まで、そこからあと二百メートルばかりである。鍵をあけて小さな玄関で靴を脱ぎ、台所のガラス窓を開くと、真夏とはいえ、午後六時ともなれば日は西の山稜にかかって、夕闇が迫る景色になっている。米を一合半ほど研ぎ、夏野菜を水洗いしてから、まな板で包丁を入れはじめる。

こうして静かに暮らしつづける人生もある。それを思う気持ちが、この時間には、胸の奥から寄せてくる。


「奥田会計事務所」を自分一人で切り盛りする税理士の奥田明は、一階の事務所の応接セットで接客するようにしている。昼過ぎ、軒先の駐車スペースに白いセダン車が停まり、真壁健造が運転席から降りるのが見えた。強い日射しに、彼は額をしきりとハンカチで拭いながら、玄関口のガラス扉を引き開いて、事務所のなかに入ってくる。

「こんちは、先生。いやあ、きょうも暑いね」

と、彼は言う。

このところ、北関東の盆地に位置する院加の町は、毎年夏ごとに、この地方での最高気温の記録を更新する。加えて、地球規模での高温化の傾向はいよいよ著しいと、ニュースなどでも報じられる。いっそ、《遺跡と高温の町　院加》を観光客誘致の新しいキャッチフレーズにしてはどうかと、ここのところ町長はしきりと吹聴しているのだそうだ。

「まったく」

事務机から立ち上がって真壁を迎え、奥田明は頬笑む。長身痩軀で、三六歳。笑うと、人なつこそうな目になり、頰に笑窪ができる。

「――お茶……、冷たい麦茶のほうがいいですよね」

普段、自分は緑茶や焙《ほう》じ茶が好きで、そういった茶を急須で淹れる。けれども、この季節の来客に、うっかり熱い茶を出し、悲しそうな目を向けられた覚えもあって、さすがに心がけて確かめるようにしている。

「ああ、そうしてもらいましょう」

作り置きの麦茶を奥田は冷蔵庫のガラスポットからグラスに注ぎ、客に勧めて、向き合うソファに自分も腰を下ろす。

「きょう、お教え願いたいのは、これなんですがね、先生……」

鞄からファイルを取り出し、真壁は用向きを示した。

彼にとって、奥田という若手税理士は、税をめぐる疑問の一つひとつに、過去の判例なども引きながら、実地に即した説明を与えてくれる相手である。ずっしりと重い判例集などを書棚の高い位置から取り出したり、しゃがんで低い位置から探し出したりする。そうしたとき、何かのはずみに、彼の右足は少しぎこちない動きとなって、本人ももどかしげに、そこに手を添えることがある。

いつだったか。彼がこの席で懸命に判例集の事例にあたってくれているとき、真壁のブレザーの袖口が淹れたての焙じ茶の湯呑みに引っ掛かって、それが倒れ、こぼれた茶がテーブルの上に広がったことがある。たちまち、それはテーブルのへりを伝って、奥田のスラックスの右膝あたりにも落ちていった。「あっ」と慌てて、真壁は声を上げた。まだ焙じ茶は、熱湯に近い温度だろうと思えたからである。なのに、奥田は、いっこうに気にかけない様子で、判例集のページを繰りつづける。

「先生」と、真壁は改めて声に出し、焙じ茶が濡らす奥田の右膝あたりを指さした。

「あ、はいはい」

と、奥田は応じて、ハンカチを取り出し、濡れたスラックスを拭う。そして、また判例集に目を落とす。こぼれた茶は、スラックスの裾から、革靴のつま先あたりを濡らし、さらに床にも小さな湯溜まりをじわじわ広げていたのだが。

「熱くないですか？」

怪訝に思えて、真壁は訊く。奥田は、目を上げる。そして、スラックスの濡れた部分をもう一度確かめて、初めて事態に気づいたかのように、いくらか表情を曇らせた。けれど、すぐ、少しきまり悪そうな面持ちへと変わって、苦笑した。そして、

「あ、済みません。じつはね、ぼく、こっちの足は、腿から下が義足で」

と言ったのだった。

そのとき聞いたところでは、税理士資格を取得してまもない二〇代後半のころ、奥田は、県庁が

ある都市の会計事務所に勤めはじめていたのだが、ここでの勤務中、交通事故に巻き込まれたとのことだった。

「――あのころ、クルマの完全自動運転化に向けて最後に残る課題として、よく〝トロッコ問題〟ということが言われていたのを覚えてますか？　あれなんです、まさに」

二〇三〇年代、クルマの完全自動運転化への技術革新は、最終段階に入っていた。基本技術としては、おおむね確立したと言える状態だった。だが、クルマという、主要交通手段でありながら、同時に、死亡事故などもかなりの頻度で発生する乗り物であるという特性が、最後の詰めと言うべき問題の克服を厄介なものにしていた。

死者が出るような大事故は、確率的にはごく低い可能性でしか起こりえないものなのだが、人が一生を通してクルマに乗りつづけることを考慮に置くなら、その数値は無視できないものとなる。つまり、一生のうち一度や二度は、そうした事故の危険に直面する数値となってしまう。だとするなら、自動車メーカーとしても、これを克服できないまま完全自動運転化を標榜することは、許されるはずがなかった。

たとえば――高速道路などを利用する自動運転については、すでに問題はほとんどなかった。だが、一般道では、歩行者の挙動、脇道からのクルマの急進入など、さまざまな外的要素に自動運転車は対応せねばならず、問題はずっと複雑だった。しかも、それらの外的要素のうち、複数のランダムな動きが同時に絡んで、一つの危機的な状況を形づくるとき、自動運転車はどのように対処しうるか――。ここに、もっとも解決が難しい問題が残っていた。

やや単純化しすぎた表現ではあるのだが、このことが「トロッコ問題」と呼ばれたのだった。つまり、――トロッコの進行方向の線路上に五人の人が倒れており、このまま進むと確実に五人を轢き殺してしまう。そこより手前に、べつの進路に切り替えられるポイントがあって、そちらの線路上には一人だけが倒れており、これを選びなおせば死者は一人で済む。さて、このとき、どうするべきか――、というような例えなのだった。

だが、現実の自動車開発の技術者たちが直面する課題は、もうちょっと違ったものだったはずである。なぜなら、Ａの進路を取ると五人、Ｂの進路を取ると一人の死者が出て、その単純な二者択一しかできないようなクルマは、当初から、実用化に値するはずがないからだ。

実際に問題となる状況設定は、さらに込み入ったものである。たとえば――走行中の自動運転のクルマの前方で、突然、多重衝突事故が発生する。対向車線は、かなりのスピードで大型トラックが走ってくる。だから、とっさの対応としては進行方向左手の歩道上に寄せるように急ブレーキをかけるしかなさそうなのだが、そちらからは、いままさに子どもが飛び出してこようとしている。そのとき、自動運転のクルマを制御するＡＩ（人工知能）としては、何にもとづいて判断を下し、また、それについて、どう対処するのが適切か？　――といった問題である。

この問題は、単に人命尊重の観点だけでなく、自動車保険などでの責任の所在（つまり、こうした状況下で完全自動運転車による事故が発生した場合、第一義的な責任を負うのは、自動車メーカーなのか、クルマの所有者なのか、その時乗車していた当人なのか、といった問題）、さらには、これが死亡事故に結びついた場合の賠償額の多寡、といったことまで、多岐にわたる未解決の法的課題を含む。また、ひるがえって見るなら、こうした全自動運転車が死亡事故を起こした場合、誰が交通刑務所に入るのか？　クルマの所有者か？　それとも、ＡＩだろうか？

ともあれ、こうした場面で、ＡＩは、何にもとづき、どんな判断を示すべきか。それを決めるにあたって、モデルとなるのは、結局、生身の人間ならそのときどうしたいと考えるだろうか、ということである。

人間のドライバーとして、この場面で、とっさに対処できる選択肢としては、

1、前方の多重衝突のなかに突っ込んでしまう危険を承知で、とにかく目一杯にブレーキをかけてみる。

2、対向車線のトラックと正面衝突することを承知で、とにかくそちらに向かってハンドルを切りつつブレーキをかけてみる。

3、歩道から飛び出してくる子どもを死なせるかもしれないことを承知で、とにかくそちら側へとハンドルを切りつつブレーキをかけてみる。

——それくらいのものだろう。

先の「トロッコ問題」の形式に戻して考えるなら、最少の死者で済む可能性が強いのは、３である。だが、それでよいのか？　という問題が残る。これは、倫理的な問題ではあるのだが、その「倫理」を具体的にどのように扱えばよいのか、というところから数値化されたものとして、これは賠償の問題でもある。

つまり〝逸失利益〟という考え方にもとづき、死亡事故の被害者が、本来ならこれからの人生で稼げたはずの収入金額が、賠償金算定の基礎となる。この点から見るなら、就労可能年齢を過ぎた老人五人を死なせてしまうより、子ども一人を死なせてしまうほうが「賠償」金額はおそらく高くなる。この問題が「トロッコ問題」とみなされる理由の一つが、おそらく、ここにあるだろう。自

動運転車のＡＩは、こうした賠償金の計算を、自身の運転上の判断材料の一つに繰り込むことになるだろうか？　むろん、そうなるはずである（そうでなければ、自動車メーカーは、いずれこれが死亡事故を起こして賠償金が生じたさい、それをめぐっての裁判に訴えられることを免れない）。車体に装着されたカメラは、走行中の周囲に見える人間たちの年齢や性別を、その認識機能を通して、ＡＩに送り込み、そこでの判断に資することになるだろう。

ここから見れば、ＡＩが、子ども一人の生命を奪うより、老人五人の生命を犠牲にせよとの判断を車体に送ることは、ありうる。だが、そうであるなら、――この状況で周囲の第三者らを死亡事故に巻き込んで多額の賠償金を負うことは、経済的に見合わない。そうなるくらいなら、いっそクルマの使用者当人が対向車のトラックに衝突して死んでしまうほうが、安上がりである――という結論をＡＩが下すケースも、むろん、ありうるのではないだろうか？　そうだとすれば、ここでＡＩが車体に送る指令は「２」、つまり「対向車線のトラックと正面衝突することを承知で、とにかくそちらに向かってハンドルを切りつつブレーキをかけてみる」。

……実際には、結局、自動車業界では、この問題に結論を出し切れなかった。それでどうしたかというと、当面、ＡＩにクルマの完璧な制御を託することはあきらめて、万が一の場合の交通事故に備えるというタテマエで、車体前方へ瞬時に飛び出すエアバッグ、ならびに、消火装置を完全自動運転車には内蔵させることを義務づけた。そうすることで、この「トロッコ問題」には棚上げ的な解決がはかられたのである。ＡＩ搭載の自動運転車ではありながら、そこには「人間的なぬるさ」の領域が残された。自動運転車本来の謳い文句からすれば、これは一種の自己矛盾を帯びている。なぜならＡＩがクルマを制御することによって、こうした〝人間的〟過失による自動車事故は解消できる、というのが、元来、自動運転車の存在理由だったはずだからだ。こうした紆余曲折を経た末に、いよいよ、この二〇四〇年代後半からの「全面自動運転化」は、実現することになっている。

奥田明という青年が右足を失うことになる二〇三〇年代の「トロッコ問題」とは、これより少し遡った時期、自動運転のクルマも「緊急時には人間が運転」することが義務づけられている、という中途半端な時期に、そうしたクルマにはねられた、ということである。彼をはねるほうが「賠償」が安い、とAIが判断したのか、それとも「緊急時」の運転を担った生身の人間が過失で彼をはねてしまったのか、そこのところは真壁も聞きそびれてしまったのだが。

小雨が降る日、奥田は傘をさして、道幅三メートルほどの路上を左手に寄って歩きながら、一台のシルバーっぽいクルマと行き違おうとしていた。その瞬間、彼が歩くのと反対側の脇道から、五人ばかりのスモック姿の幼稚園児たちが、ぱらぱらと躍り出てきた。シルバーっぽいクルマは、その子たちを避けようとしたのか、突然こちらに向かって頭部を振り、進路を突き進むかのように動いて、急に停まった。

気づいたとき、奥田自身の体は、その車のボンネットと、道路脇のコンクリート壁のあいだに挟まれていたという――。

「驚いたな」目を見張って、真剣な面持ちで真壁は言った。「こっちに何の落ち度もないまま、逃げ道も与えられてないような状況での事故だなんて。おっかない話だ、聞くだけでも」

「たしかに。ぼくも、あとから、どうしてもそれが受けいれられない、っていう気持ちがつのってしまって。……ただ、さらに何年もかかって考えると、事故っていうのは、これに限らず、たぶん、そういうものとして起こるんですよね」

彼は微笑する。

「――でも、こっちは、若かった。足の切断手術を受けると、文字通り、目の前が真っ暗になってしまって。これから先の人生について思い描いていたことが、すべて駄目になったんだと感じて、パニックでした。

そのころ、新婚だったんです。嫁さんは、美容師学校を出たばかりの新人で、見習い研修に入ったところでした。まったくキャリアのない新米の税理士と、美容師の卵、でしょう？　これから、どうやっていけばいいんだと、頭を掻きむしってばかりで、髪まですっかり薄くなった」

積み重ねて置かれた判例集から目を上げ、彼は笑った。

「若い嫁さんから見捨てられてしまうんじゃないかと？」

口が悪すぎるかな、と思いながらも、真壁は、つい、そういった物言いをする。

「ええ。それについて、よく考えました。結婚してからの事故じゃなく、せめて婚約中の事故だったら、彼女は人生を選びなおして、もっと自由に生きられたんじゃないか、とか。

だけど、それって、もう彼女からの助けを当てにしてるような考え方なんですよね。たとえ結婚してからだって、彼女はこれを解消して、自由に生きることはできるはずなんだから。もし、ぼくが、そうすることに応じれば」

奥田は、一秒か二秒のあいだ、軽く目をつぶり、首を振る。

「――だけど、実際にやってることは逆なんです。ぼくは彼女のことを絶対に手離さない。もう、彼女しか、頼りにできる相手はいないんだから。まだ互いに若すぎた。だけど、彼女は一生懸命に助けてくれた。ぼくも、それが心苦しくはあるんだけど、当てにしている。そして、そのうち、そうしたことにさえ、慣れてしまう。そして、もっと、さらにと、こっちは依存する。どう言ったらいいんでしょうかね……。こちらに欠けてしまったものを通して、相手をいつもどこかで支配している。相手の引け目とか、そういった心の襞をつかまえる。そんなことしてると、こっちも苦しくなるんだけど、なかばは意固地になって、そういう状態で続けてしまう」

真壁は、黙ってそれを聞いていた。年少の奥田の言葉には、破綻して失ってしまったものへの愛惜の響きがあった。だが、しょせん男女のあいだのことなど、当人たち以外にはわかりようがない。わかろうとしたって、しかたのないことだろう。


鋏《シザーズ》一式、これは婚家を出るとき、ボストンバッグのわずかな荷物に詰めて、持ってきた。どこの町でも、これさえあれば、きっと仕事口は見つけられる。

すぱっと髪を逃がさずに断ち切るブラントカットが二本、梳き鋏のセニングが二本、そして、髪を逃がしながら滑らせて切るスライドが一本である。腰のシザーケースには、櫛《コーム》とともに、ふだんはそれぞれを一本ずつ差している。がちゃがちゃと、ずっしり重くなるほど入れておかないほうが好きなので。シザーの指穴には、親指と薬指をかける。薬指をかけた静刃は水平を保って動かさず、親指をかける動刃だけを動かしながらカットを進めていく。

「美容院はるか」の女主人、ハル子さんは、店の清潔さには気を使っており、外を歩いた靴で美容師が働くことは禁止である。だから、内履き用のモカシンを店に置いておくことにした。

こうして北海道東部の田舎町まで移り住むことにしたのは、もとはと言えば、まえに東京・門前仲町の美容院でつとめていた時期、道岸モモヨさんと相談してのことだった。モモヨさんは、ベテランの映像ジャーナリストで、口ぎたない若い世代の仲間内では「ビデオばあさん」とも呼ばれていた。「なんだい、まだまともなシャシンも撮れない洟垂れ小僧が」などと、間髪入れずにモモヨさんはやり返す。「銃声が遠くから聞こえたぐらいで膝小僧が震えてたんじゃ、話にならない。ごらん、画面まで、がたがた揺れてるじゃないか。しゃんとしなさい。震えてたって、弾は逸れてはくれないよ」

実際、モモヨさんは、そろそろ八〇歳になろうという痩せて小柄な「ばあさん」だった。若いうちから、勇気と思索の深さに裏づけられたドキュメンタリー作品を数えきれないくらい残してきた。……太平洋戦争の帰還兵で、家族のもとに戻れないまま、半世紀以上も精神病棟で過ごす人びと。戦争下での捕虜への人体実験を隠蔽し、戦後の医学界をも支配している人脈図。湾岸戦争、旧ユーゴスラヴィア内戦などでの劣化ウラン弾の使用と健康被害。核の時代とテロリズム。テクノロジーと「食の安全」。水俣病の百年史……。

強靭な取材力、そして交渉能力なしには、とても完成できなかっただろうと思わせる作品ばかりが続いている。ふざけ半分に「ビデオばあさん」などと彼女を呼びながら、周囲で昼夜兼行の手伝いを続ける若いスタッフは、誰よりそれを誇りに感じているようだった。モモヨさん自身は、いまもナップサックにキャスケット帽といった出で立ちで、手のひらに収まるくらいの小型ビデオカメラと、二、三人のスタッフを伴い、質素な取材旅行を続けている。

くだけた態度の持ち主で、初対面の彼女に対しても、先立つ会合での自己紹介を覚えていて、

「あんた、奥田アヤさんって言ったっけね？　どこから来たんだい？　仕事は何しているの？」

と、声をかけてくれたのだった。

あれは新大久保の古い貸しビルの地下室にある「道岸プロダクション」で開かれた、新企画発表会のような集まりだった。アヤさん自身は、陸軍の海外派兵が増すなかで、若い兵士らに脱走を呼びかけるグループを、なんとか少しずつでも組織したいと考え、焦っていた。だが、この東京で、ほかにもそうした運動にひそかに取り組む人びとがいるのかどうか、それさえもなかなかわからない。だから、せめて、この映像ジャーナリスト集団の集まりの場に出向いていけば、何か情報があるかもしれないと考え、その日、門前仲町の美容院での仕事を終えたあと、新大久保まで出かけたのだった。

「道岸プロダクション」による新企画も、派兵される兵士らの妻や恋人たちに焦点を当てようとするもののようだった。まだ二〇代かと思える若いプロデューサーが、三〇人に満たないほどの参会者を前に、とつとつと力を込めて話したのは、およそ、こんなふうなことだった。

——いまの日本という国は、若者を兵士として戦場に送り出しながらも、これを「戦争」と呼ぶのを禁じて、「積極的平和維持活動」と称することを強いている。これもまた、当の兵士たちに、さらなる苦しみをもたらしていることを忘れずにいたい。強大な力によって埋め隠されようとしている、そうした小さな声の言葉を、自分たちは微力ながら明るみに引きだす努力を続けていきたいと思っている。

それは、さっきまで廊下の隅で、モモヨさんに「ビデオばあさん」と、きたない言葉づかいで口をきいていた若者たちの一人なのだった。

この会合には、当事者の一人として、絵美さんという二〇代半ばくらいの女性も来ていた。茶色く染めた髪を後ろで縛り、黒の長Tシャツに、ピンクのコットンパンツ。三歳くらいの男児を膝に乗せ、部屋の隅のパイプ椅子に座っていた。名指されると、男の子を膝から下ろして、彼女は立ち上がり、

「わたし、いまごろ後悔してるんです。バカだったなって」

と、真剣な面ざしで訴えた。傍らの男の子の髪のあたりに手をやり、

「――これ、息子です。パートの仕事を組み合わせて、なんとか暮らしを立てられるだけは稼がなくちゃと思うと、どうしても時間に追われてしまって。いまの彼とは、結婚してたわけじゃないんで、軍の入隊試験を受けるよって言われても、ちょっと遠慮があったっていうか。いえ、正直、わたしの気持ちに、そこまで余裕がなかったんです」

――彼女が言うには、恋人は、日本タイトルが狙えそうな位置にいたボクサーだった。彼は、絵美さん母子と所帯を持つことを望んでいた。けれども、そのために、まずはひと稼ぎしてくると言いだし、任期二年の陸軍志願兵となり、入隊してしまった。ボクサーとしての大事な一戦に敗れて、焦りが昂じていたのかもわからない――。

北海道の演習場でレンジャー候補生として教育訓練を受けている彼から、たまに電子メールが届く。厳しい訓練の日々のなか、それがせいいっぱいなのだろう。ただ、いつも、通り一遍のことしか書かれていない。これは、部隊内での検閲があるからではないかと思う。そう思うと、こちらからの返事も、それに合わせたことしか書けずにいる。ほんとうは、早く無事に帰ってきて、と書きたい。でも、つい、当たり障りのないことだけを書いて終わってしまうのが、やりきれなくて、悲

しい……。

「その演習場は、北海道のどこなの？」

道岸モモヨさんが、もどかしそうに、口をはさんで訊く。

道東の小さな町の名を、絵美さんは挙げた。

「え？　そうなの。待って」

せっかちに、ちょっと片手を挙げるしぐさで、モモヨさんはまた遮る。そして、手帳を取りだし、せわしげにめくりだす。

「そうか……。うん、そこなら、相談できそうな人がいないことはない」

そして、続ける。

「――だけど、大事なのは、当人の気持ちだから。軍隊ってところで、命令とは違った意識を抱くことには、相応のリスクがついてまわる。シャバとは、そこが違うんだ。軍規違反だってことになりゃ、処罰もあるからね。だからこそ、それを承知の上でないと、あとが続かない。あんたの彼氏の場合は、どんな気持ちでいるんだろう？」

「できるものなら、逃げだしたいんだと思います」

はっきりと答えてから、絵美さんは、唇を噛んだ。

「あらあら」と、モモヨさんは目を剝いた。「なんで、そう思う？」

「妹さんが実家にいるんです。郷里の院加町っていうところに」

絵美さんが答えた。

「――連絡先は彼から聞いていたので、その人のところに、一度、電話をしてみたんです。そしたら、週末にわざわざ東京まで会いに来てくれるということになって。そのとき、彼から届いた手紙も持ってきてくれたんです。驚いたんですけど、妹さんのところには、彼、郵便で手紙を出していました。便箋に、手書きで。字なんて自分で書くような人とは思ってなかったから、わたしには、なんか、これ、意外だったんですけど。読ませてもらうと、わたしにメールで送ってくるのと、ぜんぜん違うことを書いてた。だから、それにも驚いちゃって。

ボクサーのときと違って、個性は、戦闘の訓練では邪魔なだけだと叩き込まれる――とかって、書いてありました。

相手のことも人間だって意識してしまうと、きっと銃は撃てない、とか。撃たないと自分が死ぬ。だから、よけいなことを考えずに撃てるようにならないといけないけど、これがなかなか難しい――とか。

こういうのって、メールじゃ、きっと書いてこられないじゃないですか。だから、わざわざ手書きの手紙にして、郵便で妹さんに送ってきたのかなって」

「そうなのか……」と、モモヨさんは答えた。「だったら、誰かが、もうちょっと彼の気持ちを詳しく確かめてみる必要があるかもしれないね」

それだけ言って、絵美さんの発言が、さらに無防備なまま続くのを妨げるかのように、この話題をモモヨさんは打ち切った。

あのとき、奥田アヤさんは、その会合に閉会が告げられたあと、わざとさりげなく会場にしばらく居残った。そして、道岸モモヨさんと先ほどの若いプロデューサーが立ち話しているところに近づいて、自分が何者であるかをできるだけ手短かに話した。会合での発言をモモヨさんが覚えていて、「あんた奥田アヤさんって言ったっけね？……」などと訊かれたのも、このときである。こちらが話すあいだ、彼女は、じっと黙って目を向けている。その視線の強さを感じていた。

さっきの子連れの女性のことですけれど――と、今度はアヤさんのほうから、話題を蒸し返す。

「わたしが北海道の陸軍基地やなんかがある町でしばらく生活しながら、あの人の彼氏と接触をはかってみたらどうかと思ったんです。美容師は、わりにどこでも仕事口を見つけやすいし、しばらく北海道で暮らしてみるのもいいな、って」

「そう？」

道岸モモヨさんは、目を少し細め、さらに、じっと見た。その目の周囲には、細かな皺がたくさん浮き出ていて、それらは、いくばくかの安心を彼女にもたらすものだった。

「どうして、モモヨさんは、戦争と人間、みたいなテーマを、ずっと追いかけるようになったんですか？」

あれからさほど時日を経ていないころ、尋ねたことがある。

「偶然だよ」ひと呼吸、考えてから、彼女は答えた。「でもね、誰だって、始まりは、そんなものなんじゃないの？」

――もともとヒバクには興味があった。原爆の「被爆」も、原発労働者らにもたらされる「被曝」にも。この両者は、科学的に、放射能汚染によってもたらされる人体へのダメージということでは、同じ現象をさすものとも言える。その違いがどこにあり、どのように使い分けられているのかが、気になった。nuclearという一つの英単語が、「核」と「原子力」に訳し分けられることについても。

二〇世紀終盤になると、劣化ウラン弾というものが戦争に使われはじめていることが明らかになる。この種の「放射能」にまつわる文明の産物の気味悪さは、生身の人間に、それがどんな影響を及ぼすのかが、何年、何十年も、わからないまま過ぎていくことである。

劣化ウランとは、天然ウランから濃縮ウランを作ったさいに生じる、残りかすの部分にあたる。といっても、原料となる天然ウランの量のほぼ八割から九割が、劣化ウランとなって残る。二一世紀初頭の段階で、世界各地で溜まっている劣化ウランは、すでに一五〇万トンにのぼると言われていた。ウランは、地球上に自然状態で存在している金属としては、最も重い物質だ。だから、この重さを利用して、「劣化ウラン」による砲弾や弾頭を作れば、強力な破壊力を伴う兵器となるのは自明のことだった。

劣化ウランは、核分裂性物質たるウラン235の含有比が比較的低いというだけで、それ自体が放射性物質であることには変わりがない。ただし、もとの天然ウランの状態よりも相対的に放射能が低くなった分、この状態では人体の健康への悪影響は少ない、と言う人もいる。

だがそうではない。劣化ウラン弾を目標物に撃ち込めば、衝撃によって激しく燃え上がる。これは、細かなエアロゾルとなって何十キロも離れた場所にまで広がって、呼吸を通して人間の肺に沈着し、低線量の内部被曝がずっと続く。また、重金属としての毒性も、腎臓などを蝕む。

初めて劣化ウラン弾が使われたのは、米軍が主軸をなす多国籍軍がイラクを攻撃した湾岸戦争だった。これの使用は、相手国社会の破壊と、捨て場がなかった「核のゴミ」の大量処分、その一石二鳥をなしていたことになる。

　モモヨさんは言った。

「わたしはね、湾岸戦争が終わって一〇年近く過ぎてから、イラク南部のバスラっていう、劣化ウラン弾が山のように撃ち込まれた町に出かけたんだ。病院には、白血病を患う子どもが大勢いた。心臓病の子も、体にひどい障害を持って生まれた子どもたちも。

　そのなかで、ハニーンという名前の一三歳の女の子と仲良くなった。彼女も湾岸戦争で父親を亡くしていた。病院のベッドの上で、いろんなクレヨンを使って、彼女はとても美しい町の絵を描いていた。こんもりとした森があり、そこから川が流れ、家の庭には色とりどりの花が咲いている、そんな絵だよ。

　ビデオカメラを構えて、わたしは彼女が絵を描いていく様子を撮影してた。当時のカメラは、とても大きかったから、肩に担ぐようにしてファインダーを覗いている。満足な治療を彼女は受けていなかった。しばしば熱を出すのに、抗生物質さえ足りなかった。点滴の製剤もなくなって、生理食塩水にカリウムを加えたもので点滴を受けていた。そんな状態が続くなかで、彼女はこの絵を何日もかけて描きつづけていたんだ。

　あるとき、クレヨンで画用紙に絵を描いていた手を止めて、彼女は目を上げ、わたしに向かって何か言った。それは、英語に聞こえた。――Momoyo, don't forget me.――〝モモヨ、わたしのこと、忘れないでね〟って。わたしは、カメラのファインダーを通して彼女を見ながら、すっかりどぎまぎしてしまって、〝え？〟と聞き返した。彼女の瞳のなかに、カメラを構えるわたしの姿が映っていた。

ハニーンはね、わたしが聞き返してしまったもんだから、恥ずかしそうに笑って、うつむいた。そして、もじもじと小さな声のアラビア語で何か言いなおした。横にいた通訳の人が、――わたしのこと、忘れないで、と言っています――と伝えてくれた。やっぱりハニーンは、そう言っていたんだ。機会をとらえて、それをわたしに直接言おうと思って、きっと、頭のなかで用意していたんだろう。

このあと二、三日のうちに、彼女は感染症にかかって、みるみるうちに病状が悪くなった。彼女が死ぬとき、あまりに進行が早くて、母親はまさかそんなことになるとは思っておらず、町へ用足しに出かけてしまって、いっしょにいることができなかった。たまたま、わたしだけが、そのとき病室にいた。苦しい息をしながら、アラビア語でひとこと何か言ったけど、意味は、わからない。通訳の人もいなかったから。

さっき、あんたに、どうしてこの仕事を続けるのかと聞かれて、偶然、って言ったのは、これだよ。でもね、そういう偶然に出会ってしまうと、もう、ほかのことは選べなくなる」

道東の夏の夕暮れどきはすずやかで、外の世界に静かな闇がゆっくり降りてくる。

夕飯をすませ、流しの洗いものを片づけたら、入浴する。隣家とのあいだに十分な距離があり、都会暮らしのような気兼ねはない。だから、夜のあいだに洗濯機もまわしておく。そして、ボールペンでハガキに便りを書いてみる。

《シン。

北海道の東部、小さな町に越してきました。また美容院で働いている。この町の様子は、どこか院加にも似ています。澄んだ川が町をつらぬいて流れていて、広い川べりを歩くと、釣りをする人が水のなかに立つのが見える。駅の線路のむこう側に、赤茶色に錆びた転車台が朽ちたまま残っている。そして、町はずれには、高い岩場がある。そこの上まで登れば、この町全体のまばらな家並みと、道、川、緑の広がる様子が、空とのきわまで見渡せます。町のはずれには、陸軍の基地と演習場があることも。

院加の町より、さらにずっとひなびているけれども、初めてここに降り立ったときから、わたしには親しい場所のように感じられた。……》

手が止まる。やっぱり、いまはまだ、この郵便は出すべきではないな、と考えなおして、宛先は記さず、ノートのページのあいだに挟んでおく。

古い文庫本を取り出し、文字を目で追う。何度か、同じ行をたどりなおして、だんだん、そこのなかへと入っていく。

どれだけの時間が過ぎていたのか。こつ、こつ、こつ……、と、外から玄関のドアを遠慮がちに叩く音が聞こえたようだった。

本のページから目を上げ、

「はい？」

と、硬くなった小声で、返事する。

「こんな時間にすまないがね、奥田さん」しゃがれ気味で、くぐもった男の声が、ドア越しに聞こえてくる。「ちょっと、あんたと打ち合わせておきたいことがあるんだが、ご迷惑じゃあないだろうか？」

来る日も来る日も、障害走、そして持久走。

レンジャー候補に指名された新兵たちに対する教育演習で、最初に執拗なほど施されるのは、こうした体作りの鍛錬である。

基地内のトラックの障害コースに設けられたハードル、板壁、平均台、水たまりなどを次つぎに越えながら、全力で走る。先の長さを考えて、体力を温存しようと少しでも速度を落とすと、ただちに警告の笛が鋭く吹かれて、その場で停止が命じられ、腕立て伏せを一〇回。この遅れを挽回するため、さらに全力を振り絞って走らなければならないので、まったく手が抜けない。ひたすら、こうやって追い立てられながら、走っている。このトラックを四周すると、そのままコースから出て、山地の演習場のほうへと続く道を駆け上がっていく。

二〇歳前後の若い男たちが、数週間もこんな訓練を続けて、一日三度の栄養管理された給食を与えられていると、全身が良質な筋肉に覆われ、ひとまわり大きな体軀となる。その段階で、ロッククライミングやロープ渡りなど、新たな訓練メニューがいくらか加わる。さらには、匍匐《ほふく》前進の訓練も。ずしりと重みのある銃をいきなり渡される。最初は、腰を浮かせて、片腕で体を支えながら敵前へと向から第一匍匐。敵陣に迫るにつれ、そこからの狙撃を避けて、姿勢はだんだん低くなる。最高度の第五匍匐は、尺取り虫のように、全身を完全に地面に這いつくばらせて、ずりずりと進む。汗が噴きだし、舌の上まで、ざらざらに乾いていく。

背嚢《はいのう》のなかには、携行食糧、飯盒、雨具、寝袋、着替え、折り畳み式の円匙《えんぴ》などまで詰めて、およそ三〇キロの重さがある。これを背負って、徹夜の行軍訓練が始まる。絶えず腹が減り、喉が渇いた。

こうした日々に、元ボクサーの高田光一は、ジムでトレーナーをつとめてくれていたジョーさんのことをたびたび思いだした。バンタム級一〇回戦に進出したが、その初戦で敗れた。すると、弱気と焦りに襲われた。すでに二五歳で、まだ芽が出ない。このままボクシングを続けていては、いつになっても、絵美たちとの家庭を安心して営めるだけの稼ぎを得られない。いったん弱気に囚われると、次には、再びリングに立つことへの恐怖感がボクサーを追いはじめる。そこから逃げだすように、彼はひそかに陸軍の入隊試験を受けたのだった。

入営が決まると、いよいよジョーさんには白状するほかなくなった。

――いやはや、こんな時代に、わざわざ自分から願い出て、軍隊に入るだなんて――と、彼は、皺を刻んだスキンヘッドの頭を撫で上げて、あきれ顔でため息をついてから、いつものダミ声でこう言った。

「リングに出ていくボクサーに声をかけるときとは違って、戦場に出ていく者たちに『幸運を』とは素直に祈れない。なぜなら、こちらの側の幸運は、相手の死を意味しているかもしれないから。だけど、コーイチ、君が命を落とさずに帰ってくることを祈る。戦場では、勇者を気取ってはいけない。それは、君の命も奪うことになるだろう。むしろ、相手にとどめの一発を打ち込めない、気弱なボクサーの心を守って生き抜くようにしてほしい」

たしかに、そうだ――。

銃の重さを両手で支え、堅い土の上を匍匐しながら、光一は思っている。

相手の喉元にこの銃身をあてがい、壁に押し付ける。完全に制圧しようとするなら、さらに両腕に力を込めて、その喉を銃身で潰せばいい。すると、ぐしゃっと鈍い感触を発するのと同時に、ぐったりと相手の兵士の力が抜けて、抗いも止むだろう。だが、ぐしゃっという、気管が潰れるときの感触は、きっとこの両手のなかに残って、消えることがない。

戦闘になれば、誰かが死ぬ。

長距離行軍の訓練で野営したとき、僚友たちと火を囲んで携行食を噛んでいた。通りがかった岡田という大尉が、「やあ、やっているな」と白い歯を見せて声をかけてきて、そのまましばらく、そこでの話の輪のなかに加わった。

軍では、普段、士官と兵士のあいだの階級の区別は厳しく、基地の食堂でも両者の席は分かれている。だから、こうしていきなり上官にしゃがみ込まれては、かえって、ぎこちない心地にもなるのだった。だが、岡田大尉は、いつもいばらず快活で、いったいどんなつもりでこういうことを話してくれるのだろうと思いながらも、知らず知らず、その話に引き込まれてしまうところがあった。

彼は三〇代後半といったところだが、一〇年ほど前にはシリアのアレッポで駐留する部隊にいたという。――あるとき、現地の諸勢力のあいだで小競り合いの戦闘が起こって、そのなかにＮＧＯの一団が取り残された。そこで、やむなく、彼らの小隊が救出に派遣されたことがあったそうだ。

「むかしは、こんな出番を〝駆けつけ警護〟と呼ぶことになっていたりもしたらしい。だが、相手側からすりゃあ、殴り込みをかけられているような形勢だから、ただちに応戦、となるのは避けられない。あのときも、まずは機関銃の一斉掃射で歓迎を受けた。そして、たったいままで互いに小競り合いをやらかしていた二つの現地勢力が、たちまち一致して、こちらに向かって迎撃してきた。ロケット弾なんかも、容赦なく撃ち込んでくる。お手上げだよ。

気がつくと、さっきまで隣にいた同期の僚友の体が、ばらばらになって、消えている。ただ、砂地一面、血と内臓や骨なんかが飛び散っていて、すさまじい匂いがあるだけだ。

こうした任務がしばらく続くと、部隊は使いものにならなくなる。恐怖が人を壊してしまうからだ。腑抜けたような状態の兵士が増える。狂暴さに抑えが利かなくなって、遊び半分で相手を殺してしまう連中も。この二つは、人間の壊れかたのオモテとウラなんだと思う。自分自身がどっちのタイプに属するのかは、なってみないと、わからないだろうな。

日本に帰ってからも、そうだ。平和な社会に、すんなりとは、自分の体や心が溶けこめない。こっちだって人間だ。だが、そうは言わせてもらえない。平和な社会でずっと過ごしてきた者たちが圧倒的な多数派で、戦場帰りはわずかな者たちだ。だから、通じようがない。うっかり、人間のミンチの匂い、なんて言ってしまうと、こっちがバケモノ扱いされるだけだ。

女房や子どもたちとの穏やかな暮らしが取り戻せない。うまくいかないんだ。つい、ぼんやりして、気がつくと赤ん坊を腕のなかから床に落としてしまっていたり。そういう男と女房との仲がうまくいくはずがない。女房が叫ぶと、男は対処できずに、ひっぱたく。子どもがはしゃぐと、いらいらがつのって、どなってしまう。皆が父親を怖がって、この男は孤立する。そして、酒とかクスリとか、そうしたところに引きこもる。ほかに行けるところがないんだから。そうやって離婚に至るケースが多い。そして、自殺も。

　おれは、そうならないように心がけた。日本に戻ると、留守をまもってくれていた女房と幼い娘との暮らしを大事にした。戦場で失くした時間を取り戻したかったからだ。そして、おおむね、それを現実のものとできたと思う。けれど、それはヒヤヒヤの毎日でもあった。なぜだと思う？

　おれ自身が、何も感じられない人間になってたからだ。戦場で何年も過ごすと、人間は、どうしてもそうなってしまう。どう言ったらいいのかな。たとえば、ふつうに平和な社会で暮らしている人は、道端で猫がクルマにはねられて死んでいるとか、自分の子どもがブランコから落ちて腕の骨でも折ったとか、その程度のことで気持ち悪くなったり、動転したりする。だけど、おれたちは、そんなことで気持ち悪くなったりはしない。正直言って、何も感じない。だからおれは、日ごろの動作の一つひとつに絶えず意識を払って、何かを感じているように振る舞わなければならなかった。女房や娘の前でも。予想していた以上に、これはなかなか、つらくて厳しいことだった。家のなかでも、おれは異邦人で、それを知っているのも自分だけ。そんな時間が、三年ばかり続いた。周囲はみんな色彩がある世界で生きているのに、おれだけがモノクロームの世界で生きてるようなものだろう。

　けれども、幸い、おれの世界にも色彩が戻ってくるきっかけが、思いがけなくやってきた。

　その日は、何かちょっとしたお使いごとで、市谷の国防省に出向かなきゃならなかった。あそこは、橋が外濠を渡ると、市谷見附のT字路になっている。そこを右折しようとしているバイクを、どうしたもんだか、外堀通りを直進してきた自動運転のクルマが、見事なくらいにはね飛ばしてしまった。バイク乗りの青年は、ぽーんと二〇メートルほど飛ばされて、路面に落ちた。大丈夫かと近づくと、彼が着ていたTシャツはまくれ上がって、腹が裂け、そこからピンク色の大腸やなんかが半分くらい外に出て、ぴくぴく痙攣している。それを見て、おれはなんだか急に気持ちが悪くなって、橋のたもとの欄干のほうへ寄っていって、ずいぶん吐いた。なぜ、あのとき、そんなふうに自分の体が反応したのかはわからない。いまだって思うよ。どうして、あのときおれはあんなに気持ちが悪くなったんだろう？

　だが、そのとき、おれはげーげー吐きながら、『助かった！』と思ったね。これで、やっと普通の世界の側の人間に戻れたんだと。……」

　厳しい訓練の日々のなか、光一は、三歳の子持ちの恋人、絵美に電子メールをたまに送った。むすっとした表情から笑いだす、そのときの彼女の表情の動きが、懐かしかった。かすれ気味の声、手のひらから少しこぼれる大きさの乳房、腰のあたりのくびれも。だが、そうした気持ちをいちいち書くのは難しい。とにかく彼女を安心させて元気づけたい、という一心で、自分は元気だ、こっちのことは心配しないでほしい、ということばかりを近況としては書いていた。それに、毎日の厳しい訓練で、彼の体はくたびれ果てる。メールの文章をそれだけ書くと、すっかり眠くなってしまうのである。


　それでも、毎週日曜は原則として休養日で、この日は基地からの外出も許される。だから、午前のうちに、隊舎から町まで四キロほどの道を、散歩も兼ねるつもりで、ぶらぶらと歩いていく。同僚の新兵たちは、ほとんどが自分よりもいくつか若い。だから、休日までいっしょに過ごすのは気詰まりで、外出のときはたいてい一人きりである。そして、町には、知る人もない。

ラーメン屋、寿司屋、大衆食堂といったところから、一軒を選んで、兵営の外での昼食をゆっくりと味わいながらとるのが、ささやかな楽しみとなっている。それを済ますと、もう、とりたててするべきことはない。だから、河原に出て、そこの景色を眺める。

この地方には梅雨の季節がなく、その時期は、心地よい初夏の気候となる。国道が川を渡っている。その橋の下をくぐって、さらに上流へと岸辺を歩く。

低い堤の脇に、ハルニレの大樹がそびえていて、もりもりと枝葉を茂らせている。この木の下の日陰が気に入って、晴れた日には、よく寝転んで午後の時間をすごす。故郷の院加町にいる妹に宛てて、便箋に手紙を書いたのも、ここだった。

すぐ前の眼下を流れていく川は、川幅が三、四〇メートルほど、中州に草が生え、さほど深い淵などはなさそうで、頭ほどの大きさの石が転がる瀬を川水が下って、白く波打つ場所もある。昼下がりの陽光が、そこにちらつく。流れのなかに立ち、釣りをしている人もいる。雨の日には、川べりの道に立ったまま、その様子を眺める。

毎週のように、そうやって過ごすうちに、一人ひとりの釣り人たちの姿かたちにも見分けがつくようになってきた。水辺からこちらに上がってくる釣り人と、いまでは会釈も交わしあう。なかでも、彫りの深い鷲鼻と、半白の髪、ひさし付きの帽子をかぶった老人の釣り人は、毎週必ずと言ってよいほど、そこにいた。川水に入るときは、ゆっくり慎重に、一つひとつの足場の石を選びながら、浅瀬を渡っていく。霧雨があたりを包んでいる日も、目を凝らすと、雨合羽を着込んでそこにいた。

「あんたは、兵隊さんかい？」

薄曇りの日の夕刻前、川べりで行き合うと、そう言って、彼はにやりとした。身の丈は、光一も一六五センチに過ぎないが、老人の背は五、六センチほど低く、骨の太そうな体つきだった。

「はい、そうです」

「あんたも釣りが好きなのかい？」

「いや。それより、こうやって見ているのが」

彼は笑った。眉も半ばは白いが、二重瞼で、くっきりした目もとの持ち主だった。

「このあたりの水べりには、きれいな石もあるだろう？」

彼は、ちょっと屈んで、黒い光沢を放つガラス質の石のかけらを指先で拾った。

「――これは黒曜石と言ってね、大昔の人はナイフや槍先みたいにして使ったそうだ」

「大昔？」

「いや、詳しいことは知らないよ。とにかく、ずいぶん昔のことらしい」また老人は笑った。「このあたりじゃ、こんな小さなかけらだけだが、上流のほうじゃあ、ずいぶん大きな露頭もある。そういう場所で採ったんだろう」

「ふーん……」

若者は、水ぎわで光る黒いかけらに目を落とす。

「訓練はつらいかい？」

「ええ、とても」

「そうだろうさ。だけど、ちゃんと生きて帰ってこられるように、せいぜい丈夫な体にしておかなくちゃ」

にやりと老人は片目をしかめ、手のひらをばしんと光一の肩に打ちつけ、彼をその場に残して、去っていった。

翌週の日曜も、また、その釣り人の老人に会った。この日の午後、光一はハルニレの木の下で、なかば寝ころぶように体を伸ばし、夏の川べりの景色を眺めていた。

川のほうから、あの老人が、クーラーボックスを肩から提げ、リール付きの釣竿を手に持って、土手のほうへと上がってくる。光一は、それに気づいて体を起こし、両膝を腕で抱くように座りなおして、待っている。ハルニレの木陰まで来ると、老人はクーラーボックスを足もとに下ろし、蓋を開けた。

「ほら、きょうの釣果は、こんなところだよ」

ちょっと自慢げに、彼は言う。光一は、覗き込む。

「これは、ヤマメ。いい色をしてるだろう。塩焼きだね、うまいのは。こっちが、イワナ。たくさんいる場所は決まってるんだ。秘密にしてるんだがね。唐揚げにしてもいい」

「この大きいのは？」

光一が訊くと、

「ニジマス」

と、老人は即座に答える。

「――ムニエルがいいな。甘く煮てもいい」

ほれ、と、川のほうを振りむき、下流の方向を彼は顎でしゃくった。ずっと遠く、コンクリート橋が、広い空の下を平べったく真っすぐに河川敷を渡っていく。

「ひとり、人影があるだろう」

陽光がまぶしく、眉を寄せ、光一はそちらのほうに目を凝らす。たしかに、黒い小さな影がひとつ、橋のなかほどで、こちら向きに佇んでいるらしい。

「――あれ、何やってるか、わかるかい？」

「……密漁の監視ですか？　サケとかの」

光一が当てずっぽうに答えると、老人は、くすんと鼻を鳴らして笑った。

「ご正答、と言いたいところだが、まだ、サケにはちょっと早いな。……まあ、監視と言えば、そうなんだが」

「じゃあ、何を」

ひと呼吸置いて、老人は答える。

「あれはね、あんたのことを見てるんだよ」

「え？」

と、声を発すると同時に、ぞくりと寒気のようなものが、元ボクサーの背中を走った。老人は、かまわず落ちついた声のまま付け加える。

「さあ、もう、あまりあっちをじろじろ見るんじゃない」

孫でも諭すような調子で彼は言い、はは、と笑う。

冗談だったのかな、と、慌てた自分をちょっと恥ずかしく思って、この若者は草の上に伸ばした膝に目を落とす。

「あんた、国元に手紙を書いて、郵便で出したりしたかい？」

「あ、はい……」

老人は、それについては深入りせず、話を転じる。

「おれんちは、駅前の通り沿いなんだ。〝カニめし〟って古い看板が、まだ出たままになってる。まえに弁当屋をやっていたから。もう、やめちまったが、そのころは、道の駅なんかで、そこそこには売れてたんだ。旨いって、なじみ客にはよく言われたよ」

若者は、言葉を見つけられないままでいる。

「――ここの川にいないときには、おれはたいがい、家にいる。もう、いい歳だからね。よかったら、一度、いつだっていいから、訪ねておいで。こんな年寄りでも、何かお手伝い程度のことならできるかもしれないよ。こうやって釣った魚も、そのときには食わせてやるから。ただね、人生ってものには、どこかで腹をくくらなきゃならないときがある。釣りをするときといっしょで、川を渡ると決めたら、あとは、もう、あまりくよくよしないで、なんとか渡りきってしまうしかない。そうでなきゃ、かえって、危ない目にも遭いかねない。

軍隊ってところも、なかなか厄介だ。入るのは簡単だけど、手前勝手に足抜けしたいとなると、なかなかそうはさせてもらえない。無理に押し通せば、脱走って呼ばれることになる。へたすりゃ軍法会議で、これは重罪なんだ。

だからさ、そこのところは心して、ある程度は気をつけておかなくちゃいけないよ」

そう言って、また、片目をつむって、くすんと老人は笑った。

それから彼は、クーラーボックスに蓋をして、よいしょと肩に提げ、低い堤を越えると、まばらに家が建つ集落のほうへと降りていく。

第七章　雨

――いつも誰かに監視されている？――

それを意識するようになると、元ボクサーの高田光一は、レンジャー候補生としての教育訓練を受ける基地での日々に、いっそう強く全身を締め上げてくる胸苦しさを覚えた。自分が軍に対して抱いた素朴な敬意と信頼までが愚弄されているように感じ、わだかまりが胸をふさいだ。

訓練は段々に強度を加え、新兵たちの目は殺気立つ。それでも、完璧な栄養管理がなされた弁メシを隊員食堂で頬張ることで、顔立ちにあどけなさを残す彼らの体は頑健な骨格と筋肉を日々増していく。

新聞や本といった活字を彼らが目で追うことは、ほとんどない。テレビの番組も、ニュースなどには目を向けない。それでも、戦地をめぐる噂話は、日ごろの会話の中心近くに位置を占めている。

「中東やカフカスあたりは、相当、やばいらしい。空爆してる分にはいいけど、これから、おれたちは地上戦に行くわけでしょう。子どもや女が、たまに検問所やなんかで、いきなり自爆することがあるんだそうだ。いちいち、彼らを身体検査してたら、間に合わない。だから、びびると、つい、こっちは離れたところから自動小銃をぶっ放す。女、子どもらが、脳ミソごと砕け散る。

そういう死骸を調べてみても、爆弾なんか持っちゃいない。ただの付近の住人だ。あっちの悲しみ、恨みは、ずっと消えない。そうやって、結局、こっちからの攻撃が、現地のテロリストを増やしてるようなもんだって」

一二人がひと組の居寝室で、消灯後、寝台のなかから誰かがささやく。

「まずいよなあ、それは」

ため息まじりに、べつの誰かがつぶやく。

「中東爆撃のとき、うちの空軍も、劣化ウラン弾を山ほど落としたらしいね。そこに地上戦で入るとなると、おれたちだって内部被曝を避けようがない」

「全面マスクだな」

「ばかな。中東みたいな猛暑の土地で、そんなもん着けて地上戦なんて、できっこない。先に暑さで死んじまうよ」

「任務のために被曝しちゃった兵士のことを〝アトミック・ソルジャー〟って呼んだそうだ。〝原子力兵士〟だな。

核実験は軍事機密だから、その最前線で働いてきたのは兵士たちだ。彼らは被曝する。だけど、ほとんど表沙汰にならなかった」

「それも軍事機密だからね」

「百年前に原子力爆弾が作られたときから、ずっと」

「兵隊は立場が弱いな。これほどとはね」

「上の命令、ってことになると、上官たちも口をつぐむから」

「そう。米軍でも、へたに訴えて軍を辞めたりすると、もう医療も受けられなくなる。それまでは、軍の病院に医療は頼り切りだから。生活の保障もない」

「勝ち目がないね」

「そう。放射能の危険とか、任務のとき、ろくに教えられてない。だから、お手上げだ。避けようがない。匂いも色もないんだから」

「使い捨てだよな」

「むかし、福島で原発事故があったの、知ってるか？　大地震のときに」

「ああ。〝3・11〟って言ったんだよな。もう三十何年とか、それくらい前のことだろう？」

「うん。そのとき、米軍が〝トモダチ作戦〟っていう救援活動をやったんだって。福島の東海上に原子力空母を浮かべて、そこをベースに。

日本は、偏西風が吹くから、その事故の直後も、だいたいは西風だった。つまり、放射性のプルーム――雲みたいなもんだね、それは、海のほうにむかって流れつづけていた」

「それをかぶったんだな」

「そう。防護服もヨウ素剤も、兵士たちに支給されてなかったって。

空母とかだと、海水から脱塩水つくって、それを飲み水とかシャワーにも使う。あれで内部被曝したんだ」

「おまえ、詳しいな、そういうことに」

「ベンキョーしたんだよ、他人事じゃねえなと思って。図書館で、そういう本、見つけて」

「図書館？　すごい」

「空母だけでも、何千人って乗組員がいるわけ。作戦後、だんだん、彼らの体に悪い症状が出てきた。白血病とか癌とか滑膜肉腫とか。死ぬ人も出はじめた。だけども、米軍当局は、それと放射能の関係を認めようとしなかったって」

「なんで？」

「そりゃあ、米軍が核兵器の大もとだからだろう。原発事故の放射能被害を言ったら、米軍からの放射能被害も認めなきゃならなくなる」

「ああ、そうか。それが健康被害の原因となった証拠はない、と。その論法だね」

「そのままじゃどうにもならないんで、〝トモダチ作戦〟のオペレーションに参加した数人の米兵が勇気をふるって、東京電力を向こうにまわして裁判を起こしたんだ。当時、原発事故で海にむかって大量の放射能が流れてることはわかっていたのに、それについて、情報を出さなかったのはひどいじゃないか、と。で、そこから、原告に加わる乗組員がどんどん増えて、数百人になったって」

「ほんとうなら、日米の政府や軍が被告になるところじゃないの？」

「そうだけど、訴える側が、兵士なんだからね。自分たちの政府や軍を相手に回すなんて、できるかい？」

「だよね。おれたちだって、できっこねえよ。それは、なかなか……」

この同室一二人で、一つの班である。それが全部で二〇班。つまりレンジャー候補生としての教育訓練は、総計二四〇人という、大きめの中隊一個といった規模で、三カ月あまりの期間にわたって行われている。

朝六時起床。疲れきるまで訓練で追われて、夕食後の清掃と点呼を済ませば、泥のような眠りのなかに落ち、その一日が終わる。体力で劣る者は、訓練でしごかれた挙げ句、座学では居眠りを始めてしまい、さらに落ちこぼれる。やがてレンジャー失格を言い渡されて、彼らは原隊に帰されていく。その後ろ姿を、気の毒に思いながらも、同室者たちはただ無言で見送るしかない。

よその班についての噂は、尾ひれがつくのか、陰惨さも帯びる。

——隣の班に、白内障に虹彩炎も併発して、ほとんど視力を失って除隊したのがいただろう？どうやら、あの男、機械油をわざと目薬に混ぜて、点眼しつづけていたんだそうだ。視力を犠牲にして、戦地から逃げたんだよ。——

こんな話をささやくことで、自分のなかにも戦場への恐怖が忍び込み、広がりつつあることを思い知る。さらには、除隊した男に対する羨望と、その意志の強さへの劣等感にとらわれていることとも。

うつろな目をして、意味のわからぬことをぶつぶつ言いながら、迷彩の戦闘服で隊舎の廊下をうろつく男を、ときおり見かけるようになった。同じ新兵に違いはないのだが、なんとなく気味が悪くてほうっておく。そのうち、あいつ、便所の床に座り込んで、顔中に自分の糞を塗りたくってたぜ、と耳にする。ついに軍医の診断で、彼の離隊が決まるのだが、その当日、隊舎の前で教官たちに敬礼しながら、「残念です！」と涙を流す彼の姿を、何人もが目撃した。数日すると、「あれも仮病だったんだそうだ」と、さらなる噂話が流れてくる。

隊内の機械工作室の刃物に右手人差し指を乗せ、思い切り自分の体重をかけて、断ち落としてしまった者もいた。もう彼には銃の引金が引けない。すぐさま、彼も除隊となった。

自殺の既遂、未遂をめぐる噂は、さらに多い。

隊舎二階の便所、そこの奥から二番目の個室は、このところ三件の自殺が相次いでいると言われ、新兵たちは「呪いの大便所」と呼んでいる。このうち、天井の水道管にタオルを通して首を吊ったのが、二件。頸動脈をサバイバルナイフで躊躇なく断ち切ったのが、一件──だということである。

光一自身は、早朝、ほかの階の便所の個室で、

《殺すな！　殺されるな！》

と、貼り紙されているのを見たことがある。黒い太字のサインペンでメモ用紙のようなものに殴り書きされ、精液をべったりと裏側に塗りたくって、それは貼られていた。この文字の下には、さらにボールペンで小さく電話番号が記され、「救援を求める者は電話を」と添え書きがあった。彼の目は、そこに吸い寄せられ、離せなくなった。電話番号を頭のなかに叩き込み、その日は訓練のあいだも一日中、連絡してみようかと迷った。だが、罠ではないかと恐れが先に立ち、結局、決心はつかなかった。この貼り紙を目にした者は、ほかにもいたはずだが、たぶん誰もが電話はせずに終わったろう。

その日、夕食のあと、もう一度、同じ個室にさりげなく入ってみた。だが、貼り紙はきれいに取り去られていて、シミさえ残っていなかった。

「レンジャーたる者、つねに礼儀正しく」と、教官たちは、ことあるごとに言う。——深々とお辞儀する者に、人は悪意を抱きにくい。そのことが、諸君の命を守ることにもなるのだ——と。

たしかに、遊撃部隊のレンジャーたちは、敵側の支配地域に侵入して、ゲリラ戦にのぞむ。だからこそ、現地の住民から好感をもたれるようにふるまえることが、作戦成功を引き寄せる。

とはいえ、どれだけ深々とお辞儀をしても、最後は、その相手に向けて自動小銃をぶっ放すのでは、おれたちは、ただの卑劣漢ではないか。派兵は、もう、すぐ目の前だろう。だから、教官たちにも、その先のことを何か述べてほしい。

「テロ」とは何？　「テロリスト」とは？

人は、恐怖に駆られて、自動小銃の引金を引くことがある。弱いボクサーにかぎって、怯えにとらわれ、腕をがむしゃらに振りまわしてしまうものであるように。

だから、「テロリスト」とは、現地の人びとから見れば、この自分ではないかと光一は感じはじめる。

《本日、日本国は、国際秩序と平和を破壊し、わが国民ならびに友好諸国への暴虐非道な攻撃を改

めざるテロ支援諸勢力に対して、宣戦を布告した》

　夕刻、音高くサイレンが鳴り、町の防災放送のスピーカーから、重々しく「君が代」の演奏が流れはじめた。

　続いて、「美容院はるか」のラジオからも、「宣戦布告」の声が漏れてきた。日本国の内閣総理大臣の名で、それは読まれていた。真夏の北海道でありながら、まるで内地の梅雨どきのような、湿っぽく、いやな冷え方をする小糠雨が朝から降りつづいていた。

　店にいるのは、女主人のハル子さんと、美容師の奥田アヤさんだけだった。女二人が、フロアでめいめいに片づけごとなどをしながら、放送に黙って耳を傾けていた。

「え？　どこの国との戦争だって？」

　カラーリング用のブラシ、カップ、マドラーなどを洗い終え、棚の所定の位置に戻しながら、ハル子さんが小さく声に出す。

「さあ……。具体的な国の名は挙げていないようでしたよね」

　モップでフロアを掃きながら、顔は上げずに、声だけでアヤさんは答える。

「――そのほうが、実情に合うってことなんでしょうか？」

　もう一度、音高くサイレン。さらに、ラジオも「緊急事態宣言」を流しだす。こちらは、「総統府」からの布告だそうで、かすれた老人の声である。これが「総統」その人なのか？　ときおり、からんだ痰を咳払いで切ったりしながら、その声は宣言を読み上げる。

《開戦という国家火急の難局に、わが国民が一丸となって対処するため、当面のあいだ、憲法の効力を一部停止させることにいたしました。……》

窓の外は雨。基地の隊員食堂は夕食時間にかかっている。箸を止め、この放送に耳を傾ける隊員たちが、ちらほらいる。一方、かまわず大声でしゃべり、笑いあう者たちも。

「これって、ちょっとしたクーデタじゃないのかい？」

箸の先をくわえたまま、曹長の一人が、かたわらの伍長に訊く。

「……ですよね」

「なんで、首相自身じゃなくて、総統府から、こんな宣言を出すの？」

「いまの総統って、もともと、こういう政略が得意な人だったとは、聞いたことがあります。だからじゃないでしょうか？」

声をいくらか落とし、伍長が答えている。

「――むかし、首相をつとめた人だそうじゃないですか。こんな話があります。現役の首相だったころ、彼は、憲法を改正して、〝自衛隊〟と呼ばれていた組織を、普通の軍隊に変えたかった。だけど当時は、平和志向がまだ世の中に強くて、国会と国民投票で改憲まで持っていくのは難しかった。そこで、彼は一計を案じて、いきなり閣議決定で憲法の解釈を変えちゃったことがあるんですって。これって、それこそクーデタの一種でしょう？　だけど、虚を突かれたのか、そのときは案外、国民からの反発は少なかった。これで味をしめて、それからも何度か、この手を使ったらしい。政治的などさくさにまぎれてやるわけだけど、そういうタイミングを見極めるのが、この人はうまかった。それが自慢だったそうです。だから、むかし取った杵柄《きねづか》で、こんな宣言を発表する役は、本人がやりたがったのかな、とも思います。三つ子の魂百まで、って言いますから」

「徴兵制にしてしまおう、とか、それもあるかな？」

マーボ茄子を飲み下すと、伍長は答える。

「かもしれませんね。現行憲法だと、第一八条〝奴隷的拘束および苦役からの自由〟ってのがあって、これに引っかかるので徴兵制は不適法、って話もある。だから、憲法一八条の効力も止めてしまおうと」

「おまえ、頭いいな。何でも知ってて」

曹長は、この部下に心底から感心する。そして、自分は揚げ餃子を箸でつまんで、口にほうり込む。

「でも、今度は、それだけじゃない気がします」

テーブルの向かい側から、軍曹が口を挟む。

「――日本に、いまプルトニウムはたっぷりある。ウラン濃縮の施設もある。だから、もし、国産の核爆弾を作ろう、ってことになったら、半年もあれば完成できるっていう話です。わざわざ緊急事態だとぶち上げるのは、そこまでやっちまおうって腹なんじゃないでしょうか」

「やっぱ、そこまで行く？」

上官の曹長が訊き返す。

「と思います。ことが軍事ですから。持ってるものは、使いたくなりますよ。おれだって、もし権力持ってたら、ぜったいに」

「だよなあ……」

さらにサイレン。

続いて隊内放送が、今週末は非常時につき禁足として、基地外への外出を許可しない、と告げている。

——……各人、居寝室内の私物などを整頓し、緊急の作戦命令にも即応できるよう準備すること。以上。——


「ねえ、アヤさん……」

一連の放送が終わると、ハル子さんは、店じまいに向けて、鏡、洗髪台などを拭いていく。そして、何事もなかったかのように、こんなことを言いはじめる。

「——うちの息子ね、もう三二になる。いまは、町はずれの農家で、乳牛の世話をしてるんだけど。朝五時と夕方五時から、一日に二度、二〇頭ばかりの乳牛に搾乳機を取り付けて、乳搾りをする。あとは牧場の管理だって。

牧草地の脇に小屋をひとつ貸してもらって、住み込んでるんだ。冴えないドラ息子で、申し訳がないんだけど、いっぺん、この近くの居酒屋あたりで、ビールの一杯でも付き合ってやってくんないかな？

悪いやつじゃないとは思うの。ただ、なんせ、同世代の女友だちもいない。こんなに辺鄙な田舎町に住んでちゃ、それも宿命みたいなもんなんだけど」

床に散った毛くずをモップで集めながら、アヤさんは、

「はあ」

と、気のない返事を一つする。

「いえね、こんなことあんたにお願いするのは、失礼なこととはわかってるんだ。だけど、わたしは、息子のお嫁さん候補を探してるわけじゃないよ。ただ、ああいう田舎の男は、あんたみたいな人にはどんなふうに映るんだか、見てほしい。いくつになっても、これでもいちおう、母親だからね。やっぱり不安になってしまうんだよ。

堅物ってわけでもないんだ。毎月、給料日には、隣町の駅前ホテルに宿を取って、遊んでくるらしい。女がいて、酒も飲める店にいくんだろう。いつからそういうことをするようになったかは知らないけれど、このあたりの若い男は、給料が入る年ごろになったら、そういうことを覚える。あとはクルマとパチンコくらいしか、金の使い道もないような町だから。

ホテルで明け方前に二、三時間眠って、また朝五時の搾乳までに戻ってくる。月にいっぺん、そうやって気晴らしに遊べば、あとは穏やかな心持ちで、毎日、朝夕、牛のおっぱいを搾っていられるんだそうだ。

だけど、わたしはね、そんなふうに生きていけることのほうが、かえって、わからない。若いころ、わたしは、この町を出たくてしかたがなかった。好きな男の子には、夢中になった。じっさい、そういう男と示し合わせて、この町から出ていったときが、わたしの人生のハイライトだったんじ

ゃないかと、いまも思うよ。残念ながら、あの子の父親との思い出は、それほどいいものとも言えないんだけど、かといって、それを後悔する気持ちもない。だから息子も、せめてどこかの女に入れ込むくらいのことはやってくれたら、わたしとしては、かえって安心するんだけど」

一方的にそれだけ話して、ハル子さんは笑った。つられてアヤさんも笑って、ついつい、彼女の息子と近いうちビールをともに飲むことを請け合った。

退勤時、アヤさんは、「美容院はるか」の軒先で雨の降りぐあいを確かめ、傘を開き、この店を後にする。透明な傘布の表面をたちまち細かな雨粒が覆っていく。きょうは、いつもと違った帰路をたどり、駅前通りの「カニめし」の古い看板が残る民家に、立ち寄っておこうと決めている。その老主人にこっそり伝言を届ける役目を引き受けているからだ。

基地から二週間ぶりで外出許可が出た日曜日。すでに八月なかばも過ぎかけて、よく晴れていた。光一は迷彩の戦闘服を脱ぎ捨て、久しぶりのジーンズにTシャツ、スニーカーを履いての外出だった。

これまでの週末の外出よりも二時間ばかり早く、この日は朝九時ごろに基地の正門を出た。ジーンズのポケットに両手を突っ込んで、町までの四キロの道のりをまっすぐに歩いていった。途中で何度か、後ろを振り返ってみたが、あとをつけてくるような人影は見えなかった。

午後、あの老人は、決まって川に出て、釣り糸を垂れている。だから、人目につかないところで彼とゆっくり話すためには、午前中に自宅を訪ねてみようと考えていた。

駅前通りは、晴れわたった空の下、幅広な道路が続いているだけで、人影はほとんどない。通りの行き当たりに、青い屋根の駅舎が建っている。

昔、この駅には、夜半も、上り下りの夜行列車が発着した、と聞いている。そのころは貨物列車も多かった。駅に隣接する機関区のほうから、補助の蒸気機関車が出てきて、長く続く貨車の最後部に連結される。やがて、「ぼっ」と汽笛を発して、貨物列車はゆっくり走りだし、鉄橋を渡って平野を抜け、峠越えの厳しい勾配へとむかっていく。

いま、町はすっかり寂れて、この駅も、日に数本、一両きりのレールカーが通るだけである。「カニめし」の古い看板を目当てに駅前通りを探すと、老人の家はすぐにわかった。黒ずんだ木の表札に「沢田」と墨で書かれていた。以前の店先とおぼしき軒はシャッターを降ろしたままで、錆が浮き、そこに土ぼこりが溜まっていた。

いまは玄関口に使っているらしいガラス扉を幾度か軽く叩くと、しばらく時間を置いて、「はいよ」と声がした。奥のほうからサンダルを引きずる音が近づいてきて、内側からドアノブが回される。ガラス扉がゆっくりと開くと、見覚えのある小柄な老人が顔をのぞかせた。

「やあ、おいでだね」

と彼は言い、穏やかに笑った。

通された厨房は、広いたたきに、打ち水のあとが残っている。以前は弁当を仕込んだ場所らしく、いまでは道具類こそ少ないが、天井の明かり採りからも外光が射し入り、清潔さを保っている。木の丸椅子を光一に勧めて、老人は、自身もべつの椅子を引き寄せ、向き合って腰かけた。

「いまだって、毎日、魚をさばく程度のことは、ここでやってるよ」

素っ気ない口調に、いくらか誇らしさもにじませ、彼は言う。

「――去年から、うちのばあさんが施設に入っちまった。だから、こうやって、おれ一人なんだが」

この二週間、心を占めていたことを、思いきって光一は口にする。

「もし、ぼくが基地から脱走したら、助けていただけますか？」

老人は、しばらく、彼の目を見る。それから、ゆっくり口を開いた。

「そのつもりだよ。だけど、なかなか、これが難しいんだ」

元ボクサーの二五歳の青年は、一人きり、リングに取り残されたような心地になる。

「――先月の終わりだったか、おれが川であんたに声をかけたとき、事はもう少し簡単だった。この国は、まだ宣戦布告をしていなかったから。つまり、まだ憲法というものが、なんとか生きていたわけだ。

だから、おれは、もしあんたが基地から脱走を望むのであれば、とりあえず身柄をどこか確かなところに匿っとけば、あとは裁判に持ち込んだって、どうにかなると踏んでたんだ。しっかりした坊さんのいる寺とか、キリスト教会。いざとなれば、外国公館にも、当面のあいだなら、脱走兵の一人くらいは預かってもいいってところがあるっていう状況だった。

その上で――この国は、国際法上の交戦状態にないにもかかわらず、望まない兵士を強制的に戦場に送って、闘わせようとしている。これは、憲法第一八条で保障されている〝奴隷的拘束および苦役からの自由〟にも違反する、と。そこを争点に裁判で争えば、勝てただろうし、少なくともあんたが危険な目に遭わずに軍を辞めることはできたはずだ。公判を受け持ってもらう弁護士にも、当てはあった。

だけども、あれから、とうとう国は今度の宣戦布告だ。これまでは騙し騙しでやってきたけれども、そろそろ正式の戦時体制に切り替えなけりゃ、何かと不都合も多いってことなんだろう。そして、戦争に差し障りのある憲法の条項は停止させると宣言した。

もちろん、このやりかたには、法的にも問題があるだろう。強権で法を止めちまうってのは、要するにクーデタだ。だけど、こうなっちまった以上は、いま裁判に訴えても、その間、あんたの身柄がずっと自由でいられることは望みにくい。仮に裁判で勝てるとしても、何年もかかるだろう。

要するに、〝戦争中〟ってのは、そういうことなんだ」

「……そうなのか」

かえって彼には、〝宣戦布告〟というものが何だったたか、やっと腑に落ちたような心地になる。

「いいかい。じゃあ、今度はおれのほうから、いくらかあんたに質問させておくれ」

老人は表情をやわらげ、相手を落ち着かせる調子で言う。そのことに若者は慰められて、軽くうなずく。

「──あんたは、脱走というのを、いったいどんな状態だと想像してるんだい？」

「え？」

若者は、不意を突かれた顔になる。

「ここが大事なところだよ。基地から逃げだす。そこまでは、まあ、いい。だけど、そのあと、どんな状態で、どこに身を置き、どうやって暮らしを立てるのか。あんたは、そういうことについて、どんなふうに考えている？」

「う……」

まずひと稼ぎして、女と所帯を持ちたいと考え、ただ、それだけの動機で軍隊に入ってきた。だが、いざ入ると、そう簡単に辞めさせてはもらえないのだと気づいた。たちまち海外派兵が迫って、なんとか逃げ出さなければと焦りがつのった。

「考える暇もないまま、とりあえず逃げる。これについては、それで正解なんだ。だけども、逃げおおすためには、そこから先のことも、そろそろ考えておいたほうがいいだろう。

少なくとも、……外国に逃げるのか？　それとも、日本のどこかに、こっそりと身を潜めるのか？」

「そうですよね……」

「それから、……一人で逃げるのかい。それとも、逃亡先で、誰かと合流するのか」

「いっしょになりたい女がいるんです。彼女の子どもも」

はっきり、彼は答える。

「そこは大事なところだな」老人は、笑みを浮かべる。「ただ、どうすれば、それができるのか。ここが問題だ。ギャング映画の逃亡劇なら、まず先立つものを用意して……」

「あ、おれ、それもない」

青年は、しょげる。

「まあ、なければないで、そこから考えるとしよう」

老人は続ける。

「――じつはね、あんたの恋人のことは、おれも聞いている。絵美さんっていう名前だっけ？　今度の件について、おれにも手伝えって話が来たのは、もとはと言えば、その人の意向があってのことらしいんだ」

「え、そうなんですか？」

まったくの不意打ちで、彼はしばらく考え、涙ぐむ。

「だけど、いまは、電話も電子メールも郵便も、すべて検閲されている。直接その人に連絡を取るのは、自制しなくちゃいけない」

「あ、はい」

洟をすすって、彼はうなずく。

「宣戦布告から、ここ一〇日ばかり、おれも考えたんだ。こんな時期に脱走させて、はたして、あんたは逃げおおせるんだろうかって」

不安をつのらせ、若者は目を上げる。

「――どうにか、おれが考えついたのは、二つだけだ。しかも、どっちも難がある。のちのち、実際にそうやって生きていくのは、楽なことじゃないだろう。

このうち、一つめはね、日本のどこかの地方の町やなんかで、ひっそりと身を潜めて、あんたら三人で暮らしていくことだ。ただし、軍や警察からの追っ手の捜査は、厳しいはずだ。たぶん、あんたらは住民登録をするわけにもいかない。文字通り、地下生活者になるわけだ。すると、健康保険にも困る。仕事するにも、職種は限られてくるだろう。そして、この戦争はいつまで続くかわからない。それに、日本が勝ってしまえば、さらにあんたの捜索は続く。そのうち、子どもは学齢に差しかかる。ちゃんと小学校に入れてやれるのか？　そういう重圧を身に受けながら、一家三人、仲良く幸福に過ごしていくのは、とても難しいんじゃないかと、おれは思うんだ。

二つめの選択肢は、いっそ外国に逃げるってことだ。だけど、あんたも恋人も、日本語以外の言葉を自由に読み書きできるわけじゃないだろう。すると、仕事探しにも困るに違いない。それに、国外へ出る際、特にあんた自身は、密航するか、本名を隠して偽造旅券を使う必要があるだろう。まあ、偽造旅券のほうなら、一〇日もあれば、かなり出来がいいのを用意してあげられる。密航船のほうは、ある程度、まとまったカネがかかりそうだ。昔は、ヤクザがやってるところもあったが、いまはもうつぶされた。外国漁船も、このところ国境警備が厳しくて、よほど金額をはずまないことには引き受けそうにないからな。

とはいえ、最大の問題は、やはり言葉のことだろう。きっと、子どもは外国の言葉なんて、住んだら、すぐに覚えちまう。だけど、あんたや恋人は、そうもいかない。苦労を覚悟しなくちゃいけない。

あんたなら、このどっちを選ぶかね？」

若者は、じっと立ちすくむ思いで、答えられない。経験も知識も、あまりに不足していることを自分に感じる。

「う……」

と、ただ、声が漏れただけである。クルーカットのこめかみあたりに、だんだん脂汗がにじんでくる。

「じゃあ、おれからの提案を言うとだな……」

と、沢田さんという名の老人は口を開いた。

「――いっそ、台湾に渡ってみるのは、どうかと思うんだ。文章は漢文の社会だから、ことばはしゃべれなくても、最低限の意思疎通はなんとかなる。お互いにタブレット上で音声入力しながら、自動翻訳にかけたりすりゃあ、日ごろのやり取りに、それほど困ることはないんじゃないか。筆談だってできる。日本社会との往来も多いから、わりに仕事は見つけやすいだろう。

それに、いまは、沖縄の那覇から台湾の基隆まで、フェリーの船便がある。あの航路は長く途絶えていたんだけど、沖縄が日本との連邦制を取るようになって、再開されたんだそうだ。沖縄としちゃあ、日本離れの一方で、台湾とは連携した経済圏を強めていこうってことなんだろう。だからかどうか、あそこは出入国審査がおおらかなもんらしい。途中寄港地の石垣港で、入管の係官が一人でパソコンを抱えて船に上がって来て、タラップの乗降口のところに、折りたたみ机を広げて座る。つまり、そこが臨時の国境なんだ。その机の前に乗船客たちが一列に並んで、旅券に〝出国〟のスタンプを、ぽん、ぽん、と捺してもらう。だから、へまがなければ、まずは割合に安全だろうと思う」


Tシャツにショートパンツ。タオルケット一枚を引っかけて、じかに畳の上で丸まった状態で、目が覚めた。ブラジャーだけは、どうにか外してから眠ったようで、椅子の背もたれから垂れ下がっているのが見えた。口のなかにウイスキーの苦味が残っていて、喉が渇いた。髪の先まで、タバコの臭いが染みつき、これも気持ち悪い。腕や腿が汗をにじませ、畳に触れている。目が覚めるにつれ、カーテンの隙間から入る陽射しの高さに、もう昼近い時刻であるらしいことに気がついた。

「遅刻！」

と焦って身を起こしたが、きょうは月曜で「美容院はるか」の定休日だったと気づき、また、ごろりと横たわる。

そうだった。きのうの夕方、ハル子さんが「明日は休みだし、うちのドラ息子のケンジを呼び出して、暑気払いに生ビールでも一杯おごりたいけど、どう？」と言いだし、従うことにしたのだった。

ドラ息子のケンジは、牛二〇頭の夕方の搾乳を済ませて、七時半ごろ、駅前通りの居酒屋にやってきた。泥だらけのスニーカーを交互に脱ぎ捨て、汚いジーンズで、小上がりにどかどか上がってきた。一七五センチほどの身の丈で、胸板が厚く、太い腕をしていた。髪はくせ毛で、眉が濃く、驚いているように丸い目をして、口まわりの髭の剃り跡は青かった。ハル子さんの隣に腰を降ろすと、

「こんちは。おれ、秋津ケンジ。三二歳。あ、おれも、大ジョッキにしよう」

アヤさんのジョッキに目を向け、張りのある声で、彼はそこまで一息に言った。

「二カ月ぶりくらいかねえ。なんか、食べるものも、先に頼んじゃいなよ」

と、ハル子さんは、テーブルに頬杖をついたまま、ちょっとうれしそうに、一人息子に言った。

「あいよ」

と答え、彼は、手羽先、チーズポテト、揚げ餃子を歌うように注文した。

ハル子さんは、それでだいたい気が済み、満足したようだった。二杯目の大ジョッキの残りを飲み終えると、

「ちょっと頭痛くなってきたから、わたし先に帰る。ここまでのお勘定は済ませておくから、あんたらは若い人同士で、よかったら、もうちょっと飲んでいきなさい」

と言い置き、帰ってしまった。

それから二人でずっと飲みつづけた。


「ハル子さんが、牧場でのあなたの偏屈な暮らしぶりを心配してたよ」

と言うと、

「おふくろが、そんなこと言ってたか」

と、ケンジが笑ったのは覚えている。

――人間、それぞれ、自分が好きなもののために、ほかの何かを我慢して生きるのは普通のことで、とくに自分が変わっているとは思わない。たしかに、多くの手間と時間を費やしながら素人娘と付き合うよりは、店の女にカネを払って、たまに割り切って遊ぶだけで、いまの自分は十分楽しい。そのぶん、牧場の仕事はやりたくて打ち込んでいるのだから、あんまりつべこべ、おふくろにも言わずにいてもらいたいな、と。

たとえばさ――と、彼が言うには、ひと昔前までの酪農経営は、大規模化と効率化が不可欠だと

喧伝されて、「ロータリーパーラー」という大型自動搾乳設備などが、北海道でもさかんに導入された。

　それは、巨大な円形のターンテーブルが、五〇頭もの牛を載せ、ゆっくりと回転していく設備である。

　乳牛たちは、定刻になると牛舎から搾乳棟へと、一列に送り込まれてくる。「ロータリーパーラー」は中心軸から放射線状に五〇の「スタンド」に区画されていて、牛たちは一頭ずつ、そのなかに入っていく。乳牛の四つの乳房は、ぱんぱんにみなぎっている。乳頭が自動的に洗浄、消毒され、そこに搾乳機が付けられる。しぼられた生乳は、ミルクラインのチューブで送り出されて、貯蔵される。「ロータリーパーラー」がおよそ一〇分間で一回転してくるあいだに、この搾乳の工程は終わる。役目を終えた牛たちは「スタンド」から降ろされ、牛舎に戻っていく。入れ違いに、べつの牛たちが、続々と「スタンド」に入っていく。こうやって、たとえば五百頭の乳牛を飼い、濃厚飼料も積極的に使えば、日産一五トン以上の生乳が採れるという計算だった。

「漁業だって、そうだ」

　と、ケンジは言う。

　二〇世紀終わりごろから小型漁船にもＧＰＳや魚群探知機を搭載することが一般化した。このことは、それまでのようなベテラン漁師の技量や知識を抜きに、誰もが簡単に漁師になれることも意味していた。だが、こうした機器の精度が上がるにつれて、たちまち魚は獲りつくされ、漁獲高が下がった。代わって奨励されるようになるのは、養殖への設備投資だった。酪農家と同じく、彼らも多額の借入金を絶えず切りまわしながらの第一次産業、という業態へと、みるみるうちに変わっていった。

「――たしかに、それで収量は増す。どんどん、養殖の技術も上がるし。だが、そうすると、やがては、かえって供給過剰で魚価も低迷しはじめる。

酪農だって、そうだ。ロータリーパーラーで増産が続くと、次第に乳価が下がって、今度は生産調整のために生乳を大量に捨てなくちゃならなくなった。不正転売を防止するってことで、生乳に食紅を加えて、赤い牛乳にしたりしてから、廃棄する。それだって、飲めば飲めるよ。ただの食紅なんだから。だけど、赤い牛乳なんて気持ち悪くて、誰も飲む気にはなれない。わざとそういうものにしてから、捨てることになる」

「……いやな気持ちになるね、きっと」

アヤさんは、口をはさんで訊いてみる。

「そうなんだよ。おかしな気分になる。同じ生き物を相手にしてる仕事なのに、そういう気がしない。牛たちにも、放牧とは違って、ストレスがかかる。機械みたいに、飼い殺しにされている状態だから。

漁師も、そうだ。もともと、漁師っていうのは、上機嫌な仕事じゃない？　畑仕事が嫌いな百姓はいても、漁の嫌いな漁師はいないと思うんだ。獲れりゃあ楽しいし、カネも入る。大自然を相手に、毎日バクチをしているようなもんだから。同じ日ってのが、漁師にはないもの。

ところが、養殖に転じた友だちなんかに久しぶりに会うと、暗ーい顔になってる。魚が〝一キロいくら〟っていう、ただの製品みたいに見える暮らしに変わったから。それに、設備投資で、とても大きい借金を背負っている。それまでは、海で魚を獲るぶんにはタダだった。まあ、船を直したり、燃料の重油とか漁具とかの元手は要るけどね。

酪農だって、そこは同じだよ」

ならば、いっそ、放牧中心の「低投入型酪農」に立ち戻ってみてはどうだろうか？

と、ケンジや、その雇い主らは考えた。これは、何かしら理想的な酪農のようなものを最初に思い描いてのことではない。むしろ、ここに至るまでの経験から、やっぱり、そうするほかないのではないかと、だんだん、種子がそこに落ちていくように、気づかされたことだった。

たとえば——、「ロータリーパーラー」を導入すれば、たしかに酪農家の粗収入は上がる。けれど一方、そのための高い生産コスト、そして労働量、精神的な重圧なども増えて、実際には、これらに見合う所得増があったという充足感には至らない。

なぜなのか？　ここから、反対に、遡って検証しなおしてみようという着想が生じた。

たとえば、元来の放牧では、一定の面積の牧草で養える牛の数は、おのずと限られたものになる。だから、酪農家が世話する牛の数は、「ロータリーパーラー」型の酪農よりも、ぐんと減る。これによって所得は下がるが、一方、支出もさらに大幅に下がる。そうしたことから、北海道のように広い牧草地が確保できる酪農家には、稼ぎは大きくならないとしても、小人数の成人家族などによる営農ならば、かえってこちらのほうが健全な経営計画が立てやすそうなことがわかってきた。

つまり、学齢期の子どもたちを抱えて、まとまった現金収入を必要とする場合などには、このやり方では、やはり難しい。だが、ケンジの雇い主一家の場合は、すでに子どもらが手を離れている。だったら、こちらに活路を求めてみよう、というのが、目下彼らが取り組む「低投入型酪農」であるらしかった。

「おれの親父はアイヌなんだ。だけども、親父のおふくろは和人だったらしい。だから、おれはせいぜい四分の一くらいのアイヌだな」

とも、ちょっと唐突にケンジは言った。

「あ、そうなの。それで？」

酩酊し、かなり朦朧としてきた頭で、訊き返した。

「うん。いや、べつに」

と言って、彼は笑った。

「――まあ、血筋みたいなもんは、もともと、いろいろ混ざってたんだと思うんだ。明治時代このかた、ここらへんじゃあ、開拓に来た和人の赤ん坊をもらいうけて、アイヌが自分らの子として育てたり、普通にいくらでもあったことらしいから。そうすると、血筋は和人でもアイヌ語がよくしゃべれたり、その逆とか、それぞれの家のなかにも、いろんな受け継ぎ方、混ざり方があったわけでしょう。日本人、というのからして、きっとそうだ。あっちから来た人間、こっちから来た人間、いろいろ混ざりあって、だんだんにできてきたのが、日本人であるわけで。

やかましいことを言うようになったのは、ここ一〇〇年、いや一五〇年とか、それからのことじゃないのかな。戸籍みたいなもんが厳しくきっちりできあがって、徴兵とか、徴税とか、国ってものが必要とした制度と、そのことは関係してもいたんだろう。

明治なかばくらいのものだったかと思うけど、なんかの機会に、うちの先祖の戸籍っていうのを見たことがある。けど、それは、なんだか、いいかげんなものだったよ。アイヌ名のままの人が、まだけっこういた。それを名字、名前っていう明治期日本の戸籍の書き方に、なんとか強引に合わせて、書き入れてあるようなものだった。

そうやって書いていくとき、たとえば〝きょうだい〟って考え方だって、ほんとうに同じだったかどうかは、わからないよね。たとえば、いとこ同士でも、どちらかの親が引き取って、きょうだいとして育てていれば、自分たちでも、互いをそんなふうに呼んで、その考えかたを信じていただろうから」

……酔っぱらいながら、つなぎあわせれば、彼はおよそそんなことを言っていたように覚えている。

明け方が近づき、ほかに客はとうに誰もいなくなり、店の人たちもおよその片づけを済ませていた。わたしたちは、ようやく、かろうじてよろよろと立ち上がった。朝五時の搾乳にどうにか間に合うように、自動運転の無人タクシーを呼んで、帰りさえすればいいんだとケンジは言っていた。

店の前の路上に立つと、もう、空は明るみを増していた。北西の空のほうを彼は指さし、

「ほら、あそこに、物見台みたいな大岩があるだろう」

と言った。

赤茶色の巨大な岩場が、町はずれのほうに聳えているのが見えた。青い屋根の駅舎が、それを背にして、ずっと手前に建っている。

「――あの大岩の上から、昔は、ここの平野に外敵が入り込んでこないか、見張りをしてたって言うんだけれども」

「いつごろの話？」

確かめると、

「いや、それがわからねえんだ」

と彼は笑った。

「――ただね、アイヌ語だと、あの大岩を〝インカルシ〟って呼んだそうだ。〝いつも眺める所〟っていう意味なんだってね。いまは、さらになまって、この町ではあれをエンガルイシと呼んでいる。〝遠〟〝軽〟〝石〟って書くんだよ」

彼は指先で、いちいち、その三文字をなぞるように書いてみせた。

「あ……」

と言うと、彼はわたしの顔を見た。

「――それ、わたしが育った北関東の町と同じだよ。『院加』っていう町。町の北のはずれに『望見岩』っていう大きな岩場がある。駅の観光看板にね、『望見岩』はアイヌ語でインカルシと呼ばれていて、『院加』っていう町名もそれに由来するものです、って書いてある。子どものときから、ずっと、その看板を見て育ったから、覚えている。岩場に登ると、関東平野がずっと遠くまで広がっていって、そこを川が流れていく」

「だろ？　きっと、日本のあちこちに、こういうのはあったんだろう。

いまじゃあ、身投げの場所くらいにしか、役に立ちそうにはないけれども」

しゃべりすぎて嗄《か》れてきた声で、また彼は笑い、目の前に滑り込むように停まった自動運転の無人タクシーに乗り込んで、乳搾りの仕事が待つ牧場へと帰っていった。

――こういうことを少しずつ酔いざめの記憶から取りだして、たどりなおしながら、シャワーを浴びた。

着替えて、髪を乾かしていると、玄関のチャイムが鳴った。ドアを開けると、「カニめし」の老人、沢田さんが、少し息をはずませて立っていた。

「きのう、例の新兵が、うちに来たんだ」

そう言うと、彼は声を落とし、首を軽く左右にめぐらせて、近くに人影がないことを確かめた。

「――それで、やっぱり逃げだすことにしたい、って言うんだがね。いざ決心すると、妙に思い切りのいい男で、もう、このまま逃げさせてくれと言うんだよ。いったん基地に帰ってしまうと、出てこられなくなる気がするからって。追い返すわけにもいかず、きのうはうちに泊めたんだ」

そこまで話すと、さらに周囲をはばかるように、玄関口の内側へと、もう一歩踏みこむ。そして、ささやくように彼は言う。

「――だがね、これ以上、うちにいさせるのは危険だろう。何か策を講じたいんだ。

基地では、いまはまだ〝無許可離隊〟の扱いだろうと思う。正式に〝脱走兵〟として手配されるまでには、まだもう少し時間があるんじゃないかな。米軍だと、ひと月が経過した時点で〝脱走兵〟として起訴するそうだが。

いずれにせよ、軍のほうでは、そろそろ彼を捜しはじめることになるだろう。ところが、海外に逃げるための旅券を用意できるまで、あと一〇日間ほどはかかる。どこか、なるべく安全で、身柄を移しやすい場所はないかね？」

真夏の猛暑の時期に入ると、北関東地方の院加町周辺での遺跡調査事業は、このところ毎年のように当地を襲う異常高温に悩まされるようになった。そして、ついに、作業員らの健康にも配慮して屋外での発掘調査を一時的に中断し、その期間を発掘済みの遺物の整理・記録に充てよう、という臨時の決定がなされた。町の教育委員会が、小中学校が夏休みのあいだは、プレハブ建ての実習棟を提供できると申し出てくれたからだった。

作業にあたって、一八歳の西崎シンが調査主任補佐の古木さんから指示されたのは、石器に付着している泥を水洗いで落とすことだった。ただし、硬い歯ブラシなどを使うと、表面に新たな傷を付け、石器に元からある擦痕と判別できなくなるおそれがある。だから、布切れなどで、ゆっくりと拭うように洗っていく。

泥を取り去るにつれ、黒曜石の石器は、硬い透明さを帯びた美しい輝きを示しはじめる。一方、珪質頁岩《けいしつけつがん》などの石器は、見た目は地味だが、作った古代人の手跡を感じさせるような温みがある。

この作業に慣れると、

「実測図、やってみるかい?」

と古木さんが声をかけてくれた。

直定規、三角定規、ディバイダーなどを石器にあてがいながら、立面図、平面図、側面図、断面図と、石器ごとに形状をこまかに描き取っていくのだが、とても難しい。——石器を制作する上では、原石のどこに、どんな向きへと打撃を加えれば、どのような剝離が生じるかに、一定の規則性がある。だから、実測図をうまく描くにも、そうした事柄を理解していく必要があった。

「旧石器時代にも、北海道や東北方面から、関東、西日本へと、小集団で遊動してくる人びとがいたことが、わかってきている」

と、古木さんは言った。

「遊動って？」

シンは訊く。

「移動してくるのだけど、定着はしない。そこからも、また去っていく。そうやって、もとの根拠地のほうへ戻ったりしたんじゃないのかな」

「それも、遺跡からわかるんですか？」

「日本列島の北東方面と西日本とじゃ、在来の石器のタイプが違うんだ。素材だけじゃなくて、形状も。つまり、原石を打って、剝離させる技術が違っている。打撃痕などは、石器にも残りやすいから、そうした観察例を重ねることで、わかってきた。

たとえば、原石から石器を割り取るには、〝湧別技法〟と呼ばれる手順が知られている。主に北海道から東北地方の日本海側あたりにかけて、行きわたっていた技法だよ。北海道の東部、湧別川の上流部に、この地方を代表する黒曜石の産地がある。最初、そこの遺跡群で典型的な作例が見つかったから、こう呼ばれてきた。サハリンでも見つかる。当時は氷河期だから、海面が低くて、北海道とサハリンは地続きだったらしい。

ところが、その〝湧別技法〟で作られた石器が、ずっと南に下がって、北関東地方のこのあたりでも見つかることがある。さらには、西日本の中国地方あたりでも」

「それは、同じ技法がほかの地方にもだんだん広がっていった、というのとは、また違うんですか？」

「違うんだ。一時期にかたまってそういう作例のものが出てくるけど、それだけで尽きて、消えてしまう。そして、また、その地方在来の技法による石器作りが続いていく」

「ふーん……。なぜ？」

「当時の人は、石器作りのために原石を携えて移動したんじゃないか、という説があって、これが有力だとされている。だとしたら、ずいぶん重いものを携えて長旅をしたことになるけれど。

つまり、当時は、猟をして食糧を得るにも、木を加工するにも、皮をなめしたり、たべものを切り分けたりするにも、すべて石器に頼ったわけだよね。だから、この必需品のために、それに適した素材を持ち運ぼうとするのは、自然なことだろう。石器作りに適した原石は、貴重品だっただろうから。

道具を使う動物は、人類のほかにもいる。チンパンジーが木の枝をハチの巣に差し入れて、蜜をなめたり。だけど、こんなふうに〝道具を制作するための道具〟を作るようになったのは、どうやら人類だけらしい」

——こうした日々だったが、シンたちが過ごす町にも〝宣戦布告〟は流れて、戦時下の暮らしがやってきた。とはいえ、何が、それ以前の社会と違っているのか、ただちにはっきりとはわからなかった。たしかな変化としては、町の北方の陸軍演習場のほうから、これまでに増して、砲声や着弾音のようなものが、しばしば響いてくる。軍用機の飛行音も、深夜、未明を問わず増えてきた。

ただ、そうしたなかでも、使用済み核燃料の最終処分場造成に向けた動きは、変わらず続いているようである。

一方、週に一、二度のペースで院加駅前で続けられてきた「戦後101年、平和の会」のアピール活動は、つぶされつつある。中高年の男性、女性が、駅前広場でハンドマイクを握って話しはじめようとするたび、監視している私服刑事たちが四方から小走りに駆け寄ってきて、

「おい、ストップ！　だめ、だめ。憲法は停止されたんだ。え、停止は一部？　そうだよ。だがな、一部ってのは、結局、全部も同じなんだ」

「笑わせるな。第二一条？　表現の自由？　あるわけないじゃねえか、そんなもん、非国民に。あの条文には〝公共の利益に反さぬかぎり〟って、とうに条件が加えられてんのを知らねえのか？　公共ってのはな、国家のことなんだよ」

「第九条だって、とうに第二項は削除されてるじゃないか。いつまで、そんなもんにしがみついてりゃ、気が済むんだ。もう死に体だ。お飾りなんだよ」

と、悪しざまな態度で、もはや容赦がない。以前なら、もっと紳士的に抑制ある態度を示したはずの若手の刑事までもが、こういう調子に変わっている。総じて、彼らは、ひどく気が立っているのである。

もともと、地元町民の多くは、「戦後101年、平和の会」の人びとのことを〝ちょっと変わった人たち〟という軽侮の目で見るところがあった。だから、こうした揉み合いが生じていても、ほとんど目もくれず、すぐ脇を通り過ぎていく。

リーダー格の三宅太郎さんは、高齢の会員と私服刑事のあいだに割って入ったことから、あべこべに袋だたきに遭った上で、公務執行妨害による現行犯逮捕とされて、手錠を掛けられ院加警察署

へと連行された。別居中の妻であるチエミさんが、いまは見るに見かねて、署内の代用監獄へ、面会と差し入れに通っている。

あれは、梅雨どきのことだったか——。

めぐみちゃんが、「兄の恋人だという人から電話もらったから、会いに行ってくる」とシンに言い置き、週末、日帰りで東京まで出向いていったときがあった。いつになく、張りつめた面ざしだった。前触れなく陸軍に入ってしまった元ボクサーの兄貴から、入隊を知らせる手紙が彼女のところに届いて、それから間もないうちのことだったろう。その夜、東京から院加に戻ると、自宅の「高田理容院」にはまっすぐ帰らず、遠まわりしてシンのアパートの玄関口に立ち寄り、

「会ってきた。いい人だった。よかった」

と、レインコート姿で立ったまま、涙を流した。

肩を抱き寄せると、ただ体を硬くして、震えていた。

宣戦布告後、めぐみちゃんの町役場の保健課での業務は、日を追って増えていった。戦死公報の書式、遺族年金交付書の記載事項についての範例などが、次つぎ部外秘として回覧されてくる。いまごろになってようやく法律の条文などを目にして気づけば、役所仕事というのは、誰の目にも触れないところで何と手回しのよいことか。たとえば、自軍の戦死者を、通常の埋葬許可の手続き抜きに戦地で処理できるよう、「墓地、埋葬等に関する法律」の適用除外とする条文が「改正自衛隊法」に書き込まれたのは、イラク派兵直前の二〇〇三年六月。いまから四十数年も前のことなのだ

った。たぶん、そういう必要にも事細かに気づいて法案作成に関与した役人が、どこかの役所の片隅にいたのだろう。

八月なかばを過ぎた月曜日、その日も、めぐみちゃんからは、残業で遅くなるだろうから、退勤後は自宅の「高田理容院」にまっすぐ帰るつもりだと聞いていた。シン自身は、いつも通りに発掘資料の整理・記録の作業を夕刻に終えると、アパートの部屋に帰って、シャワーを浴びた。そして、冷蔵庫のなかの残りものを適当に集めてチャーハンを作り、古い時代のポピュラー音楽がラジオから流れてくるのを聴きながら、一人で食べた。そのあと、流し台で食器やフライパンを洗うあいだも、窓の外の町はまだ残照を帯びていた。

図書館から借りていた古く小さな戯曲の本を、畳の上で、壁にもたれて読みはじめた。予備知識もなく借りてきた、初めて読む作家のもので、『わが町』という表題だった。もう百年以上前の作品らしかった。

冒頭のト書きに、

《幕なし。

舞台装置なし。

場内に入ってきた観客には、うす明かりの中にがらんとした舞台が目に入る。》

とある。

そこに舞台監督の男が出てきて、ここ米国ニューハンプシャー州の小さな町での、ありきたりな人びとの暮らしを述べはじめる。

舞台は、その町での一〇年あまりの時の移ろいを三幕にして進んでいく。幕ごとに括れば——第一幕が一九〇一年、町の「日常」。第二幕が一九〇四年、「恋と結婚」。第三幕が一九一三年、「死」――といったところだ。お話の展開に、やや風変わりなところがあるとするなら、読者（観客）は冒頭から、やがてこの舞台上にいる人たちは誰もがみな死んでいくものなのだと、かなりはっきりと耳打ちされているという点だろう。

舞台上の下手に、お医者の一家。上手には、新聞記者の一家。記者の娘と、医者の息子は、幼なじみの相思相愛で、若くして結婚し、農場を始める。

第三幕、この舞台上に登場してきた人びとのうちのかなりは、すでに死んでいる。死者たちは、舞台上にきちんと並べられた墓石（椅子によって表される）に、静かに座っている。

死者たちは、もはや、生きている者たちへの関心を長く持つことはない。生前に抱いた野心、歓びや悩み、愛した相手のことも、じょじょに彼らは忘れていく。ただ、そうやって自分たちがここから完全に切り離されていくまでのあいだは、町はずれの墓地にとどまっている。若妻のエミリー（新聞記者の娘）も、二人目の赤ん坊の出産がもとで死んでしまい、きょうが彼女の葬儀である。

ご近所のにぎやかな夫人（いまは死者）は言う。

ミセス・ソームズ　お産ですって。
　　笑い出しそうになって
わたし、そんなこともうまるで忘れていたわ。ほんと、生きるってとてもつらくて――
　　溜息をつきながら
そのくせ、とてもすばらしかったわね。

エミリーの義母（医者の妻、ミセス・ギブズ）も、死者たちのなかにいる。

ミセス・ソームズ　わたし、エミリーの結婚式をおぼえているわ。美しい式だったじゃないの。それに卒業式のときに記念の詩を読んだのもおぼえているわ。あのひとはハイ・スクールの卒業生の中でも指折りの利巧な娘さんだったわね。ウィルキンズ校長先生がよくそうおっしゃるのを聞いたわ。わたしが死ぬちょっと前に、あのひとたちの新しい農場を訪ねたことがあるのよ。ほんとに立派な農場だったわ。

死者の中のある女　わたしたちの住んでいたのと同じ街道筋だったわ。

死者の中のある男　そう、全くしゃれた農場だったね。

死者の中のある女　わたし、あの讃美歌がいつも好きだったわ。さっきから讃美歌を歌ってくれればいいのにと思っていたところなの。

死者たちは静まる。墓のほとりの人たちは「結ぶ絆に倖いあれ」を歌い出す。

間。突然、たくさんの傘の中からエミリーが姿を現わす。彼女は白い着物を着ている。髪をうしろに垂れて、少女のように白いリボンで結んである。彼女は、ふしぎそうに死者たちを見つめながら、ちょっとびっくりした様子でゆっくりとやってくる。

彼女は途中で立ち止まって、かすかな微笑を浮べる。ちらりと会葬者たちを眺めてから、ミセス・ギブズの傍らの空の椅子にゆっくりと歩みより、腰をおろす。

エミリー　（静かに、微笑みながら、死者たちすべてに向って）こんにちは。

ミセス・ソームズ　こんにちは、エミリー。
死者の中のある男　こんにちは、ミセス・ギブズ。
エミリー　（心をこめて）こんにちは、お義母《かあ》さん。
ミセス・ギブズ　まあ、エミリー。
エミリー　こんにちは。
おどろいて
あら、雨が降ってるわ。
彼女はなんとなく会葬者の群をふり返る。

シンは、この世界のなかに引き込まれ、いつまでも読み終えてしまうことがないように願いながら、読みすすんだ。懐かしい人たちが、ここにいると感じる。頬を涙が伝っていた。だが、彼自身がそのことに気づいておらず、また、ほかにそれを見とがめた人もいない。

とうとう最後まで読み終えると、静かにため息をつき、本を閉じた。ふとんを敷き、Tシャツに短パンで、部屋の電気を消し、タオルケット一枚をかぶって、闇を見つめた。そして、目をつぶると、まもなく寝息をたてはじめた。

……シン。

呼びかけてくる声を感じて、目を覚ましたとき、どれだけの時間が過ぎているのか、わからなかった。部屋はまだ闇だった。

……シン。

ささやくような声が、部屋の隅のほうの闇から、静かな雨音にまじって、また聞こえた。

誰？

彼は訊く。

返事はない。

――めぐみちゃん？

――アヤさん？

――ひょっとしたら、お母さん？

……。

第八章　トンネル

道東のさびれた町を少し北へはずれた丘陵に、その牧場はあった。奥田アヤさんが、無人タクシーでそこに乗りつけたのは、月曜日の正午過ぎ。「美容院はるか」の女主人の息子ケンジと、駅前の居酒屋で明け方まで飲みつづけてしまってから、まだ八時間ほどしか経っていなかった。

ケンジのほうは、朝五時からの乳牛の搾乳をすませて、午前中いっぱい、牧草地の手入れなどで汗をかきながら働いたので、酒気はすっかり抜けている。ねぐらの木造小屋を背にして、ハルニレの木陰のテーブルで、牧場主の妻が届けてくれたローストビーフとコールスローのバゲットサンドを、大きく口を開いて頬張っているところだった。

緩い傾斜で下っていく草地のほうに目をやると、つばの広い麦わら帽子をかぶった見覚えのある女が、てのひらで陽射しをさえぎり、山吹色の木綿スカートに風をはらませて、こちらへ足早に登ってくる。

「おやおや！　もう来たのかい？」

色男の悪態めかして、まぶしさに両目をしかめ、ベンチに腰掛けたまま彼女のほうに声を飛ばした。

「急ぎの相談がある」

ベンチの前まで迫ると、肩で息をつき、アヤさんは答えた。

「――これは秘密にしてほしい。実は、ここの町の陸軍基地から、脱走兵の若者が一人逃げてきて、助けたいの。しばらく、あなたのところで彼を預かってくれないかな」

古びた平屋の小屋に視線を走らせてから、彼女は男に目を戻す。

「はてさて……。おれにもわかるように、もうちょっと順を追って説明してほしいな」

手短かに彼女は説明する。――レンジャー候補生として教育訓練を受ける二五歳の元ボクサーが、きのう、基地を逃げだして、匿われているのだということを。

「どこに？」

ケンジはさらに訊く。

「それは言えない」

「ばか言え」彼は承知しない。「おれは、そのボクサーのあんちゃんを、どうやって逃げのびさせるか考えようとしてんのに」

彼女はためらった。だが、ケンジのような地元の青年から助けを得ることなしに、到底、脱走兵を逃がしきるなど、できそうにない。そのように考えなおして、思い切る。

「駅前通りに〝カニめし〟の看板が出ている家があるでしょう。あそこに」

「沢田のオヤジさんか」彼は笑いだす。「あのおっさん、そんなことやってんのか」

「何よ」

釈然としない思いで、彼女は語気を強める。

「いや、べつに」

真顔に戻って、彼は言う。

「――こんな町だから、たいがいの男は、何かしら基地の世話になってる。ほかにろくな仕事がないからな。あのオヤジさんも、若いころ、軍にいた時期があったらしい。まだ〝ジエータイ〟だったころだろう。イラクだったか、どこか戦場にも出たことがあるそうだ。小隊長だっけな。けっこう責任ある立場だったたって話だよ」

「あ、……そうなの？」

「うん。ガキのころ、あのオヤジさんから、そんな話を聞かされた。こっちは興味がなかったから、中身は忘れちまったけれど」

だがね――と、ケンジは付け加える。

「いま、若い連中が部隊から逃げたら、軍がどんな対処をするか知ってるかい？　そんな下っ端、いちいち追いかけてたら、きりがない。だから、銀行の口座を止めちまうんだ。兵士ってのは、たいてい貧しい。ほかにいい仕事がなくて、しかたなく軍に入るやつが、ほとんどだ。だから、口座が止まれば、たちまちカネに困って戻ってくるのもいる。そうでなくても、どこでカネを引き落とそうとしたかがわかれば、そこから足がつきやすい。

おれの仲間にも、そうやって逃げだしたのは何人もいた」

「そんなにいるの？　逃げる人が」

「いる。とくに教育訓練中ってのは、試用期間みたいなもんだから、平時なら、まあ、そんなもんだよ。逃げだすほうも、大した人材じゃねえんだから。だけど、こうやって正式に戦争が始まっちまうと、甘くはないだろうな。ほかの兵士たちへの示しもある。人員不足で、予備役まで掻き集めてるときだから。

　預金がいくらかあるなら、先に口座から下ろせるだけ下ろして、よその土地に逃げちまったほうがいいと思うよ。アヤさんの頼みとあらば、ここに匿ってやるのはいい。だけど、うかうかしてたら、町から出られなくなる。こんな町でも、監視カメラだらけだ。道路にも、駅にも、タクシーのなかにもね。それが現実だよ」

　アヤさんは、テーブルの向かい側に立ったまま、風が渡る牧草地のほうに目をやる。牛たちの動きを見ながら思案をめぐらせ、不安を増したまなざしを彼のほうに戻した。

「……どうしよう？」

　その視線をケンジはかわして、やはり、牛のほうを見ながら話している。

「そのボクサーは、どんな体格だい？」

「まだ、わたしは会ってない。バンタム級だって言ってたな」

「バンタム級か……。じゃあ、たぶん、背丈はあんたと同じくらいか、もっと低いかもしれないな。よっぽどひょろ長いなら、話はべつだが」

「あ、小さいんだ、意外と。ボクサーって、でかいんだろうと思ってた」

「女装したら、どうかな？」

唐突にケンジは言いだし、腕時計を見る。

「――ボクサーは、鍛えてるから、首、肩、腿とかは太い。だから、あんたの服や靴は、貸してやっても、きっと合わない。

それより、おれが給料日に遊びにいくところの女たちのほうが、頼めば、着られそうなのを貸してくれると思う。よく肥えたのもいるし、ちょっと前まで男だったのもいるから。

逃げるには、おれのクルマを貸してやる。あんたとボクサーとで、女二人づれを装ってれば、お巡りの目にもつきにくい」

「だいじょうぶかな……」

「わからない。けど、ボクサーの姿のままでいるより、ましだろうよ。

いまから、おれはクルマで隣町まで出むいて、服とか靴を借りてこよう。夕方までには〝カニめし〟のオヤジさんのところに、届けられると思う。あんたは、先にボクサーに髭を剃らせて、メイクや髪のセットをしてやってくれ」

「バッグとか小物類も、あると助かる」

「オーケー。あっちで訊いてみる。

北海道から出るには、飛行機を使うしかないだろう。だけど、女満別《めまんべつ》の空港なんかは、近いだけに、危い。見張りがすでにいるかもしれない。釧路や帯広も、安全とは言えないと思う。やっぱり、千歳から乗るのがいい。便数も多いし、混雑に隠れて人目にも付きにくいから。でも、……どこに行く?」

アヤさんが笑う。

〝カニめし〟の沢田さんは、元ボクサーの脱走兵を台湾に逃がすつもりだと言っていた。ついては、手配をかわすために偽造旅券を使うほうがよいだろうから、用意に一〇日ばかりかかりそうだとも。だから、その一〇日間をケンジの小屋で匿ってもらおうと考え、ここに頼みに来たのだった。

けれども、こうしてケンジの意見を聞けば、たしかに、急いで北海道から脱出するほうが得策だろうと、アヤさんにも思われる。ならば、いっそ一気に国外まで逃がすほうが、さらに安全なのではなかろうか。元ボクサー自身は、去年フィリピンでのスパーリングに渡航したとかで、旅券はすでに持っているとのことである。ただし、そのあとアパートを引き払って陸軍に入隊したので、旅券は東京の恋人に預けた荷物のなかにある。ここから考えると、もし、まだ彼の銀行口座が無事なら、いまのところ入国管理局への手配もないものとみなして、正規の旅券ですぐに台湾まで出国するのが、いちばんリスクも低いのではないか？

むろん、これについての判断は、〝カニめし〟の沢田さん、東京の〝ビデオばあさん〟道岸モモヨさんらに、相談の上のことになるけれども。

こんな次第で、これからアヤさんは無人タクシーで町の自宅にいったん取って返して、メイク道具を詰めたポーチや、美容師用の鋏《シザーズ》一式、ウイッグやヘアエクステンションの毛束などもバッグに詰め込み、駅前通りの〝カニめし〟の沢田さん宅まで小走りに駆けていく。元ボクサーの脱走兵、高田光一とは、そこで初めて顔を合わせる。

最初にするべきなのは、駅前の銀行のATM装置で、彼の預金をできるかぎり下ろしてしまうことだろう。だが、すでに手配が回って口座が閉鎖されている可能性があることも思うと、いきなりこれをやるのはリスクが高すぎる。おそらくカードは生体認証機能があって、引き出すには本人がATMに出向くしかない。そうだとすれば、基地関係者の目がある町で、彼自身が出歩く危険も大きい。ならば、いっそメイクなども済ませて町をクルマで発つ直前、監視カメラに容姿が残りにくいよう帽子でも目深にかぶって、同伴者がカメラを遮るように立ちながら、思い切って現金引き出しを試みようということになった。

〝カニめし〟の沢田さん宅では、あちこちに迅速に連絡を取り、打ち合わせや調整をしなければならないことが山ほどある。できるだけ盗聴や傍受を避けられるように、工夫を凝らす。元ボクサーの恋人、絵美さんとの連絡は、東京のモモヨさんに任せてしまうのがいいだろう。

午後三時すぎ、ケンジが、借用してきた女物の服、靴、小物を届けてくれて、愛車の全自動運転のEVカーのキーをアヤさんに託した。彼自身は、午後五時からの搾乳の作業に間に合うよう、そこからタクシーで牧場に戻らねばならなかった。

午後五時ごろ、ようやくすべての準備を終え、アヤさんと、見事に女装した元ボクサーの光一は、全自動EVカーに共に乗り込み、出発する。まず駅前の銀行のATMコーナーに立ち寄って、ついに思い切って、現金引き出しを試みた。幸い、銀行口座はまだ生きていた。彼の月給にして二カ月半ほどにあたる預金残高を全額引き出すことに成功した。

クルマは、町を出る。

千歳空港まで、ここから約三百キロ。走りつづければ、所要時間は四時間余り。深夜便の羽田行きには、十分間に合う。そこからは、元ボクサーの光一ひとりの旅となる。

羽田に着くのは、火曜日の未明。そこで夜明けを待ち、朝六時過ぎの沖縄・石垣への直行便に乗る。石垣島では、現地で宿を取って三泊し、金曜日昼過ぎ、那覇から台湾・基隆に向かうフェリーが寄港してくるのを待つ。これへの乗船時に出国手続きを済ませ、出港が、その日の夕刻。翌土曜日の早朝には、船は基隆港に入り、光一は台湾に降り立つ。――という手はずである。

すべてが順調に進んでくれれば、やがて台湾では、恋人の絵美と、彼女の三歳の息子ユウヤも、そこに合流する、ということになるはずだ。

一方、アヤさん自身は、今夜、千歳空港で無事に光一が飛行機に乗るのを見届ければ、すぐにまたこの道東の町へと戻ってくる。クルマをケンジに返し、あす火曜日の朝には、何事もなかったように「美容院はるか」で、本来の美容師としての仕事をしているはずである。

火曜日の明け方前、東京・神田川の小滝橋から新大久保駅へと向かう暗い裏道を、髪を後ろで縛った絵美という名の若い女が、自転車の後部シートに眠たげな三歳の息子を乗せ、懸命にペダルを漕いでいる。

恋人の元ボクサー、高田光一は、未明のうちに北海道・千歳からの深夜便で到着し、羽田空港のロビーに出ているはずである。陸軍入隊にあたって彼から預かった荷物のなかの旅券と、昨夕、モモヨさんからの突然の指示によって「高田光一」名義で購入手続きを済ませた石垣―基隆間の乗船券への引換証――。それらを、これから始発電車に飛び乗って羽田空港に向かい、彼が早朝の石垣行きの便に搭乗する前に、必ず手渡さねばならない。

台湾行きのフェリーの乗船券は、旅券番号を添えて支払いを済ませたが、発券まで三日かかると言われている。だから、光一自身が石垣港の窓口で引換証を示して、出港直前、これを受け取ることになる。

きのうの午後から、これまで経験したことがないほどの緊張のなかで、慌ただしい時間を過ごした。勤務先の新宿駅ビルの菓子店に、モモヨさんからの電話があったのが、午後二時前。

「突然だけど、子どもが急病だとか言って、あんたはそこを早退してほしい。ボクサーの青年があんたに預けた荷物のなかに、彼のパスポートがあるだろう。それを見つけだしてもらいたい。お金もいくらかいる。そうだね、東京から新大阪まで新幹線で二往復できるくらいの金額だ。

あんたんちは、小滝橋のあたりだったね？　あそこの交差点のコーヒーショップへ、一時間後に、わたしから出向いていくよ」

有無を言わさぬ調子で、一方的にそれだけ伝えて、電話は切られた。

指定の時刻、モモヨさんは片手に細い木製のステッキをつき、サングラスをかけ、インド綿のシャツの胸元にいつもの小型ビデオカメラを吊して現われた。

「ああ、これかい？」

席に着くと、相手の視線に気づいて、左手のステッキをちょっと持ち上げ、モモヨさんは笑った。

「――まだ足腰が萎えたわけじゃない。あわてて支度しようとして、さっき、洗面所で足を滑らせ、ちょっと挫いたんだ。自分じゃ慣れっこのつもりでいても、やっぱり、心や体のどこかが動転してるんだろう」

さて、と話を切りかえ、モモヨさんは言った。

「きょう、いまからボクサーは北海道を発って、台湾をめざすことになった。ただし、これは、成功したら、の話だけれど。そこはそのつもりで聞いてほしい。

あんたは、前に、もしこういうことになったら、自分と息子もあとから現地に渡って、彼と合流するようにしたい、って言ってたね。いまでも、そのつもりかい？」

いきなりモモヨさんが言いだしたことを理解するのに、何秒か、時間がかかった。だが、その意味を諒解すると、無言のまま、絵美はうなずく。

「――そうかい。よくわかったよ。

じゃあ、いまからあんたはボクサーのパスポートを持って旅行代理店へ行き、彼の分、石垣から基隆までの乗船券の購入手続きをしてほしい。木曜夜に那覇を出る船だ。金曜日の昼に石垣港に寄港して、荷役を終えたら、夕刻には出港する。国際フェリー券だから、発券手続きに三日かかる。だから、あんたは、それへの引換券とパスポートをボクサーに渡してほしいんだ。

彼は、今晩遅く、日付けが変わった未明の時間帯に千歳からの飛行機で羽田に着く。そして、夜が明けたら、羽田から早朝の飛行機で石垣に直行して、金曜日まで現地でひっそり過ごす。身を潜めておくには、あそこが人目につきにくいだろうから。

というのは、このごろ、羽田や成田あたりの空港から国際線で出国しようとすると、すべての旅客にテロ防止の名目で、網膜スキャンをするようになってる。あんたの大事なボクサーは、軍への入隊時にも、これのデータを採られてるはずだ。あれはね、どんな情報とリンクされてるやらわからない。へたすりゃ、取り返しのつかないことになりかねない。だから、早く出国させたいのは山々ではあるんだけど、やっぱり、こうした空港からの出国は避けておきたい。そうしたわけで、いちばん審査が緩そうな石垣港から、船で出ることにしたんだよ」

「わかりました」

真剣なまなざしで、絵美は声に出す。

ただね……と、モモヨさんは付け加えた。

「あんたにも、いまは監視の目が付いてるかもしれない。それは覚悟して、行動する必要がある」

唐突な言葉に、絵美はぎょっとして、とっさに店内の周囲のテーブルを横目にうかがった。

「――だから、羽田での受け渡しには、代理の者を立てるほうが、彼へのリスクがいくらか減るのは確かだと思うんだ。……どうする？」

モモヨさんは尋ねた。あなたが自分でお決めなさい――ということらしかった。

絵美は、躊躇する。

たしかに、光一には会いたい。無事を確かめ、自分の気持ちも伝えておきたい。そうすることが、これから孤独な逃亡生活を送る彼への励ましにもなるだろう。

とはいえ、そうすることが、彼を逮捕の危険にさらすかもしれない。それを思うと、これが利己的な短慮に過ぎないようにも感じる。だけれども……。

「わたし、自分で行きます」

と絵美は答えた。

「そうかい。どちらにせよ、絶対に安全という手だてはない。だから、悔いが残らないほうを選ぶべきだろう。……ボクサーが、きっと喜ぶよ」

サングラスを外さずに、素っ気ない口調でモモヨさんは答えた。

「——受け渡しは、朝五時三〇分、羽田空港の国内線の保安検査場前、ということにしておこう。これだけボクサーたちに伝えておく。あとはあんたに任せるよ。……ともかくね、いまは、あんたに、高田馬場の旅行代理店でフェリーの乗船券の購入手続きを取ってほしい。わたしも、ついでがあるから、そこまで一緒に行こう」

言いながら、もうモモヨさんは立ち上がる。

小滝橋の交差点で、自動運転のタクシーを拾おうと彼女は携帯電話で送信する。おのずと位置情報が先方に伝わり、目の前にタクシーが来て停まる。

「まったく、けったいな世の中になったね。わたしがどこで何をしてるか、姿が見えない相手に筒抜けだ。それを〝便利〟と讃えて、生きてかなくちゃならないんだから」

タクシーのなかで、モモヨさんは、あんたが待つ人は千歳から「女」の姿で現われるかもしれない、とほのめかした。だけど、すでに「男」の姿に戻っていることも考えられる。——「どうであれ、これは、そのときのお楽しみだ」。

早稲田通りで信号待ちのあいだに、タクシーの窓から、かつて光一が所属していたボクシング・ジムが見えた。大きなガラス窓ごしに、スキンヘッドのトレーナーのジョーさんが、新入りらしい若者にサンドバッグの打ち方を指導していた。信号機が青に変わって、タクシーは音もなく走りだす。光一が働いていたトンカツ屋の店先も、窓をかすめるように流れていく。……どれも数カ月前まで、当たり前に続いていた暮らしなのに、急に遠い過去へと退いてしまった。彼女は、まるで自分自身が幽霊になってしまっているように意識する。

モモヨさんは高田馬場駅前で絵美だけを先に降ろすと、座席で前へ向きなおり、もう会釈さえ送らずに走り去る。

できれば夜のあいだに、終電車で羽田まで出向くなりして、朝一番の石垣行きの便に彼が搭乗するまでの時間を、ともに過ごしたいとの気持ちも募った。逮捕の不安に怯えながら、彼が空港でひとり夜を明かす心地を思うと、なおさら不憫だった。けれど、今夜も、これから幼いユウヤを夜間保育に預けて、終夜営業のスーパーマーケットでのパート仕事に出向かなければならない。夜遅くに保育園から引き取って、さらに夜通し連れ歩くのは、小さな体への負担を思うとためらわれた。絵美自身にも、あすの朝には、また新宿の駅ビルの菓子店で売り子としての勤務が待っている。

せっかく、こうして始発電車で羽田空港まで駆けつけても、光一と顔を合わせていられるのは、保安検査場前でのせいぜい一五分間ほどだけである。せめてタクシーを使えば、もっと早く着けるという考えも浮かぶ。だが、やがては自分たち母子も台湾に飛び、不法滞在覚悟の暮らしを三人で送るつもりでいる。そのために、いまは余計な出費を抑えなければ。

始発電車をめざし、自転車のペダルを漕ぐ。総合病院の脇を抜けると、あとはほぼまっすぐな二車線道路になっている。

微かに明るみはじめた人気のない道に、遠く、駅のほうからジョギングしてくる影がひとつ見えだした。じょじょに近づいてくるにつれ、がっちりした体軀の男で、スキンヘッドなのだとわかった。袖無しスポーツシャツに、沈んだ色のトランクス。まさか、と思いあたって、自転車の速度を絵美は落としだす。ついに車体を停め、彼女はその男がさらに近づいてくるのを待っている。大きな鼻、深く皺を刻んだ褐色の額も見えてくる。

「ジョーさん」

彼女は、ランナーに声をかけた。相手は立ち止まる。

「――絵美です。ほら、高田光一と付き合っていた。何度か、お目にかかったことがあるでしょ？」

「……思い出したよ」頑丈そうな体軀の老人は、日本語で答える。「元気で過ごせているかい？」

彼は微笑し、ちょっと切なげな表情になる。

春に、光一は、バンタム級一〇回戦のデビュー戦で無惨なＫＯ負けを喫して、焦りと自信喪失にとらわれたらしく、誰にも相談せずに陸軍への入隊を志願し、合格通知を受け取った。ジョーさんは、馬鹿げた振る舞いだと即座に言って、何度もジムのテーブルを叩いて翻意をうながした。だが、光一は聞かなかった。

絵美は覚えている。彼は、今度入隊するのは貯金して所帯を早く持ちたいからだ、と言った。自分は黙っていた。そのことをいまでも悔いている。

わたしは、この人生を急いでいない。だから、あなたも立ち止まって考えなおす勇気を持ってほしいと、口に出して伝えるべきだった。

「ジョーさん。……光一が」

いまは、それだけ言って、涙ぐむ。彼の大きな目が、こちらをじっと見て、凍りつく。戦場で死んだのか？　と、その目は言っている。

「――部隊から逃げだしちゃった。だから、いまから、こっそり会いに行ってくる」

やっと、最後まで言いきった。

ジョーさんは、ゆっくり、両腕を大きく開いた。顔に、笑みが広がっていく。そして、声を上げて笑いだす。

「エミ。それは、いいニュースだよ」

「秘密よ。誰にも」

「わかってる。

わたしはね、もうニッポン人は、このありさまから誰も逃げだすつもりがないんじゃないかと、毎日、がっかりしつづけていたんだよ。コーイチに、幸運を、と伝えておくれ。ありがとう、とも。それから、この戦争が終わったら、またジムで会おうって、これは忘れちゃいけないよ」

大きな褐色の手で彼はユウヤの頭を撫で、もう背中を向け、駆けていく。

絵美も、明るみを増す空の下、また自転車のペダルを踏みはじめる。


西崎シンは、北関東の院加町のアパート自室で、まだ眠っている。

……シン。

と、闇のなかから呼びかけてくる声が耳に届く。

そのとき、彼は、一人で暗がりに立っていた。いや、横たわっていたのかもしれない。目をしっかりと見開いたつもりでいる。けれど、指先で自分の瞼に触れると、堅く閉じたままだった。完璧な闇のなかにいるとき、人は、そうした感覚を経験する。

闇のずっと奥の一点で、ちりちりと白い光が微かに動いている。幼いころ、両親に連れられ、映画館という暗箱に初めて入ったときにも、闇のなかに、こんな光が見えていた。まだ言葉を知る前の記憶なのか。濃やかな闇の感触が、そこに流れつづける。

……シン。

――お母さん？

と、彼は訊く。

……あなたが、そう思うなら。

――ここはどこなの？

……思いだしてごらんなさい。

――トンネルのなか？

……そうかもしれない。

――子どものころ、お父さん、お母さんに連れられて、こんなトンネルを通ることがあったね。あれは、どこだったんだろう。

……逗子でしょう。浄明寺の家から丘を越えて、久木の大池のほうを左手に見下ろしながら、歩いていった。逗子駅の裏手から、引き込み線の線路が一本分かれていって、トンネルのなかを通っていた。あなたは、わたしたちのまんなかで、両方の手をつないで、真っ暗なトンネルを通るのが好きだった。

――そうだった。レールには錆が浮いていた。ありきたりな住宅のあいだを緩くカーブしながら線路は抜けていて、そこから急に、低い山の尾根みたいなところにうがたれた黒いまん丸な闇に入っていく。あのトンネルの向こう側は、何だったのかな。

……米軍の基地、というか、その家族住宅がある大きな森だった。横須賀の軍港にも近かったから。

——ああ、そうだったかな。

……行ったことがあるわよ。トンネルのすぐ向こう側のあたりは、日本人も入れたから。グラウンドがあって、遺跡の資料室みたいなちょっとした建物があって、そばにシロウリガイって言ったか、貝の群棲らしい大きな化石も置いてある。お父さん、ああいうのが好きだったから。その奥に、芝生があって、池があって、森に続いていた。だけど、米軍住宅は、それとは少し違った方向にあって、そっちのほうに日本人は入れない。そのあたりの丘陵全体が、もっと前には弾薬庫として使われていたらしい。山腹に坑道を掘ったりして。そういう森だった。

目覚めたけれども、瞼は閉じたままでいた。目を開いてしまうと、もう、ここに戻ってこられないだろうと感じていたからだ。体を丸め、アンモナイトみたいな形で横たわっていた。

——あのトンネルは、いまは、たしか、もうないのだ。

と、思いおこした。

低い山の尾根そのものが重機で崩され、トンネルは消えた。埋め戻されたのではない。その暗がりが、外光の明るみのなかに取り払われて、何もなくなった。

それが、あまりに意外で、この世界は、こんな変わり方をするものなのかという驚きが、いまもいくらか体のなかに残っている。自分がどこにいるのかわからなくなり、頭のなかがひどく混乱したまま、あのあたりの場所に一人で立っていた。中学に入る直前のころだったか。

ため息を一つ軽くつき、彼は、じょじょに両方の瞼を開きはじめる。


逮捕のときから領置されたままだったので、少し流行遅れになった薄いベージュのパンツスーツをやはり着ることにした。鏡の前で、日焼け止めを肌に伸ばして、口紅を引く。領置金も数日旅することができるくらいは残っていた。これも財布に戻して、当時と同じトートバッグに入れている。

「それでは、西崎サクラさん、釈放です」

部屋まで迎えにきてくれた刑務官に見送られ、通用門までの内庭を一人で横切った。受刑者番号ではなく、ひさしぶりに本名で呼ばれたことが、どこか芝居じみて、面映いような違和感がしばらく残った。

それが月曜日、朝八時過ぎ。渡されていた地図を手に、駅までの道を歩いた。逮捕時、梅雨どきだったので、領置品のなかに帽子はなかった。てのひらで晩夏の朝日を遮りながら歩いていく。判決が下り、受刑が始まるときには護送車で送られてきた。だから、今度初めて歩く道だった。

院加駅で電車を降りたのは、この日、午後三時過ぎ。ただ、町の様子をわが目で見ておきたいと思っていただけなので、ここで暮らしているという息子に連絡はしなかった。駅前でホテルを見つけて、そこにチェックインするつもりでいた。けれど、改札口を出てみても、ホテルらしい建物は見当たらない。

駅前通りを先へと歩いた。赤、青、白のサインポールが店先で回る床屋があり、店主らしい白衣の堅肥りした中年男が、店の前の路上で片手に携帯灰皿を持ち、たばこをくゆらせていた。

「ごめんなさい。このあたりにホテルはありますか？」

と、彼に訊く。

「ありますよ」

よく響くバリトンの声で、彼は答えた。そして、こちらの姿をゆっくりと眺めわたした。

「――残念ながら、美しいご婦人にお似合いな宿とは言えません。観光名所もない町ですから。工事業者やセールスマンが仕事で泊るようなホテルですが、それでよろしければ、近くですから連れてってあげましょう。どうせ店は暇ですから」

男が顎をしゃくって示すと、ガラス窓越しの店内には、たしかに誰の姿もなかった。

道みち連れだって彼が話してくれたところでは、いま、近くの山あいで使用済み核燃料の最終処分場の造成工事が始まって、町の景気自体は悪いほうではないという。

彼女は、頬笑んでうなずく。

ですがね、と、男は言う。

「――こんなふうに、宣戦布告までして戦争にのめり込んでいくんじゃ、元も子もありません。床屋みたいな稼業は、平和あっての商売ですから。若い男の髪を坊主頭に刈ったりなんかしても、おもしろくもなんともありませんよ。やっぱりね、カッコ良くなりたい、女の子にもてたいと思って、若い男は床屋を選んで、高い理髪料も喜んで払ってくれるものなんですから」

「あ、そういうものなんですか」

明るい声で彼女は笑った。

「そりゃそうですよ、刑務所じゃないんだからさ。こちとら、世間のお洒落に貢献したいと思って、夢ってもんがあるんですよ、やっぱり」

バリトンを響かせ、彼も笑いだす。

「――いや、ですがね。こうやって戦争ってことになると、何事かを活気づけるのは確かなようですね。うちは、娘が役場にいるんですが、残業、残業です。

その上に、兄ちゃんが一人いるんですけど、こっちは兵隊になっちまいました。いや、プロボクサーをやめて、兵隊になったとたん、宣戦布告が出たんだ。どうも、とろいというのか、要領の悪いやつなんですよ。二五の歳になるまで、食えねえ食えねえって言いながらボクシング続けといて、結局は兵隊さんですから。

どうかなあ。うちの兄ちゃんなんかは。世間が狭いぶんだけ、上官からの命令が下りゃあ、まじめに人殺しだってやりかねないところがあると思いますね。結局さあ、ニッポンってのは、どうしたってそういうところがあるんじゃないでしょうか。これ、政治家のせいばかりにもできねえところがあると思うんだ。

沖縄は、あれだけたくさんの米軍基地をずっと押し付けられて、〝おまえら、基地なしでは食えねえだろう〟みたいな、おためごかしを言われつづけて、それでも、基地はいやだって、言い返しつづけたわけですよね。それで、前の戦争から実際に百年経ってみれば、ほんとに米軍基地はあそこにゃ一つも残ってねえんだもの。こんなこと、本土の人間は想像してなかったと思いますね。それでもって、ついに日本本土とは連邦制だ。要するに、これで元の沖縄に戻ったってことなんだな。あれが独立心ですよね。

日本のほうは、百年経ったって、結局、ここ全体がアメリカの植民地みたいなもんでしょう。こんなんじゃあ、いくら国家、国家って言ったって、当てにゃなりませんね。それよりか、ここいらじゃあ、やっぱり、民衆のヒーローって言やあ、赤城山に籠った国定忠次なんですかね。だけど、どうかなあ。ヤクザってのは、やっぱりバカですから。忠治だって結局、内ゲバって言うんですか？　仲間を信じられなくなって、自滅しちゃう。そこが悲しい話っていうか、救いがないんですよ。いえね、これこそまさに床屋談義なんですけれども。……」


これだけ高さのある場所だと、下の町にいるより、夜明けは少しだけ早くなる。まだ暗いうちにホテルを出て、薄明の急な山道を上ってきた。岩場の先端近くに立つと、遠く東の山のへりから太陽がのぞき、靄《もや》のかかる川面と河原の広がりをまたいで、光がこちらまで届きだす。それがまぶしい。足もとで、夏草や石ころも長い影を引きはじめる。

眼下の町は、まだ、薄い闇のなかに眠っている。晩夏の朝の光が、じょじょに、そこにも降りてくる。

牢獄のラジオ、テレビでも、宣戦布告の放送は流れた。これといって騒がれることもなく、あっさりと当たり前の顔をして、もうそれは日々の暮らしに席を占めている。

この戦争は、いつ終わるか、わからない。いつでも戦争というものが、そうであるように。

自軍が制圧したばかりの他国の町を歩きながら、心の乱れを抑えて、若い軍属は考える。

……あそこの道を痩せた白い犬が歩いてくる。いま、「あの犬」について思うことにも、「犬なるもの」という普遍的な想定が含まれる。つまり、特殊に「あの犬」だけをさす言語はない。特殊なものについて語ることは、ある程度、普遍にも重なっている。ここで自分はものを考えている。これは、いずれ誰かが、どこかで、ものを考えることに、つながっているだろうか？

遥かな国境を見渡す監視哨から、来る日も来る日も、そのむこう側を望遠鏡で眺めることが任務の兵士がいる。……その視野のなか、砂地、草原、沼も、ゆらゆら揺れている。これらの上を、鶴が一羽、ゆうゆうと彼方へ飛んでいく。彼は、望遠鏡を振りむけ、そのあとを追いはじめる。

塹壕のなかで「世界とは、ここで起こっていることのすべてである」、「世界は、事実に分解しうる」……と着想を得た砲兵がいた。砲火の下で、彼は、さらにその先を考えつづける。

戦争が長く続けば、やがては徴兵制が敷かれる。そこでは、母親にとっての戦争も、またその意味を変えていく。砲弾、戦線、戦病者……、それらの抽象的な単語が、世間の母親たちに指し示すもの、それらの一つひとつが。

いつから、人間の欲や厚かましさは、これほど始末に負えないものになったのか。国の権力を握る者さえ、その卑小な追従者でありつづける。

霊長類のなかでもヒトだけが、自己の種に破局を招くこともかまわず、殲滅戦への道を渉っていく。

朝の太陽は、次第に空を昇って、高さ八〇メートルの垂直に聳える望見岩の肌を赤く染めていく。頂から見下ろす院加の町にも、陽光はくまなく行きわたる。

足もとを探り、岩場の突端まで、さらに彼女は踏み出す。崖下のほうから、涼やかな朝方の風が、ゆっくり上がってくる。
半端な母親のままだった。
これでよかったのか。どうなんだか。どうしたって、自分は落ち着かない。
身を乗りだすように、この町を眺め、風が吹いてくる。
どーん！
地響きと同時に、強い衝撃が走り、世界が激しく揺れはじめる。

――お母さん。――
見えない場所から、シンが呼ぶ。
岩場が崩れ、その女は、声を発することもなく、崖をさかさまに落ちていく。
――お母さん。――
声を上げ、シンは目を覚ます。

第九章　影

月曜日の深夜、奥田アヤさんは、千歳空港のコンコースに元ボクサーの脱走兵、高田光一をやっと無事に送り出し、一人きりに戻ると、とたんに虚脱感と深い疲労に襲われた。

空港ロビーのはずれの売店で、ペットボトルの水とスナック菓子を買う。駐車場のクルマに戻ると、それらをシートに投げ出した。暗がりで、しばらく目をつぶる。どうにか気を取りなおすと、キーを回した。道東への復路は、来たときと同じ道筋をたどる。深くシートに身を沈め、もう発車するようにと、自動運転装置のＡＩに小声で命じた。立体駐車場の暗がりから、クルマは外に滑り出る。

クルマはすぐに使う予定もないから、あした、美容院での日中の勤めを終えてからでも、ゆっくり返しに来てくれればいいと、ケンジからは言われている。けれども、まっすぐこのまま彼のところにクルマを返しに行きたい。いまから向かえば、彼が夜明けの搾乳を始める前に、着くことができるだろう。

　夜の家並みの遠い明かりが、後ろに流れ、消えていく。札幌郊外を過ぎると、光はまばらになった。だんだん、霧が出る。みるみるうちに、乳のような濃さとなり、外灯も、それを透かして光の暈《かさ》になる。目をそうした光に向けたまま、いつしか、浅い眠りに落ちていく。


　――ＡＩに対する人間の従属？　いまさら、そんなふうに考えたって、しかたがないだろうな。人間が技術に従属しなかったことが、過去にあっただろうか？　むしろ、人間が追求してきた「利便」の実りが、これだったということなのでは？　人間の大きな脳は、考えることに適したものではあったけれど、だんだん、その容量も限界に達して、さらにべつの脳の機能が必要になったんだろう。それがＡＩ。だとするなら、そろそろ考える役割はそっちに譲って、人間自身はそこから解放されようというのが、ひとつの理想のありかたになってきたんだろうと思う。――


　新米税理士時代の夫が、こっちを振り向き、すらすらと快活な口調で話す。

　故郷・院加の中心部のロータリーに、〝キリンの籠〟と呼ばれる巨大なオブジェが、すでに建っている。見上げると、気味悪いほど高くそびえている。国際平和と治安維持に貢献する傍受施設、との触れ込みなのだが、その威容に震えが走った。だから、前を歩いている夫の背中に、思わず、

「なんだか、心のなかまで、吸い取られてしまいそうだね――」

　と、話しかけたときのことだった。

――〝心〟って？

ＡＩも、人間の赤ん坊も、意味がわからないまま他者の言葉を記憶し、溜め込み、当てずっぽうに使ってみて、相手の反応を見極めたりしながら、じょじょにその「意味」を手に入れる。これらを組み合わせて、自分の「考え」を作り、深めていく。人間もＡＩも、そこには違いがないんじゃないだろうか？

つまり、〝心〟って、そんなふうに相手のなかに動いているように、外から、ただ、そう見えるもの。これが〝心〟の本質で、じつは、それ以上は探りようがないんじゃないのかな。

だから、アンドロイドにも当然〝心〟はありうる。そして、ぼくもまたアンドロイドじゃないだろうか？　こんな自問も生じてくるけど、これは〝心〟といっしょで、ほんとうのところはどうとは、解きようがないものなんだろう……。――

ちょっと痩せたね。……そう声をかけてみる。

夫は、睫毛を上げ、きょとんとした目でまばたきし、こちらを見つめる。そして、あきらめたように微笑を浮かべ、薄らぎはじめて、消えていく。

道東の町に戻りつくと、ちょうど午前三時だった。

満月よりやや欠けた月の光が、駅前通りの人影のないアスファルトを照らしていた。クルマはそのまま北に通り抜け、牧場のある丘陵へと向かっていく。

ふもとの駐車場にクルマを駐め、足もとの草を踏み、ケンジの小屋へと急いだ。

小屋に鍵はかかっていない。扉を両手で引き開け、暗がりのなかに、ひと足、踏み込んだ。

「戻ったのかい」

寝台があるらしい奥の闇から、男の声がした。

「……ごめん。起こしたね」

「いや。うつらうつら、窓から月を見て、待ってた。あんたが来るかなって」

声だけ、笑うのが聞こえた。

木綿のスカートとブラウスを、彼女は脱ぎ捨て、ベッドのなかに滑り込む。

太い腕の動きが抱きすくめ、うめくような響きで、男の声が言う。

「まあ、これも、一種の運命だろう。おれは、これに逆らいようがない」

二人は絡みあい、深い穴の底へと、そうやって落ちていく。


ケンジは、朝四時四〇分ごろ、小屋を出ていった。外は、もう明るんでいる。牛舎で搾乳したあと、しばらく牧草ロール作りの準備をしてから戻るとのことだった。

「あんたはこのまま寝ていてくれ。牧草ロールのほうは、準備と言っても、まずはトラクターに草刈り機を付けて、そこらじゅうを走りまわってくるだけだから、たいして時間はかからない。

そうだな、七時半には戻れる。あんたの出勤前に、何かいっしょに食おう。パンとハムエッグくらいだが、おれが作るよ」

だが、結局、ケンジが戻ってくるまで、アヤさんは待たなかった。「美容院はるか」への出勤前に、一度は自宅に戻る必要があった。また、一人で呼吸する時間も欲しかった。

小屋を出ると、朝陽が当たりはじめた牧場の斜面に、微かな風が渡っていた。波打つように、人影のない草地がずっと遠くまで続いていた。ふもとの駐車場までゆっくり下って、タクシーを呼び寄せた。

自宅で、まずシャワーを浴び、ティーバッグの紅茶を淹れ、食パンをトーストしてかじった。冷蔵庫に残っていたヨーグルトも。新しい衣服に着替えて、鏡の前に座り、いつもより少し時間をかけてメイクした。

美容院へと急ぐ途中、駅前通りの舗道を〝カニめし〟の沢田さんが、釣りをするときの格好で歩いてくる。黒い胴付きゴム長靴、ひさしの深いフィッシングキャップをかぶり、クーラーボックスを肩から提げて、右手に釣り竿を持っている。

「きのうは、すべて無事だったかい？」

さりげない立ち話の調子で訊いてくる。

「ええ、おかげさまで。どうにか無事に」

「そりゃあ、よかった」

と目尻を下げ、彼は笑った。

「釣りですか？　いまから」

釣り竿を指さし、アヤさんは訊いてみる。

「ああ、そうだよ」まぶしそうな目をして、照れたように、沢田さんは笑った。「おれには、こっちが本職みたいなもんだからね。きのう、おといと、年寄りには目が回るほどで、きつかった。だから、ちょいと、息抜きだ」

右手の竿を彼は軽く持ち上げ、二人はそこで行き違う。

「美容院はるか」に、まだ店主ハル子さんの姿はない。自分で鍵を開け、店に入った。壁の時計は、八時四〇分をさしている。いつものようにラジオのスイッチを入れ、FM放送を低い音量で流しておく。タオルを硬く絞って、椅子やシャンプー台をざっと拭く。窓ガラスは乾拭きで。動くにつれて、日ごろの体のリズムが戻ってくる。

ラジオから流れるショパンのピアノ曲が、ふと途切れた。

男性アナウンサーの声が何か早口に話しはじめて、「反乱」という言葉が聞こえた。怪訝に思って、掃除の手を止め、耳を傾ける。すると、サイレンの音がけたたましく流れて、しわがれた老人のものらしい男の声が話しだす。

「……ごく少数とはいえ、この非常時にあって国家を守るべき若い兵士たちのなかに、こういった行動を取る者たちがいたという事実には、痛恨の思いであります」

ここで、その声は、咳払いして痰を切り、改めて、もうひとこと言い切った。

「――しかし、まもなく、禍根を後日に残さぬよう、これは鎮圧いたします」

——映像ジャーナリストの道岸モモヨです。

いま、わたしは、静岡県の浜岡原子力発電所に隣接するPR施設、浜岡原子力館の前に立っています。ご覧のように、この施設には地上三七メートルの展望台があり、そこからは、遠州灘に臨む砂丘に接して建設された浜岡原発の全景を眼下に一望できます。しかしながら、きょうは緊急の事態とあって、この通り、立ち入りが許されていません。展望台には、現在、陸軍の東部方面軍による臨時本部が設置されており、参謀たちが頻繁に出入りしている模様です。

これは、きのう夕方五時ごろ、浜岡原発にテロ警備のため常駐する陸軍部隊、およそ二百名が、海外の戦地への派遣を拒否するという宣言を発し、籠城を始めたからです。現在も、依然、この原発敷地内に立てこもっている状態です。——

浜岡原発の外景をフェンス沿いにとらえながら移動していく映像に、落ちつきのある声が重なる。インターネット上の動画サイトに投稿されたばかりのものらしく、アクセス数が急速に跳ね上がっていく。

映像は、モモヨさんを正面からとらえるアングルに戻る。シルバーグレーのサファリシャツの袖口をまくり、まっすぐレンズを見据えて話す。カメラが引き、全身をとらえると、小柄な人だとわかる。だが、日灼けした額に切れ長な目、深く皺を刻んだ表情の動きを、カメラはバストショットからさらにクローズアップしながら追って、そこでは長身で精悍な人物に見える。彼女自身も、首もとには小型のビデオカメラを吊るしている。

——なお、この事態については、けさから、大手メディア各社に対して報道管制が敷かれた模様で、今後は一般のテレビ・ラジオ・新聞で報じられる機会は、きわめて少なくなるのではないかと思われます。

われわれは、これからも、できるかぎりネット上で配信を続けていくつもりですので、どうぞご注目ください。——

彼女が述べたところによると、事件の経緯は、およそこのようなものであるようだ。

……近年、テロ警備のために全国の原子力発電所などには、陸軍の部隊が配備されている。このうち、浜岡原発を担当する、およそ二百人が反乱を起こした。彼らは、上官の将校たちを拘束した上で、信頼する下士官たちに指揮を委ねた模様である。この部隊の兵士の多くは、浜岡原発警備の担当期間を終え次第、順次、中東方面の戦場への派兵が内定していたと言われている。

兵士の大半は、主に経済的な理由から、軍に働き口を求めて入隊した。そのとき日本はまだ正式な参戦をしておらず、まさか自分が海外の戦地への派遣を強制されることになろうとは、想像だにしていなかった。もちろん、入隊時に宣誓のサインをした書類には、ちゃんと交戦時の戦闘参加義務などを記した条項がある。だから、いまごろそれを知らなかったというのは、明らかに彼ら自身の手落ちなのである。それでも、戦場に出るのは、ためらわずにいられない。自己本位だと批判されても、人を殺すのも、殺されるのもいやだという気持ちが、彼らの派兵拒否の根本にある。

モモヨさんは、さらに報じる。

——反乱軍は、昨夜、次のような第二の声明文を発表しました。

〝……おれたちは、バカだった。それは認める。

だが、こっちのバカさ加減に乗じて、戦死まで強いようという日本国家のやり口は卑劣である。

おれたちは、これに抗議する。

要求は、ただ一つ。もう、これきりで、おれたちを除隊とし、家に帰らせてもらいたい……。〃
この要求を掲げ、彼らは、配備された最新鋭の機動戦闘車三両の砲門を、浜岡原発五号機の燃料プールに向けている模様です。この燃料プールには、約三千体の使用済み核燃料が貯蔵され、ほとんど満杯の状態だと思われます。
なお、現在、五号機自体は定期検査中で、運転が止まっています。したがって、稼働中は原子炉内にあった燃料体も、高熱を発する状態のまま燃料プールに移されており、万一、砲撃を受けてプール内の冷却水が失われる事態が生じた場合、やがて燃料体自体が炎上をはじめて、きわめて大量の放射性物質が大気中に放出される危険が差し迫ります。
政府が反乱軍側の要求に応じることなく、鎮圧部隊などによる浜岡原発の敷地内への突入を命じる構えを示した際には、ただちに、反乱兵士らは自滅する覚悟で燃料プールへの砲撃を開始すると警告しています。これによって大規模な核惨事が現実に引き起こされた場合、風向きによっては、ただちに首都圏や、中京、関西地方まで巻き込む破局的な原子力災害となる事態が予想されます。それを避けるためには、政府側にも自制ある判断が求められており、事態打開に向けて、両者のあいだで、できる限り速やかに一定の協議が行われることが望まれます。——

まだ開店前。「美容院はるか」のスツールに置かれたアヤさんのポシェットで、携帯電話機が鳴る。

表示画面を見ると、発信者は「三宅太郎」と出ている。

去年の大晦日、それぞれの家庭を後に残して、彼と二人で院加の町から出奔した。ずっと望んでいたはずのことだった。ところが、いざ実行に移すと、うまくいかず、この春の終わりに別れることにした。以来、どちらからも連絡を取らずにいた。とくに申し合わせて、そうしたわけではないのだが。

どうしようか——。電話に出るか出ないか、一瞬ためらいを覚えたが、やはり、出てみるしかないだろうと思い切る。

「元気でいる?」

拍子抜けするほど、穏やかな、しかも平気そうな声で、彼は訊く。

「うん、なに?」

つい、突っけんどんになって訊き返す。

「浜岡原発で、兵士の反乱が起こってる。知ってる?」

「うん……。たったいま、ラジオで何か言ってるのを聴いたところ。でも、さっぱりわからない」

「どうやら、テレビ、ラジオは、もう報道管制がかかってるらしい。だから、政府側の声明とか、その手のものしか流れてない。だけど、ネット上に情報を流そうとしているジャーナリストたちがいるようだ。

……それからね、ぼくらも知ってる人間が、あそこに加わっている。反乱の現場に」

いっそう話がわからず、電話機を握ったまま、アヤさんは黙りこむ。

「——ほら、去年の年末。院加の演習場で訓練を受けている新兵が、脱走志願で連絡してきて、ぼくらの前に現われただろ？」

「ええ。そうだったね」

そのことが最後のきっかけとなり、太郎さんも、アヤさん自身も、それぞれの家庭を放りだし、故郷の町を後にする。これに伴う、さまざまな痛みまでもが甦り、アヤさんの口はさらに重くなる。けれども、太郎さんの口調は、まるでこだわるところがないかのようだ。

「あの脱走志願の男は、田村ミツオって名前だった。結局、臆病風にとらわれて、部隊に戻ってしまったけれど。たしか二一歳。あのとき、入隊したての教育訓練中だったんだから、いまだって、まだ一等兵だろう。

……実はね、驚いたことに、今度の浜岡での反乱で、中心人物の一人は、あいつなんだそうだ。原発の敷地で立てこもってる現場から、当人が、ぼくに電話してきた。覚えてくれていたのは、うれしかったよ。戦場送りはイヤだ、という意志だけは、彼のなかに続いてたんだろう。ほかの同期の兵士たちのあいだを、彼が走りまわって、反乱に踏み切ろうという意見にまとめたようだ。そんな度胸があるやつだとは、あのときには思えなかったけれども。でも、話を聞いてみると、まんざらホラ話というわけでもなさそうだった」

「ほんとに？」

信じがたいまま、アヤさんは訊き返す。

「どうやら、そうらしい。ぼくらが院加の駅前で続けていた『戦後１００年、平和の会』っていう地味なチラシ配りの活動は、思いもかけず、とんでもない大モノを釣り上げてしまったのかも。こんなことになるのがわかっていたなら、やめておきたかったくらいだよ。やつらが、もしも燃料プールに砲弾をぶち込みでもしたら、いったい原爆何発分の核分裂生成物が、この世界に撒き散らされることになる？

彼らは、反乱部隊のスポークスマンみたいな役割を、ぼくに受け持たせたいらしいんだよ。代理人というのか、広報担当だな。そういった準備は一切ないまま、ここまで突っ走ってきちゃったんだろう」

太郎さんの言おうとしていることが、ようやく、おぼろげながらアヤさんにも像を結びだす。

「引き受けたの？　そのことは」

「まさか。反乱軍の一味に加わる、ってことになっちゃうじゃないか」

「だけど、彼らとしては、それを太郎さんにやってほしいということなんでしょう？　自分たちの気持ちが理解されそうな相手として」

「そうなのかもしれないけれど」

「でも、断わるの？」

「どうしたら、いいだろうか……」

「それについて、わたしに意見を求めようと、こうやって連絡をしてきたの？」

声をたて、初めて彼女は笑った。

「考えてみてほしい、って田村は言った。あとでまた電話してみるから、ってことだった。電話口では、とても落ちついた態度で、それには感心させられた。だけど、見当もつかないよ。こんなのは、およそ想像さえしなかったことだから。

できれば遠慮させてもらいたい。反乱軍の代弁者なんて、あとでどんな目に遭うことかわからない。ただ、ぼくら自身も、もともと、若い兵士らに脱走を呼びかけることを考えてきた。だから、いま、現実に軍から抜けようとしている若者たちに対して、負うべき責任もあるだろうと感じている。道義的には。つまり、おまえはどちらに付くのかと問われたなら、彼らの側に付く、と答えるしかないと思う」

少し震える声で、太郎さんは答えている。

「やれることをやってみるしかないんじゃないかと、わたしなら、考えるかな」

「え、引き受けるってこと？　スポークスマンを」

急に、また弱気が兆して、太郎さんは訊き返す。

「わたしが思うのは、ことがこうして起こってしまった以上は、彼らの言いたいことを正確に仲立ちできる人間が、どうしても必要だろうということ。追い込まれた人間が、さらに誤解を重ねられると、あとは暴発するしかなくなってしまうでしょう。だから、まず、それが第一歩かと」

「たしかにそうなんだろうけれど、なんで、その役がおれなんだよ、と」

言いながら、太郎さんは笑った。

「――宣戦布告が出てからは、院加のぼくらでさえ、ひどい目に遭ってきた。駅前でアピール活動するたびに、ことごとく演説中止が命令される。刑事たちは、相手が老人でもつかみかかってくるようになった。見るに見かねて、割って入ったら、あべこべに袋だたきにされてしまってね。その場で手錠を掛けられて、逮捕だ。一〇日間ほど、ブタ箱のメシを食って、やっと出てきたばかりなんだ。処分保留、ということらしいよ」

「いま、どこで暮らしているの？」

「チエミとの家に戻った。子どもたちもいっしょだよ。まあ、これからは、そのことも気にかけないといけない。やむなく拾い上げてもらったようなものだからね。野垂れ死にさせるわけにもいかないだろうと」

「よかった。

わたしも、それはうれしい」

「ほんとに？」

「もちろん。それを聞けて、肩の荷が少し下りた。十字架が、ほんのいくらかでも軽くなる」

電話口から、太郎さんの邪気のない笑い声が、耳に響いた。アヤさんは、あえて少し強い語調で、さらに言い継ぐ。

「――太郎さん、あなたは、院加の町に戻って、使用済み核燃料の最終処分場の問題を考えていきたいって言っていたでしょう？　そして、わたしは、院加には戻らずに、若い人たちが国によって戦場に送られることについて、どんな対抗手段があるのか考えたい、って言った。

院加の陸軍部隊から逃げだそうとして、途中でためらい、引き返してしまった若者が、考えなおして、さらに大きな決心で行動を起こし、あなたに助けを求めてきた。たしかに、ここには誤った判断が含まれていそうな気がする。でも、そういうところを彼らに修正させることができるのは、信頼できる大人だと彼らがみなす相手だけなんじゃないかな。

ここで彼らを見捨ててしまえば、残りの一生、悔やむことになる」

「だけど、ぼくは、チエミと子どもたちへの責任と、恩義もある」

「それは、そうね。だけど、チエミさんは、あなたが言うようなことを本当に望んでいるのかな？

そこは考えてみる余地があると思う。なぜ彼女は、これまで太郎さんの行動に、ずっと付き合ってきてくれたのか」

「うん、……たしかに、それはあるなあ。どうしてなのかな」

「でしょ？」アヤさんは笑った。「だから、彼女らのせいにはしないで、太郎さん自身が決めないと」

「ああ、それはそうだ……」

——彼が、こうして電話してきたのは、チエミさんとの同居が回復できたことを、私にいちおう報告しておこうと考えたからでもあるんだろうな。律儀なところのある彼らしく……。——

というようにも、アヤさんは想像し、感じ取る。

そして、また、こうも言う。

「原子力発電所という産業の現場に、テロ警備という名目で軍隊が配備され、それによって、どうにか〝安全〟が取り繕われる。だけど、それは、これほど〝安全〟と縁遠い現実はない、ということでもある。

そこにある脆《もろ》さを、現地に配備された兵士たちが突いてしまった。それが今度の事態なんだと思う。どうしてこうなるかと言うと、彼らこそが、この矛盾のなかに真っ先にほうり込まれた当事者だからでしょう。だからこそ、おのずと彼らの砲門は、原発の燃料プールに向けられた。これは彼らが背負わされてしまっているものと同じ構図。そして、それのパロディみたいなものでもあるのだから。

もちろん、こうした行動の取り方は、やむにやまれぬ抵抗の最後の手段としても、許されるべきことじゃない。なぜなら、危険すぎる。うっかり砲弾が一発でも発射されたら、それで世界が終わりになるかもしれない。未来にわたって、ずっと。

だから、あなたは、なんとか武装を解くよう、ともかく彼らの説得にあたってみてほしい。武装を解けば、彼らは負ける。だけど、勝利に値する負け方もありうる。それがどういうことかを、敵をまっすぐ見据えることを通じて、彼らが見出すことができるように」

「なるほど。でも、どうやって？　難しいな……」

「これは、ずっと太郎さんが気にかけてきた〝使用済み核燃料〟の問題でもある。いま受けて立たないで、いったい、いつやるの？　次の機会は、もう、ないかもしれないんだよ」

しばらくのあいだ、二人は互いに黙っていた。

彼女は、軽く息をつく。そして、できるかぎりの心をこめて言う。

「――わたしは、いま、北海道で暮らしている。道東の小さな町で、また美容師として働いて。うん、元気でいるよ。

さあ、そろそろ電話は切らないといけない。店を開けておかないと」


「石器ブロック」「礫群」「木炭集中」……。

西崎シンは、後期旧石器時代の特徴を示す調査現場での出土状況の写真を一枚ずつ手に取り、目を近づけて、眺め入る。調査主任補佐の古木さんから、注意を払うべきポイントをあらかじめ教えてもらわないと、自分で画像だけから特徴をつかみ出すのは、なかなか難しい。けれども、こうして毎日、数をこなして写真を見ているうちに、まったくの自然状態と、かつて人の手が加わった場所との違いが、くっきりと目に映るようになってきた。

小中学校の夏休み期間も終盤に入って、院加町の教育委員会が提供してくれた実習棟の借用期間も、残り一週間ほどとなった。春から夏にかけての出土品の整理、記録も、ここでひと区切りをつけて、九月に入れば発掘調査が再開する。古木さんは、提出期限が迫った調査報告書の原稿作りに追われている。シンは、それの下働きの仕事で、こうして毎日が過ぎていく。

日本の旧石器時代の遺跡で、建造物の「遺構」と呼べるようなものが出土することは稀で、ごくたまに柱穴や炉の跡らしきものが見つかる程度である。だが、その定義をもう少し緩め、生活址とでも呼びうる痕跡に目を向けると、特徴的なものがたびたび見つかる。

「石器ブロック」は、直径三、四メートルほどの範囲に、石器、剝片などが多数集中している場所のこと。つまり、その中央付近に、太古、誰かが座って、石器を制作していたらしい場所である。「礫群」は、直径一、二メートルほどの場所に、握りこぶしほどの小石が、数十から数百も見つかる。熱を受け、赤く変色して割れている石も多く、また、細かい炭粒がまとまって残る「木炭集中」がそこに伴うこともある。つまり、焚き火で小石を熱して食べ物に添え、石蒸し状の調理をしたり、革袋に入れた水に熱い小石を投じて、湯を沸かしたのではないかとも推測できる、台所のような場所だったらしい。

さらには、木の柱を獣皮などで覆って、テント状の伏屋式住居としていたとおぼしき痕跡が見つかる。

また、丸木舟で伊豆諸島の神津島まで外海を渡って、石器の原料となる黒曜石を採ってくる人びとがいたこともわかっている。

　こうした旧石器時代の生活の痕跡を見ると、衣食住をめぐる「文明」の基本要素は、このころにはすでにおおむね出そろって、それが現在まで発展しながら続いているようにも感じる。

　旧石器時代のあと、縄文時代のおよそ一万年間には、巨大建築や交易も伴う豊潤な文明が育つ。続く弥生時代の数百年間、大陸との往来や稲作が広がり、金属器制作を伴う文明が生じる。これに接する古墳時代の土木工学。さらに、飛鳥時代に至ると、法隆寺の壮麗な木造建築群など、実物が現在まで使われて残っている。

　堅牢な基礎を築いて、その上に、樹齢千年のヒノキ材を用いることで、千数百年にわたって建築を長持ちさせられる知恵と技術が、飛鳥の大工たちには蓄積されていた。なぜなのか。これについて考えると、千年単位の時間を刻む建築の制作を、幾度ともなく試行錯誤を重ねながら経験していく歴史が、それまでにすでにあったことを思うほかはない。

　この列島の後期旧石器時代は、およそ三万五千年前に始まり、それ以後の約二万年間にあたる。千年単位の時間の尺度で、そうした時代を思えば、さほど遠い過去とは言えない。ラスコー洞窟の壁画などを残したクロマニョン人が登場するのが、ほぼ、この時代。これ以前のネアンデルタール人は「旧人」とも呼ばれ、現代型ホモ・サピエンスたるクロマニョン人とは違っている。

「これは一種の冗談だけどね」

　苦笑しながら、古木さんは軽く予防線を張ってから話しだす。

「――いまから数万年後の世界にも、もし考古学者がいたとしたら……って、ぼくはよく想像してしまう。このあたりの地域では、後期旧石器時代から縄文時代に移ると、地層は赤土の『関東ローム層』から、黒っぽい『クロボク土』に替わる。どちらも火山灰質の土だ。何が違うのか？　どうやら、腐植、つまり、動植物の遺体に由来する有機物が火山灰土に結びついて、黒くなるらしい。

ほら、春先に野焼き、山焼きをする習慣が残っている地方が、いまでもあるだろう？　ああやって焼かれるのは、ススキとかササとか、イネ科の植物が多い。あれは、一種の焼畑の名残だろうと思う。縄文時代に入ったころから、そういう原初的な農業知識が知られるようになって、これによって生じる植物遺体の大量の腐植が、『クロボク土』のもとになったんじゃないかと考える研究者もいる。こうした文明の発生が、縄文時代の人口増を支えたとも。

この地層は、火山の噴煙にまじる微量の灰が、少しずつ風に運ばれ、やがてそれが地上に降り積もってできていく。だから、『風成層』と呼ばれる。灰が風に乗り、雨に含まれて地上に落ち、それが水に流されたり、乾いてこびりついたりしながら、腐植と結びついて黒っぽい土となり、ほんのわずかずつだが堆積していく。百年かかって数ミリとか、それくらいの時間のなかで。いまという時代も、遠い未来から見るなら、たぶん、この『クロボク土』の地層のなかに含まれることになるんだろう。

ただし、未来の考古学者が観察すると、どこかの時点で『クロボク土』の地層は終わっている。そして、さらに新しい時代の地層は、ふたたび赤土の『ローム層』になっているかもしれない。だとしたら、それは、どんな変化によるものだろうか？

ひとつ考えられるのは、人類の滅亡だ。いや、滅亡までは至らなくても、個体数が旧石器時代の程度まで減少して、生産活動が小規模になったとすれば、そこに生じる風成層は赤土の『ローム層』に戻っていくことになるだろう。そして、もしかしたら、そうした地層の変わり目あたりを検査してみると、高濃度の放射性物質が残っている、なんていうことになるかもしれない。

これを発見する未来の考古学者は、どんな推測を下すだろうか？　きっと、過去のこの時期に、核物質を用いる、とてつもない同種間の戦争とか、何らかの破滅的事態が生じて、人類は異常増殖から絶滅に転じていったのだろう——というところかな？

……だとすると、この未来の考古学者自身は、どんな生物なのだろうか？　という、ありきたりなオチになってしまうわけだけれども」


昼休み、プレハブ建ての仕事場で、シンがコンビニのおにぎりを食べ終えてしまうと、古木さんが席から手招きする。アップロードされたばかりらしい動画サイトの映像が、机の上のタブレットに映っていた。

年嵩の女性ジャーナリストが、陽射しの下、こちらに向かって、きびきびした語調で話している。日焼けした額、少し鉤鼻、髪はきつく無造作に後ろで縛っているらしく、ややハスキーな声、切れ長な目と、その周りの皺の動きが、笑わない彼女の感情の波動のようなものまで伝えてくる。遠い背景に、排気塔のような施設と、窓のない大きな建物、さらにその向こうに、海原らしいものが見えた。

心持ち早口で彼女は話す。

——きのう夕方に反乱を起こし、静岡県の浜岡原発に立てこもっている陸軍兵士らは、きょう昼前、総理大臣が現地に出向いて彼らとの直接交渉に応じるよう、スポークスマンを介して政府に要求した模様です。また、そのさいには、総統も同席するよう求めているということです。

一方、現地の浜岡原発周辺は、ご覧いただいているように原発入り口の手前で、警察による厳しい封鎖線が敷かれていて、原発敷地内の反乱軍の兵士らの姿をうかがうことはできません。

また、日本政府は、今週末の日曜日に同じ静岡県内の陸軍東富士演習場で予定されている大規模演習に集結する新鋭兵力に対し、併せて、いかなる事態の急展開にも即応できる態勢を維持するよう命じており、依然、強硬な姿勢を崩していません。——


この職場にシンの父親から電話が入ったのは、夕方の退勤時刻が近づいたころである。

シンには携帯電話を持ち歩く習慣がない。自分の仕事先などを父に詳しく伝えてもいなかった。弁護士としての仕事柄、父には手慣れたことかもしれないが、こうして息子の職場を突き止めるには、相応の手数がかかったはずである。それだけに、悪い知らせかと、とっさにシンは気構えるところがあった。

「やあ、シン。無事でやれているかね」切りだして、ひと呼吸置いてから、やはり父は続けた。「残念だが、よくない知らせだ。落ち着いて、動転せずに聞いてほしい」

息子は、そのまま電話口で黙っている。

「——母さんが死んだらしい。さっき、院加の警察から連絡があった。どうしたわけか、母さんが遺体で見つかったのは、おまえが住んでる院加なんだそうだ。心あたりが、何かあるかい？」

何もない——と、驚いてシンは答える。そろそろお母さんの釈放の期日のはずだと、気にはかかっていた。けれど、すでに出所したとは考えもしなかった、とも。

「少し前、おれには、釈放はこの日になると、通知のハガキが来た。でも、二、三日、旅行してから鎌倉に帰るので、迎えには来なくていいと、母さんは書いていた。だから、おまえにも、知らせるのはそれからにしようと思ってしまったんだが」

いつ、釈放されたの？——と、シンは訊く。

「きのうの朝。そして、夕方前には、院加駅近くのビジネスホテルにチェックインしてるんだそうだ。つまり、釈放されて、ほとんどまっすぐ院加にむかったんだろう。彼女のトートバッグがホテルに残っていたらしい。遺書はない」

自殺なの？——と、シンは確かめる。

「わからない。望見岩ってのが、あるのかい？　高さ八〇メートルとか、警察は言っていたが。そこからの転落死だと。けさ、遺体が見つかって、現場の検証を進めながらで、身元の割り出しにはしばらく時間がかかった、ということだった」

父は、あらかじめ何度も予行演習をしたかのように、冷静な言葉づかいで、ゆっくりと落ち着いて話した。息子への心配りがそこにあることを、シンは感じる。

「——発見者は、望見岩のふもとにある郷土資料館の学芸員だそうだ。朝八時四〇分ごろ、クルマで出勤してきたら、駐車場に倒れている人が見えたと。近づくと、遺体の損傷がひどかったらしい。だから、救命措置は取らずに、すぐその場で一一九番に電話したとのことだった。

実際の死亡推定時刻は、せいぜい遡っても、その二時間前というところのようだ。死後硬直もまだ始まっていなかったそうだから」

その学芸員の人は知っている、たしか山田由梨菜さんっていう名前だ、親切な人だったよ——と、息子は応じる。

「警察は、自殺の動機がなければ、事故死だろう、と見ているようだ。けさ六時三五分に、そっちでは地震があったんだってね。院加で震度4強。ちょうど、そのとき彼女が岩場の突端あたりにいて、足場の岩が崩れたって見方もできないではないらしい。岩場の上を検分すると、そうとも言えそうな形跡があることはあるんだそうだ。まあ、これは、もしお望みならば、という言い方だったな」

お父さんは、どう思うの？――と、息子は重ねて訊く。

「政治的な謀殺じゃないでしょうな？　って、警察には念を押したよ。妻はきのう釈放されたばかりなんです、首相官邸への住居侵入罪、懲役三年の実刑でね、と。先方は〝そんな形跡はありません〟と、即答したけれども」

他殺ではない？――と、シンは尋ねる。

「うちでは、それについてはわかりません、という語感のほうが強かったかな。実際、そんな捜査も証拠だても、田舎の警察署の部署一つでできるわけがない」

答えながら、父は少し笑い声を漏らした。

「――万が一、そんなことにみずから手を下すとしたら、やれるのは警察庁直轄の特殊警察あたりだろう。その意味では、院加署は正直に答えてくれたということなんじゃないか」

政治的な何かをもみ消すために殺されたりすることって、実際、あるんだろうか？

「ないわけじゃないだろうね。この世の中には、ありとあらゆることが起こりうる。だけど、そういうことになるのは、母さんが、あそこに侵入したことで、表沙汰になれば厄介な事実を知ってしまった、という場合だけだろう。つまり、人を殺してでも、それを隠したい立場の者がいるのかどうか、ということだ。それがどうだったか、おれには、わからない。彼女は何かを知っていただろうか？」

どうなのかな……。ぼくは、わからない。総統というのが、ほんとにいるのかどうかも。もうずっと前に、そういう人物は死んでしまっていて、べつの誰かが、これを利用しているだけなのかもしれないし……。

「おれも、わからない。ただ、確かなのは、いまが戦争中だということだ。戦時体制が続くあいだは、国家犯罪が法に問われることはない。だから、これについては、たぶん、当面、何もわからないだろう。べつのことを考えたほうがいい」

お母さんの弔い方とか？

「そう。おれは、いま、八重洲の事務所にいる。すぐにここを出て、東京駅から、院加の警察署に向かう。うまくいっても二時間余りはかかるだろう。

院加署の刑事さんらは、形ばかり、おまえからも事情を聞いておきたいという意向のようだ。法的に、母さんは変死の扱いだから。なぜ彼女が院加で死んだか、警察としては、そのことに一応理屈は付けなきゃいけない。息子がその町に住んでいる以上、事情を聞かなけりゃ、彼らとしては職務怠慢ってことになる。署には、一人で行けるかい？　おれは、遅れて着くことになるけれども」

うん……。

「遺体も、いまは院加署にあるんだそうだ。ひと通りの体の修復は、警察でもやってくれているらしいが。おまえは自分で決めて、対面はやめておくなら、それでもいいだろう」

そうなのかもしれないけれど……。

「おれが思うにはね、こういうのはどっちでもいいことだ。無理をするのが、かえって母さんを傷つけることになるだろう。あとで葬儀社が修復師を派遣してくれる。それが済んでから対面するのでも遅くはない」

ああ、それもそうだね……。

「母さんは、自分がやろうとしたことを最後までやった。おれなりに考えると、そういうことじゃないかと思う。

おれの場合は、若いころ、もう政治というものにうんざりして、すっかりそこから離れてしまった。正義と思うことを振りまわしても、それはおれの独善で、一方、世の大勢は権力におもねりながら、その後をどこまでもついていく。選挙だろうが、デモだろうが、何度やっても、〝国民〟ってのは、いっこうに変わらない。同じ結果、いや、それがいっそう悪くなる。どうやら、これは、もういっぺん戦争で負けて、こてんぱんにやられるまで変わりようがないんだろうと、骨身に沁みた。前の戦争から七〇年かけて、ここまで来た、と。それからさらに三〇年かけて、戦後百年を費やすことで、いま、こんなことになっているがね。

一方、うちの母さんというのは、ある種、激しく正義の人だったんじゃないかと思うな。ただし、それは、民主主義のプロセスに沿って互いが承認しあうような〝正義〟ではなくて、むしろ、社会的には一人の狂人でも、その自分の内だけでは最後まで抱き通すといった正義だろう。そんなふうな正義も、それはそれで、また、ある。歴史のなかにもある。おれは、母さんと、こうして妙な付き合いかたではあるけど、いっしょに過ごして、そのことにやっと気づかされたところがあると感じる。どっちの正義がましかは、そのときそのときで、めいめいが判断してみるしかないけれども。ともあれ、一人の人間が、そうやって生き通したというのは、祝福するべきことだろう。命に、どこかで終わりが来るのは、しかたがない。最後に、おまえが暮らしている町の様子も眺めることができて、母さん、満足はしたんじゃないかな」

……うん、そうだといいんだけど……。

シンは、受話器を置く。仕事場から人影はほとんど消えて、時計を見ると、退勤時刻をすでに過ぎている。外に出ると、夕刻の陽射しが顔に当たった。

――この町まで、来ていたんだ。お母さんは。――

眩しさをこらえて、視線を上げると、遠くに望見岩の赤味がかった岩肌が見える。そこに上っていく母の姿を思うと、涙が流れた。

しばらく道端に佇んで、どうにか気を落ちつかせると、院加警察署のほうに向かって、彼は歩きだす。けれど、少し歩いて、また立ち止まり、どうしようかと迷いはじめる。

やがて、向きを変え、町役場のほうをめざして、彼は歩いていく。めぐみちゃんは、きょうも残業で、たぶん保健課にいるだろう。まずは彼女に、ことの成り行きを告げておこうと思っている。

道東の町の夕刻、「美容院はるか」での勤務を終えると、アヤさんは帰路につく。

日曜日の閉店後に、美容院の女主人ハル子さん、その息子のケンジと、近くの居酒屋で〝暑気払い〟をしてから、きょう火曜日までの丸二日が、ジェットコースターにでも乗りつづけていたように、とんでもなく濃く激しく、まるで何年もの時間がいっぺんに過ぎたようにも感じる。重い砂みたいな疲れも押し寄せる。今夜は一人で静かに過ごすつもりで、いつもの国道沿いのスーパーマーケットで買い物を済ませておこうと、食品、日用品など、買うべきものを数え上げながら歩いている。


ところが、駅前通りに差しかかると、道のずっと先、〝カニめし〟の沢田さん宅のあたりに、小さく人だかりができているのが見えた。パトカーも、車体を寄せて停まっている。

気づいたとたんに、全身の血の気が引いた。

脱走幇助が露見し、沢田さんは逮捕されてしまったのか？　だとしたら、どうするべきか？　脱走兵の高田光一は、すでに石垣島まで到着しているはずである。彼に累が及ぶような手がかりを自宅に残していないだろうかと、とっさに頭のなかで点検をしなおした。

どうしよう……。

後ろへ向きなおって逃げだしたいとも思ったが、それではかえって怪しまれる。ここから逃げても、クルマがなければ、日に数本のレールカーか、長距離バスの便を待つしかない。町を離れる手だてもない。いっそ度胸を決めて、自分も野次馬の一人となって人だかりに混じり、沢田さんの家を覗き込んでみようと考えなおした。

人だかりに分け入って、右隣の中年女性に、「何の騒ぎですか？　これは」と訊いてみた。

「いえね、こちらの沢田さんが、急に倒れてしまわれたんだそうですよ」

と、その人は教えてくれた。

すると、左隣の初老の男性が、いくぶん声を落とし、訂正を加えた。

「川のなかでね。もう手遅れだったようだ」

すぐ前にいた七〇代くらいの女性も振り返って、柔らかな物腰で口をはさんだ。

「ご遺体は病院らしいんだけど、身元がわかったので、お巡りさんたちがこちらに様子を見に来られたんですよ。だけど、ほら、一人きりでお暮らしだったでしょう？　どうなさるのかしら……」

こうしてわかってきたところでは——。

この日、正午ごろ、近くの小学五年生の男の子三人が、二学期の始業式の帰り道、よい天気なので、広い河原に下りて、水べりで遊んでいた。すると、川の上流のほうから、半白の髪の老人が、頭を先にして仰向きに浮きながら、ゆるゆると流れてきた。岩場を避けるように、左右にうまく弧を描きながら水流に運ばれ、下ってくる。目をつむって穏やかに微笑して見え、最初のうち、そうやって遊んでいる人なのだろうと思っていた。白くしぶきを上げている瀬に差しかかっても、流れに揺れるだけで、そのまま少年たちの目の前を過ぎていく。やっと彼らにも不安が兆して、どんどん下っていく老人の後から、岸辺を懸命に走って追いかけた。ついに、流れのなかで釣りをしている人に大声で知らせて、どうにか抱きとめてもらい、川岸に引き上げられたということだった。

結局、この日、火曜日の夕暮れどきも、アヤさんは思いなおして、ビニールバッグに着替えや洗顔用具などを詰め込み、自宅にまたタクシーを呼び寄せ、ケンジの牧場に向かうことにした。陽は落ちきって、なお暮れなずむ牧場の斜面を上がっていくと、木造小屋を背に、外に置いたテーブルで灯油ランプをともし、ケンジがビーフジャーキーを齧りながら缶ビールを飲んでいた。

日中も天気がよかったので、きょうはほとんど一日、牧草ロール作りのための乾燥作業を続けていたのだと、ケンジは話した。トラクターでテッターという機具を引き、刈り倒した牧草を攪拌することで、水気を飛ばしていく。明日には、またトラクターでロータリーレーキという機具を引っぱり、牧草を畝のように掻き寄せる。そのあと、トラクターの後部にロールベーラーという大きな器具を取り付け、乾いた牧草を圧縮しながら巻き取って走り、直径が人の背丈ほどある「牧草ロール」を作っていく。そのときに湧きたつ、青くさく香ばしい牧草の匂いが、あんたの体の匂いにも少し似ていて好きだと、彼は言った。

ケンジがビールを飲みながら話すのは、ほとんど、そういった日々の事柄だけである。次の日も、また、その次の日も、「美容院はるか」での仕事を終えると、アヤさんは彼の小屋に戻って、おおむね二人はいっしょに暮らしはじめている。店の女主人、そしてケンジの母親でもあるハル子さんは、わざとかどうか、日曜日の〝暑気払い〟以後、息子の話をすることがない。

小さな田舎町だから、〝カニめし〟の沢田さんの急死は大きなニュースで、毎日、美容院のお客の幾人かは、それにまつわる噂話を残していく。とくに多いのは、あれからも早朝や日暮れどき、川霧が立つなかで、沢田さんが愉快げに釣りをしている姿を見かけた、という話である。

……きのうの夕方、うちの亭主が見かけた。

……そうそう、けさだって、わたし、見たよ。まったく、元気そうなんだけどねえ。

——などと話していくお客が、次つぎにいる。

金曜日の朝に、町の葬儀ホールで、沢田さんの葬儀が行なわれた。東京で所帯を持っている長男が、妻と息子二人を伴って帰郷し、老人施設にいる老母に代わって、喪主をつとめた。会葬者は五〇人ほど。住民の高齢化がいちじるしい田舎町にあっては、これほどの人が集まるのは珍しいことだった。

とはいえ、翌日の土曜日も、沢田さんは、相変わらず川の流れに立って釣りをしていたそうである。

……けさもまた、川で会ったよ。よっぽど、釣りが好きなのよね。

……気が済むまでやらせてやらなきゃ、しょうがない。そのうち満足したら、姿を消してしまうだろう。そのときゃ、こっちも寂しくなるね。

——とか、噂話が続いた。

アヤさんが、ようやく川に出向いてみる気になったのは、この土曜日の退勤後のことである。低い堤の脇で、ハルニレの大樹の下に立ち、川幅三、四〇メートルばかりの流れを眺めている。日没ぎりぎりの斜光を浴び、川水は波打つたびに、黄金色にきらきらと光った。そのうち、日が沈むと、川霧が立ってきた。

草むした中州のほうから、沢田さんがこちらの流れに出てきて、釣り糸を垂れている。手を振ると、気づいたようで、にやっと笑ったように見えた。川霧が渡ると、しばらくのあいだは彼の姿を隠した。

アヤさんは、水べりのほうまで降りて、そこにしゃがんで沢田さんの姿を眺めた。とても楽しそうなのだが、釣果はまだないようだった。

「沢田さん。わからないことって、いっぱいあるね。自分の心のなかのことだって」

彼女は、そう言ってみた。沢田さんは、それにはかまわずに釣りをしている。

やがて、アヤさんは、思いきるように立ちあがる。丘陵地の牧場では、ケンジが火を焚き、ビーフジャーキーを齧ったりしている時刻だろう。

彼女はできるかぎり大きな声を出し、

「沢田さん、さよなら。わたし、もう行くね」

と告げた。

そして、彼からも見えるようにと、大きく手を振った。

相手の影は、こちらに向かって顔を上げ、うなずく。

アヤさんは後ろに向きなおり、低い堤に上がって、町のほうへと降りていく。

第一〇章　伝言

「神州赤城会」なる思わせぶりな政治団体名を一人きりでちらつかせながらの土地ブローカーという稼業だから、真壁健造にとっては、コネと耳の早さが命綱である。とりわけ、今度の使用済み核燃料の最終処分場建設については、なかば軍事機密として進む国の事業である以上、表立つ情報はほとんどない。おのずと、軍の方面から漏れる噂話のたぐいに耳を澄ませる。

とはいえ、チンピラ稼業だけに、手立ても限られる。あとは手数と気働きで埋め合わせるしかない。

たとえば、院加近辺の軍関係者だと、家族持ちの士官であっても公舎住まいが大半である。こんな田舎町で無理して持ち家を購入するより、次の転属の機会を待つ。だから、いっそう、地元での彼らの世間は狭くなる。

軍人とはいえ、普段は定刻で出退勤する勤め人である。懐具合も、世間並み。帰りに寄り道するのは、町の居酒屋やスナックといったところで、おのずとそれにも基地での階級や職種ごとに棲み分けが働く。

近ごろ酒もあまり飲まない真壁だが、商売柄、月に幾度か馴染みの店に顔を出す。ただし、軍関係者は露骨に近づきすぎると、警戒心を作動させる。居酒屋のカウンターなどでたまたま隣り合わせて世間話を交わす、といった状況のほうが、彼らの口も軽くなる。だから、努めて「たまたま」の機会を狙っている。

今度の工事が、かねて真壁自身が想像したより、ずっと先まで進んでいるらしいと気づいたのも、こうした居酒屋での「世間話」からだった。

今年の春先あたりのことだったか――。

「うちの新兵たちは、線量計を付けて、横坑にまで入っていたよ」

厚手のセーターにスラックスという出で立ちの三〇代とおぼしき中尉が、焼酎のお湯割りを片手に、焼き鳥をかじりながら言いだした。

「いつごろですか？」

さりげなく真壁が聞く。

「さてね……。去年の年末近かったかな」

あえて「横坑」と言うからには、縦に垂直に掘り下げる立坑に加えて、そこから水平方向に枝分かれする横坑まで、すでにある程度は掘り進んでいるということだ。何をしに、そこに陸軍の兵士たちが入るのか？　掘削、造成の作業には、スーパーゼネコン各社があたっている。だから、兵士たちが坑内に入るとすれば、何らかの物資を搬入するといった、別種の作業だったはずである。

おまけに、「線量計」って？　まだ試掘段階の坑道に、なぜ線量計が必要か？　すぐにも訊いてみたいが、話し方にも注意を要した。

「線量計ってのは、あれでしょう……」

あえて、あいまいに切り出すと、その男は頬をいくらか強ばらせ、こちらに目を向けた。その目に酔いがまわりはじめているのが見て取れた。そこで、さらに遠回しに続ける。

「──それは、あれでしょう。やっぱり、ああなってくると、ある程度の数字が出るのは仕方ないんでしょうな？」

ぽかんと半ば口を開いて、中尉は彼に目を向ける。だが、やがて相好を崩して、

「そう。……そう、そう！」

と、何度もうなずき、笑いだす。

「──事故から三十何年。だから、半減期二年のセシウム134は、もうほとんど数字に出ない。だけど、セシウム137は半減期が三〇年で、いまで、やっと半分ってレベルだから。ストロンチウム90もある。これは半減期が二九年か。土壌ってのは、だからさ、けっこう厄介なものらしいね」

真壁には、どうやら、それが三五年前の福島第一原発の事故によって生じ、いまは、そこの敷地を取り巻く「中間貯蔵施設」で野積みされている汚染土壌のことだと、察しがついた。それらのうち、ある程度の量が、何かの〝試験〟で、ここの坑道に持ち込まれたのではないだろうか？

つまり、院加にひそかに建設されつつある使用済み核燃料の「最終処分場」には、福島で放置が続く膨大な汚染土壌のいくらかも、どさくさまぎれに押し付けたいという思惑が働きはじめている

のではないか？　たとえば、本格的には百年ほど先の作業となるにせよ、長大な坑道の埋め戻しに、そうした汚染土壌が使えれば、格好の処分方法となるはずだ。ブローカーとしての習性で、とっさに真壁は筋書きを脳裏に描きだす。

ご機嫌な中尉の口ぶりからすると、汚染土壌の試験的な搬入を受け持たされたのは、入隊後まもない新兵たちである。

「その手の作業ってのは」自分もわざと酔っぱらった口調で、真壁が訊く。「いまでも、あの事故のころみたいに、ほら、防護服とか、全面マスク。ああいう宇宙飛行士みたいな出で立ちでやるもんなんですかね？」

「まさか」

その中尉は声を立てて笑った。

「――短時間の作業だし、それに、ちゃんとフレコンバッグに梱包された状態の土を運ぶんだから。放射線も、おおむね、そこで遮蔽されてる。へたに目につく格好でやっても、あとが面倒になるだけだから」

だったら、なぜ彼らは「線量計」を身に付ける？　ひょっとしたら、それの意味も知らされず、ただ「データ」を集める役回りだけ、彼らは負わされていたのではないだろうか？

ヤクザな稼業だけに、自分自身も罪なことを重ねてきた。けれど、いまもあの居酒屋での中尉との会話は、はっきりと思いだす。そのたび、いやな気分が湧き上がり、半日ばかりを浮かない顔で過ごすことになる。

今度、静岡県の浜岡原発で二百名の陸軍兵士が立て籠っているという騒動を知るにつれ、あのときの中尉の話が、また、真壁には甦った。

報道管制が敷かれていたので、当初、彼は騒ぎそのものを知らなかった。だが、ここ数日、院加の町で見かける軍関係者とおぼしき男たちが、みな、手にするタブレットの画面にじっと黙って見入っている。バスの座席やコーヒーショップでも、そうした男と隣り合わせて、そっと横目で覗くと、画面にあるのは、ネット上に流れる報道の動画のようだった。自宅に戻ってパソコンであれこれ検索してみて、やっと、この事件を知ったのだった。

以来、彼は、年輩の女性ジャーナリストによる現地からの報道を、ネット上でしきりとチェックせずにはいられない。どうやら、そこで報じられている造反兵士たちの主力は、半年余り前、院加の陸軍演習場で新兵として教育訓練を受けていた者たちらしい。ということは、彼らは、院加での教育訓練中に、線量計を付けて汚染土壌の搬入作業をさせられ、その期間を終えると、浜岡原発の警備に配属、さらには中東への派兵、という段取りに、あらかじめ運命づけられていたようなものではないか。ブロイラーの若鶏たちが、生きたまま精肉へのラインに沿って運ばれていくように、若い男たちの生命までもが弄ばれていいものか？

町で見かける軍関係者らしき男たちが、感情を押し殺したように、じっとタブレットの画面に見入っているのも、これによって理解ができた。彼らには、造反兵士の一人ひとり、直接に知る者もあるだろう。だが、軍規違反の反乱に、同情を示すことは許されない。彼らの表情は、生き残った廃鶏のようになる。

さらに、真壁は理解した。

春先、望見岩のふもと付近の岩肌からの湧水が、一リットルあたり六千ベクレルを超える濃度の放射性セシウムを含んでいることがわかり、騒ぎになった。やがて、その濃度は、じょじょに低下していったが、大雨のあとなどには、たびたび高濃度をまた記録した。

いま思えば、あれも、新兵たちが坑内に運んだ汚染土壌に由来していたのかもしれない。横坑のなかから、それが滲み出て、やがて、望見岩の崖下から湧きだすに至ったのではないか？

浜岡原発での事態は、膠着した状態が続いている。

反乱部隊のスポークスマンをしぶしぶ引き受けた三宅太郎さんは、火曜、水曜の一両日中、北関東の院加町の自宅で、電話や電子メールによって現地と連絡を取り合いながら、自身の役割を果たそうとした。だが、このままでは、現地との連携や意思疎通に、どうしても齟齬が生じる。しかたがない。こうなったら、自分が浜岡原発の反乱部隊に合流するほかないだろうと思い決め、またも女房のチエミさんを拝みたおして、当面、家業の八百屋を彼女に押し付けた。

「もう、言いだすと聞かないんだから、しょうがない。ただし、絶対に生きて帰ってくること」と、チエミさんは、彼に復唱を命じて、誓わせた。「子どもたちだって、お父さんのこと、見てるんだからね」

とは言え、太郎さん当人としても、完全武装で籠城している二百名の若い兵士のなかに、野菜や果物の扱い方しか知らない自分が、丸腰のまま一人で加わっていくという勇気はない。せめて誰か、道連れがほしい。だが、もしもの場合を思うと、育ち盛りの子どもがいるような相手は誘えない。

候補が一人浮かんだ。「戦後101年、平和の会」の仲間で、院加郊外の田畑で循環型の農業を続ける田中キヨシさんである。ちょっと偏屈な人だけど、もう子どもらは独立している。知恵があり、はっきり自分の考えを述べる。だから、頼りになりそうだ。けれど、引き受けてくれるだろうか？

電話で頼むと、

——ごめんだね。勘弁してよ。——

素気なく断わられた。けれど、懸命に太郎さんは説得を続けた。

……今度、反乱を起こした部隊のなかに、田村ミツオという兵士がいる。去年の暮れ、院加の演習場で教育訓練を受けていたとき、彼は、一度は脱走しようとして、「平和の会」に電話をかけてきた。その電話を太郎さんが受けて、迎えにいき、いったんは匿ったのだが、すぐに臆病風に取り憑かれ、その日のうちに、自分の部隊に戻っていった。そういう若い兵士が、今度はリーダー格となって二百人の仲間たちを引率している。一歩まちがえば、彼らの多くが命を落とす。さらに悪いほうに転べば、日本列島が全滅するような核惨事になりかねない。どうすれば、もっとましな決着を求められるかわからないのだが、とにかく、じかに彼らと話せるところに出向くほうがいいのではないかと思っている。そして、これには田中さんの助けを受けたいのだと、太郎さんは言った。

——そりゃあ、買いかぶりだよ。こっちは、ただの老いぼれかけた百姓だ。——

田中さんは、逃げをうつ。

そういう普通の人間の知恵こそ、若い兵士らが必要としているものなんだよと、太郎さんは言い募る。

——そうかなあ。じゃあ、とにかく、いっしょに行ってみるか。——

最後は、ついに、あっさりと前言を翻し、田中さんは頼みを聞き入れてくれたのだった。

田中さん所有のおんぼろな軽トラックに二人で乗り込み、院加の町を出発したのは、木曜日の午前九時ごろ。午後には、浜岡原発に着くはずである。反乱部隊の田村ミツオが電話してきて言うには、警察とのあいだでは手はずがついたので、封鎖線のところで警察官に名前を告げて、そのまま原発の正面入口まで通ってきてくれとのことだった。

このトラックは、ふだん、田中さんが農作物の集荷や運搬に使っている。太郎さんの八百屋の軽トラックと同様、いまだに手動運転という代物である。泥だらけで、凄みがある。田中さんは、半白の長めの髪を七三分け。一八〇センチ余りの痩身を折り畳むように運転席に座り、野球帽を深くかぶりなおして、キーを差し込み、エンジンを回した。

がたがたと振動するハンドルを握って県道を走り、目をしょぼつかせながら、エンジンを踏み込む。やがて高速道路に上がっていく。

「ネットで見てると、反乱部隊は機動戦闘車で原発の燃料プールに砲門を向けている、ってことだったな」

田中さんが言った。

「——だけどさ、燃料プールって、原子炉建屋のいちばん上のほうにあるんだろう？　建屋の外壁は、厚さが一メートルほどあるって話じゃないか。鉄筋も、そこには、ぎっちり縦横に埋め込まれているはずだ。

機動戦闘車って、戦車みたいなものだろう？　砲弾で、これだけの壁をぶち抜いたりできるんだろうか？」

「どうなんでしょう……。

建屋の壁も、けっこう、ぼろぼろだって言いますから。もう四〇年以上も運転してきて、老朽原発もいいところだから。地震だって何度もあったし。一撃で崩れるんじゃないかと言ってる人もいる」

「あ、そうなの？」

田中さんは、ちらっと、助手席の太郎さんに目をやる。そして、すぐに高速道路の行く手へと目を戻す。

結局——原発の側は、たとえ飛行機で突っ込んでくるようなテロがあっても、それに耐えられるほど頑丈な建屋の壁だと言う。一方、軍の側は、対テロ戦でどんなに堅牢な要塞だって撃破できる、強力な砲を備えた最新鋭の機動戦闘車だと言ってきた。この両方ともが真実、ということはない。そして、実際には、たぶん、そうなってみないとわからない。ただ、これ、一つ問題なのは、どっちも、これまで日本政府が主張してきたことなんですよ——と、太郎さんは話している。

それでも——と、さらに彼は付け加える。

「……反乱部隊の側からすれば、建屋の外壁をぜひにも撃ち破らなけりゃ、自分たちの目的が遂げられない、ということではないと思うんです。燃料プールは水深一二メートルほどで、原子炉建屋の高いところに造られている。つまり、砲撃の衝撃で、もしプールの底に割れ目が生じたりしたら、冷却水が漏れ出す。それだけでも、燃料体が露出してしまって、やがては発火するから、砲弾で建屋の壁を破るのと変わらない結果になる」

もともと太郎さんは、使用済み核燃料の問題に関心を寄せてきたので、こうした事柄に詳しい。だから、さらに彼は、これについて数字を上げながら、嚙み砕いて説明した。

——浜岡原発五号機の原子炉建屋の燃料プールでは、その水底部のラックに、長さ四・五メートルほどの燃料体が全部で三千体ほど、差し込むようにして立ててある。ここに水深一二メートルまで水を満たして、熱交換器で冷却しながら循環させる。こうすることで、放射線を水によって遮蔽しながら、使用済み核燃料が発しつづける熱を冷ましている。だから、砲撃の衝撃で燃料プールに割れ目が生じ、冷却水が漏れ出した場合、水位が八メートルも下がると、燃料体の一部は空気中に露出する。すると、さらにどんどん加熱していく。

彼は、続ける。

「——いま、五号機の燃料プールで特に危ないのは、定期検査にかかって原子炉から取り出されたばかりの燃料体が、ここに移されていることです。この燃料体は激しく発熱しているから、絶えず冷却水をポンプで循環させながら冷やしていないと、たちまち沸点に達する。まして、これが空気中に露出すると、なかの燃料棒を覆っているジルコニウム合金の被覆管が八百度から九百度くらいで発火して、さらに熱源となってしまう。そうなると、燃料棒のなかのペレットも壊れて、ウラン燃料から大量の放射性セシウムなどが空気中に放出されはじめる。一方、ジルコニウムと蒸気が反応して、爆発性の水素ガスが発生する。ですから、外壁が砲撃で崩れていなければ、建屋のなかに水素ガスが充満して、かえって水素爆発の危険が高まる。

これが爆発すると、膨大な放射性物質が噴き上げられて、その規模は、福島第一原発の事故のときどころではなくなります」

「やれやれ……。この手の話になったら、脅し文句ばっかりだ。それが、おれには、どうも気に食わない」

田中さんは、ハンドルを軽く切りながら、溜息をつく。

「――反乱部隊も、おっかないことをやってくれるもんだな。もっとも、多勢に無勢で歯向かおうとすりゃあ、ほかに、これ以上の手だてもないか」

「彼らは、もともとテロ警備で浜岡原発に配備されていたんだから、定期検査による燃料体の移動とか、そのあたりの予定はあらかじめ知ってたはずですよね。だからこそ、この機会をとらえて、行動に出たんでしょう。燃料プールは、原子炉本体より構造がずっと脆いし、しかも、こういう条件が重なると、それより危険な存在になりうる。

原子炉から取り出されたばかりの燃料体が炎上を始めたら、いずれは、ほかの使用済みの燃料体にも広がるかもしれない。それから、水素爆発なんかで、燃料ラックの形状が崩れて、燃料体が片寄った場所に集まったりすると、再臨界を起こす危険もある。そうなると、一瞬で、もっと巨大な水蒸気爆発が起こるかもしれない。風向きによって、その放射性プルームが東に向かうか、西に向かうかはわからないけれど、日本列島全部がだめになってもおかしくない放射性物質が撒き散らされることになると思います。ものすごい量です」

田中さんは、相手が話したことを咀嚼するように、しばらく黙って軽トラックを運転した。

「太郎さん」

そして、彼はまた言った。

「――あんた、いつか、使用済み核燃料は、首相官邸とか国会とか、あのへんの永田町界隈にしっかりした地下施設を作って浅層貯蔵にするべきだって、意見発表をしたことがあったよな。〝平和の会〟のミーティングで。

おれは、あのとき、それは立派な考えではあるようだけど、実現させる手立てはない、そこが問題だって思った。なぜなら、そんな自己犠牲の精神に満ちた法律を、政治家連中が自分で作るわけがないからだ。そこんとこを飛び越えちまって立派なことを言うだけじゃ、それもまた一つの政治の物言いになっちまうんじゃないかってね。

いまだって、それについては、おれは同じような考えだ。

だけど、ここに至るまで、未来へ未来へと子孫にしわ寄せを押し付けながら、ずるずる続けてきちまった政治っていうのは、始末に負えねえな。もっとも、連中がしゃべる言葉は泡《あぶく》みたいなもんで、どんな強腰でものを言うやつも、結局、そのときそのときで受けのよさそうなことをブクブク言ってるだけなんだろう。総統とか、その取り巻きみたいな連中も、実はそれだけのことだとおれは思っている。ということは、やつらをのさばらせているのは、つまるところ、おれたち、世間の〝欲〟だということなんだろう。それが膨れあがってバケモノに姿を変えている。

あんたが言う通り、永田町の地下あたりに、こういうものは抱え込ませておけりゃ、それがよかったんだ。だけど、断じて言うが、やつらは、それを決められない。戦争の法律は作るが、やつら自身が志願兵になろうとすることは、これからもないだろう。二〇歳やそこらの兵隊たちが、気の毒だ。おれにはそれがやりきれない」

軽トラックは、首都東京を遠巻きにする道程で、高速道路を走っていく。

太郎さんが、助手席でタブレットをいじると、動画サイトに新しく投稿された、反乱部隊をめぐる報道の映像が動きだす。

年輩の女性ジャーナリストが、切れ長な目で厳しい表情をして、真正面からカメラに向かって話している。背後には、フェンス越しに荒れた原野のような草原が広がり、彼方に富士山が見えている。

――戦場への派兵を拒んで、静岡県の浜岡原発に陸軍兵士およそ二百名が立て籠っている事件は、依然、膠着した状態が続いています。

わたしは、いま、静岡県御殿場市にある陸軍東富士演習場の畑岡地区に来ています。現在、ここでは大規模な火力演習が続いており、三日後の日曜日午前には、新鋭兵力を結集した演習の一般公開が予定されています。政府高官は、反乱部隊による浜岡原発での籠城がさらに長期にわたる場合、これらの新鋭兵力を投入しての鎮圧作戦も辞さないと述べており、強硬な姿勢を変えていません。

一方、早ければ明日中にも首相みずから浜岡原発に出向いて、反乱部隊の兵士らとの最終的な協議を行ないたいとの意向も浮上しており、事態の展開は大詰めの様相を示しています。――

「この人、道岸モモヨと言って、けっこう有名な映像ジャーナリストなんです」

画面を見ながら、太郎さんは、田中さんに説明する。

「――勇気と粘り強さのある映像作品を、いくつも、いくつも作りつづけている。ただ、テレビでの仕事はあまりしなかった。譲歩を求められることが多すぎたからじゃないのかな。だから、ポピュラーな知名度は、それほどではないのかもしれない。でも、海外の映像作家たちからも敬意を集めていて、影響力がある。モモヨさんがいまでもあれだけの仕事をしてるんだから、自分ももっと頑張らなきゃと、後輩の同業者たちは励まされるんでしょう」

田中さんは、少し眠そうな様子で、ちらっと、タブレットの映像に目をやる。

「きつい顔をしたばあさんだ」くすっと笑った。「まあ、一番望んだことをやるっていうのは、そういうことだろうな。貧しくても、工夫しながら、どうにか食える、と。それだけの実力がありさえすりゃあ、あとは死ぬまでやれるんだから」

タブレットの映像では、カメラがパンして、演習場と県道を隔てるフェンス沿いに、とても長く続いている行列をとらえていく。缶コーラを片手に立ち話をする若い女も、サングラスにスキンヘッドで道端に座り込む男たちもいる。モモヨさんの声が、そこにかぶさる。

――宣戦布告後、初めての陸軍の大演習だけに、今度の日曜日午前に予定される一般公開は、軍隊ファンらの注目を集めています。きょう木曜日の段階で、……ごらんください。この通り、日曜早朝の入場開始を待つ列が、すでに、およそ二千人に達しています。

この行列に加わっている人たちに話を聞いてみたところ、浜岡原発で続く反乱部隊の籠城については、批判的な意見が大半です。

「国を挙げての戦時下に、自己中心的すぎると思う。無責任だし、非国民だと批判されてもしかたがない」

また、

「軍人として宣誓を行なった上で入隊しながら、戦地派遣の命令を拒むというのは、職業倫理上からも問題があるのではないか」

などといった声がありました。

ただ、興味深く思えるのは、この事件については政府による報道管制が敷かれているにもかかわらず、ここに集まっている人たちの大半が、かなり詳しく知っている様子だということです。

また、日曜日の演習の一般公開後、もし、ここに結集している兵力が浜岡原発に立て籠る反乱部隊の鎮圧に向かうのであれば、そちらの現地にも出向いて、作戦行動の様子を見てみたい、と話す人が、ここでは多数を占めています。戦場への派遣に異議を申し立てる若い兵士たちの声は、この社会のなかでは少数のものとして、戦争支持の多数派の声のもとで、掻き消されがちな状態です。


——


タブレットの画像を太郎さんは切った。田中さんがハンドルを握ったまま話しだす。

「明治の初め、徴兵制度ってのができたころには、穴だらけのものだったらしいね」

話の行方に見当がつかず、太郎さんは、

「あ、そうなんですか？」

とだけ、相槌を打った。

うん、と、うなずき、田中さんは構わずに続ける。

「たとえば、当時だと、家長は兵隊に取られない。跡継ぎになる息子や孫、つまり、長男たちだな、彼らも兵隊に取られない。それから、代人料とか言って、何がしかのまとまったカネを払えば免役になるから、金持ちの息子たちも、兵隊に取られない。

次男坊、三男坊でも、たとえば、子どもがいない家に養子で入れば、跡継ぎだから、兵隊には取られない。親類に廃絶した家があったら、その戸主として再興を届けても、やはり兵隊に取られない。本家から分家し、新しく家を興せば、これも兵役に就かずに済む。

親戚などのなかには、この種の抜け穴に詳しい人がいる。そういう人が、〝あそこに子どもがいない家がある〟といったことも教えてやる。すると、そこの家に出向いて交渉して、養子にしてもらったり。だから、こうした知恵を持つ人は、子だくさんの親類などから頼られて、恩人だな。つまり、実質じゃあ、兵役拒否の運動を広めてるようなもんだけど、そういう人が、日本中の町や村にいたってことだろう」

「ああ、なるほど」

口をぽかんと開いて、太郎さんは笑った。

「漁村なら、兵役の時期には遠くまで漁に出て、姿をくらます。鉱山の渡り職人になって、転々と住みかを移していけば、これも兵役を逃れられる。都会だって、本籍を隠して、よその家に年季奉公で入るという手もあった。とにかく、できるものなら、そうやって徴兵を逃れようとするのが、ふつうの庶民感情だったわけだろう」

「そりゃそうだ」

太郎さんは、田中さんの面長な横顔を見る。

「だからさ、おれが思うのは、それが、どこで変わったのか、ということなんだよ。

……おれは、どうもね、日本って社会が、いまみたいな〝国民〟単位に変わったのは、うっかり戦争に勝ったことからじゃないかって思うんだ。

明治なかばに、日清戦争ってのが、満洲、朝鮮あたりであって、日本が勝つ。そのあたりから、兵役からの逃亡者は目に見えて減るらしい。勝つことで、逃げなくなるんだね。

そのあと、日露戦争だ。これは日本軍だけでも一〇万人近い戦没者が出る。だけど、国を挙げての戦争気分で、作戦が勝利を収めるたびに、都会ではお祝いの提灯行列が出たりする。オリンピックみたいな気分なんだろうな。

つまり、〝日本国民〟って気分が、このあたりで生まれたんだろう。それまでは、国民というより、ただの庶民。せいぜい、おれは上州育ちだとか、あいつは九州だとか、その程度で、あとは自分の暮らしに関心を向けるだけで生きていた。

戦争に勝つっていうのは、何とも言えず、気持ちが良くて、忘れられないもんなんだろう。負けたって、そっちは忘れちまうんだ。――日本人のくせに、日本国の戦争に反対なんていうやつは非国民だ――なんてね、そういう気分が生まれて、……もう、それから一五〇年ほどになるわけだけれども」

軽トラックは、とうに東名高速道路に入っていて、右手前方に富士山が見えはじめた。

浜岡原発を警備してきた将兵二百名を収容するカマボコ型の廠舎は、三棟に分かれて、五号機のタービン建屋の北側に接する丘陵の林を切り開いて建てられていた。

　田中キヨシさんと三宅太郎さんが同乗する軽トラックが浜岡原発に到着したのは、午後三時半ごろ。封鎖線で警察官に名乗ると、すぐにバリケードが除《の》けられ、原発の正面入口から構内に進入することができた。三人の兵士が、自動小銃を手にして歩哨に立っており、そのうちの一人がここから荷台に乗り込み、田村ミツオたちが待つという廠舎まで、合図しながら導いてくれたのだった。

　田村は、去年の年末、院加の演習場から脱走を図って、太郎さんに助けを求めてきたものの、こわくなって、すぐに部隊へ戻っていった新兵である。いまは一等兵の身ながら、今度の反乱を先導し、またもや太郎さんに電話してきて、なんとかスポークスマン役を引き受けてほしいと、口説き落とした。

　原発の正面入口は、国道一五〇号線に接して、広大な原発敷地の北西角にあたっていた。一方、五号機は、ここからもっとも離れた敷地内の南東部、遠州灘に間近い場所に立つ。そこに至るまでの原発敷地の南側は、ずっと砂丘に沿いながら、遠州灘に面している。ただし、いまは、高さ十数メートルの防潮壁が、総延長一・六キロにわたってそびえており、原発敷地から海への眺望を阻んでいる。

　軽トラックは、正面入口から、いくつもの施設のあいだを縫うように走って、奥のほうへと進んでいく。

　正面入口近くの事務所棟の脇に、かつて一号機、二号機が隣り合っていた跡がある。廃炉作業はほぼ完了し、荒れ野のような状態で放置されている。同じ場所に六号機を新設するという計画が、以前はあった。だが、中部地方を大地震が襲ったさいに、津波が防潮壁と川べりの改良盛土の接合部あたりの隙を突き、このあたりまでなお侵入してきたことなども過去にはあって、新設計画はすでに四〇年近くも店ざらしにされたままである。

その東側にある三号機は、あと一年ほどで、許される運転期間の上限にあたる満六〇年を迎える超老朽機だが、昨年夏に配管の腐食による深刻な蒸気漏れ事故を起こして、いまは停止中である。おそらく、この状態のまま、廃炉に至ることになる。

これの東に続く四号機は、あと七年ばかりで運転六〇年となる。こちらの稼働も、定期検査に加えて、大小のトラブルが続いて途切れ途切れといったところだ。とはいえ、今度の反乱部隊による占拠の時点で、これが浜岡で稼働している唯一の原子炉だった。

構内は、外の騒ぎをよそに、人影も概して少なく、意外な静穏を保っている。迷彩の戦闘服を着込んだ兵士たちが、自動小銃を手に、辻々で歩哨に立っているのが目にとまる。ほかには、作業着姿の電力会社側の従業員たちが、徒歩や作業車で行き来している程度である。

テロ警備のため常駐してきた陸軍部隊およそ二百名が、ここで籠城を始めた月曜夕刻の時点で、政府や電力会社には、稼働中の四号機を緊急停止《スクラム》するべきという、差し迫った問題が生じた。

ただし、これを行なうと、炉内の温度や圧力に急激な変化が生じて、機器が破損するリスクを伴う。だから電力会社としては、廃炉直前の原子炉ならともかく、まだ当面は稼働させられそうな原子炉ならば、できれば、ゆっくりと制御棒を挿入していく通常の運転停止の手順を取りたいという躊躇が働く。加えて、兵士の反乱と言っても、日ごろ原発を警備してきた顔見知りの兵士たちである。しばらく様子見を決め込めば、事は穏便に収まるのではないかという楽観論も頭をもたげる。

こうした優柔不断が許されたのは、実は政府の側にも、ただでさえ低調な原発の稼働率をさらに下げることはできれば避けたい、という思惑が共有されていたからである。

だが、さすがに、政府が反乱部隊に示す強硬姿勢と、これでは矛盾が大きすぎる。こうして、四号機もスクラムで停止されたのは、ようやく、太郎さんたちが到着する前日、水曜日午後六時過ぎのことだった。

ともあれ、たとえ反乱部隊が敷地を占拠した原発でも、施設は安全に動かし続けなければならない。それができるのは、電力会社側の従業員たちだけである。原子炉を停めても、燃料棒中の核分裂生成物は崩壊を続ける。だから、その熱を除去するシステムは変わらず働いている必要がある。燃料プールも滞りなく循環していなければならない。中央制御室の計器は、二四時間、運転員たちがにらんでいる。この巨大施設の点検には、途絶えず膨大な業務がある。だから、いまも、関連企業を含めて二千人近い電力会社側の従業員が、広い敷地内のどこかで働いているという。

「おひさしぶりです。いつぞやは、まことにご無礼をいたしました」

戦闘服姿の田村ミツオは、太郎さんに向かって、笑顔で握手の手を差しだした。手のひらは厚い。背丈はお互い同じくらいである。だが、肩の肉づきなどは、去年の暮れに初めて会ったときより、格段にごつくなっている。体格の変化に、この八カ月ほどのあいだに彼の経てきたものが凝縮されているかのようだった。

田村は、田中キヨシさんのほうへ視線を転じて、

「――このたびは、まことに勝手なお願いにもかかわらず、危険を承知でこんな遠方にまでお出向きくださって、お礼の言葉もありません。どうもありがとうございます」

と、深くお辞儀した。

この精悍な兵士は、血色良く、小麦色に輝く頬や額を持っている。去年の年の瀬、ジーンズにセーターとブルゾンを着込んで、脱走兵志願者として自分の前に立った二一歳の若者の面影は、あっという間に薄れる。わずかな動作も、次の目的を明瞭に意識して、最短距離を行く。去年の暮れ、この若者の身のこなしは、まったく違っていたなと太郎さんは思いだす。

僚友を二名、田村は伴っていた。彼自身は、外部との折衝責任者としての役を任され、この二人に実務面を補助してもらっているとのことだった。みな、迷彩の戦闘服を着ている。僚友の一人は、半袖の戦闘服を着ているように見えたが、なおよく見ると、長袖の袖口を丁寧に幾度も折っていき、まるで半袖のようにしてから、着込んでいるのだった。

「さて……」清潔だが、飾り気もない二〇畳ほどの広さの洋室を見まわし、田中さんは言う。「われわれは何をしてりゃあ、お役に立つんですかね？」

田村は微笑する。そして、ソファの席を田中さんと太郎さんに勧めてから、向かい側に自分たちも腰を下ろし、柔らかな落ち着きのある声で切りだした。

「ここでお二人にお願いしたいことですが……」

太郎さんがかすかにうなずき、彼は続けた。

「――一つは、政府や警察と交渉するさいの窓口です。これは、当事者であるぼくたちが直接に事にあたると、いろいろと言質を取られやすいし、そのぶん、消耗も重なる。月曜日の夕方に決起して、最初の宣言を発しようとしたとき、この点に、すぐ気づかされました。こうした通告などにあたっては、第三者的な立場の人の協力を得て、事務的に処理できるほうがよかったんだと。だから、三宅太郎さんにぼくから電話して、こうして無理をお願いしてしまったんです。ぼくには、一般の社会人としての経験がなくて、こんな相談をできる相手が、ほかに思いつかなかったものですから」

田村は、自身のことを「ぼく」と言う。軍隊だと、上官との会話や、外部の者との交渉には、一人称として「自分」とか「わたし」とか、もうちょっと硬い響きの言葉を使いそうなものだが。

「あなたがたが用意した文言を、われわれは、事務的に外部に伝える。……そういうことだと受け取ればよいのかな？」

緊張した面持ちで、太郎さんが確かめる。そうです、と田村はうなずいた。

「今後、外部との交渉は、電話連絡や電子メールのやりとりも、なるべくこの部屋に集中させようと考えています。当番の者をここに置き、事務的な面は手伝わせます。

今後は、相手側からの申し入れについての返答も、基本的にステートメントの形で、つまり、スポークスマンが文書を読み上げるやりかたで対処したい。文言はこちらで用意し、それの通達役を三宅さん、田中さんにお願いしたい、ということです」

「アナウンサー役みたいなものと考えておけばいいのかな？」

田中さんが訊く。

「そうですね」

と、田村は短く答えた。

「――それから、マスコミなどからの申し入れにも、同様の対応にしたいと思うんです。つまり、取材は受けず、ステートメントで返す。そうじゃないと、切りがないので。

この二つです。

よろしいでしょうか？」

「了解」

太郎さんも手短かに答えた。

田村の僚友の一人、戦闘服を長袖の状態で着ているほうの男が、横あいから補った。

「ぼくらからの要求は、ひと言で言い切れます。

——戦場に行くのはいやだ。家に帰らせてもらいたい。——

これだけのことなんです。政治的な要求は何もありません。

政府側からの交渉術に引っかきまわされて、この基本のところがぼやけて見えるようにはしたくないんです」

「それはわかる」

うなずいてから、田中さんは尋ねる。

「——だけど、メディアには、報道管制が敷かれてるんでしょう？　それでも取材に来る、というホネのある記者が、いまどき、いるんでしょうかね？　お目にかかってみたいくらいだけれども」

田村は、にやっと、笑いを噛み殺した。

「そうかもしれません」

と答えてから、彼は言い足す。

「——ただ、一人だけ、これはマスコミと言えるのかはわかりませんが、うるさいくらいに取材を申し入れてくるジャーナリストがいます。ありがたいことですけれども。だけど、こっちは人手がないもんですから、それへの対応にも限界がある」

「これだけ広い敷地だと、二百人の部隊じゃ、警備だけでも大変だ」

田中さんが言うと、その通りです、と田村は答える。

「正直言って、二百人の兵力の大半が、ひたすら警備です。それだけで終わってしまう」声を立て、彼は笑った。「まあ、仕方ありません。もともと、浜岡原発に配備される中隊は、警備が本務なんですから。宿命だと思うほかありません」

「だけど、いまとなっては二百人じゃあ、足りないでしょう？」さらに田中さんは言う。「外部からの侵入を完全に防ぐには」

真顔に戻って、田村はうなずく。

「そうです。このさいですから、あなたがたには、本当のことをお話ししておきますが。この原発では、常時、二千名規模の電力会社とその関連企業の従業員が働いています。夜間でも千名近くが。原発というのは、そういう施設なんです。どうにか安全を保つために、ものすごく人手がかかります。巨人ガリバーに、小人国の兵隊たちがアリみたいに寄ってたかって世話をしているみたいに。ぼくらのような門外漢には、代わることができません。

こうした人たちの原発敷地への出入りは、日ごろから厳しくチェックされています。自家用車で構内に入ることは許されず、徒歩で入口のゲートを抜け、生体認識を受ける。ぼくらもそれなりのトレーニングを受けた上で警備にあたりますから、常勤の従業員については、ほぼ全員の顔を覚えています。名前もかなり。ほかに出入りの業者らもいますが、ちょっとでも不審があれば、遠慮せずに誰何するのが規則です。

ただし、もう、これからは難しい。われわれがここを占拠した以上、スパイは必ず送り込まれてきます。もちろん、すでに入っているでしょう。それに、レンジャーの訓練を受けた者なら、これくらいの警備なら、どうにかして突破できます。

まず、それよりも、電力会社の従業員らにまぎれて、白昼堂々と入ってくる。こちらも手が回っていませんから、顔見知りの従業員たちが超小型のカメラやマイク、無線装置などを身につけて持ち込んでくることまで、すべて水ぎわで止めるわけにはいきません。

ですから、そう長いあいだ、ぼくらはここを占拠していられません。そうですね、せいぜい、あと一週間、といったところでしょう。食糧の問題なども、なくはない。ですから、あなたたちにも、それほど長くご自宅を留守にさせることがないように考えたい、とは思っているんです」

向きあうソファのあいだに置かれたテーブルで、固定電話が鳴る。戦闘服の袖口を半袖みたいに折っている僚友が、受話器を取り、応対を始める。

「……どうやら、噂をすれば影、かな」

声を抑え、口に手を当て、田村は笑った。

「ちょっと、いいかい？」僚友が、受話器のマイクを手で覆い、目くばせしながら田村に尋ねる。

「道岸モモヨさんだよ」

苦笑して受話器を受け取り、田村は、その相手と応答を始める。

「……ああ、道岸さん。

申し訳ないのですが、直接の取材はやっぱり受けないことに決めました。残された時間も、人手も、もう、ぼくたちにはないので。

それに、あなたは、すでに、こちらの考えをちゃんと理解してくださってる。さらに面会して、お話しする必要なんて、ないではありませんか。

……ええ、そのことでは、あなたを信用しています。だから、あなた自身の視点で、ご自由に、できるだけ多くの人に伝えてくださることを望みます。

……それから、もし、ぼくらが決定的な動きを取らなければならないときには、あなたに必ずメッセージを託すようにしましょう。ええ、これは約束です。覚えておきます」

田村は電話を切る。そして、彼は、僚友の二人とともにソファから立ち上がる。

「少し、このあたりをご案内しましょう」

まず、廠舎のなかを歩いた。

三棟に分かれた廠舎は、渡り廊下で互いに結ばれている。太郎さんと田中さんに与えられたのは、真ん中の棟にある二人用のゲストルームだった。ベッドが二台と、簡素な木の椅子とテーブル、冷蔵庫、テレビ。小さな流し台と、トイレ、シャワールームが付いていた。この廠舎内には、ゲストルームがあと二つあり、そこには、拘束された上官の将校たちが、監視付きで軟禁されているとのことだった。

廠舎を出て、木立ちのなかの舗道をたどって、丘を下る。五号機のタービン建屋の脇を抜け、原子炉建屋のほうへと向かった。田村は、ここで、僚友二人をそれぞれの持ち場に帰した。自分一人で、田中さんと太郎さんの先に立つように、歩いていく。

「実は、ぼく、中学、高校と学校でうまくいかなくて、一六の途中から一年間ほど、ニュージーランドの田舎にいたことがあるんです。農家にホームステイさせてもらいながら、フリースクールみたいなところに通って。そのころは、まだ両親が揃っていて、けっこう甘やかされてるところがあったから」

上体をひねって振り返る姿勢で、彼は少し笑みを浮かべた。

「そうかい。あっちは、農家も大規模だから、おれも機会がありゃあ、いっぺん見てみたいもんだと思っていたよ」

田中さんが答えると、そうなんです、と田村はうなずき、歩速を緩めて、二人に並んだ。

「あっちじゃ、農家がときどき、うさぎ狩りをやります。うさぎは巣穴をつくって、畑やなんかを荒らすから。ホームステイ先のあるじたちが、日が沈んでから、うさぎ狩りにぼくも誘ってくれたことがありました。

広い畑でトラックをあちこちに走らせながら、荷台からライトをかざして、うさぎの姿を探す。見つけたら、見失わないように一人がライトで照らしておく。別の誰かが、うさぎを狙って、銃で撃つ。いきなりパンッと撃つ。次つぎに。うさぎといっても、かなり大きくて、初めて見るにはショッキングな光景でした。

〝君も撃ってみるか?〟

と、ライフルを渡された。

〝——こうだ〟

って、ぼくの腕をつかんで、力をこめて構え方を直してくれたり。

酪農と畜産に基本を置く社会だから、銃の所持も一六歳から許される。責任を持って銃を扱えること、これが大人の証しだということでしょう。

小口径の、たぶん二二口径ライフルだった。小型動物を狩猟するための銃です。毛皮なんかを傷めないように、破壊力は抑えられている。そのぶん、反動が弱くて、命中精度が高い。ですけど、ずしんと、初めての銃の重みを感じました。びびりましたね。自分がそれを撃って、反動の衝撃があり、狙ったうさぎが血を飛ばして倒れ、ぴくぴく痙攣しながら死んでいくのだという、そのことに。

だけど、少年ですから、こうやって銃を渡されると、見栄がある。〝こうだ〟って、うさぎを撃って見せられると、自分も撃たなくちゃ、と思う。撃つと、外れる。教えてくれてるおやじさんは、鼻のなかで、ふふん、と言う。最初は仕方ないんだよ、という慰めみたいな合図なんだけど、少年には、それが屈辱に感じて、すぐにまた撃つ。三度、四度と、そういうことをやってりゃ、当たります。で、うさぎは、弾が腹に当たったりして、長いあいだ、ぴくぴくと苦しみながら死んでいく。うまく脳天を撃ち抜くと、ぴゅっと脳漿が飛び散るのが、かざした光のなかに見える。

そうやって、一度始めたら、次から次に撃ってしまう。

猟というのはね、そうやって、血に酔うんです。不慣れなあいだは、とくに。だから、〝もう、やめなさい〟って、銃身を手で上に撥ねあげるようにして、止められた。

それで、はっとする。だけど、それがまた、屈辱にも感じます。自分の未熟さ、ということも含めて、いろいろと」

そのように話してから、田村は、しばらく黙り込む。視線を足もとに落としたまま、彼は歩いた。

そして、目を上げると、また話した。

「——いや、それだけではないな。

そのとき、ぼくは射精していたんです。下着のなかに。

撃って、獲物が血を飛ばして、倒れる。この高揚で、射精する。

陶然とする気持ち。もちろん、それもある。一方、自分を制御できないでいた、という屈辱感みたいなものも。この自分が血を見て興奮するんだ、という驚き。これは、自分への恐怖みたいなものも、いくらか含んでいる。

どっちかっていうと、いやなものでしたね。いまになっても、その感触が甦ってくることがあります。射撃訓練のさなかに、照準器を通して標的を見ているときなどにも」

唾を飲み込むように、彼の喉元が動いた。

「——いや、眠っているあいだにも、不意に。だから、安心できない。自分のなかで眠り込んでいたものが、目を覚まして、こちらを揺さぶり起こそうとしているような感覚。

〝おい、早く起きて、狩りの続きをしようや〟——って、遠くから、そんなふうに呼びかけられている」


五号機のタービン建屋のすぐ下を回り込み、原子炉建屋のほうへと抜けていく。

路上のあちらこちらに、機動戦闘車が三両、停まっている。戦車のようだが、足まわりはキャタピラーではなく、大型のタイヤになっている。それぞれの場所から、主砲を上げ、建屋最上部の同じあたりに三方から狙いをつけている。静かで、あたりには人影もない。田村によると、どの機動戦闘車にも、ちゃんと四人の乗員が、いまも乗っているはず、とのことだったが。

その一両に近づき、砲塔を仰ぎ見ながら、田中さんが田村に訊く。

「これの砲撃で、建屋の壁は崩れるだろうか？」

「貫通するでしょう」

田村は断言した。

「――あまり言われていませんが、この砲弾の弾頭は、劣化ウラン製です。つまり、地球の自然界でいちばん重い金属です。だから、破壊力がある。間違いありません」

そう言ってから、彼の表情は、少し歪む。五号機の原子炉建屋の外周部を彼らは歩いていく。

「ちょっと伺いますがね。あんたらの反乱は、いったい、これ、勝算があるんだろうか？」

田中さんが尋ねた。

「わかりません」ちょっと考えてから、田村は答えた。「だけど、努力はしようと」

彼は、黙り込み、しばらく一歩先を歩いた。そして振り向き、また続けた。

「――つい、いろいろと考えます。自分たちの生きる世界を覗く顕微鏡の倍率がぐっと上がって、まったく違った姿で、そこにある秩序や配置が見えてくるように感じたり。

ぼくたちは、もうじき中東方面の戦地に派兵になると告げられて、これまで、かなりの時間を過ごしてきました。そのあいだに、宣戦布告もあった。あのあたりの地域には、もはや日本のような〝国家〟という統治形態はないようです。だから、日本政府も、宣戦布告は発したものの、いったい何と自分たちが戦うことになるのか、その相手を明瞭に特定することはできずにいます。

戦場に立てば、ぼくら兵士は、そこで身構えているしかない。敵は、姿も見せない。突然、道端で一個の爆弾が破裂する。携帯電話で起動させるという、簡単な仕組みです。襲撃者は、遠く世界のどこにでも身を潜めていられる。これは、どちらの陣営も、そうなんです。ただ、確かなのは、一発の爆弾から、一万個の破片が飛び散って、たまたまそこに居合わせた兵士や住民のからだを引き裂く。

これは誰のせいか？

日本の国益のため、というようなところに、大義はありません。侵略者が攻め込んできたとき、かろうじて自分たちの居場所を守る――戦争に大義が生じるのは、この一点においてだけです。

テロの連鎖がなぜ続くのか。ぼくには、それを考えるだけの力がありません。

けれど、互いに理解しあえない相手なら、いっそ、どちらからも交わりを求めず、べつべつの世界に分かれて生きるほうがよいのではないかと思います。いつか、いまと違った気運が生じたときに、また少しずつ外交を試みて、歩み寄ってみることもできるのですから。

……だから、勝算ね……、それは、どれくらいの時間の幅で、これを見るかにもよるのかな、ということも考えます。だけど、いまさら、……よくわからないな」

「でも、やはり、いまは、この籠城の具体的な落としどころを考えないと」

太郎さんが、口を挟む。だが、それをほとんど無視して、田村がまた話しだす。

「突きつめて考えるなら、この先、人類はもう滅びるしかないでしょう。ほかの多くの生物も巻き込んで。ぼくは、ここ幾日かで、そうとしか考えられなくなりました。

どうして人間は、事ここに至るまで、目の前にある問題から、目をそらしてしまうのか。なぜ、はぐらかしたまま、無理を承知で軍事に頼ってしまうのか。どうして、これほど臆病な動物なんでしょうかね？　生きるための本能をすでに見失ってしまっているような。

正直言って、田中さんのおっしゃる通り、ぼくには、今度の決起に関して勝算はありません。でも、だからこそ、それによって何が残せるのか、なお考えておかなきゃならないことはある。いま、各自の持ち場に就きながら、このことをみなが懸命に考えていると思います。

まずいことに仲間たちを引っぱり込んでしまったんじゃないかと省みる気持ちも、むろん、ある。けれど、やはり、そう考えるのは、ぼくの思い上がりでしょう」

そびえる原子炉建屋の壁に、西陽が当たって輝く。だが、遠州灘の海原とのあいだは、巨大な防潮壁で視野を阻まれ、太陽は、ずっと遠くまで続く壁の向こうに傾《かし》ぎながら落ちていく。


浜岡原発の事務所棟で、日本国首相と反乱部隊兵士代表の面談が実現するのは、当初の政府方針よりもずれ込んで、土曜日午後になってのことだった。反乱部隊側の代表には、部隊全体の指揮を執る下士官のほか、現場リーダーの田村ミツオたちも加わった。そして、スポークスマンたる田中キヨシさんと三宅太郎さんにも、同席が許された。

一方、日本国首相は女性で、大高香澄という名の人物だった。首相に就任してから、すでに丸二年になるというが、田村ミツオ自身、このときまで、いまの日本の首相が女であるということさえ忘れていた。

「お待たせしてごめんなさい！」

ソプラノの声とともに、首相は肥《ふと》り肉《じし》の体を純白のスーツで包み、丸顔に満面の笑みをたたえて、どんっ、と扉を押し開き、その部屋に入ってきた。後ろに、官房副長官だという顔色の悪い男と、陸軍次官だというまだ三〇代とおぼしき女を引き連れていた。

大きなテーブルの向こう側に、にこやかに首相は座り、両手の指を組み、

「さて、何からお話ししましょうか？」

と言った。

指揮官のすぐ脇に座を占めていた田村は、ひと呼吸置き、尋ねる。

「総統は、いかがなさいましたか？　同席をお願いしたはずですが」

「ここにおられます」

首相は、手もとのタブレットをぱっと掲げて、そう答えた。

「え？」

「このなかにね、ちゃんと、おいでですよ」朗らかな笑顔で、首相はさらに言う。「総統から、みなさんにご挨拶を願いましょうか？」

戸惑いながら、反乱部隊の指揮官がうなずく。首相がタブレットの画面に指で触れると、聞き覚えのある声が、ゆっくりと流れだす。

――みなさん、お元気ですか。こんなところから失礼をいたします。――

しわがれた老人の声である。うおっほん、と大きく咳払いしてから、続ける。

――わたしはね、ご覧の通り、このような存在として生きております。体重はゼロ。そういう者として、ひとこと、みなさんにご挨拶を申し上げます。

現在の内閣総理大臣たる大高香澄女史との忌憚なき話しあいを通じて、われわれ両名は、日本社会のめざすべき進路について、すでに全面的な見解の一致に達しております。加えて、わたし自身は、遠い過去に現実の政界から身を引いた立場にある者です。

ですので、今後、みなさんがたとの意見交換などにつきましても、すべて大高女史に一任いたします。大高女史は、実に立派な女傑、いや、むしろ国士であります。いずれ、その真価を、みなさんもお認めになることでしょう。

では、みなさん、ごきげんよう。——

首相は、またタブレットに指先で軽く触れ、その音声を止める。そして、

「よろしいでしょうか？」

と、同意の声を求めるように、着席している一同を見渡した。

「ちょっと待って。なんですか、これは」オブザーバーの立場の田中さんが、不規則に発言した。

「要するに、総統というのは、実はＡＩだったっていう話ですか？」

政治家は、職業柄、ヤジなどの不規則発言には慣れている。さすがに首相は、慌てず騒がず、

「いいえ。そうではありませんよ」

と、優美に答えた。

「じゃあ……」

田中さんは、さらに言葉を継ぎかける。かたや、首相は、

「弘法大師っていう御方が、昔、おいでだったでしょう」

と機先を制して、おっかぶせる。

「――あの御方はね、千二百年以上も前の方です。ですけれども、いまも、まだ生きていらっしゃるのかもしれないのです。最晩年、高野山の奥の院の洞穴に入っていかれて、いまでも、そこで瞑想を続けておられるという話があります。じっさい、その洞穴のなかに入って、衣服や食事をお届けする役の方も、おいでになるそうですから。だからといって、どなたも、弘法大師をＡＩだなんて言わないでしょう？」

「ははん……」

と、田中さんは小さく声に出す。

「――総統は、現役首相の座から失脚してから、いまに至るまで、首相官邸の古い地下室あたりで、ずっと、夫婦で秘かに暮らしているんじゃないか、っていう、いささか怪談めいた噂話があるようですな。都市伝説とでもいうのかな。ああいうやつですか？」

「はい」首相はうなずく。「それ、耳にはさんだことはあります。いま、わたし自身も公邸で寝起きしているものですから。だとしたら、その真下あたりに、総統夫妻はいらっしゃるってことになるのかな。だからかどうかはわかりませんが、こうして、お互いに交信ができるようになったのです。どうしてなのかは、わたしにも、わかりません。巫女みたいなものとして選ばれたのかしら。おかげで、わたしは、こうやって、心ならずも未婚のまま通しておりますけれど」

ちょっと肩をすくめて、おどけた仕草を彼女が見せると、官房副長官と陸軍次官が、見事に調和し、高い声を立てて笑った。

――こりゃあ、やり手だぞ。――

太郎さんの耳元で、田中さんがささやいた。

大高香澄首相は、居住まいを正し、朗らかな声のまま、鞭打つような強い調子の弁舌を振るいだす。

「さて、われわれは、軟弱な態度を取ることで事態の引き延ばしを図るために、わざわざここまで出向いてきたのではありません。わたしは、国軍の最高司令官として、いま浜岡原発に立て籠っている兵士たちに対しても直接の命令を下すために、ここに来たのです。

原発敷地内に籠城している兵士諸君は、ただちに、上官たちの拘束を解き、投降してください。それが完了するまで、あなたがたの身の安全は保証します。

投降後、あなたがたは軍法会議にかけられます。本来は非公開のものですが、もし、お望みならば、これは公開にしてもよろしいです。あす正午を最終期限として、あなたがたがどうなさるか、回答を待ちましょう。

ちなみに、あす日曜日の午前中には、東富士演習場で、総合火力演習の一般公開が行なわれます。回答の最終期限、正午には、この演習の公開も終わります。そのときまで、わたしは東富士演習場の現地で、諸部隊の閲兵にあたっております。

あらかじめお伝えしておきましょう。

わたし自身の決断としては、もしも、その時刻までに、あなたがたの投降がなければ、ただちに総合火力演習に集結している新鋭兵力を、東富士演習場から、ここ浜岡原発の周囲に展開させて、制圧作戦を開始します。あなたがたの生命の安全は、いっさい顧慮しませんから、そのおつもりで。作戦は、きわめて短時間のうちに完了することになるでしょう」

「めぐみかい？」

日曜日の朝、元ボクサーの脱走兵、高田光一は、台北市内の安ホテルのロビーから、国際電話で、郷里・院加町の実家「高田理容院」に電話する。この時間、両親はすでに店で働いていて、電話には妹が出るだろうと、わかっていた。

「え、お兄ちゃん？」

受話器の向こう、少し遠いところから、妹の声が聞こえる。

「――いま、どこ？　訓練は、まだ厳しいの？　体は、だいじょうぶ？」

「あのさ、脱走したよ、おれは。事前には知らせられなかったけれど。いまは、台湾だ。きのう、こっちに着いた」

思い切って、ひと息に言った。すると今度は、息を飲むような妹の沈黙が、しばらく続いた。

「そう……。よかった。でも、気をつけてね」

「あのさ、あとで絵美にも、伝えてくれ。いまの時間、勤務中のはずだから。こっちで、絵美とユウヤを待つからって」

恋人と、その三歳の息子の名前である。

「自分で電話してあげればいいのに」

「そうなんだけど。たぶん、そろそろ軍から、おれの手配がまわってる。彼女の電話は盗聴されてる恐れがあるから」

ひと呼吸置き、初めて気づいたように彼は笑いだす。

「──だったら、この実家の電話だって、盗聴されてるかもしれないな。まあ、心配ばかりしていちゃ切りがない。……ホテルの名前と電話番号を言っておくから、書きとめてくれ」

話しながら、彼は、こんなことも思いはじめる。

──いずれ、時期をうまくとらえることができれば、沖縄あたりまで舞い戻ることもできるかもしれないな……。日本軍からの脱走兵を、将来の沖縄政府が、当人の意向に反してまで、わざわざ送還しようとするとも思いにくい。

絵美やユウヤといっしょに、島々のどこかで食堂でも開くことができれば、最高だ。めぐみも遊びに来ればいい……。

台湾に向かう船を待ち、石垣島で身を潜めて過ごした三日間の、ある夕暮れどき。浜を歩いていると、大きなタイマイが、砂にまみれた甲羅を乾涸《ひから》びさせて、死んでいた。しゃがんで、よく見ると、すでに顔や四肢の肉はいくらか腐って、崩れはじめていた。強い死臭を放っていても、おかしくはない。だが、そのときのタイマイの死肉は、熟れすぎた果実のような甘酸っぱい匂いだけを発していた。


道岸モモヨさんのクルーによる、動画サイト上での報道は続いている。

──日曜日、正午を過ぎました。

静岡県御殿場市にある陸軍東富士演習場の畑岡地区に、再び、わたしは来ています。きょう正午を期限に、大高香澄首相が、浜岡原発で籠城中の兵士たちに対して突きつけていた投降勧告を、反乱部隊側はまだ受け入れていない模様です。

政府は、反乱部隊が投降に応じない場合、ここ東富士演習場に総合火力演習のため結集している新鋭兵力を、ただちに浜岡原発周辺に差し向けて、鎮圧作戦を開始する意向を表明しており、事態は切迫した情勢を迎えています。

陸軍東部方面軍本部によりますと、きょう午後から東名高速道路の御殿場―牧之原間で一時的に通行規制をかけながら、戦車運搬車なども投入し、順次、浜岡原発方面へ兵力を移送するとしています。ほかに、垂直離着陸ができる輸送機も使用して、必要な物資を原発周辺の敷地に運ぶ予定で、兵力の主要部分については今夜までに移送を完了できるということです。

一方、きょう午前中、ここ東富士演習場で行なわれた公開演習には、三万人近い見学者が詰めかけました。このうち一部の熱心な軍隊ファンなどのあいだでは、午後から展開されることになる内戦さながらの兵力移送への関心が高まっています。このため、かなりの数の人びとが、自家用車やバスなどを使って、これから浜岡原発方面に向かうことになりそうです。

やや不遜な個人的感想になることをお許し願いたいのですが、わたしには、この光景が、かつて中国の作家・魯迅が『阿Q正伝』で描いたような、弱者の公開処刑の場を見物しようと取り巻く、村の人びとの姿に重なってなりません。現在の戦時体制のもとでは、兵士たちが戦地派遣を拒んで籠城するという行動が、法に問われるものであるのは否定できない事実です。しかしながら、これら少数の人びとに対する処罰感情が、法の範囲さえ逸脱するものへと過度に煽られることがないよう、政府側にも慎重な対応を望みたいと思います。――

陸軍の新鋭兵力は、浜岡原発周辺のあらゆる空間を埋め尽くすように、集結した。

一方、これを戦意高揚の好機とも捉えた政府によって、ここでの取材活動については報道管制が解かれ、大手メディアの記者や中継車も続々と詰めかけ始めた。

だが、圧倒的な兵力を誇示する正規軍も、反乱部隊が立て籠る原発敷地内に向かって、無造作に攻撃や進入を始めることはなかった。ぎっしりと、兵士、兵器が原発敷地を取り巻いたまま、厳しい残暑のなかで長い時間が過ぎていった。

日曜日の夕刻ごろから、正規軍のある部隊は、原発敷地の上空に向けて、大量のドローンを飛ばしはじめた。そこから無線で送られてくる諸データを通して、付近の地形や建造物についての詳細な計測値が割り出された。また、風位、風速、気象条件などに関して、日没後も観測が続いた。むろん、上空のドローンは、そこから撮影する写真データ（夜間は赤外線写真）も多数届けてくる。これらにもとづき、反乱部隊側の兵器および兵員の配置などに関して、さらに詳しく分析、検討がなされて、敷地を取り巻く正規軍側の鎮圧部隊の配置などにも、刻々と反映されていった。

敷地周辺の駐車場やゴルフ練習場の芝地には、野営の幕舎も整然と立て並べられていく。反乱部隊とのあいだに圧倒的な兵力差があるだけに、こうした光景は不安や悲壮感も伴うことなく、日ごろの演習と同様に着々と展開された。同じ軍に属した者たちを殲滅することへのためらいが、彼らに生じている様子もない。現実の戦場経験の欠如が、こうした想像さえ奪っていた。

反乱部隊は、総員わずか二百名とはいえ、人類全体を破滅させられるほど大量の使用済み核燃料を、手のなかに握っている。だが、経験のない大惨事は、誰にとっても想像が難しい。原爆開発のマンハッタン計画に加わる科学者にとっても、そうだった。広島や長崎で、飛行機から原爆を投下する米軍兵士たちにも。彼らの多くは、事後にさえ、その全体像を想像するのが困難なままだった。

正規軍の作戦参謀たちが神経を集中させたのは、攻撃開始と同時に、反乱部隊側からの反撃を一撃たりとも許すことなく――つまり、燃料プールにいっさい損傷をもたらすことなく――、いかに瞬時で叩き伏すかということだった。

原発敷地内で息をひそめる二百名の反乱兵たち、その一人ひとりが、このとき何をし、どんなことを考えていたか。それについては、外にいる誰にもわからず、むしろ、想像の対象外だった。

原発敷地内で、三両の機動戦闘車の砲門は、月光の下でも、五号機の燃料プールにじっと照準を向けていた。夜間も時おり、これら機動戦闘車の脇にジープが乗りつけられて、乗員の交代がなされる。正規軍が飛ばすドローンのカメラが、じっと、その様子を上空からとらえていた。


こうした日々を、真壁健造は、週末にかけて、重苦しい心持ちで過ごした。戦地への派兵を拒んで浜岡原発に籠城している兵士らの主力が、去年終盤あたりに、院加の山あいの演習場で教育訓練を受けた連中らしいという話は、確かなことのようだった。

真壁自身も、あの時期、使用済み核燃料の最終処分場建設をめぐる院加の軍用地での動きが宅地開発業者のあいだに伝わり、役場の担当窓口などへの口利きや使い走りに追われていた。

いまになって思えば、ちょうどそのころ、三五年前の福島第一原発事故で生じた放射性汚染土壌が、現地の中間貯蔵施設から秘かに運び出されて、かなりの量が、院加の軍用地内に持ち込まれていたことになる。なぜなら、あの時期、福島の中間貯蔵施設は、地元に約束した造成から三〇年という供用の期限を迎えて、およそ三千万トンもの汚染土壌と廃棄物を、ともかくも県外のどこかへ搬出して見せることを迫られていたからである。とはいえ、実際には、移送できる先など、どこにもない。だからこそ、苦肉の策で、院加の軍用地内にある使用済み核燃料の最終処分場の試験的な施設に、試料の一種という名目で運び込んだのではなかったろうか？

たぶん、彼らは、そこに巻き込まれて被曝した。それを彼ら自身が知っているのかどうかは、わからない。そして、いまの彼らは、戦地への派兵を拒んで、もうじき正規軍に叩きのめされ、死ぬことになるだろう。国家にとって、これは放射性物質不法処分の実に効率的な証拠隠滅ともなるのではないか。なぜなら、消耗品のように使い回されてきた新兵たちの肉体も、被曝した放射性物質にほかならないからだ。彼らの体は焼かれ、その口は封じられる。真壁はうまく眠れなくなり、深夜に幾度も目を覚ます。

「フミエ、……こりゃあ、まいったな」

などと、死んだ女房を相手に、寝床のなかでぼやいている。

クルマを一人で運転しているときなど、なぜだか涙がにじんでくる。

これほど欺きを重ねながらしか、生きることはできないのか？

週が明けて、月曜日。午前中から、また役場の担当課の窓口をあちこち回って、折衝する日々が再開する。

昼前に、いったん交渉を切り上げた。近頃の睡眠不足もあって憔悴を覚えながら、とぼとぼと保健課の前を通りかかると、

「真壁さん」

背後から声をかけられた。振りむくと、受付カウンターのなかに、めぐみちゃんが座っていて、ひらひらと手を振っていた。

「やあ」

目の前が急に開けた気になり、自然と笑みが湧く。

「——元気にしてたかい？」

ひさしぶりだし昼メシをいっしょに食おう、という話になり、以前と同じ中華料理屋まで連れ立って歩いて、二人とも、冷やし中華定食を頼んだ。

「仕事はどう？」

と、真壁が訊く。

めぐみちゃんは、

「残業が。押しつぶされそうになるほどで」

と、正直に答えた。

老人家庭のデイサービスの相談とか、幼児の歯科検診といった、これまでの業務に加えて、兵事

業務が、すべてのしかかってくる。戦死公報の通達、遺族年金の交付についての年金課との連携、といったことまで。

それでも、幸い、台湾に脱走したという兄から、きのう突然、電話が入った。これはこれで心配ではあるのだが、戦死者名簿のたぐいに接するたび、反射的に兄の名を探している、という息苦しさからは免れられる。ともかくも無事に生きているのだから、較べようもなく、ましである。

真壁さんにならば、これについて話したいようには思ったが、やはり兄の安全を思うと自制が働き、冷やし中華を食べ終えるまでの時間内に過不足なく話せる自信もなく、とりあえず言わずにおくことにした。

それに代えられる、何か正直な話をしたかった。だから、

「いまは、付き合っている人がいるよ。年下の男の子」

と、話した。

「へー、どんな男だい？」

真壁が訊くので、バッグから小型タブレットを取り出し、シンの写真を画面に映して、示した。ジーンズにTシャツを着た彼が、川べりの公園で、こちら向きに立ち、笑っている。

「名前はね、西崎シン。遺跡調査のアルバイトをやってる」照れて両肩をすくめ、続ける。「お母さんが亡くなって、いまは鎌倉の実家に帰っている。でも、そろそろ、こっちに戻ってくるはず」

「やるじゃない」見入っていた写真から顔を上げ、真壁は言った。「いい感じの若者だ。うれしいよ、おれも」

自宅二階のパソコンで、浜岡原発に立て籠る兵士が「メッセージ」を発したことを真壁が知るのは、この日、夕暮れどきのことである。例の年輩の女性ジャーナリストによる現地からの報道は、いつもと違って、生放送の中継に切り替えられていた。これまでのように、撮影・編集をきちんと済ませたものを動画サイトに投稿する、という方式では、事態が急展開するさいに間に合わない――。そうした判断が、クルーの側に働いているのではないかと、真壁には思われた。

暮れどきの原発の遠景を背に、彼女は、こちら向きに立って話していた。

――戦地に派兵されることを拒む陸軍兵士らが浜岡原発に籠城している事件は、発生から、きょうで一週間が経過しました。リーダー格の一人である一等兵から、先ほど、わたしのもとにメッセージが届きました。やや長くなりますが、全文をお伝えします。――

画面のなかの彼女は、胸元に吊るしていたメガネを手に取り、ゆっくりとした動きで鼻先に掛けてから、「メッセージ」の用紙を両手で広げて読みはじめる。

《先週月曜からきょうに至るまでの一週間、わたしたちは、ただ一つの要求を掲げて、ここ、浜岡原発での籠城を続けてきました。

――わたしたちを戦場に送ることはやめて、それぞれの家に帰らせていただきたい。――

これだけです。ほかに何もありません。わたしたちは、みな、平凡な兵士ですが、人を殺すことも殺されることも強いられず、生きて家族の待つ家に帰ることができる権利が、この社会で認められることを願っています。むろん、この要求に大枠で応じていただけるのであれば、わたし自身は、今回の行動を僚友たちに呼びかけた身としての処罰は甘んじて受ける覚悟でいます。

残念ながら、きょうまでの一週間、日本政府に、この要求が受け入れられる気配はありません。わたしたちにとって、これは、自身と家族との幸福、そして、人間としての尊厳の問題です。一方、政府にとっては、こうした主体的な生き方の選択を兵士個人に認めては、国家の統治という政治の根幹がゆるがせになってしまうと考えられているのかもしれません。

わたし自身の考えをここで一つ申し上げると、これだけ膨大な量の使用済み核燃料と、同種の工程から作り出される核兵器が、世界に溜まりに溜まってしまった以上、もはや人類は滅亡に向かうほかはないだろうと思います。人間には、これを無毒化するすべがない。この現実を直視するなら、逃げ道はないように思われます。

だが、ここに生きているあいだ、努力をする価値はある。この先に滅亡があるとしても、いまは殺し合いをしないほうがいい。現実と、それについてなしうることを、われわれは、ここで話しあっています。膨大な量に達した使用済み核燃料は、もはや消すことができない。けれども、たとえば、いまある原発を一〇分の一にできれば、これに限ってのリスクだけでも一〇分の一に減らせる。わたしたちと子孫が命をまっとうできる確率も、その分だけは増すわけです。希望とは、そういうものなのではないか。はかない形ではあるけれど、たしかに存在はしている。そして、それについてなお考えるほうが、そのように考えないよりも、いくぶんか、ましには違いありません。

この手紙は、ここ数日、われわれのスポークスマンをつとめてもらった二人の民間人に託します。彼らがあなたのところに届けてくれるでしょう。そして二人には、もうこちらに戻ることなく、このまま原発の敷地外にとどまっていただきます。二人のうち、一人は、以前わたしが北関東の院加演習場で教育訓練を受けていた期間に知りあった町の八百屋さんです。今度、わたしたちがここで籠城を始めてから、スポークスマンが必要なことに気づき、無理を願って、ここまで出向いていただいたのです。もうひとかたは、その友人で循環型農業を営むお百姓です。どちらの方にも、こういった事情をかんがみ、当局には寛容な対処をお願いしたく思います。

もし必要があれば、わたしたちと共に過ごしたあいだに見聞きした事柄については、この人たちが証言を残してくれるでしょう。

以上のような考えで、わたしたちは、投降はしません。ここで、まだ、同じ要求を掲げて、籠城を続けます。付言しておきますが、いまの日本政府の考え方は、尊敬に値しません。いつか、これとは違った精神が、この場所に芽ぐみはじめることを期待します。

陸軍一等兵　田村ミツオ》

しばらくの静寂。

気づくと、さらに暮れた夕空に、迷彩色のヘリコプターの数が一挙に増えていた。二〇機以上が中空を埋めるように舞っており、みるみるうちに、それらが原発敷地内へと急降下を始めた。機首の下の機関砲を速射しているらしく、火花のように、ぱちぱちと続けざまにそこが光った。

「あ、攻撃！　攻撃が始まりました」

女性ジャーナリストの声が聞こえ、同時に、彼女の姿はカメラのアングルから外れる。

カメラはズームして、薄暗い上空にヘリコプターの動きをとらえようとしているが、フォーカスがなかなか定まらない。地上からも機関銃などの応戦がなされているようではあるが、敷地のずっと奥のほうのことなので、具体的な様子がつかめない。ヘリコプターは、次つぎ、機首を激しく揺らしながら、強襲着陸の態勢で降りていく。爆発音のようなものが、遠く断続して、幾度か聞こえた。迫撃砲で撃ち上げているらしい照明弾が、ぱっと上空でいくつも明るい光を発して、ゆっくりと同じ方向に空を流れていく。

一五分ばかりも、そうした時間が続いた。

騒然としていた空と地のあいだは、いまやすっかり収まって、暗闇が包みはじめた。より近い場所から、消防車や救急車のサイレンが聞こえるようになっていた。

カメラは、ふたたび、女性ジャーナリストをバストショットでとらえた。彼女の額に汗が光った。

「まだ何もわかりません。ただ、正規軍による急襲は、収束に向かっている模様です。意図してのことかどうかはわかりませんが、反乱部隊の機動戦闘車は、原発の燃料プールを砲撃しなかったようです。

ここから五号機の燃料プール付近までは一キロ半ほどの距離があるため、現場の状況がつかめず、まだ詳しいことはわかりません。けれども、ひとまずはそのように判断してよさそうです。

その限りで、正規軍による急襲作戦は見事な成功に終わったものと、これから報じられることになるでしょう。ただし、急襲の現場でいったい何が起こったのか。この詳細をわたしたちが明らかにできるまでには、今後もまだ当面、時間を要するものと思われます」

終章　峠の家

北関東の院加町で西崎シンが発掘補助員として働く仕事場に、母サクラが死んだらしいと父から電話が入ったのは、前週火曜日夕方の退勤前のことだった。その日の昼休みに、彼は、静岡県の浜岡原発で陸軍兵士二百名が造反して籠城を始めていることを、調査主任補佐の古木さんから見せられた動画サイトの映像で知ったばかりだった。

この火曜日の夜、シンと父親は院加警察署で事情聴取を受けた。母親である西崎サクラの遺体は、別棟にある遺体安置所で検視に付されているとのことで、父親だけがしばらく席を外して様子を覗きにいき、やがて、青ざめた顔で無言のまま席に戻ってきた。

事情聴取が思いのほか長時間に及んだのも、母サクラの死亡理由をどこに求めるか――をめぐる見解の違いによるものだった。つまり、警察側は、死亡理由を「自殺」として、あっさり片付けてしまいたい。だが、「自殺」する動機がない、と父は頑強にそれを拒んだ。警察側が、こうした見方を渋ると、さらに父は〝権力犯罪が絡んでいる可能性もある〟との持論を蒸し返し、いっそう刑事たちの困惑をつのらせた。

事故死とすれば、その経緯の究明、という厄介な捜査が新たに加わる。さらに、犯罪の疑いが絡めば、この可能性を排除できるに足る検証なしには、それより先に進めない。まして「権力犯罪」となると、地方の一警察署としては、まったくのお手上げだった。

結局、両者が折り合った落としどころは、以下のような線だった。

——犯罪が疑われる形跡はない（警察としては、これが大事）。死亡原因としては、望見岩の頂上部からの過失による転落だとおおむね推認できるが、ほぼ同時刻〔同日、午前六時三五分〕に院加地方を襲った震度4強の地震によって、足もとの岩場が崩落したことに起因する可能性も捨てきれない。——

事情聴取後、葬儀社が差し向けてくれた修復師は、故人の生前の写真をお預かりして、顔立ちの修復などを丁寧にしてさしあげたいので、通夜、葬儀までに少なくとも中二日ほど間をあけてもらえないかと、父とシンに向かって提案した。遺体保存と修復の処置《エンバーミング》は都内の施設で行なうので、それが済み次第、鎌倉の自宅に遺体を届けることもできる、とのことだった。父とシンは、これらの提案をすべて受け入れ、土曜夜に鎌倉の自宅で通夜、日曜午前に密葬、という日程に決めたのだった。

母サクラの両親はすでに亡く、招くべき身寄りもない。父方についても、事情はほとんど同じだった。だから、居間に棺《ひつぎ》を置き、母の写真と花と燭台を飾る簡素な祭壇を葬儀社に用意してもらい、父と息子と、母の遺体、この三人で過ごすというだけの通夜を営んだ。

「こうして三人が揃って一緒に過ごすのは、考えてみれば、ずいぶん久しぶりだな」

父は、わざと少しおどけた口調で言う。

「うん。三年半ぶり」

シンは答える。そして、自宅にこうして戻ってきたのは、自分も一年半ぶりなのだと自覚する。

棺は、蓋を外し、白布で覆った低い台上に載せてある。母の顔のあたりと、重ねた両手のほかは、ユリ、トルコギキョウ、ランなどの花におおむね埋もれている。部屋に生花の匂いが漂い、母は薄い藤色のワンピースを着ている。むかし、母が好んでこれを外出時に着ていた様子も、シンは憶えている。美しく化粧が施されすぎて、どこか、母の死顔は芝居がかって感じられる。エンバーミングの処置のせいか、肌の質感はいくらかマネキンじみている。そして、生前の写真を参考に修復されたとはいえ、やはり肉親としては「こんな顔だったかな……」との気持ちも胸をかすめた。

窓の外で、夏の終わりの日が暮れていく。

「さあ、通夜というのは、何をすればいいのか」

戸惑ったように、父は苦笑を漏らした。近隣との付きあい、宗教行事のようなものとも、無縁なまま過ごしてしまった一家なので、するべきことが思いつかない。

手持ち無沙汰な様子で、父は部屋を見まわした。書架の高い位置の目立たない場所に、母のものらしい古びた小さな聖書を見つけ、踏み台を運んで、埃を払って取り出し、降りてくる。ソファに腰を下ろし、老眼鏡をかけて、無造作にページをめくりはじめる。

「……たとえば、こういうのは、どうだろうね？」

父は、声に出して読む。

《心の貧しい人びとは、幸いである。天の国はその人たちのものである。》

さらに少し先へとページをめくって、また、声に出す。

《明日のことまで思い悩むな。明日のことは明日みずからが思い悩む。その日の苦労は、その日だけで十分である。》

「……まあ、これくらいで、もう、いいだろう」

ぱたんと聖書を閉じ、書架の元の位置にそれを戻した。

それから二人は、鮨桶のすしを食べた。シンはミネラルウォーターを飲み、父はスコッチウイスキーで水割りを作って、いくらか飲んだ。そして、夜更けまでぽつりぽつりと話して、少し眠ることにしたのだった。

部屋の照明を落とす前に、シンは、棺のなかに手を差し入れて、母の額と頬に触れた。

――ここは寒いわね。――

シンは、母が冗談を言っているのを感じて、頬笑んだ。

――……そう。これだけ長い時間、ドライアイスの上に乗っけられたままだとね。さあ、もういいから、もっと熱い場所に、早くわたしを連れてってちょうだい。――

翌朝、密葬の時刻に差しかかっても、もはや父とシンとのあいだにするべきことは何もなかった。ただ、棺の前で、二人でぼそぼそ雑談しながら過ごした。黒い大型セダン車を伴って、葬儀社の人びとが現われたところで、それも終わる。クルマの後部の空間に棺は積み込まれ、名越《なごえ》の切通し近くの火葬場へと、それは走りだす。一時間余りで火葬と収骨が終わると、父は、葬儀社が用意してくれていた帰りのクルマを丁寧な言葉づかいで断わった。

そして、息子のほうを振りむいて、

「旧道を行けば近いから、歩いて帰ろう」

と、声をかけた。そうやって、シンに骨壺の納まる桐箱を抱かせて、真昼どきの陽射しのなかを、小一時間ほどかけて、二人で浄明寺の家まで帰った。

途中、釈迦堂切通しの隧道《ずいどう》は、過去幾度かの地震で崩落が進み、錆の浮いた「通行禁止」の掲示が立てられたままになっている。父は、それに目を留めることもなく、ずんずんと、そこのなかを通り抜け、向こう側の自然光のなかへと溶けていく。さらに林の小径をたどって、浄明寺の里のほうへと降りてきた。

自宅の居間は、棺が消えたぶんだけ、がらんとしている。近くの店から遅い昼食を取り寄せて済ますと、もう、するべきことはすべて終わっていた。シンは、部屋の隅に寄せていたテレビ受像機のスイッチを、ただ何気なく入れてみた。

突然、そこに映し出されたのは、浜岡原発周辺の異様な光景だった。首相みずからが通告していたという、この日正午の「投降期限」をすでに過ぎ、新鋭兵器で装備を固めた正規軍側の部隊が、次つぎに原発の周囲に到着し、整列と分散を繰り広げていた。大型輸送機が低空でホバリングして、土ぼこりを舞い上げながら、ゴルフ練習場や校庭に着陸していく。

甲高く、上ずった男性アナウンサーの声が報じる。

《国際平和構築のための中東派兵活動への参加を拒んで、大量の放射性物質と原子力発電所従業員らの身柄を楯に取り、静岡県の浜岡原子力発電所に立て籠っている陸軍兵士およそ二百名は、政府が通告した投降期限のきょう正午を過ぎても、依然、これに応じず、籠城を続けています。

政府は、これに対して「テロには断じて屈しない」という方針を堅持する方針で、きょう午後、陸軍に鎮圧作戦の開始を命じ、現在、東富士演習場などから精鋭部隊が続々と浜岡原発周辺に到着しています。

一方、総統府は、こうした事態を受けて、「兵士による国家への反逆は、いかなる理由でも許されるものではなく、毅然たる態度で、同調者全員が処断されることになる」との緊急声明を発しました。》

昂る男性アナウンサーの声は、疲れたシンの体に、刺すように響く。それなのに、何を語っているのか、彼には意味がとっさに飲み込めなかった。ほかのチャンネルに切り替える。だが、どのチャンネルも、同じ現地の様子を実況で映しており、男性アナウンサーが絶叫するように政府見解を繰り返すところまで同様で、これがどういう事態か、つかみがたいままだった。

父のパソコンを借り受け、ネット上に情報がないかと探してみる。行き着いたのは、前に古木さんが職場で見せてくれたのと同じ道岸モモヨという女性ジャーナリストのクルーが、現地から動画サイトに投稿しているらしいレポートの数々だった。

シンは、目が覚めた思いで、これらのうち最初のほうのものにまで遡り、食い入るように見つづけた。母の死と並行して、この世界には、こうした出来事も進行している。しかも、映されている場所はテレビのなかと同じでも、それがここでは、まったく違う言葉で語られている。いや、そうではない。暑さに喘ぐ兵士たちの呼吸、赤く灼けて傾いていく太陽、原発正門ゲートから退勤する電力会社従業員らの笑顔まで、ここにとらえられる一つひとつの映像は、国策プロパガンダの紋切型をなぞるテレビの画像とは異質な触感をもたらした。人間がいて、風のそよぎや、これを身に受けるときの感情が、そこにあった。これらを仲立ちに得て、シンは、現地で起こっていることを、少しずつだが、小さなかけらのようにつなぎあわせて、理解しはじめることができたのだった。夜が更けるまで、これを見続けた。そうしたなかで、反乱軍の兵士らの大半が、院加の演習場で教育訓練を受けた者であるということも、初めて知った。

夜が明けると、月曜日の朝である。父は、早い時間に家を出て、東京・八重洲の事務所への出勤を再開した。訴訟や法律相談のための面談の約束が、どっさり待ち受けているとのことだった。

シンは、この日も鎌倉の家にとどまり、道岸モモヨの現地報道をパソコン上で見続けている。心に空いた隙間をまだ埋めきれず、ぼうっとした頭のままである。

……脱走志願の若者が院加演習場から抜け出してきたことがあるという話を、以前、奥田アヤさんが、手紙に書いてきた。――そのことをシンはだんだん思いだす。

たしか、三宅太郎さんがいったん自宅に匿ったのだが、その若者はすぐに後悔しはじめて、当夜のうちに部隊の廠舎に戻ってしまった、という話だったろう。

ああ、そうだったな……と、さらに思いだす。そのことが最後のきっかけとなって、アヤさんと太郎さんの不倫関係はいよいよ完全に露呈して、彼らはそれぞれの家庭を離れて、東京方面に逃避行する成り行きに……というのが、アヤさんの手紙での告白だった。そう、あのときの逃避行は、去年の年の瀬のことである。シン自身は、突然、彼らから取り残されたように、ひとり院加のアパートで新年を迎えたのだということも。

いや……。あのとき、太郎さんと逃避行をするのだということは、アヤさんから打ち明けられてはいたのだった。シン自身は、アヤさんという年上の美しい女性に恋心のようなものを抱いていたので、小さからぬ衝撃を受けた。だが、どうにもしようがなく、ふとんをかぶって耐えるしかない。アヤさんの肢体を夢想しマスターベーションに耽るのさえ、寂しかった。

つまり、翌春のアヤさんからの手紙で初めて知ることになったのは、彼らの逃避行のきっかけに、実は「脱走兵」の出現をめぐるてんやわんやがあったのだという裏話のほうだった。さらには、すでに太郎さんとの男女関係は破綻して、もうじき彼のほうは院加の町に戻って再起を図ることになるだろう、とも。アヤさんはその手紙に書いていた。一方、彼女自身は、このまま院加には戻らずに、若い世代の従軍拒否を助けるための方策をさらに探りたい……ということだった。

あのとき手紙で述べられていた事柄と、今度の出来事は、どこかでつながっているのか？　きれぎれに、それをシンは考える。

浜岡原発での籠城は、さらに切迫した状況に至ったらしく、現地からの道岸モモヨによるレポートは、夕刻、ネット上で生放送に切り替えられた。「籠城のリーダー格の一人である一等兵から、先ほど、わたしのもとにメッセージが届きました」と、カメラに向かって告げてから、彼女はその文面を読み上げはじめる。それの終わり近く、こんなくだりをシンは聴きとる。

《……この手紙は、ここ数日、われわれのスポークスマンをつとめてもらった二人の民間人に託します。……二人のうち、一人は、以前わたしが北関東の院加演習場で教育訓練を受けていた期間に知りあった町の八百屋さんです。……》

太郎さんだ――。驚いて、シンはつぶやく。さらに、

《……もうひとかたは、その友人で循環型農業を営むお百姓です。……》

こちらにも覚えがある。太郎さんらの「平和の会」事務所で寝泊まりさせてもらっていたころ、そこにときおり出入りしていた、たしか、田中キヨシさんという人ではないのか？ ということは、ひょっとしたら、この「メッセージ」の送り主たる「一等兵」こそ、以前、太郎さんが匿おうとした「脱走」志願の若者なのかもしれない。そうでなくとも、何かしらの関係が、彼らにあるのは確かだろう……。

鈍る頭であれこれ思い巡らしているうち、パソコンの画面の向こうに、恐ろしい事態が起こりはじめる。

夕暮れの上空から、迷彩色のヘリコプターが一斉に多数舞い降りてきて、原発敷地内へと、ひし

めき合うように着陸していく。どれもが機首下の機関砲から、すさまじい勢いで、火花みたいなものを吐き出している。だが、敷地内のたくさんの建物の影に遮られ、着陸地点の様子は見えない。

シンは、圧倒され、目の前が暗くなる。


三宅太郎さんの携帯電話に、シンは、連絡しようと考えた。

道岸モモヨの報道によるなら、太郎さんたちは、反乱軍のリーダーから彼女宛ての「メッセージ」を託されて運び、そのまま原発の敷地外にとどまったはずである。とはいえ、不安はつのった。

月曜日の深夜。電話をかけようとするだけで、手が震えた。

コールしている。だが、相手は出ない。留守録音に切り替わったところで、

「シンです。……無事ですか？」

と、短いメッセージだけを残した。

ひと晩のあいだに、これを三度繰り返したが、いずれも結果は同じ。折り返し、こちらの電話が鳴ることもなかった。

夜が明けると、火曜日の朝である。

朝九時前、太郎さんが、シンの自宅に電話をかけてきた。

「ごめん、ごめん。太郎だよ。きのうは電話に出られなかった。軍と警察から、代るがわる、事情聴取がずっと続いて」

声が少し嗄れ、くたびれてはいるようだが、思ったよりは元気な様子で話した。

「――明け方前に、やっと放免された。近くのゴルフ練習場に軍が設けた幕舎で、寝床が提供された。芝生の上に、携行用の浴槽まで据えられて、なかなか快適だった。当番兵が、朝飯を作ってくれたよ」

太郎さんは、わざと冗談めかして話した。だが、ほんの半日前まで行動を共にしていた反乱軍の兵士たちは、制圧され、生死さえわからない。これへの後ろめたさ、無念の思いは、声の響きを通してシンにも伝わった。彼は答える。

「ぼく、いま、鎌倉の実家にいるんです。先週、母が急に死んだので。

太郎さんは、そちらで、院加の演習場で訓練を受けた兵士らと、いっしょにいたわけでしょう？その人たちは、きっと、ぼくと二つか三つしか歳も違わない。だから、そこでのことを、少し教えてもらいたくて」

「もちろん、いいよ」

そう答えてから、電話の向こうの声は、しばらく黙った。

「――ただね、それを話そうとすると、どうしたって、ある程度の時間が必要だ。だから、もしよければ、いまから鎌倉に寄ることにしよう。きょう、ぼくは院加に戻るつもりだから。ぼく自身も、君と話せば、いくらかクールダウンになるだろう。

君と会ってきたって土産話ができれば、うちのミチとリョウだって喜ぶ。ぼくが家を出ていた時期、君にずいぶん遊び相手になってもらったと聞いている。それへのお礼も言えずにいたから、いい機会だ。

そうだな……。田中さんの軽トラックで静岡駅あたりまで送ってもらって、そこから、ぼくは電車で鎌倉まで行くことにしよう。田中さんも院加への帰り道だから。午後二時ごろまでには、鎌倉に着けるだろう。駅から、また電話して、君の家までお邪魔するよ。……人目のあるところで話せることばかりじゃなさそうだからな」

午後二時、太郎さんは、鎌倉・浄明寺にあるシンの自宅居間のソファに、すでに座っている。コットンパンツとポロシャツという出で立ち。シンの母の死についての説明を、少し口を開いたまま、なかば呆気にとられたような表情で聞いている。

シンからの話に区切りがつくと、彼は姿勢を起こして、話しはじめる。

「きのうの浜岡原発で、いったい何が行なわれたのか、実はぼくにも、まだわからない。すべてが明らかになるには、きっと、長い時間が要るだろう。

はっきりしているのは、あそこで投入されたのが、対ゲリラ戦の訓練を受けてきた精鋭の空挺部隊だったということだ。ほかの陸軍部隊とも、彼らは交流がほとんどないらしい。きのうだって、作戦を終えると、すぐにまたヘリで編隊を組んで、千葉の基地へと引き上げた。反乱軍の兵士の身柄も、何人かは拘束して、連行していったかもしれない。問題なのは、彼らには、そういった行動について、いちいち世間に発表するつもりがない。軍の内部でも、特殊部隊の任務だからと、これを黙認してきたところがある。……だから、拷問の横行とか、要人暗殺、謀略といったことについての噂話には、何かとあの部隊の名が付いてまわる」

「そうなの？　そんな話、聞いたこともなかったけど……。目が覚めたら、自分がまったく知らない世界のなかにいる。いまは、なんだか、そんな感じ」

「それが、事実に近いのかもしれないな。たまたま知られるに至ったことが〝歴史〟と呼ばれているけど、誰にも知られずに過ぎてしまうことはさらに多い。そんなふうに思わない?」

たとえば、浜岡原発は、総面積一・六平方キロの広さがある。それだけの敷地をたった二百人で占拠して、テレビの御用放送が喧伝するように「放射性物質と原発従業員の命」を楯に取ったりできるだろうか? と太郎さんは言う。一人の歩哨が百メートル四方の広さの警備を担当したとしても、一・六平方キロをカバーするには常時一六〇人が歩哨に立たなければならないことになる。総員二百人から、そんな人員を捻出しようとすれば、休息や食事の暇さえない。いや、現実には、不可能だ。せいぜい、監視カメラやセキュリティの装置に頼りながら、それの半分ほどの人員で警備にあたるしかないだろう。要するに、キリがないんだよ。

こんな状態で、どうやって隊内の意思決定を図ればよいのか? すべての兵士が一堂に会して、議論し、議決する、といった〝直接民主主義〟を実践している余裕はない。とはいえ、中心メンバーによる判断だけで、部隊全員の生死を分かつ決定を下してよいとも思えない。誰もが、生きて家族のもとに戻りたいと願ったからこその決起なんだ。皆が対等にものを言えるのでなければ、元も子もなくなる。

兵士らが持ち場を離れにくいのであれば、伝令をそれぞれの現場に飛ばして、皆の意見を集約し、これに基づいて方針を決めていくのが基本だろう。実際、そうやって、何度か意見集約を実行していた。

だが、実際に生じる問題は、あれかこれかを多数決で集約できるものとは限らない。現実には、そのときそのときで、さまざまな事柄について、もっと微妙な判断を下さなくてはならない。これらについては、交渉を担う者たちが独断専行せざるをえなくなる。

目下のところ、最大の〝謎〟が、何であるかは明らかだ。

反乱軍の三両の機動戦闘車は、五号機の燃料プールに向けて、正確に砲門を構えていながら、どうやら一発の砲弾も撃たずに、この制圧作戦に敗れ去った。なぜなのか？

政府は、これについて、綿密な作戦計画と新鋭戦力によって、敵側からの反撃を完全に封じ込める英雄的な勝利だった、と自画自賛している。

だが、どうやら真相は、そうではない。反乱軍の機動戦闘車は、みずから意識して、一発も撃たなかった――。現地の戦闘配置などを間近に見てきた太郎さんとしては、それ以外に考えられない、とのことである。

だとすれば、なぜ、そうだったのか？

燃料プールを砲撃した場合に、のちの世界に放射能がもたらす惨禍の大きさを省みて、最終的には、反乱軍の中心メンバーたちが自制しようと決めたのだろうか？　――そうだとすれば、これが立派な見識であることは確かである。だが、それでは、この反乱に命がけで参加している一般の兵士たちこそ、いい面の皮ではないだろうか？　自制するなら、機動戦闘車の砲門を燃料プールに向けることが思い描かれた時点で、こんな計画は許されるべきではないと主張する以外になかったはずである。

いや、それとも、正規軍側がいよいよ一斉攻撃を開始する土壇場において、反乱軍の兵士らは互いに伝令を飛ばしあい、部隊全体での意見集約をはかりなおした上で、燃料プールへの砲撃中止を決めたのだろうか？

歴史とは、何か？　そのとき、ここで起きていた事実の経緯が、まだ、いまのところはわからない。

けれど、現実は、さらに酷薄だったのではないか。すべての通信機器やパソコンが、いまでは盗聴器として機能する。所有者さえ気づかないまま、それらがハッキングされ、遠隔操作されれば、なおさらに。

世界のあらゆる場所が「情報戦」の舞台である。まして、今度の浜岡原発のように警備が手薄な場所では、兵士や電力会社の従業員にまぎれて、スパイが侵入するのは確実と考えたほうがよい。つまり、もし、反乱軍の側が燃料プールを砲撃しないことをあらかじめ決めたなら、政府側も、その段階で、この情報をただちに把握していたはずである。

だとすれば、政府は、反乱軍が燃料プールを砲撃するつもりはないことを承知しながら、自軍の部隊には一斉攻撃で彼らを殲滅せよと命じていた、と考えるしかない。それが、総統府の発した「兵士による国家への反逆は……同調者全員が処断される」との声明の意味するところでもあったろう。少なくとも、太郎さん自身は、そのように受け止めているらしいことが、よくわかった。

むろん、太郎さん当人も「同調者」とみなされておかしくなかった。だからこそ、彼と田中キヨシさんは、反乱軍のリーダー格たる「一等兵」の機転で、手紙のメッセンジャーとして原発の敷地外へと送り出されて、かろうじてその生命が守られた。だが、そのことへの後ろめたさを、太郎さんは、これからずっと背負って生きるほかないのだろうか？

「……じゃあ、そろそろ、ぼくは帰るよ」

彼は微笑し、傍らに置いていた自分のスポーツバッグを引き寄せる。そして、グラスに半分ほど残ったアイスコーヒーを飲みほし、立ち上がる。

「——いまから院加に戻れば、まだ子どもらが起きている時間に、どうにか間に合うかもしれない。シンに会ってきたよ、って、彼らにも話しておく。今度、院加に戻ったら、また遊んでやっておくれ」

太郎さんを鎌倉駅まで送ろうと、滑川《なめりがわ》の細く水量の少ない流れに沿い、市街地のほうへと二人で歩いて下っていった。鶴岡八幡宮の境内を池ぞいに横切る。観光客でにぎわう小町通りを通りぬけ、鎌倉駅東口の改札口で太郎さんと別れた。

駅の近くのスーパーマーケットで、パスタ、ソーセージ、レタス、トマト、食パンを買う。バス道の若宮大路を向こうに渡り、雪ノ下のキリスト教会あたりの裏道を宝戒寺門前まで抜けていく。大御堂橋を渡って、滑川ぞいの旧道を、浄明寺の家のほうにむかって遡る。

おととい——。名越の火葬場から、父と釈迦堂切通しを抜け、衣張山《きぬばりやま》の裾をめぐって、林の小径をこちら側へと越えてきた。

シイの木立の小径で、父はこちらを振りむき、

「岩宿遺跡っていうのがあるだろう？　院加からだと、たしか、それほど遠くない」

と言った。

「聞いたことはある」歩きながらシンは答える。「けど、行ったことはない。というより、ぼくは、まだ、そういうことをあまり知らない」

「困ったもんだ、それじゃあ」父は笑った。「だって、おまえ、発掘が仕事じゃないか」

「そうではあるけど。〝発掘補助員〟って言って、ぼくの場合は、人手として雇われているだけだから。専門的な知識は、要求されていないんだよ」

「それにしたってさ、あきれるね」挑発気味に、父はからかう。「毎日、調査の現場を目にしている以上、好奇心ってものが、人間、あるはずなのに」

「仕事は、ただ、指図された場所を掘るだけで済んでしまう。

だけど、調査主任補佐の人は、時間があれば現場に来て、いろんな遺跡発掘の話をしてくれる。

それは、いつも、おもしろいな、と思ってる」

「まあ、そうなんだろうな。

だけどさ、岩宿遺跡ってのは、日本で最初に見つかった旧石器時代の遺跡だぞ。特別なんだ。つまり、これの発見まで、縄文時代以前の日本列島に人間はいなかった、と考えられていた。まだ、それから、たった百年ほどしか経っちゃいない。

歴史の常識ってのは、けっこう変わってしまうんだよ。そのときどきで〝これが歴史だ〟みたいなことを言ってみたりはするけどね」

そんなことを話しながら、シイの林のなかを抜けていく。胸元に抱えた桐箱のなかで、母の骨壺がかたかたと鳴った。

「――ああ、そうだった。

おれがいま言いかけたのはね、岩宿遺跡を発見したのは、この鎌倉の浄明寺で育った人だっていうことだ。いまじゃほとんど使われない地名だけど、昔は〝御所ノ内〟っていう字《あざ》があった。うちの家から、さらに一五分ほど滑川ぞいに遡ったあたりだ。そこの橋を南に渡って、衣張山のふもとのほうに少し上ったあたりの家だったようだ。昭和に入るころの生まれで、たしか、小学校の時分をここで過ごしたんだと思う。おれが子どものころには、郷土史の副読本みたいなものにも出ていたよ。同じ小学校の、ずっと昔の先輩だから。邦楽関係の一族なんだ。父親は、芝居の囃子方で、笛を吹く人だったと思う。

このあたりは、横須賀の海軍基地にも近いから、当時は、軍の官舎なども次々と建てられた。そういう工事のたびに、土器のかけらなんかが、けっこう出る。だから、子どものときから、そんなものを集めたりして、興味をもつようになったらしい。

だけど、妹の一人が急な病気で死んでしまう。ちょうど父親は地方巡業に出ていて、母親が死にものぐるいであちこちに電報を打つけど、つかまえられない。しかたなく、近所の人たちの手を借りて、リヤカーで娘の棺を名越の火葬場に運んだんだそうだ。旧道で行ったんだから、この道だ。当時も、火葬場は、名越の峠なんだ。そのころは重油で燃やしたんだろう。だから、昼に運んで、日が落ちきったころに、骨を拾う。そして、提灯で足もとを照らしながら釈迦堂の切通しをくぐって、浄明寺の家に帰っていく」

父は、そのことを思っていたから、葬儀社が手配してくれた帰りのクルマを断わり、「歩いて帰ろう」などと言いだしたのだろうか。だが、それは口に出さず、シンは黙って骨壺の箱を胸元に抱いた姿勢で歩いた。額を汗が流れてくると、片腕で桐箱を抱き込み、空いたほうの手で、ハンカチを握って、拭う。

結局、その人の両親は、娘の急死が原因でわだかまりがつのって、離婚してしまうのだそうである。下の子どもたちは次つぎ貰い子に出されて、長男であるこの人だけが、父親に連れられ、北関東の桐生の町に移った。そこから、丁稚奉公に出たり、海軍志願兵になったりしたあと、敗戦によって、また桐生に戻る。父親はもう自宅におらず、貧しい一人暮らしが始まる。

初めは、小間物の行商。次には、納豆の行商。かたわら、行商の道筋で崖の断面の地層を観察したりしながら、考古学の学習と踏査を重ねた。子どものころからの興味の延長で、考古学については熱心に独学を積んでいた。やがて彼は、村の切通しのひとつで、縄文時代の地層よりも古い関東ローム層の赤土のなかに、「細石器」ではないかと思える長さ三センチばかりの石片をいくつか見つける。なぜ、日本列島に人間がいなかったとされる時代の地層に、こんなものが見つかるのか？ さらに調査と研究を重ねるうちに、前とほとんど同じ場所の関東ローム層に、ついに、黒曜石を槍先形に造形した長さ七センチほどの美しい尖頭器を発見した。こうした経緯を東京の大学研究者にも知らせて、共同して発掘にあたると、握り拳ほどの石斧をはじめ、続々と石器類が見つかった。このときから、ここは「岩宿遺跡」と呼ばれはじめる。

「——この人は、一見、華奢な体つきではあるけれど、ものすごくタフだったらしい。東京の大学の研究者と会いにいくにも、桐生から片道百キロ以上、自転車を漕いでいく。そして、用件を済ませて、また自転車で帰っていた。

崩れかけた小屋のような家に住み、貧乏だった。それほどの苦労を重ねてでも、探究を続けずにおれない動機が、彼にはあったということだろう。こんなに多様な石器文化を身につけて暮らした旧石器人たちが、単独で過ごしていたはずがない。衣食住、互いが力を合わせて生活を営む。そこに〝家族〟の始まりの姿みたいなものを、彼が見ていたということだろう。

シン。おまえも、すでに経験をしてきたと思う。考古学の研究者たちは、石器一個にも、長い時間を注いで、掘り出していく。槍先形の尖頭器を、どんな用途のために、作り手はこしらえたのか。石斧で、どうやって木を叩き伐り、それを何に用いたか。――想像を巡らし、検証を進める。そのうちに、自分自身のすぐ隣で、肉体と動作を備えた古代人が、生きて働きはじめる。彼は、この気配を、自分の〝家族〟みたいに近しく感じていたんじゃないだろうか。

穏やかな人だったらしい。くじけない、強烈な自我があったには違いない。けれども、じっとそれを胸の奥にしまっておける、自制心の持ち主だった。

一〇代前半から丁稚奉公で働き、かたわら勉強を身につける努力も続けた。敗戦直後、一人で行商の仕事を始めたときでも、まだ二〇歳になるかどうかだ。生身の人間を相手に、商売のやりとりをする。こういうとき、相手の立場で物事を見られないと、お客との馴染みの関係は築けない。相手が困っているとき、負けてやる。すると次には、売れ残っている納豆があるなら多めに買ってこうか、と引き取ってくれることもある。そんな実地のやりとりを商売で重ねていたことが、考古学調査のさいの交渉能力を培うところもあったと思う。

悔しい経験も多かったに違いない。彼のことを〝民間のアマチュア愛好家〟と低く見て、「岩宿遺跡」発見の功を横取りしようとする大学の研究者もいた。けれども彼は、つぶされずに、そういう相手の力さえ、自分の関心事への糧にした。平常心があったんだろう。つまり、名声や社会的身分というものに自身が振り回されることのない人だった。そういうところが、凄いなと、おれなどには思える。

日本の考古学は、大学で始まったものじゃない。もともと、この領域の蓄積は、数えきれないほどの在野の研究者によって支えられてきた。岩宿遺跡を発見したのは彼という一個人ではあったけれど、肩を並べるような民間の研究者は、さらに無名なまま、日本のあちこちにいたんじゃないかとも思う。固有名詞では、もう、ほとんど誰の記憶にも残っていない。けれども、人間の偉大さというのは、結局、そういうものなんじゃないかと、こうやって歳を食ってくるとね、おれは思ったりすることもある」

シイの林の小径で父の声を聞きながら、そのときシンは、調査主任補佐の古木さんから聞いた話を思いだしていた。

――北関東の院加近辺では、火山の大規模噴火によって一気に降り積もった火山灰の層の下から、たくさんの人の「足跡」が見つかることが、わりに、しばしばあるのだという。普段の暮らしの状態を示す男女、子どもらの足跡が、そこには続いている。ところが、あるところで急に、これらが乱れはじめる。榛名山あたりの噴火に気づいた瞬間らしく、あわてて駆けだすことで、その足跡は歩幅が急に広くなり、やがて火山灰のなかに消えていく。

夕暮れにかかった山ぎわの景色は、青味を帯びてくる。

左手に滑川を見下ろせば、大きく蛇行しながら下ってきて、向こう側の崖下を削り、目の下でまたU字をなすように折り返して、遠ざかっていく。右手の小径は、衣張山の裾をなす釈迦堂切通しの林のほうへと伸びていく。

浄明寺の家の近辺では、道ぎわを流れる小川の繁みにカワニナと呼ばれる小さな巻貝がいた。螢の幼虫がそれを好んで食べるとのことで、梅雨どきの雨上がりの夕闇などに、ちらほら、青白い光が舞い飛んだ。

庭先に母の影が立ち、指先をじっと宙にかざすと、光がふわふわと寄ってきて、そこに留まる。シンや父がまねても、光は留まらない。

「螢は幼虫のあいだはカワニナをどしどし食べるけど、蛹になって、脱皮して、飛ぶようになったら、もう何も食べないのだって」

母は言った。

「どうして？」

と、シンは訊く。

「口が小さすぎるらしい」

「じゃあ、何のために口があるの？」

「しゃべるためでしょ」

「しゃべるの？」

「うそ」

ささやくように答えて、母は笑った。

「――水だけを飲む。葉先の露を」

「じゃあ、うんちは？」

「しない」

「おしっこは？」

「わからない。どうなのかな。けど、しないんじゃない？」

蛍を捕虫網でとらえて虫かごに入れても、翌朝には、皆、灰のようになり、死んでいる。

裏の衣張山への山道を登っていくと、古い石切り場の跡が、ぽっかりと暗い口を開いていたりした。気味が悪いのだが、子どもらは、冷たく湿気を帯びた石の肌に触れながら、外光の届くかぎり奥まで入っていく。

小学校の遠足などでも、めいめいに弁当を持ち、あたりの山に入ることがよくあった。シイの木が多く、秋にはドングリが足もとでざくざくと鳴った。しっぽの大きなタイワンリスが、枝から枝へ移りながら、頬にドングリを溜め込んで食べていた。谷を隔てた池子の森のあたりから、オオタカが営巣地を広げてきて、衣張山の山頂付近や、明王院の裏山あたりにも、高空を舞い飛ぶ姿が見られるようになっていた。

だが、シンが小学校高学年にさしかかるころだったか。衣張山山頂付近のオオタカの巣の周辺から、高濃度の放射性物質が検出されたと言われて、騒ぎになった。巣材とされた枝葉などに加えて、餌食となって残されていたハト、カラス、リスなどの食痕、オオタカの幼鳥の死骸などから、食物連鎖による濃縮かと思われる、特に高い数値が出ているとの噂だった。いま思い起こしてみると、あの騒ぎの出所がどういうところで、いったいどのように落着したのだったかさえも、彼の記憶には残っていない。とはいえ、以来、これらの山への学校などからの遠足行事はなくなり、放課後の子ども同士が山へ遊びにいく姿さえ見かけられなくなった。さらには、ハイカーたちの山歩き、地域の町内会やボランティアによる整地、清掃活動なども衰えたらしく、いまでは、衣張山周辺の山道はほとんど下草に埋もれるに任せた状態となっている。

人の手の入らぬ自然状態という点では、これは好ましいことと思われなくもない。だが、そうではない。こうした里山は、地域の人間の暮らしとの共存、つまり、ほどよい整地、剪定、造林などの営みが持続されていてこそ、そこでの秩序ある植生や生態系などが維持される。そうした営林活動が衰えれば、倒木や繁茂、日照の不足などによって、植生は変わり、地滑りや立ち枯れなどが増え、さらに外来種を含めた諸動物間の生態バランスも崩れて、山はたちまち荒れていく。そして、そのことが、これまで周囲の自然環境に向けられてきた地域住民たちの関心を遠ざけて、さらに共存関係を壊していく。

空を舞うオオタカの姿は、以前より、いまのほうが、このあたりで頻繁に見受けられる。初夏に闇を舞い飛ぶ蛍の光の群れも、大きくなっているのではないか。

だが、景観の本来の意味は、それらが人間の心のなかにどんな状態を引き出すのかを含んでいる。

――お母さん……。あれで、悔いのないところまでやれたんだよね。よかったんだよね？――

道の行く手の薄闇をかすめた影に、シンは、声をかけ、さらに歩いていく。

そして、また、思いだしている。

先週の火曜日の夜――。深更に至って、院加警察署での事情聴取などがすべて済んでから、シンと父とは、駅前通り近くのビジネスホテルまで歩いて、ツインルームに泊まった。そこは、前日、母が最後に泊まったホテルでもあった。

翌日、水曜日の朝になると、父は東京・八重洲の事務所に戻っていった。一方、シン自身は、週末の母の通夜・密葬まで数日あるので、もうしばらく院加に残って発掘調査の資料整理の仕事を続け、鎌倉の生家には金曜日に戻るということにした。すでに八月最終週に入っており、この週のうちに資料整理に一段落をつけて、町の教育委員会から借用している実習棟を明け渡さねばならない。それもあって、いまは仕事を続けているほうが、気持ちも紛れるように思われた。だが、めぐみちゃんは、こんなときにシンをアパートに一人で寝起きさせるのは気がかりだと言いだして、結局、水曜、木曜の夜には、彼女もいっしょに泊まり込むということにしたのだった。

この日、水曜の夜にも、役場の保健課で、めぐみちゃんには残業が続いた。だから、夜八時前ごろ、ようやく彼女はシンのアパートにやってきた。通勤用のバッグとべつに、着替えや洗顔用品などを詰めた大きなビニールバッグも提げている。

「高田理容院」を営む両親に、彼女は何と言って家を空けてきたのだろうか――。そうしたことも気にはなったが、あえて確かめるほどの余裕もシンにはなかった。

コンビニの弁当でいっしょに夕食をすませた。彼女はシャワーを浴び、いまはパジャマに着替え、畳の上に膝を崩して座っている。

「きょう、昼休みに図書館で、こんな本、借りてきた」

少しくたびれた表紙カバーを付けた『チンパンジー大全』というカラー刷りの図解書を、彼女はそこに開いて見せる。

「何だよー、これ」

チンパンジーたちのさまざまな表情の変化をとらえた口絵写真を脇から覗き込み、シンは笑った。人間以外の動物が、喜怒哀楽と呼べそうなほど豊かな表情の変化を示しているのを、初めて彼はここで見た。考えてみれば、そもそも、なぜ人間の顔は、これほどさまざまに表情を変化させられるまでに、多様な筋肉をこまやかに備えているのだろうか？　言語で伝えきれない微妙な感情を、さらに表情の変化によって現わす必要があった、とでもいうように。

だが、こうして『チンパンジー大全』の口絵写真を目にすると、その問いは、少し改めたほうがよさそうだった。――なぜ、人間を含む、ある種の「類人猿」は、これほど顔の筋肉を発達させてきたのか？　とかいうふうに。

「――おもしろい？　この本」

シンは訊く。

「うん。

ヒト科の動物というのは、ヒト属・チンパンジー属・ゴリラ属・オランウータン属の四属に分けられるんだって。これくらいの広さで〝ヒト〟ってものを考えられるほうが、わたしなんかには、ぴんと来るところもあるような」

「ああ、なるほどね……」

などとつぶやき、シンは、チンパンジーの心、子育て、社会史、といった項目のページをぱらぱらとめくる。そのようにしながら、彼自身の心は、もう少しべつのところに動いていく。自分たちには、もっとほかに話しておくべきことがあるのではないかと、焦れるような気持ちも湧いてくる。

もうじき、一〇月になれば、発掘補助員としての一年間の契約期間が終わる。もし望むなら、契約の更新はできるだろうと、調査主任補佐の古木さんは言っていた。だが、古木さん自身、それはあまりお勧めできない、といった口調でもあった。たしかに、そうだ。

やっと、自分は一八歳になった。現役の高校生なら、来春卒業。もっと、いろいろと違った世界が見たい。違う仕事もしてみたい。これは、普通のことではないか？

シン、どうするの？　と、めぐみちゃんは訊かない。　もっと、こうやりなよ、と彼女から何かを要求してくることもない。そもそも、自分たちは、どんな関係なのか？　恋人同士か。いや、親切な年上の女の子と、年下の少年、といったところか。——むろん、たかだか一八歳の〝男の子〟を相手に、いったい何を女は望むことなどできるだろうか？

「ねえ、シン」本のページから目を上げ、めぐみちゃんは確かめる。「二度目に、わたしたちが出会ったのも、ここの図書館だったね。あなたは、考古学の教科書みたいな本、借りにきていた」

「うん。働きはじめて、知らないことばかりで。だけど、図書館の書架にあるのは、ずいぶん古くて時代遅れな本ばかりだったな」

めぐみちゃんは、外国の小説を借りようとしていたね。二冊、どちらも、主人公の女の名前のタイトルだった。何といったっけな……。文学書なら、古い本ばかりでも、べつに不都合はないんだろうか。古典、とか言うくらいだから」

「どうなんだろう？　わたしは、そういうふうには考えたことがなかったけど」

「最初、望見岩のてっぺんで、会ったろう？　まだ春先の夕方で、寒かった。岩場の先っぽのぎりぎりのところに女の子が立っていて、あんまり驚いたから、つい声をかけた。そのまま飛び降りて、自殺するんじゃないかと思ったから。後ろ姿が、寂しそうだったんだろうな」

うふふ、と、めぐみちゃんは笑った。

「後ろ姿、だから」

「え？」

「後ろ姿って、そんなふうに見えるものなんだよ。

ほら、人と別れるときって、最後に見えるのは必ず後ろ姿でしょう？　なんとなく別れがたくて、もう一度振り返っても、相手は後ろ姿でずんずん遠のいていく。そういうときの自分の心細さが、甦るんじゃないのかな」

「あ、そうなのかもしれないけど」

「わたしはね、あのとき、ただ兄のボクシングの必勝祈願みたいなつもりで。岩場の先端あたりまで行って、肝試しみたいに自分の町を眺めれば……、兄の試合でも、度胸が味方するかな、とか。そんな感じかな」

「へんなの」

「そう、へんなんだよ。人が、願いごとなんかするときっていうのは」

断言し、めぐみちゃんは、笑った。

「――兄だけ、家のなかで、けっこう親しかったから。育った町だけど、こうして兄がいなくなったら、もう、ここには誰もいないようなものだなって。そんなこと思って、あそこから、町を見てたの」

寂しかったんだ。と、シンはまた思う。

だが、だからといって、そういうとき、人はそこから飛び降りようとしているわけではない――とも。

「シン。図書館って、どうなっちゃうんだろうね」

と、唐突にめぐみちゃんは言う。

「――もう、新しい本って、ほとんど出ないでしょう？　そうすると、どんどん、図書館の書棚も古い本になるばかりで」

「だんだん、誰も来なくなっていくんだろうな。建物もおんぼろになって、そのうち廃止されるしかないんだろう。

だけど、それって、……これまでの人間たちが重ねた膨大な記憶を、捨ててしまうことのようにも感じる。あとで、しまった、と思っても、もう取り戻せない。そういう、おそろしいことでもあるような」

「わたしは、古い図書館って、好きよ。あんまりいい本がなくても、そこの椅子に座ってると、気持ちが落ち着く」

「そういう人って珍しいんだよ。だから、こうなるんだ」

シンは笑った。

「――図書館でぼくらが会ったのは、最初、望見岩で会ったときの……二日後くらいかな？」

「そうだった。

もし、もっと日にちが経っていたなら、わたしは、ぜったい、知らん顔していたと思う」

「そう。ぼくも、きっと、話しかけられなかった」

「……あれだって奇跡ね。小さなことでも」

「うん」

言葉が途切れ、二人はしばらく黙っていた。

ふとんを敷くと、明りを消し、抱き合って、互いの体を奥深くまで求めた。このときが終わることのないように願ったが、絶頂の瞬間を過ぎると、果てのない暗がりへと落ちながら、悲しみに似た感情が押し寄せてきた。汗に湿った体を抱き寄せあって眠った。ときおり、相手を暗がりに見失ったように感じて、不安が襲う。さらに抱き寄せ、また、うとうとと眠りに落ちていく。

夜半を過ぎて、雨が降りだしたらしい気配で、目が覚めた。窓の外のトタン屋根を、雨粒が叩いていた。

「シン……、起きてるの？」

暗がりのなかで、彼女がささやく。

「うん」

「さっき話しかけたことなんだけどね、図書館の古い本で、アフリカのどこかの森でチンパンジーを観察していた研究者の話を読んだことがある。チンパンジーの母親について。もう、だいぶ記憶もあやふやなんだけど、その話、してもいい？」

「うん。して」

「そう？　いつも、シンに話したいと思うんだけど、そのたび、つい、また忘れてしまって」

そう言って、めぐみちゃんがささやくように話したのは、およそ、こんな話である。

――ある森に、お母さんチンパンジーがいました。歳のころは、三〇代なかば。彼女は、娘二人と行動をともにしています。上の娘は、七歳半。下の娘は、二歳半で、まだ母乳を吸っています。そして、ほかに固形物も食べています。

ところが、下の娘は、風邪でもこじらせたのか、このところ元気がありません。もう何も食べず、母乳だけを飲むか、ただじっとしています。とうとう、あるとき、母親のかたわらでしゃがんでいた彼女が、ばたっと倒れました。それからは、もう自力ではほとんど何もできなくなりました。母親がなんとか背中に担ぎ上げると、じっと、そこにしがみついているのです。

ある日、母親が下の娘を背中に担ぎ上げても、その手足はだらっと下がっているだけで、研究者には、彼女が絶命していることがわかりました。高温多湿な土地柄なので、遺体はすぐに腐敗が始まります。それでも、母親は娘の遺体を背中に乗せています。やがて、それは強烈な腐敗臭を放ちながらミイラ化しはじめましたが、母親は背中に担いだままでした。死後半月ほどで、娘はきれいなミイラになりました。母は、それを大事に抱いて、しげしげと顔を眺めたり、たかってくるハエを手ではらったり、顔の辺りを毛づくろいしてやったりします。一方で、ときどきそれを地面に下ろし、自分の手をお尻にもっていき、その手を舐めたりもするようになりました。子どもが死んで、おっぱいを吸わなくなったので、生理周期が戻ってきたのです。

下の娘の死後三週間で、母親のお尻はピンク色に腫れはじめました。チンパンジーの女は、排卵の時期になると、周囲にそれを知らせるように、尻が腫れます。すると、チンパンジーの男たちは、皆が腕を高く上げて腹のあたりを誇示し、ペニスを立てて、小さな男の子までが性交に誘いに寄ってきます。けれど、彼女は、死児を手放さず、相変わらず背中に背負ったままでした。

こうして、下の娘の死後一ヵ月ほどまで観察したところで、研究者には、帰国しなければならない期限がやってきました。そのときにも、母親のチンパンジーは、死んだ娘を背負いつづけていました。

一〇カ月ほどのち、研究者がまた同じ土地に戻ってきたとき、母親のチンパンジーは、もう何も持っていませんでした。それまでに雨期をはさんでいたので、おそらく遺体はどんどん分解が進んで、どこかの時点で母親はそれを手放したのだろうと思われました。

さらに一年後、研究者がまたアフリカに行ったとき、彼女には赤ん坊が生まれていました。死んだ娘によく似た女の子です。それからまた数年が経ち、今度は男の子が生まれました。そして、女の子のほうが思春期に至って、親元を離れるのと入れ違いに、もう一人、弟が生まれています。

……おしまい。――


シンは、この話を聞き終え、黙ったままでいた。

どうしてめぐみちゃんが、この話を自分に語って聞かせてくれようとしたのか、自分なりに想像してみた。とはいえ、それは、自分の言葉の容量を超えたところまで膨らんでいき、だから、なお黙ったままでいたのだった。

自分は、ヒト科ヒト属の動物である。微妙な表情がいろいろできるよう、顔には多様な筋肉を複雑に張りめぐらせている。きっと、このときの自分は、言葉の容量が足りない分、暗がりのなかで、ずいぶん奇妙な表情になっていたのではないかと思う。

「実はね、シン」

と、めぐみちゃんは言った。

「――あなたとこうやって会えるのは、きっと、これが最後になるだろうなと思って、わたし、ここに来ることにしたの。あなたは、今度、この町を離れたら、もう、戻ってくることはないだろうと」

シンは、無言のまま、枕に横たえた首を静かに左右に振る。

「そんなことはない」

やっと、かすれた声で、彼は答える。

「いいの、それは」と彼女は言う。「これはね、あなたにも、わたしにも、まだわからない、未来に属することだから。そんなふうに、無理に答えようとしなくてもいい」

しばらく時間を置き、さらにまた、彼女はこうも言った。

「――言いたいことって、一つだけではない。あなたは帰ってこない。そう言っても、わたしは、次にあなたと会ったときには何をしようかと考えている。どっちも、わたしにとっては本当のことだから。

本人の前では、なんとなく照れくさくて、口に出して言えなかったけれど、わたしは、よそでは、よくシンのことを自慢している。普通の女の子たちが、誰でも話しているように。

〃付き合っている男の子がいる、年下なの〃って。そして、タブレットで撮影したあなたの写真を画面に出し、相手に見せる。感じのいい笑顔を浮かべているものを選んで。女の子なら、誰でもやっていることよ。

来週になっても、わたしは、同じようにきっと自慢する。

〝付き合っている男の子がいる、年下なの。ほら、これが写真。……いまは、お母さんが急に亡くなって、鎌倉の実家に帰ってる。だけど、そろそろ、こっちに戻ってくるはず〟って。どこにも嘘はない。これも、本当のことだから」

さらに彼女は言った。

――すべてが夢だったらいいのに、って思うこと、あるよね。ここにあるすべてが消えてしまって、全部やり直しになってほしい、って。

こんなに取り返しのつかないことが、未来まですっかり覆ってしまった。戦争？　放射能？　まさか。そんなもの、わたしの人生と、何の関係もないはずだったから。まったく、お笑いだよ。ボクシングでチャンピオンになるはずの兄が、知らないうちに軍隊に入って、苦しい、こわい、って手紙に書いてくる。わたしはわたしで、宣戦布告になったとたんに兵事業務に追いたてられて。戦死公報や遺族年金交付書を、肉親を失った人たちに受け渡すことに追われている。なんで？　なぜ、そんなものに、わたしは、この自分のものであるはずの人生を譲って、べつの席に移らなきゃならないの？

日が暮れた。

歩みを止め、左手に、川の流れのほうを見下ろすと、その水面が銀色に鈍く光って、水草の影が黒く揺れているだけである。あれからの数日という時間が、何年もの長い歳月に感じる。

彼女は言っていた。

「わたしのなかに、自分そのものではない動物が、生きて動いているのを感じる。だけど、ヒトが生きているっていうのは、こういうことなんでしょう」

あそこの岩場は、インカルシ、つまり、昔の人が〃いつも眺める所〃という意味の言葉で呼んだ場所だともいう。そして、やがて、それが、この町の名のいわれとなった。

「――あの眺め、遠い未来の時間のなかでも、あなたに思いだせるときがあればいいね」

いまは、まだ覚えている。

そして、一〇年後、二〇年後、三〇年後の自分も想像してみる。五〇年後も。百年後。自分は、もうここにいない。めぐみちゃんも。

だが、そのときにも岩場の上には、誰か人影があることを思ってみた。

だんだん、この人影を夢中になって追いはじめた。そして、自分は、かなり長いあいだ、黙ったままでいただろう。

やがて、暗がりのなかで、手のひらが、ゆっくりと額に触れてくるのを感じた。

――おやすみ、シン。――

少し遠いところで、彼女の声が言う。

――ぐっすり眠れますように。――

引用　ソーントン・ワイルダー『わが町』松村達雄訳
初出　「新潮」二〇一五年十二月号、二〇一六年一～十一月号

岩場《いわば》の上《うえ》から

著者

黒川《くろかわ》 創《そう》

発行

2017年 2 月25日

発行者 佐藤隆信

発行所 株式会社新潮社

〒162-8711 東京都新宿区矢来町 71

電話 編集部 03-3266-5411

読者係 03-3266-5111

http://www.shinchosha.co.jp

印刷所

大日本印刷株式会社

製本所

大口製本印刷株式会社

乱丁・落丁本は、ご面倒ですが小社読者係宛お送り下さい。

送料小社負担にてお取替えいたします。

価格はカバーに表示してあります。

ISBN978-4-10-444408-3 C0093